北大荒記憶

赵国春◎著

黑龙江人民出版社

图书在版编目（CIP）数据

北大荒记忆／赵国春著．—哈尔滨：黑龙江人民
出版社，2023.3
ISBN 978-7-207-12970-3

Ⅰ．①北⋯　Ⅱ．①赵⋯　Ⅲ．①纪实文学—中国—当代
Ⅳ．①I25

中国国家版本馆CIP数据核字（2023）第057970号

出版策划：梁　昌
责任编辑：李　珊　梁　昌
封面题字：闫长河
封面图片：杜　飞
封面设计：张　涛

北大荒记忆
BEIDAHUANG JIYI

赵国春　著

出版发行	黑龙江人民出版社	
地　　址	哈尔滨市南岗区宣庆小区 1 号楼	
网　　址	www.hljrmcbs.com	
印　　刷	三河市中晟雅豪印务有限公司	
开　　本	787×1092　1/16	
印　　张	24	
字　　数	342千字	
版　　次	2023年3月第1版	
印　　次	2023年3月第1次印刷	
书　　号	ISBN 978-7-207-12970-3	
定　　价	148.00元	

北大荒精神，是三代北大荒人在75年的开发建设中，用青春与汗水、鲜血和生命，在特定历史条件和极其艰苦的环境下培育和锤炼出来的，是英雄的北大荒人的政治觉悟、精神境界、道德情操、意志品格、行为规范和工作作风的集中体现。北大荒精神，已经被纳入第一批中国共产党人精神谱系。

北大荒精神内涵包括：自力更生、艰苦创业、勇于开拓、甘于奉献。北大荒人，是一个英雄的群体，在这个庞大的群体中，各类英雄模范人物层出不穷。不同的历史时期，都曾经涌现出不同的代表人物，今天我只选择三个北大荒的代表性人物，讲述他们是如何用自己的实际行动传承北大荒精神的。

一、北大荒"水稻之父"徐一戎

要在北大荒种植水稻不是一件容易的事情。这里位于北纬40°~50°之间的高寒地带，一年中有1/3时间在冰雪覆盖之下，冬季最低气温可达-40℃以下，冻土层最深达2.5米。可这里土壤肥沃，腐殖质含量高，可以提高农作物的品质。

当年在省劳改局农机处当农业技师的徐一戎，找来一些水稻栽培方面的资料，仔细研读。他还花费半年时间跑了北方几个省份，搜集到938个水稻品种。

试种第一年，徐一戎在8.5亩地里摆开了938个试种畦地，他起早贪黑地观察、记录，甚至半夜还打着手电筒到地里察看苗情。忙碌了大半年，到了秋天结果却很惨，最少的亩产只有37公斤。

铸就七十五载　传承三代人（代序）

——践行北大荒精神的三个人物故事

徐一戎总结经验教训，第二年又筛选出 142 个品种进行试验，并采取一些增产措施。到了秋天，有 30 多个品种亩产超过 100 公斤，最高达 242 公斤。

1972 年 7 月 15 日，徐一戎回到合江实验农场。不久，就承担了农业部下达的"寒地水稻直播高产栽培课题"。5 年过去了，徐一戎的"寒地直播水稻早熟高产栽培技术"研究取得了重大突破。他对试种的 50 多个水稻品种详细整理出它们的增产因素和条件，并根据实验结果对北大荒每一个气候区适用什么品种、什么时间栽培，都作了具体说明。

徐一戎就像一座沟通科学技术与生产实践之间的桥梁，把科学种植水稻的知识介绍给千万个稻农，为我国东北地区推广水稻种植技术作出了巨大的贡献。1979 年，他担任中国水稻经典著作《中国稻作学》的审稿人；1989 年，他编译了 10 万字的《水稻栽培必读》；1991 年，与他人合编的《旱地稻作》出版，填补了国际稻作的空白，并被国家评为科技图书一等奖；1991 年 12 月，出版了黑龙江省主要作物高产栽培技术培训基本教材《水稻》……

据不完全统计，在黑龙江垦区仅 1993 年以来，徐一戎的科研成果推广面积累计增效 90 多亿元，结束了垦区由于技术问题而导致的水稻发展长期徘徊不前的历史。徐一戎被广大群众尊誉为"北大荒水稻之父"。

黑龙江垦区水稻种植面积由 1949 年的 4.65 万亩发展到目前的 2 200 多万亩，水稻单产由 81 公斤提高到 620 公斤，创造了在高寒地区水稻生产面积超千万亩、单产超千斤的奇迹。1988 年以来，仅黑龙江垦区累计推广应用徐一戎创新栽培技术面积达 1.5 亿亩，累计增产粮食 600 多亿斤。

2008 年 8 月，85 岁的徐一戎按照与已故妻子康静云商量

徐一戎生前在办公室（农垦科学院提供）

好的计划，决定把省吃俭用一辈子攒下来的钱用来培养年轻
的水稻科技人员。老人搜罗了自己所有的 17 张存款单，发现
离 100 万元还差 24 000 元，即使加上利息也凑不够 100 万元。
于是，经单位同意，他提前预支了几个月的工资，凑足了 100
万元。捐给所在的单位黑龙江省农垦科学院，设立了"黑龙
江垦区一戎水稻科技奖励基金"，用于奖励为寒地水稻事业
发展作出贡献的科技工作者或团队。

　　近年来，徐一戎先后荣获全国五一劳动奖章、全国优秀
农业科技工作者等称号，并被聘为我国北方水稻科学技术协
会荣誉理事长。终身享受国务院特殊津贴待遇。徐一戎把毕
生的精力献给了寒地水稻事业，被中宣部列为全国重点宣传
典型人物，被中央电视台誉为中国水稻界的"南袁北徐"，
被广大群众尊誉为"北大荒水稻之父"。2014 年 5 月 13 日，
徐一戎因病在哈尔滨逝世，享年 91 岁。

二、献身林业的第二代北大荒人孙俊福

孙俊福，1960 年 6 月出生，1993 年加入中国共产党。1976 年 10 月在宁安农场长丰林场从事造林工作，他以大山为家、与森林为伍，他使张广财岭、老爷岭交汇处的十几座荒山和条条裸露的沟壑都披上了绿装，他舍弃了现代人的新潮生活，甚至失去了心爱的长子，仍然坚持造林。自 1984 年实行承包到 1996 年，共栽植各类树木 50 万株，绿化荒山 1 500 亩，如今他种植的树林总价值 1 600 多万元。

一次刚上山，便雨夹雪连续下了几天。他只好下山躲雨，再返回山上时，窝棚里的新被、铁锅等值点儿钱的家当都被偷光了。用孙俊福的话说："当时心都凉了。"可是树还得栽。孙俊福连夜下山回家取东西，把妻子一个人扔在窝棚里，偏远的荒山里什么动物都有，野猪、狼等常常成群结队出没。

1997 年，孙俊福出席了中国共产党第十五次全国代表大会（宁安农场宣传部提供）

胆战心惊的刘春玲一手握斧子，一手拿镰刀，瞪着眼睛守了一夜。孙俊福手举燃着的树皮，伴着猫头鹰的叫声，深一脚浅一脚地往返在曲折的山路里。清晨回到窝棚时，刘春玲还严阵以待地举着斧子……一切恢复平静之后，两人又走上了植树的路。

1989 年 6 月 20 日，正是林木抚育期。一个晴朗的早上，孙俊福和妻子像平时一样背上工具上路了，窝棚里只剩下母亲和 5 岁的儿子。哪成想，儿子林林在窝棚外面玩时被毒蛇咬了，当晚上 8 点多夫妻俩回窝棚时，林林已全身浮肿、昏迷不醒。虽经医院极力抢救，终因耽误时间过长毒液已经扩散，回天乏术，儿子永远地离开了他们。孩子的死让他们很悲痛，他把儿子埋在深山之中，背起树苗，拉着妻子，迈步走向另一座荒山。他下决心要把荒山秃岭全都种上树、育成林。在孙俊福的心中，种下一棵树，就像多了一个孩子、多了一份希望，若干年后满目青山翠绿，就是对儿子林林最好的纪念。

孙俊福把青春和亲人献给了大山，献给了造福后人的育林事业；他先后荣获团中央和全国总工会授予的"种植业、养殖业能手"、全国优秀生产能手和五一劳动奖章、全国劳动模范、"优秀工人"，第七届中国十大杰出青年称号。1997年，作为黑龙江垦区唯一的代表，他光荣出席了中国共产党第十五次全国代表大会。

三、献身农业科技的第三代北大荒人李晓辉

李晓辉，1982 年 4 月生于桦南县的一个农民家庭，2008年 6 月毕业于广西大学作物栽培学与耕作学专业，现任北大荒农业股份农业发展部高级农艺师，是全国五一劳动奖章获得者。

李晓辉带领团队科技人员在化验室化验（方志文摄）

2008 年，研究生毕业后他毅然来到七星农场。那时研发中心刚刚创立，工作环境很艰苦，当时由于人员短缺，作为一名党员他主动承担起了育种杂交的全部工作。育种工作既繁杂又辛苦，工作量特别大。玉米授粉时间要在盛夏晴天的上午 10 点左右，每次做完授粉后，他从试验田里出来时浑身出汗湿得就像水洗的一样，好几次都热到中暑，可是他都咬牙坚持下来了，同事们开玩笑叫他"拼命三郎"，在他的带动下，研发中心圆满完成了试验任务。

李晓辉根据自己积累的生产经验撰写科技论文 30 多篇，申请国家级个人专利 6 项，推广蔬菜种植技术 18 项，为践行习近平总书记"中国粮食、中国饭碗"这一重要嘱托提供了技术支撑。

几年来，推广变量施肥施药、机插侧深施肥、旱平免提浆、无人耕作等实用新技术 29 项，在寒地水稻"三化两管"

模式的基础上，组装形成了建三江地区高产优质栽培技术模式，推广面积达 3 100 万亩，水稻的平均单产由原来不足 400 公斤提高到 620 公斤，为农户创造直接经济效益 39 亿元。先后完成各项科研课题 700 余项，转化科研成果 12 项，引进新作物品种 1 000 多个，累计培训农技人才和职工群众 3 万多人次，发放技术实用手册 10 万多册，帮助种植户解决实际困难 300 多件。通过测土配方施肥这项技术的推广应用，使全场每年减少肥料投入使用量 2 000 多吨，不仅可以节约成本 500 多万元，而且生产出的大米更加绿色健康，为国家粮食安全作出了重要贡献。

李晓辉深知，发展智慧农业必须深耕"数字农田"。在他的带领下，中心建立了国家首批农业物联网综合服务信息平台，运用高分一号遥感卫星，将互联网、物联网、大数据采集、人工智能等现代信息技术与农业深度融合，在田间安装了 200 个监测点、20 个小型气象站、20 套地下水位监测装置等硬件设施，田间管理实现了实时监控，成为七星农场和建三江分公司发展智慧农业的"神经中枢"。

李晓辉带领的团队先后荣获了"全国工人先锋号"，全国农林水利工会五一劳动奖状，"全国测土配方施肥工作先进单位"，"全国土壤肥料检测工作先进集体"，黑龙江省"劳动模范集体"等荣誉。他个人也荣获了全国五一劳动奖章，黑龙江省"向上向善好青年"等荣誉称号。

至今，李晓辉仍记得 2018 年 9 月 25 日那个特殊的日子，习近平总书记考察科技园区时紧紧地握住他的手说："辛苦了。"在分析测试中心，总书记对他们提出了殷切的希望和嘱托："农业要振兴，就要插上科技的翅膀，就要靠优秀的人才、先进的设备、与产业发展相适应的园区。农业科技大有潜力、大有可为，希望你们再接再厉、不断提高！"总书记的一番话，不仅是鼓励，同时更是一种鞭策！

在他们三个人的身上，北大荒精神的四句话，贯穿他们的工作始终。忠于共产党，热爱祖国，是他们的共同点。他们是甘于奉献的典范，他们代表的北大荒人，为了国家和人民的利益，甘愿牺牲个人利益直至宝贵的生命。

甘于奉献是北大荒精神的闪光点，是北大荒人世界观、价值观的体现，反映了北大荒人的道德风范，突出表现为北大荒人无私无畏的献身精神、任劳任怨的敬业精神、勤政廉政的为民精神、脚踏实地的忘我精神。

目
录

一

北大荒记忆

自力更生　艰苦创业
勇于开拓　甘于奉献

垦荒先辈踏冰河

1947 年，人民解放战争由战略防御转入战略反攻，东北部分解放区正在轰轰烈烈地开展土地改革运动。

1947 年 6 月 13 日，由松江省政府主任秘书李在人为场长，农业科长刘岑为副场长带领十几人，在珠河县（今尚志市）一面坡太平沟小山子，拉开了开发北大荒的序幕。

1952 年，毛泽东主席命令步兵九十七师部队番号改称中国人民解放军农业建设第二师，移防山东生产待命，从事农业建设。1954 年 8 月，党中央、国务院指令，农建二师的官兵集体移垦北大荒。先后以团为单位创建了二八九（铁力）农场、二九〇农场和二九一农场。

1954 年 12 月 21 日，友谊农场场长王操犁在建场仪式上，亲手把一面五星红旗徐徐升上 10 多米高的旗杆顶端。

1955 年 9 月 10 日，在人迹罕至的萝北荒原，北京青年志愿垦荒队举行了简单而又隆重的开荒仪式。10 月底，杨华带着他的战友们，盖起了第一排简陋的草房，喝上了自己打出的井水。经过半年多的努力，一个新的家园——北京庄，出现在嘟噜河畔。

黄振荣，这位八五二农场的创立者，在抗美援朝战争中曾立下赫赫战功。他率领 7 000 多名官兵，两年开荒 51 万亩，还先后扩建了八五三和八五五农场。在数九寒冬踏荒中，他的脚趾甲被冻掉了 9 个。为农垦事业整整奋斗了 15 个春秋，直到人生的尽头。

北大荒的"水稻之父"徐一戎，为了发展寒地水稻事业，2008 年 8 月，把老两口省吃俭用一辈子攒下的 100 万元捐给省农垦科学院，设立了"黑龙江垦区一戎水稻科技奖励基金会"，用于奖励为寒地水稻事业发展做作出贡献的科技工作者或团队。

张思德的战友张文忠、新中国第一个女拖拉机手梁军、"云雀姑娘"刘瑛、老红军战士余友清、科技人才谢民泽，投身到火热的开发建设中。他们中的许多人，已经长眠在这块黑土地上，英名早已镌刻在北大荒博物馆"故人墙"。

从延安来的老红军
高大钧

他是中共第一批从延安派到北大荒来，建立革命根据地的人。25 岁就担任了佳木斯市第一任市委书记。他早在日本鬼子刚投降时，就带领人马在日本开拓团的废墟上创建农场。后来，他的足迹遍及三江平原，从农场场长到副局长、副书记。他就是老红军战士高大钧。

高大钧，1919 年出生在陕西扶凤县的一个贫农家庭。7 岁丧父，9 岁丧母，从小当学徒过着流浪的生活。16 岁那年，他遇到了一位搞地下工作的老师，从她那知道了革命的道理，还当了一阵儿地下交通员。不久，这位好老师被捕了。高大钧茫然若失，决心投奔革命根据地延安。1936 年 12 月，他只身北上，终于在陕西淳化县找到了驻守的红军总政宣传队，当时，杨尚昆的夫人李伯钊发现他唱歌挺好，就说：先别去延安了，就留在宣传队吧。这样，他当上了一名"小鬼"。他在革命的熔炉里锻炼成长，学文化，搞宣传，做农会工作。后来，组织上保送他到延安中央党校学习。

日本鬼子投降那年，他才 25 岁，党中央决定派 10 万军队、2 万名干部，去东北建立革命根据地。他听完组织动员后，积极报名参加，随着干部团离开了延安。他年轻体壮，把棉被一拆，带着两双鞋、几本书，就轻装上阵了。队伍路过延安、米脂，穿越岚县、繁琦、

晚年的高大钧

古北口，昼夜兼程，风餐露宿，到了沈阳市郊外。干部团开始分组，有的留在辽宁，有的去吉林，有的继续北上去黑龙江。当时，东北共有9个省，分配到合江省的四五十人中就有李范五、孙西林和高大钧。苏联十月革命节那天，他们正路过哈尔滨，但去佳木斯的路不通，要从牡丹江走，牡丹江桥又被日本鬼子炸了，他们就动员技术人员和工人将桥修好。从延安到达合江省省会佳木斯市，他们走了两个多月。

佳木斯当时很乱，有国民党党部，有维持会，有中华民族解放委员会，有苏联红军，还有相当多的自发性地方武装。11月17日，李范五、高大钧等一行人来到硝烟弥漫的佳木斯市，当即跟苏联红军接头，接管了市区。根据东北局决定，李范五任合江省委书记，李延禄任省主席。不久，高大钧被任命为佳木斯市委书记，他和董仙桥市长、孙西林副市长一起，在剿匪肃奸、建立政权、恢复和发展生产等方面，做了大量工作。受省委的指示，他同井田一起，改组和整顿了"东北人民民主同盟"这一群众团体，在复杂的斗争形势中，他依靠这个团体同国民党进行了针锋相对的斗争，组织游行，当众砸掉了国民党党部的牌子。

高大钧投身到北大荒的农垦事业是从1947年冬天开始的。他先后担任合江省水利农场、佳木斯实验农场、宁安农场场长职务。

说起合江省水利农场，原先是日本鬼子扔在桦川县的一个开拓团遗址。除了田野里残留的水稻田埂以外，什么都没有。高大钧上任后，立即招兵买马。他从省委那里要来了一个武装连，又从牡丹江、鸡西、吉林延边动员了1 000多名朝鲜移民，在开拓团的废墟上创建农场。

从50年代到60年代，高大钧两次担任宝泉岭农场场长，时间长达6年。这6年正是农场进入大发展的时期。十万官兵进军北大荒，给宝泉岭农场输入了大批人才。当时，王震将军对宝泉岭农场寄予厚望，对这个从延安来的有10年办场经验的年轻场长，也非常器重，王震曾多次对人夸奖高大钧，说他是个"种地迷"，干劲足，可以放开手来干。正是由于这个原因，他从规模小的宁安农场，被调到机械化程度较高的宝泉岭农场来了。

1958 年 7 月，王震部长亲临宝泉岭农场，他主持召开了合江农垦局所属八场现场会，还带领大家参观了田间作物生长情况。高大钧还陪同王震探望了转业官兵抢盖起来的草房和马架子，王震对农场情况很满意，他风趣地对高大钧说："怎么样，一下子农场职工翻了一番，你的压力大吧？"高大钧答道："我这个人不怕压，你知道我的性子，越压越有劲！"王震听了，哈哈大笑起来。

高大钧十分爱护知识分子，就是对待蒙受不白之冤的"右派分子"也表现出极大的关怀。1964 年的一天，王震对高大钧说："丁玲在汤原农场劳动，表现挺好，但这个农场太小，机械化程度不高，她想换个农场，让她到你们那里去吧。"高大钧听了，当即表示欢迎。他亲自安排农场招待所，专门给丁玲老两口腾出一个小套间。让丁玲老伴陈明去工会当干事，让丁玲帮着工会妇女干事邓婉荣（当时垦区的女标兵）一起给家属妇女做扫盲工作。有时，高大钧坐车下队，就路过招待所门口，让丁玲一起下去转转，开阔眼界。他知道丁玲两口是南方人，爱吃大米，就派人去梧桐河农场换大米，农场生活较艰苦，逮了鱼，就派女儿送给丁玲两口改善生活。有时，上级发来了形势讲话材料，他就派秘书送给丁玲看。他说，像丁玲这样著名的女作家，应当让她知道国际国内的形势……

从 70 年代后期和 80 年代初期，高大钧担任黑龙江省农场管理局和省农场总局副局长、副书记期间，为垦区在"文革"以后的拨乱反正、重建各种规章制度、恢复生产和农业现代化建设等方面，做了大量的工作。

1982 年，高大钧担任总局顾问，不久就从领导岗位退下来。但他仍没闲着，一直关心着垦区建设。他还受老干部工作部门的邀请，经常下场了解老干部的安置情况。他又担任了总局"关心下一代委员会"的工作，关心北大荒孩子们的成长和教育情况，虽然他已到古稀之年，仍不断地为垦区的事业奔波。

2004 年 2 月 9 日，高大钧在哈尔滨病逝，享年 85 岁。

（根据郑加真的《半个世纪的拼搏》改写）

唤醒沉睡土地的『第一犁』

走进北大荒博物馆第二展厅，首先映入我们眼帘的是一个古老的犁杖，这就是75年前北大荒人使用过的"第一犁"。

说起这"第一犁"，背后还有许多曲折的故事……

1947年，人民解放战争由战略防御转入战略反攻，东北部分解放区正在轰轰烈烈地开展土地改革运动。根据党中央《关于建立巩固的东北根据地》的指示精神，中央东北局财经委员会召开会议，会议一再强调："东北行政委员会和各省都要在国民党难以插足的地方，试办国营农场，进行机械化试验，

北大荒的第一犁

以迎接解放后的农村建设"。"为迎接全国解放，组织亿万农民走集体化、机械化生产道路"，"在北满建立一个粮食工厂，培养干部，积累经验，创造典型，示范农民"。今天的黑龙江省在当时划分为五省一市，五省即黑龙江省、嫩江省、松江省、合江省、牡丹江省，一市即哈尔滨市。

　　6月初，松江省政府主席冯仲云根据东北财经委员会会议精神着手筹建农场，委任省政府主任秘书李在人为场长，农业科长刘岑为副场长，派了两名通信员、两名干部和一名木工，开始了建场的筹备工作。首先，在哈尔滨市汽船厂、汽车厂等单位招收了11名不同工种的技术人员。其中有看守汽船座机的工人5名、汽车司机3名、技术工人2名，算是建场的技术力量。没有机械设备，就在一个白俄开设的小工厂里买了伪满遗留下来的2台四铧沙克犁、2台圆盘耙及割草机、搂草机等农机具，又从外县调来了日本开拓团遗留下来的"哈拉马苦""卡大比鲁""苦麻斯"各1台旧"火犁"。从阿城糖厂买来了11匹役马、3辆胶轮车，省政府还给了2辆烧木炭的汽车。6月上旬从哈尔滨出发，来到珠河县（今尚志市）一面坡太平沟小山子，当天搭起锅灶，接着就"招兵买马"。小山子一带有很多荒地可以开垦，先遣队即派人前去勘查。当时没有经过技术人员勘测，也不懂得搞建场规划，就决定在此开荒建场。场部设在小太平沟，并在一面坡车站设立了交通站。又从当地招收了14名农业工人，于6月13日投入了开荒生产，宣告农场正式成立，省政府决定命名为松江省营第一农场。当时省内多处设有机关、部队、学校开辟的生产基地和各县办的农场牧场，后来都建成了公营农场，当时新中国尚未成立，所以这些农场都叫公营农场，统归东北行政委员会公营农场管理局管理。

　　这里群山环抱，一条条山梁之间，形成了一片片狭长的低谷平原。李在人和刘岑带领工作人员翻山越岭，考察地势和荒原。先就近选了一片荒地作为基地。拖拉机一进荒地，问题就出现了。荒原坑坑洼洼，拖拉机一开进去，便开始"画龙"。有的挂上犁，东颠西歪，犁铧进不了土；有的犁口入土太深，负荷过大，一下就憋灭了火；有的勉强翻了一圈，不是立垡，就是回垡。

一遇上堵犁误车，更是手忙脚乱，没了主意。进入 8 月份，雨季来临，山水顺坡而下，低谷处成了水塘，高岗地也地表饱和，土质更加黏重，机车无法作业。经过 40 多天的艰苦奋斗，开垦出了 93 公顷土地，再没有荒地可开了，只好另找荒原。

通过几个月的实践，后来发现该地虽然交通方便，但垦荒点土地零散，难以形成规模，不利于机械耕作，遂于 1948 年 3 月全部搬迁到延寿县中和镇一带开荒。同时，松江省人民政府拨给从苏联进口的纳齐拖拉机 8 台，人员也增至 100 余名。这里有伪满开拓团的撂荒地，原始荒原一眼望不到边。场址选定了 18 马架，但该处地势低洼，不适合机械作业，完成播种面积 7 950 亩后，经省政府同意，又于当年 8 月向牡丹江地区转移，场部暂住牡丹江市内，场名改为松江省机械农场，主力垦荒队进驻宁安县兰岗、石头一带，当年开荒 2 万多亩，同时接收了原县大队畜牧场和护路警察队垦荒点，并入耕地万余亩，牲畜近万头，初步形成一定规模。

1948 年底，全场干部集中在牡丹江冬训，这时感到农场战线太长，指挥不便，经报省厅批准，作了适当调整，把原来留在延寿的留守人员与当地农场合并，后来改称庆阳农场。其余全部人马集中到宁安县境内，场名又因地得名，1952 年，定名为松江省国营宁安农场。

1947 年创建的农场除了宁安以外，还有通北机械农场和赵光机械农场。到新中国成立前，黑龙江创建了一大批农场，他们大致隶属于 4 个系统：有由东北人民政府农业部直接领导的建场早、规模大的永安等 4 个农场；有东北荣军工作委员会领导的带有较强的部队特点，有较严格的组织纪律性，在生产经营上多为供给制的香兰等 6 个农场；有属原黑龙江及松花江两省省营的以旱田为主，作业机械化程度比较高的宁安等 8 个农场；有属于各县县营的规模小、机械化程度低的安达县立农场等 40 个农场。

2005 年，我们在为博物馆征集展品时，从老百姓家中征集到了这个同时期的北大荒开发的见证物。由此我们不难看出，当年北大荒开发的第一犁，是多么的艰难。

友谊农场上空飘起的五星红旗

在北大荒博物馆第二展厅里，有一件保存了半个多世纪的五星红旗，这就是当年由周恩来任命的正厅级友谊农场场长王操犁亲手升起的那面国旗。

1954 年 10 月 12 日，以赫鲁晓夫为首的苏联政府代表团给毛泽东致电，提出要帮助中国建设一座拥有 2 万公顷播种面积的大型机械化谷物农场，并赠送所需的机器和设备，派遣专家给予组织和技术上的帮助。

如同苏联援建的 146 个重点工业项目一样，这个正在设计规划中的大型谷物农场也受到国人的关注。当时这个农场尚未命名。

1954 年 12 月 21 日，在友谊农场建场仪式上王操犁把一面五星红旗徐徐升起（友谊农场提供）

中央和地方的连篇累牍报道，只称之为"苏联援建的大型谷物农场"，有的报刊则誉之为"我国农业的鞍钢"。

1954年12月7日，国务院常务会议正式通过了《关于建立国营友谊农场的决定》。决定农场设在黑龙江省集贤县三道岗地区。命名为"国营友谊农场"，作为中苏两国人民伟大友谊的纪念。任命黑龙江省农业厅厅长王操犁为场长。成立了以东北国营农场管理局局长魏震五为首的6人建场委员会，在农业部和黑龙江省人民政府的双重领导下，农场的筹建工作紧张地进行着。

严冬的北大荒寒气逼人，可参加升旗仪式的人们心里却感到很温暖，因为他们是友谊农场奠基这一伟大事业的见证人。12月21日，在选定的总场部位置的荒原上举行升旗仪式。上午10点30分，场长王操犁在热烈的掌声中把一面五星红旗徐徐升上10多米高的旗杆顶端。参加升旗仪式的建场委员会成员、农场主要领导、中苏专家和干部职工代表，仰望着冉冉上升的五星红旗，沉浸在对美好未来的憧憬中。

在那热火朝天的日子里，场长王操犁始终活跃在第一线，同副场长兼农业总技师王正林一起，陪同苏联专家深入现场，向拖拉机手问寒问暖，并把红旗插在优胜者的机车上。这位年轻场长的老家在河南省遂平，20岁便参加了抗日救亡运动。到延安后，曾在马列研究院、中央党校任教。抗日战争胜利后，被派到东北工作。1948年秋，带领民工参加了辽沈战役，受到嘉奖。新中国成立后，被调至东北人民政府研究室任副主任，1954年8月，被调到黑龙江省农业厅任厅长。不久就被调到北大荒筹建友谊农场。

当年《黑龙江日报》报道说："现在，千百万人都在怀着兴奋的心情关怀和注视着……在那里，就要兴建一座近代化的机械农场，有两万公顷荒地将要变成年产数万吨粮食的良田；而且还意味着：北大荒这无边荒原开垦的起点，无数个社会主义的机械农场建立的开始，祖国这座巨大的谷仓之门将从此被打开了！"

友谊农场——这个特殊的农场，由国务院决定建立，黑龙江垦区唯一的一个场长由国务院直接任命，人员从全国农业战线抽调，2 178台（件）农机具和设备完全由苏联赠送，并且整个农场就是一个独立的县。为了加强这个农场的领导，国务院从河北、河南、山东、吉林、黑龙江和新疆抽调 21 名厅局级和县团级干部担任总场、分场甚至生产队的领导。

他们踏遍了三道岗地区的荒地和灌木丛，在 2 400 公里的地界上，埋下了 164 根大界桩，划分了 5 个分场的场界和 13 个生产队的地界。1955 年 5 月 2 日开荒生产，第一年就开荒 35 万亩，播种小麦、大豆 5 万多亩，收获粮豆 361 万公斤。

当年创建友谊农场时，不仅来了大批有志青年，其中还有从印尼回来的学生，而且许多高级领导干部也把子女送来参加建场。有最高检察院检察长张鼎丞的女儿、农垦部副部长张林池的女儿、劳动模范耿长锁的女儿。国务院副总理李富春和全国妇联主席蔡畅的女儿李特特，这位苏联季米里亚捷夫农学院毕业的女大学生听说这里筹建友谊农场，就带着刚满 3 个月的婴儿来参加建设了：住草屋，吃大碴子，她一边带孩子，一边搞课题试验；奶水不够，就用菜汤把窝窝头煮烂喂孩子……这种无私奉献的精神激励着大伙……

友谊农场是中苏人民友好的见证。早年，曾在友谊农场场部中心广场竖立着一座"中苏友谊纪念碑"，它象征着中苏人民的友谊，是中苏两国人民友好的结晶。1955 年 6 月 14 日，农场场长王操犁主持举行开工典礼，中共黑龙江省委第一书记欧阳钦亲临现场，典礼开始后，场长王操犁等领导同志与苏联专家一起开工破土，竖立奠基石。1956 年 9 月落成。碑高 5.8 米，碑基和碑身均用青冈石和红砖砌成，灰色水刷石装修。正面朝南，用白色大理石板贴面，上面刻有"中苏友谊万岁"6 个大字。碑身上方的四周分别用生铁铸花装饰，并镶有一枚铜制的"中苏友好徽"。其图案两侧铸有麦穗图形，下部为中苏两国国旗标志，左为苏联国旗，右为中国国旗。图案正中上下并排铸有"友谊"两个字。在碑身下侧四周，均贴有长方形大理石，分别刻着纪念性的文字，南侧是"国务院关于建设国营友谊农场的决定"全文，北侧是以马斯洛夫、尼科连科为首的来场 54 位苏联专家的名字，东西两侧为苏联赠送中国的农业机器和设备明细表。这座中苏友谊纪念碑仅保留了 11 年，"文革"

时期被当作修正主义的象征拆毁。后来，在原纪念碑的位置上，竖立起一尊毛泽东同志的雕像。

目前，友谊农场成为全国最大的国营农场，被称为"天下第一场"。友谊农场是我国高度机械化农场之一。现有 10 个农业分场，117 个农牧业生产队，年创工农业总产值 3 亿元。目前，已引进 62 台（件）美国新式农机具，装备了五分场二队，使该队田间作业全部达到了机械化。他们靠发挥大农业的规模效益，创造了全国最高的劳动生产率和商品率，20 名直接从事农业的工人平均每人年生产粮豆 45 万公斤，商品率为 96%。1978 年 10 月 30 日，《人民日报》发表了新华社记者李普写的一条消息《现代化农业显神通，友谊农场五分场二队夺得大丰收，20 人耕种 11 000 亩土地平均每人产粮 20 万斤》。从此，五分场二队这个只有百十户人家的生产队，引起了全国的普遍关注，考察者、实习者、参观者从全国各省蜂拥而来，2 年时间，就有 10 余万人次。当然，也引起了党和国家领导人的关注，5 年来，先后来这里视察的领导人就有王任重、李先念、李德生、刘澜涛……五分场二队被称为国内外瞩目的农业现代化窗口，农场被称为黑龙江垦区一朵现代化之花。

1957 年，王操犁调任黑龙江省委农村工作部部长；1979 年 2 月，被选为黑龙江省副省长，后来调任黑龙江省人大常委会副主任；1984 年 5 月 11 日因病在北京逝世。终年 67 岁。

　　曾担任过永安农场（现八五一〇农场）建场初期副场长的老红军张文忠，曾是张思德的战友。

　　1906 年 6 月，张文忠出生在四川省曲家湾村一个贫苦农民家庭。他刚出生 3 个月，母亲就饿死了。张文忠刚刚 8 岁，就给地主"扛活"，19 岁被逼得去给船把头拉大纤，经年累月在苦海中挣扎。

　　1933 年 9 月，中国工农红军解放了他的家乡，他毅然决然地参加了红军，在红四军

张思德的战友

张文忠

张文忠当年在农场参加劳动
（八五一〇农场提供）

第九十一师二七六团当战士。1934年10月,红军开始了震惊世界的二万五千里长征。张文忠跟随部队爬雪山、过草地,粉碎敌人的围追堵截。1936年10月,红四军胜利到达甘肃会宁与红一方面军会师。他加入中国共产党之后,调到中央警卫团当排长,在大生产中与当年做战士的张思德同志一起在陕北安塞县山中烧过木炭。

1944年9月5日,张思德同志因炭窑崩塌而牺牲。9月8日,毛泽东同志在中共中央直属机关举行的追悼大会上作了《为人民服务》的重要讲话,号召全党全军和全国人民学习并发扬张思德全心全意为人民服务的革命精神。

在苦水里泡大的张文忠同志,作战十分勇敢,参加了大小数十次战斗,曾三次负伤,多次立功受奖。

由于张文忠身伤体弱,又得了肺结核、高血压等病,组织上为了照顾他,1948年,把他调到沈阳市,任东北人民政府某军需仓库主任。工作条件优越,生活舒适,可是他不愿意享清福。新中国成立后,党中央组织开发边疆,他就积极要求到北大荒去。1950年2月,组织上批准了他的请求。

来到北大荒后,张文忠和职工一样,住的是马架子,吃的是大碴子,用人拉犁,劳动十分繁重,又缺医少药,他的身体越来越坏。过草地时伤的左腿,完全麻木了,肺结核发展到了开放期,体重下降到40公斤。1955年,组织上决定让他退休,可他退休"不褪本色",仍然跟职工群众一起参加劳动。

1959年,为了多打粮食,他亲自带几个老工人,把办公室周围空闲的5亩荒地开出来,种上水稻。他整天光脚赤膊下田,秋收后收水稻1 200公斤。

为了改造北大荒的低产田,1971年,已66岁的张文忠起早贪黑积肥。他的右手抽起两个筋疙瘩,落下残疾,刨粪握不住镐把,他就挑着担子到处捡,一冬春拣了40吨优质肥,都送到试验田里去了。播种时,天大旱,他就领着一个小青年挑水浇地,两只水桶压在肩上十分吃力,但他咬牙坚持干,3天工夫,两人挑水几百担。玉米种上了,并且一色双株。当时有人说:"双株双株,一个没毛一个秃;一半喂牛一半喂猪。"为了高产试验田的成功,张文忠不怕冷嘲热讽,把全部心血都花在种试验田上。从小苗出土时起,他就整天围着田里转，不管刮风还是下雨，一天不到地里看看，心里就不踏实。到7月份，玉米长得又高又密，就在丰收在望的关键时刻，天下起了大雨，试验田南边不远就是穆棱河，河水猛涨，眼看快要到坝顶了，一旦河水冲开堤坝，不用说试验田保不住，就是沿河一带公社的土地和队里的庄稼都要被淹。他带领一个青年沿堤坝观察水情时，突然发现堤坝被河水冲开了一个口子，他二话没说，跳进河里，用身体紧紧堵住缺口，并叫那个青年赶紧回队里报信。人们闻讯赶来，一场水灾避免了。秋天，6 亩试验田的玉米平均亩产 550 多公斤。就这样，他连续 8 年种试验田，面积扩大到 13 亩，最高亩产玉米达 600 公斤、大豆 170 多公斤、小麦 290 多公斤，为农场大面积夺高产闯出了路子。

张文忠几十年如一日，始终保持旺盛的革命斗志和艰苦奋斗的光荣传统，从不居功自傲。他给自己和家人定规矩：旧的衣服能穿的就不换新的，坏的东西能用的就不用好的。因此，他的衬衣都是补丁摞补丁。

张文忠曾多次立功受奖，连年被评为农场、管局、总局以及省的优秀党员和劳动模范，上级党委曾多次宣传表彰他的事迹。1971 年，他代表黑龙江生产建设兵团出席沈阳军区四好连队、五好战士代表大会，根据他的事迹撰写的长篇人物通讯，当时就以整版的篇幅刊登在《黑龙江日报》《辽宁日报》《吉林日报》三家省报上。1973 年，他被评为黑龙江省劳动模范。

1990 年春节后第五天，84 岁的老红军张文忠倒在他奋斗了 40 多年的黑土地上。

（根据张祖之《永葆革命青春》改写）

新中国第一个女拖拉机手梁军

看，我们的拖拉机，
身上带着铁犁。
耕起了草原万里，
我们是生产的动力。
开吆，开吆！
开遍了祖国大地……

这是早年德都萌芽乡师农场拖拉机手们唱的歌。她们用大家已经熟悉的曲调，编成了这支《拖拉机手之歌》。这首嘹亮美丽、热情奔放的歌曲，唱出了北大荒垦荒姑娘的心声，这首歌后来被刊登在《人民日报》上，风靡全国，拨动了千万个立志垦荒女青年的心弦。

这支歌的"领唱人"就是梁军。她1930年出生在黑龙江省明水县乡村的一个穷苦农

梁军当年在拖拉机队学习（北大荒博物馆提供）

民家庭。15 岁那年秋天，从延安来的老干部、原黑龙江省干部学校校长高衡，到村里参加土改运动，看到许多农民的孩子因为家庭生活困难不能上学，感到十分不安。于是，他在县委的支持下，在离县城 30 多公里的地方，选了一片撂荒地，利用原伪满开拓团的几间破草房，动员了有志于乡村教育事业的几位教师，创办了一所简易师范学校。于 1947 年 3 月招生开学，定名为萌芽乡师。

梁军告别了父母，走进了这所半耕半读的学校。当时，学校仅有 5 张桌子，50 多个学员都是农村的穷孩子。校长高衡带领学生们自己纺纱织布，解决过冬棉衣，又上孙吴荒野拣回伪满开拓团丢弃的农机具，开荒生产。

1948 年 3 月，萌芽乡师决定扩建乡师农场，并指派一批学员去北安参加拖拉机训练班学习。这个消息犹如春风，吹开了梁军的心扉。她早就立志向苏联电影里的女拖拉机手巴莎学习，当一名女拖拉机手，于是她主动找到校长高衡，再三要求和男同志一起学开拖拉机。谁料校长却说："训练班不收女的，再说女学员开车太埋汰、太累，生理上又……"

"那么，巴莎呢？"她问。"为啥苏联有女拖拉机手，咱们不收！不是说苏联的今天，就是咱们的明天吗？"

"所以嘛，今后有机会一定让你去！这是第一批学习班，不收女的。"

"我就要上第一批！"

梁军终于说服了校长，成了北安拖拉机训练班 70 多名学员中唯一的女学员。训练班里没有单独的女宿舍，而且宿舍还是大通炕，她进宿舍就感受到几十双眼睛盯着她。她一副满不在乎的样子把行李往炕上一扔，对着镜子剪掉长发，就在男宿舍的旮旯住下了。开始的时候，有的男同学看不起她，她就往炕上一坐，较上了劲。下决心一定要学好。白天梁军和男同学一样在机车上训练，晚上躲在屋角点着小油灯整理笔记。两个月后进行结业考试时，她不但学会了开车，而且还学会了简单的修理。她以良好的成就，考上了拖拉机驾驶员。

5 月初，梁军和另外两位驾驶员，开着省政府拨给学校的 3 台崭新的拖拉机回到萌芽学校。当她跨下机车的时候，欢迎的同学一下子把她给抬了起来，女伴们一边抬一边欢呼，她激动的泪水溢满了眼帘。从此，她被称为新中国第一个女拖拉机手。有了拖拉机和部分农具，扩大耕地和办农场的计划就可以实现了。从此，18岁的梁军不但顶班驾驶，而且开始带徒弟了。第一个徒弟是吴玉珍，接着又带了一批女拖拉机手。开荒点离学校30多里地，她们就在地头搭一个小窝棚，刮风透风，下雨漏雨。有一天晚上，狂风把窝棚带顶给掀了，暴雨把被褥和全身都浇透了。第二天早上，她们照样开着拖拉机干活。整天野外作业，满身油泥，风吹日晒，加上营养不良，喝的泡子水，吃的馇子饭。梁军身上长了疥疮，又痒又疼。但她没有叫一声苦，也不回校治疗。简单地用盐水洗一下，抢开荒的季节，继续出车，每天坚持工作十五六个小时。一天下来，蒙尘带土像个"黑姑娘"，除了眼睛白、牙白，浑身都是黑的。头一年，她们开新荒3 400亩，播种1 950亩小麦，收获15 000多公斤粮食。

　　1949年12月10日，梁军作为新中国的第一个女拖拉机手，光荣地出席了在北京召开的亚洲妇女代表大会。在会上，她意外地见到了慕名已久的苏联女子拖拉机队队长安格里娜。这对异国姐妹亲热地拥抱，梁军关切地向苏联姐妹询问女子机耕队情况，安格里娜细心地一一介绍，并预祝中国女子拖拉机队早日诞生。1950年5月，吴玉珍、陈亚茹等5位女同学考取拖拉机驾驶员后，梁军提议成立中国第一支女子拖拉机队，这一提议得到了党组织的支持和赞扬。1950年6月3日，萌芽学校组织了一个仪式，宣布新中国第一个女子拖拉机队正式成立，并命名为"梁军女子拖拉机队"。

　　县委、县政府和县妇联送来了锦旗、贺信。在全校几百个教职员工的掌声和鼓乐声中，队长梁军带领11名学员，庄严宣誓：

　　　　我们决心团结广大的妇女一代，一道参加生产建设，为新中国农业机械化奋斗到心脏跳动的最后一分钟……

　　接着，她们开动拖拉机，围绕校舍绕了一周。第二天，她们就驾驶机车，向新荒原进发了。

哦，火犁，你是钢铁的战马，

火犁，你是我们亲爱的战友，

你发出愉快的声音，

我们已到开耙的时候，

驾着战马走遍田野……

　　歌声传遍了北大荒。不久，通北机械农场也成立了女子拖拉机队，来自工厂、农村、学校的 21 名姑娘，集合在一起，命名为"第二女子拖拉机队"。姑娘们拥有 4 台拖拉机、4 台联合收割机，承担 914 垧耕地，当年产粮千余吨。

　　1950 年 8 月 21 日，萌芽学校推选梁军为全国第一届工农兵战斗英雄劳动模范大会代表，到北京后，她把拖拉机队开荒生产的情况和为建设新中国的雄心写成决心书，一起寄给党中央和毛主席。汇报材料和决心书很快在《人民日报》发表，毛主席看后十分满意，在百忙中题写"萌芽学校"校名。

　　1951 年 10 月底，梁军到北京农业机械专科学校学习。

　　1952 年 2 月，省委决定派梁军和女子拖拉机队带着机车去查哈阳农场。1958 年，梁军从北京农业机械化学校学习回来后，被分配到省农机研究所工作。

　　2007 年，梁军曾在采访中回忆起当年在北大荒的艰苦岁月，十分爽朗地说："在那段时间里，我们什么苦没吃过，但每当我坐在拖拉机上时，那种苦就烟消云散，能开上拖拉机是过去想都不敢想的事情，我们当时都以苦为乐，以苦为荣。"

　　2009 年，梁军被全国总工会评为新中国成立 60 年来共和国最具影响的劳模人物；2010 年，被评为全国农机行业十大女杰。她说："国家的大事、喜事我经历参与了很多。"2012 年，中国拖拉机厂在黑龙江生产的第一批拖拉机下线时，梁军还被邀请到齐齐哈尔参加了下线仪式。

　　2020 年 1 月 14 日，春节前夕，梁军因病在哈尔滨逝世，享年 90 岁。

（该文参考了史桂霞的《"巴莎"梦》）

『云雀姑娘』刘瑛

被誉为"云雀姑娘"的刘瑛同志，1936年生于北京市。她的童年是在北京度过的。新中国成立这一年的冬天，世界妇女代表大会在北京召开，作为欢迎出席大会代表的少年儿童队伍的一员，在北京火车站，刘瑛站在欢迎中国第一名女拖拉机手梁军的行列中，她挤呀，钻呀，终于站到了最前排，把到北京准备参加大会的梁军姐姐看了个够。她羡慕梁军姐姐，向往偌大的拖拉机、一望无际的原野、山一样的粮堆……她盼望自己快长大，像梁军姐姐一样，当一名拖拉机手。

刘瑛总嫌自己长得太慢，她再也不想等了，整天缠着妈妈又央求又哭闹，硬是说服了在外事部门当翻译的妈妈，让她离开美丽繁华的北京。1950年3月，她踏上了北上的火车。那时，她刚好14岁。她和同行的另外一个小姑娘，满怀着当一名女拖拉机手的愿望来到北大荒，要找她们羡慕已久的中国第一名女拖拉机手——梁军姐姐。在哈尔滨市阿什河街的公营农场管理局，两个小姑娘要找梁军姐姐，人们热情地接待了她俩，并告诉她们说，梁军是花园农场的拖拉机手，正在沈阳拍电影。这下可把两个小姑娘急哭了，眼泪哗哗地落，人们被她俩的真心诚意感动了，批准了她俩学开拖拉机的要求，并把她俩推荐到了局直属的通北（今天的赵光）农场，由农场到哈尔滨市公出的人事科长领回。

女收割机手刘瑛当年在
友谊农场（友谊农场提供）

　　新生活在严峻地考验着刘瑛：住的是小马架，喝的是河沟水。夏天到来，蚊子就扒拉不开了，更可怕的是工人身上的虱子和油污的脸盆。睡觉时，她和工人远远隔开。爱说爱笑的刘瑛，发不出她那爽朗的笑声了。消息传到了老场长周光亚的耳朵里，他看望刘瑛，鼓励她学梁军，做草原上的雄鹰。梁军学习回来，给她写信，鼓励她要克服困难，还提出要和她开展竞赛，争当劳模。刘瑛快活起来，在队长沈师傅的帮助下，很快地坚强起来，在开荒誓师大会上她说："请大哥哥大姐姐们放心，我 14 岁来北大荒，24、34、44 也不离开北大荒。我永远是北大荒的女儿！"从此，刘瑛吃苦耐劳，事事领先，开荒结束，她出色地完成了任务，被评为三等模范。人民日报社著名记者田连阡采写了刘瑛成长的事迹，这篇文章后来被选进了初中课本。

　　从那以后，刘瑛在全国出名了。1954 年底，刘瑛作为农机战线的骨干被调到友谊农场工作。她已 18 岁了，个子却很小，长得小鼻子小眼，两个小辫子翘着。一同调来的老场长周光亚嘱咐她：要像个"老兵"样，处处起带头作用。而她自己也为能参加友谊农场建设感到自豪，干起活来，连同一车组的男拖拉机手也不得不佩服她。接班前，她早早来到地头，做好各种准备工作，认真保养，爱护机车。在开荒的日子里，她连吃饭都顾不上停车，一手拿着馒头啃，一手操纵方向杆。她使班次工效由 3 垧提高到 8 垧，她也因此成为著名的开荒建场模范。不久，刘瑛作为新中国第一批女收割机手，登上了联合收割机驾驶台。她曾三天三夜没合眼，创造了轰动全国的班次收割小麦 25 垧 4 亩的新纪录。第二年，她被评为全国建设社会主义青年积极分子，参加中国青年代表团，出席了在捷克斯洛伐克首都布拉格举行的世界青年联欢会。

　　1957 年，刘瑛又光荣地出席了国务院召开的全国农业劳动模范代表大会。第二年，她带领联合收割机组，在多雨的情况下，以班次收割小麦 25 垧 7 亩的成绩，刷新了全国纪录。她所在的车组被团中央授予"保尔·柯察金突击队"的光荣称号。她先后 6 次见到毛泽东同志。在北京的一次祝酒会上，周恩来总理问她："小鬼，你从哪里来？你做什么工作？"刘瑛爽快地回答："从北大荒来，是收割机手！""好，你为农业插上了机械翅膀！听你的口音，不像北大荒土生土长的。"

"是啊，我是北京人，到北大荒都 7 年多了，扎根了！"周总理听后很高兴地和她碰杯，然后一饮而尽后，和她说："好，有志气。"

1957 年 9 月，刘瑛出国访问回来，刚刚走下飞机，就接到参加全国第三次妇女代表大会的通知。她一来到政协礼堂，就见到了全国妇联主席蔡畅。蔡畅见到她高兴地说："好好呀，我的北大荒的女儿回来了。"原来刘瑛在农场就同李特特（蔡畅之女）结下了姐妹情谊。李特特调回北京后，刘瑛每次来北京，总要探望这位留苏归来的大姐姐；李特特曾把这个小妹妹介绍给妈妈，蔡妈妈见了刘瑛，总是亲切地称她为"北大荒的女儿"。

1958 年 1 月，《长江文艺》杂志发表了汤汝燕写的长篇报告文学《云雀姑娘》。自此，刘瑛被称为"北大荒的云雀姑娘"。党组织为了培养刘瑛，1961 年，把她送到大学深造。毕业时，学院考虑她家在北京，准备把她分配到北京工作，可她坚决向党组织表示："农场送我上大学，我坚决回农场工作！"她不仅自己回到了农场，而且还把母亲、弟弟接到农场安家落户。

十年浩劫，刘瑛也未能幸免。1981 年，丁玲夫妇前往友谊农场参观访问时，见到了这位已是农机工程师的刘瑛。在与丁玲的交谈中，她只字未提自己曾经遭受的折磨，只沉浸在早年她同另一位北京姑娘林革结伴而行，来到北大荒投奔梁军姐姐学开拖拉机的美好回忆里。

1983 年，邓小平同志来友谊农场视察时，原总局局长赵清景把刘瑛引见给邓小平同志。

这个在 50 年代被誉为"云雀姑娘"的农机工程师非常激动，满肚子的话都不知打哪说起。她想告诉邓小平同志，是党把她这个不懂事的孩子培养成人，又给她荣誉……

刘瑛同志后来被任命为农机工程师，到了 1996 年，刘瑛在友谊县人大常委会主任的岗位上退了下来，返回北京定居。

2001 年在北京医科大学资料室帮忙时，她看到学生们学习解剖学时缺少身体标本，于是萌发捐献遗体的念头。随后，她响应号召捐献器官，先在北

晚年的刘瑛
在北京家中（高
跃辉摄）

京红十字会签订遗体捐献合同，通过北京海淀公证处进行公证，专业机构为其颁发了遗体捐献荣誉证书。

2007年2月9日，刘瑛把自己当年在农场使用过的铁锹和戴过的棉帽子等15件用品，都捐赠给了中国妇女儿童博物馆。

（根据张宇的《云雀姑娘》改写）

抱着婴儿参加友谊农场建设的李特特

在北大荒博物馆第五展厅里，陈列着一本厚厚的8开大的俄文农机说明书。这就是60多年前李特特使用过的"斯大林80"号拖拉机的说明书。

1954年10月12日，以赫鲁晓夫为首的苏联政府代表团给毛泽东致电，提出要帮助中国建设一座拥有两万公顷播种面积的大型机械化谷物农场，并赠送所需的机器和设备，派遣专家给予组织和技术上的帮助。

1952年，李特特从莫斯科季米里亚捷夫农学院毕业后回国。"和走前一样，父母还是异常忙碌，很少见面。"李特特没有享受到什么特权，反而在父母的鼓励下，带着仅有3个月的二儿子到北大荒开荒，一待就是3年。

李特特在友谊农场首批创建者中，因为特殊的身份引人关注：她是全场唯一带着婴儿的年轻女性；是唯一从国外高等学校农业专业毕业的归国留学生；她还是友谊农场唯一一位与中国最高决策层有血缘关系的工作人员，时任国务院副总理李富春和前全国妇联主席蔡畅的女儿。

国务院决定建设苏联援助的大型谷物农场的消息传开时，李特特从苏联季米里亚捷农学院毕业回国才两年，正在北京市华北农业研究所工作。她闻讯立即申请参加这一令人向往的事业。在得到家里的支持后，她不

晚年的李特特（友谊农场提供）

顾家人把婴儿留京抚养的劝说，硬是带着刚满 3 个月的婴儿，来到哈尔滨市。筹委会的负责同志了解她的简历后，非常高兴，但看到她怀里还抱着一个婴儿，便有些犹豫。因为正在筹建的友谊农场，连一间房子都没有。这个带着吃奶孩子的大知识分子怎么工作呢？

李特特看着他们为难的样子诚恳地说："两年前，我在红场向列宁墓告别时，就下决心将所学知识报效新生的共和国。为了使我在苏联所学的理论更好地联系我国农业生产实际，我早就向研究所提出过到农村去，熟悉情况。因为怀孕，有了孩子，拖了下来。现在是绝好的机会，有多大困难我也不会放过的。"（郑加真、杨荣秋：《中国东北角·苏醒》，黑龙江人民出版社1998 年版，第 186 页）就这样，场领导王操犁在哈尔滨帮她找了个年轻的保姆小胡，一起来到了友谊农场。

隆冬时节，李特特一行到达了设在集贤县福利屯的友谊农场建场临时指挥部。苏联政府赠送的 2 178 台 / 件农机具里，光拖拉机就有 94 台。说明书全是俄文的，当时能看懂俄文说明书的没有几个人，李特特是其中重要的一个。

第二年初春，李特特和来自全国的大批垦荒者一起，踏上了友谊农场的荒原。纵横数百里的莽莽荒原，覆盖着严冬留下的积雪。他们在五分场东的"康家店"草原上，找到一个破烂不堪的茅草屋，就在里面搭了两溜通铺，落下了脚。顿时，破烂的茅草屋升起炊烟，响起叮当的锅碗瓢盆声……这里很快变成了垦荒战士的中心营地。

北大荒初春的夜晚，依然寒风料峭。她和孩子，还有从哈尔滨带来的保姆小胡，跟大家挤在一张通铺上，用体温互相温暖着。

转眼间，夏季到来了。破烂的草屋经不起风雨的袭击，外面下大雨，屋里就下小雨。大家接水、倒水、擦拭，要是赶在夜里就更糟糕了，从晚上一直忙到天亮。那时吃的除了高粱米就是苞米碴子。刚满 5 个月的孩子也经受了不少考验，由于营养不良和疲劳所致，她的奶水很快就没有了。孩子断奶后，只用大碴子米汤或咸菜汤，把窝头掰碎后喂他。在那样的条件下，顾不得讲究卫生，加之营养太差，孩子闹起阿米巴痢疾，没有医疗条件，她就用土办法，把难得吃到的馒头烤焦碾碎后煮成糊喂他，再给他喝较浓的茶水。

1956 年晚春的一天，领导为了照顾试验站的同志们，把为数很少的宿营车分给她们一辆，怀着激动的心情她们搬进了宿营车。她和孩子、小胡住在一间 5 平方米的小隔间里，内设两个上下铺，除此之外，还有个小小的桌子可以办公。孩子没铺，只好睡在一个木箱里。

生活安定了，工作随着气温的回升也紧张起来。农场领导安排李特特负责筹建农场试验站，同时拨给试验站 20 垧土地，还配备了拖拉机和农工担负试验站的各项任务。大家首先面临的是春耕、春播任务。她和刚刚离开学校大门、没有实践经验的同志们一起翻阅教科书和资料，寻找办法。这本带有拖拉机构造的俄文说明书，是他们经常使用的。有一次搞流量实验，要调节播种机播种不同作物的流量时，大家都没有把握，于是就翻起书来，边读边琢磨，反复多次，掌握了要领后，才正式播种。

北大荒开发初期的夏天，头上暴晒，脚下火烫，再加之植物丛中蚊子和小咬围攻。小咬和蚊子的数量常常要以群团来计算，随手一拍就是十几个。最可恶的是小咬，它们能从蚊帐外钻进来，咬她的孩子，把孩子咬得哇哇直叫。孩子全身都是被咬得密密麻麻的疙瘩，脑袋被咬得像个凸凹不平的核桃。她心疼孩子，就顶住白天的劳累带来的疲劳，给孩子驱赶蚊子，经常通宵达旦，第二天还要咬牙振作精神，继续工作。有一次她蹲在地里观察小麦孕穗时，困得她无法自制，倒在地里睡着了。不一会被蚊子咬醒，起来时，眼皮、鼻子、嘴唇都被咬肿起了大包，回到家，小胡看到她的狼狈相，觉得又可怜又好笑，孩子看了也吓得哇哇大哭。

不久，小胡回家探亲。李特特只好把宿营车里的床用栏杆围起来，把孩子围在里边。一开始孩子说啥也不干，一见栏杆就拼命地哭，哭得她心如刀绞。但她还是狠心地离开孩子，去工作了。很快，孩子习惯了一个人玩。也许是他知道母亲工作忙而照顾不了他，他常站在床边的小窗口看着外边来往的行人，他很会逗趣，引诱叔叔阿姨前来抱他，带他玩。场里的同志们也很喜欢他，每当经过宿营车时，总要看看他或抱抱他，下班时，大家抢着把他抱走，直到天晚了才送回来。

1956 年的晚秋，场试验站盖好了，职工宿舍也盖好了。李特特分到一间平房。小胡也从哈尔滨回来了，她答应李特特等第二年春天再回家团聚，她要陪他们在这里度过严冬。

冬天降临了，分给的取暖煤不够用，各家都打了很多草来补充。他们家没劳力，只好省着烧。屋里的温度低，炕也冰凉，一到半夜，小屋冷得像冰窖，每天早晨北墙都会结厚冰，被子冻在墙上怎么也拽不下来。晚上，孩子的小手冻得像个小馒头，每天早晨醒来便伸着小手叫："疼、疼。"让妈妈给他暖一暖、搓一搓。看着孩子这样受罪，小胡心疼极了。

小胡不在的时候，李特特只好自己照看孩子。因为孩子影响工作，领导为了给孩子找保姆，也伤了不少脑筋。当时的黑龙江省委书记欧阳钦同志来友谊农场视察工作时，还特意询问她和孩子的情况。后来，因为找不到保姆，领导问她有什么考虑。正当她满怀激情地在友谊农场生活时，组织上调她回北京工作。因为中国农业科学院要成立原子能利用研究室，需要她这样的专业人员。

1997 年夏天，离开北大荒 40 多年的李特特第一次回"家"探亲，心情非常激动。她当时的身份是中国扶贫基金会理事、中国地区开发研究会咨询中心高级顾问。1988 年离休后，李特特作为中国扶贫基金会理事，几乎跑遍了中国所有的贫困地区。

这本在友谊农场修造厂珍藏了半个多世纪的说明书，是在 2004 年北大荒博物馆征集展品时征集到的。

李特特同志于 2021 年 2 月 16 日 22 时 21 分因病在北京逝世，享年 97 岁。

1枚公章的感人故事

发现 31 枚公章

在 1958 年大批转业官兵开发北大荒之前，来自山东黄河三角洲的农建二师 8 300 多名指战员开进北大荒，成为第一支成建制开进北大荒的部队。

1952 年，中央人民政府革命军事委员会主席毛泽东命令步兵九十七师部队番号改称中国人民解放军农业建设第二师，移防山东生产待命，从事农业建设。1954 年，党中央、国务院指令，农建二师的官兵，集体移垦北大荒。先后以团为单位创建了 3 个机械化国营农场，这就是今天的二九〇农场、二九一农场和铁力农场。

这支英雄的部队，曾经驰骋于解放战争的枪林弹雨之中，冲破孟良崮、济南战役的

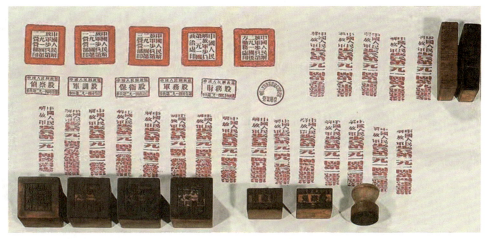

北大荒博物馆展出的半个多世纪前二九一团用过的部分公章（赵国春摄）

硝烟，使顽敌闻风丧胆。济南战役胜利凯歌后，他们成为驻守济南市的城防卫戍警备部队。1951 年，济南警备部队改番号为步兵九十七师，班师山东半岛国防前线。

2004 年夏天，我们到二九一农场为北大荒博物馆征集展品，在没有丝毫线索的情况下，我们找到了老干部科，在座谈会上，我们得知农场原来保留了一套二九一团的部队公章。我们从《二九一农场志》上，发现了几枚公章的照片，可史志办的人也不知这套公章的下落。现任的办公室主任和档案管理人员，没见过这套公章。已经退休的上届档案员，也没见过。她又推荐她前届的档案员，终于在档案室一个好久不用的柜子抽屉里，找到了沉睡半个多世纪的 31 枚部队公章，这些公章全是用山东的梨木人工刻制。二九一团所有的部队公章，一枚不少地展现在大家面前，我们如获至宝。

这 31 枚公章，有 5 枚 6 厘米见方、高 3.5 厘米，它们分别是"中国人民解放军步兵第二九一团一营营部印""中国人民解放军步兵第二九一团二营营部印""中国人民解放军步兵第二九一团三营营部印""中国人民解放军步兵第二九一团政治处印"和"中国人民解放军步兵第二九一团后方勤务处印"。有 5 枚宽 2.7 厘米、长 5 厘米、高 4 厘米，它们分别是"中国人民解放军步兵第二九一团司令部军务股""中国人民解放军步兵第二九一团司令部军训股""中国人民解放军步兵第二九一团政治处保卫股""中国人民解放军步兵第二九一团司令部侦察股""中国人民解放军步兵第二九一团后方勤务处财务股"。其他 20 枚长 10 厘米、宽 2.4 厘米、高 4 厘米，它们是"中国人民解放军步兵第二九一团某某连"，全是繁体字，公章四角倒棱，分布在四角字的笔画有不同程度的磨损。还有 1 枚直径 4.2 厘米的圆章，是"中国人民解放军农建六团供应站营业用章"。

一段可歌可泣的故事

在这 31 枚部队公章里，有 1 枚公章记载着一段可歌可泣的故事，那就是"中国人民解放军步兵第二九一团一营机炮连连部"……

部队刚来到北大荒，团部驻扎在密山县城东、穆棱河畔的知一镇，为了建场筹集木材。老乡听说部队要创办农场，都积极提供信息。团长宋光和副政委张积文听老乡反映，向东去不远的虎林县境内的完达山上有日本关东军当年砍伐尚未运走的木材。二九一团以一营机炮连为主，组成一支 300 多人的运木大队。战士们来到虎林县境内的二道山头，用树干、树枝、羊草搭起了简易工棚，在山坡下的小清河打捞早年日本鬼子扔下的困山材。另一队战士则赶着马车，将打捞上来的原木运回驻地加工。一天一夜运一趟，全程 60 公里，每天早晨 4 点钟摸黑出车，冒着严寒，赶到大岗。吃饭、喂马后又继续行进，赶到二道山头，太阳早已下山了，装上木材又重新返回。战士们身上虽然穿着棉袄、皮大氅，但因长途赶车，早被刺骨寒风打透了，好多战士的脸、鼻子、耳朵都冻烂了。这一冬，他们打捞出 2 500 多立方米木材。

快过新年了，运木大队的干部战士，接到了团党委口头传来的慰问，同志们都特别兴奋，因为他们要在北大荒欢度第一个新年。

不幸的事件发生了

1954 年 12 月 28 日，二道山头到处洋溢着歌声、笑声。这天，任务完成得也格外轻松，太阳就要落山的时候，几十辆爬犁就全部装满了木头。在收工的路上，不知是谁喊了一声："过年了——"远山深处传来了回声："过年了——过年了——"人们觉得好玩，大家便一起呼喊，回声把大家逗得笑个不停。炊事员陈洪常，晚上把苞米碴子饭煮得特别烂，并把仅有的一条带鱼也洗了，炖了一锅汤，100 多人喝着刚能嗅出一点腥味的鱼汤，美美地吃了顿晚饭。

然而，不幸的事件发生了。晚上 8 点钟，一座工棚失火了。当时，劳累至极的战士们已进入梦乡，唯独战士陈福昌坐在火炉旁烤着鞋里的乌拉草，他太困乏了，但为了第二天野外作业，他不得不把湿漉漉的乌拉草烤干。一不小心，炉火将草烤着了，火苗腾空而起，一下子蹿到低矮的棚顶。紧接着烧着了在棚内用树枝、树条搭成的床铺。霎时，整个工棚和另一个相邻的工棚变成了火海，火势十分凶猛，又无救火工具和水源，两间工棚都被浓烟和烈焰所笼罩。在梦中被浓烟呛醒的战士们，奋力扑打着烈火，他们想把活的希望留给别人。有的战士连门都摸不着了，有的战士可能根本就没醒过来。机炮班班长、24 岁的共产党员张继通，是一位来自山东省高青县的小伙子。他当时已经从烈火中冲了出来，这时他猛然想起工棚里还有不少枪支，如不抢出来，烧响的子弹会威胁他人的安全。他大喊着又冲进了工棚。当人们在失火现场找到他的遗体时，他的怀里还紧紧地抱着 5 支钢枪。张继通本来患有严重的风湿性关节炎，领导多次劝他下山休息，但他仍坚持留在山上，顽强地工作着。

机炮连副班长赵洪福，从火里钻出来后，在雪地里找不到救火工具，只听他大喊一声："拿脸盆——救火！"又重新冲进火海，外面的战士呼唤着他的名字："小赵，赵洪福……"时间一分一秒地过去了，一双双焦灼的眼睛再也没有看到他的身影。

当熟睡的董树檀被烈火烤醒后，他来不及穿衣服，使劲拍打着身边还在酣睡的战友："快起来，着火了！"当他准备跳出 1 米多高的门口时，忽然感到脚下被绊了一下，他顾不上火烤的疼痛，抱起倒在地上的战友，钻出了熊熊大火……

火势越来越猛。看到工棚内被火光吞噬的战友们，外面的战士眼睛都红了。此时，连长韩瑞华头脑异常冷静，多进去一个战士，就等于多失去一个同志，他大声地喊着："谁也不准进去，这是命令！"

唱不完的英雄赞歌

在这场大火中，既无水源，又没有防火工具，虽然两个工棚里的 72 名战士中大部分人脱险，可还有赵太和等 23 名战士献出了年轻的生命……

陈守仁和马克明牺牲前一天还在密山县驻扎地，当听说团党委准备调骨干人员支援二道山的消息后，主动找领导报名。结果当天晚上到二道山后就在这场烈火中殉难了。

在家排行最小的董兴池，那年才 24 岁。他父亲 50 岁得子，特别疼爱他，他也很孝顺，经常给老人写信。白天他还抽空写了一封不让老人挂念的信，没想到老人接到的这封字少情深的信竟是儿子的绝笔。

其实每位战士都是一部永远也写不完的书，因为他们是用自己的青春和热血写的；每个人都是一首永远唱不完的英雄赞歌，因为普通之中蕴含着伟大。

1955 年 1 月 3 日，农建二师党委和虎林县政府召开了 500 多人参加的追悼大会。黑龙江省军区批准殉难的同志为烈士。据老人讲，当时的会场一片哭声。会后，将 23 位烈士安葬在虎林城北"开国纪念林"烈士陵园。农场无论是建场大会、开荒动员，还是年节期间，农场领导总是反复强调："牢记二十三烈士遗志，完成烈士未竟的事业，要尽快建好农场，让烈士含笑九泉。"

1995 年 9 月，二九一农场在建场 40 周年时，战友们流着泪、排着队，将烈士的骨灰和墓碑从虎林迁回农场，建起了烈士陵园，举行了隆重的"二十三烈士纪念碑"落成典礼。纪念碑坐落在场部福山林木掩映的鲜花丛中，正面是 8 个雄健、隽永的大字："二十三烈士纪念碑"。

位于二九一农场的"二十三烈士纪念碑"（二九一农场提供）

在北大荒博物馆第二展厅里，陈列着一块由当年苏联专家赠送给原东北农垦总局局长王正林的怀表。

1919 年 1 月，王正林出生在河北省赵县西关村的一个农民家庭。自幼酷爱农业，边读书边参加劳动。1938 年，他光荣地加入了中国共产党。后来在国统区搞农村工作，任中共地下党支部书记。随后，便长期转战于华中华东抗日根据地。新中国成立初期，曾先后担任桦川县委书记、吉林省农业厅副厅长。

1954 年，国务院决定成立全国第一个国营大型机械谷物农场——友谊农场，并任命王正林为副场长兼总农艺师。先是协助王操

北大荒的『焦裕禄』王正林

坐落在友谊农场的王正林同志纪念碑（友谊农场提供）

犁同志接待来自全国各地的建场人员，接收物资和苏联支援的各种机械。11月15日，苏联专家顾问49人到达北京，其中，有苏联农业部派来的尼·谢·马斯洛夫，有苏联国营农场部派来的马·巴·尼科连科等。

友谊农场地处黑龙江省集贤县三道岗地区。当时那里是一望无际的原始大荒原，条件极其艰苦。第二年开春后，农场开始开荒。王正林同志是前线总指挥，他与苏联专家一起，顶着漫天飞雪，身穿从豫皖苏区带来的灰布大衣，打着绑腿，跑遍了全场的所有地号。4月下旬的一天，王正林带着生产队长颜世良等坐上拖拉机，在泥泞颠簸的原野荒道上向友谊农场进发，直到中午才到了五分场场部，这时的分场场部实际是一片帐篷群，仅有一座土房，是专门给苏联专家的。王正林下车就和苏联专家组组长、农场场长顾问尼柯连科同志来到帐篷里。当时尼柯连科看到颜世良还没有到作业点去开荒，就很不满意，说了一些指责的话。翻译只是说专家命令颜世良下午两点钟必须把拖拉机带到作业点投入作业。颜世良想跟苏联专家解释一下，王正林摆了摆手，示意他不要说。

1955年的7月，正是开荒的好季节。一天早晨，王正林早早地来到开荒点，只见一台机车停在那里，他走上前去才发现，驾驶员累得趴在方向盘上睡着了。王正林抬脚钻进了驾驶楼，亲自驾车开起荒来。这是一块低洼地，大犁堵得厉害，王正林只好开一会儿，再下去抠一会儿。他和这名驾驶员边开边抠，连续干了10多个小时，弄得满身污泥。蚊子、小咬、瞎蠓"联合进攻"，往脸上一拍，满手是血。就这样，王正林带领垦荒队足足干了两年多，开垦荒地40万亩，超额完成10万亩。

1957年，王正林与苏联专家克洛奇可夫交换了怀表。从那时起，他每天把这块怀表戴在身上，在友谊农场干了6年，从来不知道节假日是啥滋味。时至今日，他的夫人肖寒回忆起那时的情景仍是激动不已，她说："正林啊，干起工作来什么都忘了。那时，孩子们都在外地上学，放假回来，他们很想见到爸爸。夜里，等啊等啊，直到进入梦乡，还是没能听到爸爸的声音；早晨醒来，只见一双刚刚换下来的农田鞋，湿漉漉地摆在床下，可是爸爸早走了。"

1959 年，王正林被调至合江农垦局任副局长。1963 年，东北农垦总局成立后，他晋升为局长。他的职务变了，可他的本色没有变，这块怀表一直揣在怀里。他规定，机关干部每年下基层时间不得少于 1/3。他要求别人做到的，自己首先做到，他每年下基层的时间在一半以上。他下基层，来去从不用人接送，也不要人陪吃陪喝。白天跑地号，晚上找同志谈心或开座谈会，经常工作到深夜，有时睡在办公室的椅子上，有时住在职工的宿舍里，睡夜班工人的被窝。

王正林是中共八大代表，1965 年到中南海汇报工作时，他戴着这块怀表，受到周总理等党和国家领导人的接见。他从不居功自傲，心中时刻想着群众。有一次，一名"文革"中被打下去"改造"的同志回机关办事，王正林特意把他找到家里吃早饭。这位同志一进屋，就发现他家的早饭十分简单，但却被分成两种：一种是两碗玉米面粥，一碟馒头；另一种是一碟烤面包片，一碗麦片粥；中间放两碟小咸菜。王正林招呼这位同志在那份"洋气"一点的食物前就座，这位同志见状，说："都不是外人，何必整两样呢？"王正林的回答简直把这位同志给惊呆了："你不是有胃病吗？这份饭是健胃的，你可要多吃点噢！"可他从来不关心自己。他刚来友谊农场时，爱人肖寒到中央党校学习，他只好把 4 个女儿都送到哈尔滨，两个住小学校，两个住幼儿园。当时孩子们还都小，生活上不能照料自己，不到半年就病倒了两个，一个住进学校病号室，一个住进传染病院。当时正是开荒的关键时刻，王正林整天在田间转，竟一次也没能去看望孩子。立志献身于这块黑土地，他早把满腔的爱融进了北大荒的农垦事业。

由于工作劳累，王正林过早地失去了健康，患上脑血栓等多种疾病。1969 年秋，他被调到省革委会生产指挥部当副主任。1976 年，黑龙江生产建设兵团撤销，省农场总局成立，他看到经过十年动乱垦区各项工作百废待兴的状况，主动请求回垦区工作。省革委为了照顾他的身体，任命他担任农场总局副局长兼党委副书记。当时农场总局的工作千头万绪，他下农场、跑地号、搞调查……有时他的病情加重，躺在床上照样召开会议或者找同志谈工作。

有一次，他为了急于搞清一个问题，一边焦急地看着点滴瓶里的药，一边看着怀表。后来索性不顾医生和同志们的劝阻，他拔下输液的针头，带着一提包针管、药瓶就下场去了。边调查研究，边点滴输液。整整在基层蹲了一个月，召开28次座谈会，个别谈话53人次，这远远超出了脑血栓晚期病人的工作量。从那以后，王正林的病情日益恶化，1980年，组织上安排他到广州医治疗养。到那后，他发现南方改革的热潮风起云涌。于是，他走出疗养院的大门，参观养鸡场、奶牛场、食品加工厂、门市部……考察完广州再考察上海，离开上海又奔长春，一路颠簸，一路辛劳，记笔记，写调查，起草报告。没有火车坐汽车，没有卧铺坐硬板。9月26日，待他日夜兼程、风尘仆仆赶回时，一份长篇考察报告递交到了党委手中。可是他却昏倒在办公桌前，戴着那块怀表，手里还握着笔……从此，他再也没有起来。

1990年，在纪念他逝世10周年的前夕，一些敬仰者首先发起倡议，垦区8 000多名干部、职工集资5万多元，在友谊西岗陵园修建了一座"王正林同志纪念碑"。王正林是北大荒人的杰出代表，是深受全垦区人民爱戴和敬仰的领导之一，他被称为"北大荒的焦裕禄"。

在北大荒博物馆征集展品期间，王正林的夫人、战友肖寒女士，主动把王正林戴了23年的怀表捐给博物馆，这块怀表是王正林为北大荒献身的历史见证。

（根据齐长伐《北国长歌动地诗》改写）

北大荒博物馆展出的王正林生前戴过的苏联专家赠送的怀表（赵国春摄）

在北大荒博物馆第二展厅里，展出的这件原团中央领导同志授予新中国第一支城市青年志愿垦荒队的队旗。质地为红色绸缎，锦旗左边缝有白色棉布旗裤，其余三边镶有金黄色丝绒线穗，旗面贴有黄布剪成的仿宋字，上款为"中国新民主主义青年团中央委员会授予"，正中为"北京市青年志愿垦荒队"10个大字。要说起这面锦旗的来历，让时间闪回半个世纪以前。

"到祖国最需要的地方去"

1955年4月，共青团北京市委召开了第三届团代会。团中央领导亲临会议并作了报告，倡议："青年人要响应毛主席的号召，到边疆去，到祖国最需要的地方去，开发边疆，建设边疆，在那里安家落户"。

中央领导的号召和讲话，在全国青年中引起了巨大的反响。首都青年首先响应，由

挺进荒原的北京青年志愿垦荒队

北京青年垦荒队五位发起人，从左到右为李连成、李炳恒、庞淑英、杨华、张生（杨华提供）

杨华、庞淑英等 5 名同志发起并组织了我国第一支北京青年志愿垦荒队。60
名青年（包括 11 名女同志）被挑选出来作为第一批队员。

　　1955 年 8 月 30 日，北京各界代表 1 500 多人聚集在北京市工人俱乐部，
为我国第一支青年志愿垦荒队举行欢送大会。团中央领导作了《向困难进军》
的讲话，称赞第一支青年垦荒队：

　　　　你们是光荣的第一队，因为你们肯到祖国最需要的地方去，敢到最困难
　　的地方去……你们这次去北大荒，没有花国家一个钱，这是得到了北京市青
　　年的支援。这件事只有在共产党领导下的新中国才能办得到。你们是第一批
　　去北大荒的开拓者，你们的任务艰巨而光荣，你们六十一人是先遣队，将有
　　大批青年源源不断地加入你们的行列。（赵国春：《沃野星空》：北方文艺
　　出版社 2017 年版，第 21 页）

　　授旗仪式开始了。团中央领导代表团中央和全国 1.2 亿青年，把绣有"北
京市青年志愿垦荒队"几个金字的大旗交给杨华。

昔日荒原露出丰腴的肌肤

　　9 月 3 日，60 名垦荒队员到达黑龙江省萝北县。不久，马买来了，五铧
犁运到了，开荒地点也勘察和确定了。杨华领着队员们开进了荒原。

　　进入荒原的第一夜，大家正在帐篷里休息，突然不远处传来一声狼嚎，
紧接着狼叫声此起彼伏。不大一会，狼群包围了帐篷，黑咕隆咚的天底下，
不知来了多少只狼。35 匹马被野狼刺耳的叫声吓惊了，一个个高昂着头，跃
起前蹄，奋力嘶鸣。马的嘶鸣和狼的哀嚎响彻夜空。杨华指挥着队员们在帐
篷的四周点上火堆，以保护队员和马匹的安全。狼近了就打一阵枪，直到天亮，
狼群才散去。

　　1955 年 9 月 10 日，在人迹罕至的萝北荒原，垦荒队举行了简短而又隆重
的开荒仪式。随着杨华的一声令下，4 台套着 6 匹马的垦荒大犁，在千年沉睡

的荒原上，唤醒了一块块沃野良田。10 月底，杨华带着他的战友们，盖起了第一排简陋的草房，喝上了自己打出的井水。

开荒比建房还艰苦。过去，队员们没有见过开荒犁，刚一扶犁，试着吆喝一声，东北的马听不懂北京人的口令而惊了，拖起犁蹦出几米远，把扶犁的人甩出老远，有时摔在树疙瘩上，两手被划得鲜血淋漓，开一天荒不知要摔多少个跟头。但是，杨华和队友们没有退缩，依靠自力更生精神，他们学会了扶犁开荒。60 天后，1 200 亩的荒地翻了身，昔日荒草掩埋的荒原，露出了丰腴的肌肤。

开荒生活十分艰苦。吃的是清一色的煮黄豆和发霉的窝窝头、高粱米、大碴子。有的人脸冻起了泡，有的人脚指甲都冻掉了。上山伐木更是艰辛，"窝窝头用镐刨，棉鞋棉裤用棍敲，虱子臭虫用火烧"。

个别人开始动摇了。一天，杨华来到山上的伐木队，领队的同志已捆好行李，准备带队下山了。杨华深知山上条件艰苦，但伐木任务没有完成，怎么能半途而废呢？他激动地凝视着队员们，咬破中指，在几块铺床的破纸板上，有力地写下了"我是荒原上的一名垦荒战士，我中途不叛变，不作逃兵，"队员们被二十九个鲜红的大字感动了，重新打开背包，继续干起来。

经过一秋一冬和第二年春天的奋战，一个新的家园——北京庄，出现在嘟噜河畔。第一批北京青年垦荒队的老队员们迎来了第二批 3 625 名天津队、河北队、山东队的战友们。于是，出现了天津庄、河北庄、山东庄……再加上北京庄，在凤鸣山下、鸭蛋河畔建起了 8 个以自己城市命名的青年集体农庄，号称萝北荒原"八大庄"。

北京庄建在萝北县凤翔镇南 10 公里的北山脚下，当年盖起了 7 栋住房，一个大食堂，一个马棚，开荒 1 800 亩，加上 1955 年秋开垦的 3 000 亩，共产粮豆 14 万公斤，上交国家 7 万公斤，收入 1.5 万元。

"我也非常想念你们"

1956 年 6 月 8 日，团中央领导风尘仆仆地专程来到北京庄。正在犁地的队员们闻讯后，卸下犁杖骑着马赶回庄里。"哦！你们是在赛马吗？"领导看到几个队员跃马而来，风趣地说，"我来了，你们就不生产了？"垦荒队员回答道："我们都非常想念您，想早点看到您。"

队员们拥向团中央书记，把他围在中间。正在脱坯的队员沾满泥水的双手还没来得及擦，就被团中央领导紧紧握住了。领导转达了团中央和北京市人民对垦荒队的问候。他说："我也非常想念你们，北京人民也在关心着你们，向你们表示慰问！"

领导挥动着手臂，声音洪亮地勉励队员们不向困难低头，再接再厉，成为北大荒的一代新人；当他了解到队员用柞树叶子当烟抽时，马上让随行人员把带来的香烟全部分给大家。

离开了北京庄，领导又先后到天津庄、河北庄、山东庄探望垦荒队员。后来，在他的关怀下，给集体农庄拨来一批大米和其他物资。

北京青年志愿垦荒队经过三年的奋战，这里已成为初具规模的青年集体农庄，实现了团中央的期望，听见了"鸡叫狗咬，孩子哭"。垦荒队员的第一个新生儿起名叫"垦荒"。第二个男孩叫"边疆"。

1958年夏，十万转业官兵来到北大荒。预备一师、预备七师来到萝北，使萝北走向了农场化，以5个青年志愿垦荒队和1956年山东来的垦荒队为基础建起了青年农场。

1959年秋天，杨华代表这个英雄群体进京出席全国社会主义青年积极分子代表大会。他见到了毛主席、周总理，并当面向总领队胡耀邦同志汇报了三年创业的成绩。

1955年8月30日，北京青年志愿垦荒队从北京前门火车站出发时，北京各界群众欢送时的情景（共青农场提供）

2012年岁尾，北大荒迎来了又一个寒冷的冬天。12月16日下午，在位于哈尔滨市红旗大街的农垦总局会议室里，却充满了鲜花和掌声，弥漫着温暖与感动。第二届感动北大荒人物颁奖典礼活动在这里举行。

他们是北大荒这个英雄辈出的群体中的一员，他们是人间大美大爱的守护者。杜俊起等10位同志被评为第二届"感动北大荒"人物。今天，我带领读者走进的就是：天津青年志愿垦荒代表、共青农场退休干部杜俊起。

热血青年的选择

我国第一个五年计划刚刚开始时，全国范围的经济建设高潮正在蓬勃兴起，党中央号召开垦荒原、扩大耕地面积、发展农业。《人民日报》发表了题为《有志青年到祖国最需要的地方去》的社论，在社论中传达了毛主席关于"农村是一个广阔的天地，在那里可以大有作为"的重要指示，紧接着团中央书记代表团中央向全国青年发表了"向困难进军"的重要讲话，他号召青年要到农村去，到边疆区，到祖国最需要的地方去，开发边疆，建设边疆。

北京市首先组织了第一批青年志愿垦荒队，以年轻的共产党员、北京市石景山区乡长兼团支部书记、23岁的杨华为队长的垦荒

天津庄的『举旗人』
杜俊起

杜俊起当年在北大荒
（共青农场提供）

队，于 1955 年 8 月 30 日开赴到黑龙江省萝北。向荒原进军的消息传到了海河两岸，在天津市的广大团员青年中引起强烈反响。具有革命光荣传统的天津海河儿女决不能落在时代的后面。他们积极响应团中央的号召，到祖国最需要的地方去，到最困难的地方去。北京青年垦荒队开赴萝北以后，杨华给他们写了信，介绍了萝北垦荒的情况，杜俊起他们才有了到萝北垦荒的明确方向。

1935 年 12 月，杜俊起出生于天津市津南区高庄子乡一个农民家庭。1952 年，他高小毕业后参加农业生产，被推选为社理事，负责乡里板报，是乡里的文艺骨干。他积极能干，带头组织了技术小组，钻研稻田插秧、合理施肥、防治病虫害等农业技术，提高了粮食产量，他曾受到青年团天津市东郊区工委的表扬。他于 1954 年加入中国共产党，1955 年担任乡团总支副书记。他的各项工作都在平稳上升的时候，他突然有一种迷失感，觉得自己这么年轻，整天守着家人亲属，太受束缚了，想出去闯一闯。20 岁那年，他作为社会主义建设积极分子参加了天津市代表大会。会上，与会代表都有一个共同的愿望，就是能为社会主义建设干些事，以实际行动报答党的恩情。也有一个共同的决心，就是听从党的号召，到祖国最需要的地方去，到最困难的地方去，为社会主义建设献出自己的力量。

这年刚入冬，天津社会主义建设积极分子大会就召开了，喜讯传开后，海河两岸的儿女沸腾起来。时为津南区民进高级社会计、党支部副书记的杜俊起便向团市委提出申请，要像杨华等北京青年一样，投身北大荒的开发建设。

天津市的青年们互相沟通，给团市委、团区委写申请，联合签名，迫切要求参加垦荒。有的递交了一次未批，就再写再交，有的还写了血书，表示坚决响应党的号召，积极要求参加垦荒队是每一个有志青年的责任。杜俊起的申请书是这样写的：

青年团天津市委员会：

　　自从听到北京市青年志愿垦荒队到祖国边疆黑龙江省垦荒的消息，我非常兴奋和羡慕。他们这种不怕困难、热爱祖国的行动是值得我们学习的，我们都是生长在毛泽东时代的青年，我要和北京青年志愿垦荒队一道，去唤醒酣睡的土地，把自己的青春和力量献给祖国，为国家生产更多的粮食，支持社会主义建设，我恳切地希望组织一支天津青年志愿垦荒队，并批准我做这个队的光荣队员。我知道，在边疆睡大觉的荒地不是几十亩、几万亩，而是几十万亩。我有决心用我的双手，把这些荒原翻个个儿，叫它们长出粮食来，同时我也知道，开垦荒原不是简单容易的事，工作中的困难一定很多，边疆的气候寒冷，一切要从头做起，要自己盖房子，自己挑水喝，但任何困难都吓不倒我，因为我是一名共产党员，是新中国的青年，是毛泽东教导下的青年。我保证到那里以后听从领导上的分配，团结互助、克服困难，完成党和国家交给我的光荣任务，我等待你们的回答。

申请人：杜俊起
1955 年 9 月 2 日

　　申请交上之后，怕不予审批，他又给领导们连续写了两封信，恳求他们批准他的申请。当《天津日报》发表了他们的申请书以后，市委作出正式决定：组织天津市青年垦荒队。工厂、农村、街道、学校等各界青年积极报名，不到一个月的时间，天津市就有 17 000 多名青年报了名，青年团天津市委从中挑了又挑、选了又选，把家庭历史清楚，身体健康、父母同意，能吃苦的，家庭有剩余劳动力的 272 名优秀青年，选入垦荒队。在公布名单的那天，杜俊起接到通知书时高兴地跳了起来，紧紧地和身旁的队员拥抱在一起，嘴里不停地喊着："我选上了，我选上了……"禁不住流下了激动的泪水。

　　杜俊起的母亲是乡人大代表，她积极支持儿子的行动，为他赶制棉衣、棉鞋，嘱咐他"不要掉队，要为全家争光"。他妹妹是少先队员，为他赶绣了一对枕头，绣着"虚心学习、团结互助" 8 个字。

杜俊起临行前，母亲为他打理行装（杜俊起提供）

今年 87 岁的杜老还清晰地记得，在 1 700 多人的会场里，自己的母亲作为唯一垦荒队青年家长讲话。母亲裴守英是乡妇女代表、妇委会副主任，积极支持儿子的选择。她激动地说："我儿子去边疆开荒，我心里非常高兴，我支持他的行动，我告诉他不要想家，不要掉队，为全家争光，为天津市人民争光。"听着母亲的发言，杜俊起眼泪止不住地直往下流。会后，他的心里久久不能平静，恨不得一步迈到北大荒。

作为天津青年志愿垦荒队队员，先后分两批，在市委、市政府、团市委领导，工人、农民代表的欢送下，告别了家乡，离开了亲人，奔赴到黑龙江省萝北县与北京青年志愿垦荒队员会师。

1955 年 11 月 5 日清晨，天津队的第一批队员出发了。这一天，在杜俊起的心里是个挥之不去的日子，作为青年志愿垦荒队副大队长，他踏上了征服北大荒的旅程。在人们敲锣打鼓的欢送声中列车离开了天津，一路上，哈尔滨、佳木斯、鹤岗等地党团组织都组织了欢送仪式。在哈尔滨换车驶向鹤岗，那时，从鹤岗到萝北只有一条土路，经过 4 小时的颠簸才能到达目的地。

唤醒沉睡的荒原

11 月 8 日下午，队员们到了萝北荒原。等了他们两个多月的北京青年垦荒队员，高兴地跑着、跳着、喊着："欢迎战友到来！"互相拥抱，欢喜得合不拢嘴。杜俊起和杨华，这两位风华正茂的小伙子双手紧紧地握在一起。这时，杨华大声喊道："我们盼望了两个多月了，欢迎你们跟我们并肩作战。

请战友们洗洗脸，吃完饭，咱们开个联欢会。"于是，有的帮着拿行李，有的帮着提背包，很快天津队员们搬进了北京队员盖的第一幢拉哈辫草房。有火炕，比出发前大家想象得还要好。当然，这是北京队员们给他们打的基础。

当时的青年点还是一望无际的荒原，住的是马架子和窝棚，一切都要靠白手起家。尽管在家时做了吃苦的思想准备，但开荒中遇到的困难远远超出大家的想象。开荒建点首先要在荒原上蹚出一条路，经常要蹚水走在齐腰深的泥水里。住的马架子和帐篷里没有床，就把一棵棵原木摆在一起，上面铺上干草，早上醒来行李是湿的，半夜下地踩上一脚泥。

"当年来北大荒的时候，我们都是风华正茂的年轻人，满怀着激情和理想，一个心眼听党的话，听毛主席的话，哪里有困难就到哪里去，哪里艰苦就到哪里去，组织需要就是我的志愿。"杜俊起每逢讲起那段历史，都会不自觉地说起这番发自肺腑的话。

当时的北大荒偏僻荒凉，见不到人迹，荒无人烟，看不到房子，也没有路，迎接他们的是刺骨的寒风、狼群野兽、漫天的风雪、莽莽的荒原和沼泽地。面对着尚未开垦的处女地，垦荒队员们热血沸腾，放下行装，点燃篝火，砍倒树干，搭起窝棚和马架棚，砌起锅灶，开始了创业的新生活。

到达北大荒的第一件事就是上山伐木，准备来年盖房子。北大荒的冬天是常人想象不到的，冷得出奇。尤其是冬天遇到"大烟炮"时，就会刮得天昏地暗。遇到这样的天气，在当地以打猎为生的"坐地户"也不敢出门，可是他们垦荒队员，因为胸怀创业大志，不怕严寒，窝棚被雪埋上了，扒开门，清理个道仍然坚持上山伐木。生长在城市的年轻人，谁也没干过这种活儿，连见都没见到过。

刚来的时候，天气实在是太冷，零下40多摄氏度，再加上没有经验，有的队员耳朵冻起了大泡，有的冻伤了手和脚。到了春天的时候，队员们忙着清林烧荒，做开垦的准备，随着天气转暖，蚊子、瞎虻、小咬轮番向他们袭击，有时晚上被咬得无法入睡，只好坐起来，为了驱赶蚊虫的叮咬，他们在草坪上点起了火堆，边唱、边跳起舞来，到深夜才能入睡，面对这种恶劣的环境，繁重的劳动、艰苦的生活，垦荒队员们没有痛苦和后悔、没有退缩和怨言，只有使不完的劲。

"我们深知，垦荒的路就是一条艰苦的路，是一条铺满荆棘的路，垦荒精神就是艰苦奋斗的精神，就是无私奉献的精神，垦荒队员们做到了。"（赵国春主编：《第二届"感动北大荒"人物传记》，北方文艺出版 2013 年版，第 5 页）

杜俊起临来前有个对象，姑娘叫李之雯。他俩是同乡同学，一起参加工作，一起入团，在天津曾有过将来结为伴侣的愿望。因为年龄小，没多考虑，就把全部精力投入组织青年垦荒队了。到了萝北荒原，作为天津队的带头人，他忙着带领队员们打草、伐木、运木。当时，天津队和北京队、河北队合编在一起，共分四个大队，杜俊起和杨华被分在第二大队，分别担任大队的党支部书记和大队长。大队共有 50 多辆苏联式的四轱辘马车，200 多匹马，担负着 3 000 多立方米的木材运输任务。每次运木，50 多辆车一起出动，浩浩荡荡。每路过一个屯子，老乡们都出来看，羡慕地说："这是垦荒队的马车队，多带劲儿！"

1956 年 3 月 26 日那天，杜俊起正在"34 号庄"建点，萝北青年垦区宋书记派通讯员通知他下山参加紧急会议。当时，鸭蛋河正跑"桃花水"，水大流急。他骑一匹大红马与通讯员蹚着马背深的水走了 60 多里，晚上 8 点才赶到萝北县城。第二天一早，宋书记来了，笑眯眯地对他说："十点钟开会，迎接天津队第二批队员。通知你来有两层意思：一是迎接新队员；二是新队员中有你要好的同学李之雯。"他听了心情很激动，想不到组织上还这么体贴。

9 点 50 分，6 辆大卡车满载着第二批队员开来了。宋书记一个劲地把他往前推。人们边走边喊："来啦，来啦！"车上的人也喊："到啦，到啦！"李之雯第一个跳下车，朝他跑来。到了跟前，她却腼腆地说："你好！"杜俊起也不好意思了，说："你来啦！"队员们围了上来，又起哄，又开玩笑。

1956 年 5 月 4 日，天津青年集体农庄成立，队员们早早地就起来了，有的在草坪上插彩旗，布置会场，有的采来山野花，布置会场四周的主席台。

萝北县委办公室主任在会议上宣布："天津青年集体农庄经上级批准正式成立。"杜俊起当选党支部副书记、天津庄副主席（后来他还被选为天津庄的主席）。这一天，北京庄、山东庄、河北庄、哈尔滨庄也都成立了。会上，萝北县小学少先队献花、献词，各级领导讲话，队员代表表决心，最后垦荒队员全体面对垦荒党旗宣誓。晚上在草坪上燃起篝火，又跳又唱一直到深夜。

1956 年冬天，杜俊起带领大家把青年点的房子盖起来了。12 月 30 日，杜俊起、李之雯同另外三对青年一起举行了集体婚礼。谁都没有新衣服，只是把墙壁贴上报纸，两个人的行李搬到一起就算成家了。四对新人买来烟酒糖茶，领导安排食堂杀了一头猪、两头羊，270 名支边青年享受了一次大餐。

开荒生活是艰苦的，夏天蚊子、小咬、牛虻轮番"轰炸"，回到"马架"，晚上刚一躺下，蚊子就铺天盖地，一巴掌拍死七八只是常事。队员们没有蚊帐，睡觉时有的蒙着被子，憋得大汗淋漓；有的把裤子套在头上，直冲裤腿喘气。垦荒队员们编了一首打油诗——北大荒三件宝：瞎虻、蚊子和小咬，白天黑夜三班倒。最难熬的是冬天，寒风刺骨，手冻得似猫咬，累了也不敢休息，稍停一会儿全身立刻冰冷难忍，中午要大踏步跑着啃窝窝头吃。杜俊起记得第一次上山伐木，晚上穿着棉大衣戴棉帽子睡在帐篷里，早上起来被子上结了一层霜，根本叠不上。

随着天气转暖，蚊虫叮咬让人无法入睡。8 月的一天晚上，杜俊起建议大家走出窝棚，边唱歌边跳舞，以此抵抗蚊虫叮咬。

夏季的北大荒，茫茫荒原，荆棘丛生，塔头墩子、沼泽遍布，每刨一镐，泥水都会溅起老高，经常把人变成"泥猴"。在野外作业时，没有伙房，杜俊起和队员们就露天起灶；没有水井，他们就用泡子水做饭；没有蔬菜，他们就挖野菜。有时工作的地方全是水，中午吃饭时队员们只能边走边吃。在特别紧张的情况下，没有粮食，只能吃牲口饲料：糠皮、豆饼甚至野菜。一年夏天的晚上，杜俊起和队员们在窝棚里睡得正香，突然一声喊叫把他们从梦中惊醒，只见一名队员从被窝里拎出一条蛇，抖着手臂惊恐地大喊："蛇……蛇……"在场的每个人心里都胆战心惊的。

　　在垦荒队员们的拼搏努力下，终于修出了第一条路，打出了第一眼井，盖起了第一栋房子，开荒种下了第一棵种子。

　　1956 年 6 月 8 日，风格外暖，天格外蓝，团中央领导同志风尘仆仆地专程来到天津庄。

　　队员们拥向这位穿着蓝上衣的团中央书记，把他围在中间。队员们像见到了亲人一样，一个个激动得流下热泪。

　　天津青年志愿垦荒队经过 3 年的奋战，已成为初具规模的青年集体农庄，实现了团中央的期望，这里听见了"鸡叫狗咬，孩子哭"。

　　天津庄的垦荒队员们没有辜负党组织和家乡人民的期望，建庄 3 年共开荒 2 万余亩，3 年生产粮豆 180 余万斤，建造房屋 136 间，农庄的各项建设、文化生活、文体活动等在萝北地区都走在了前头。1958 年，天津庄荣获周恩来总理签发的"全国社会主义建设先进单位"荣誉称号。

　　垦荒队员们收获欢乐的同时，也经受了挫折的考验。1957 年春天，他们播下的 5 000 亩大豆长势非常喜人，就在大家盼望丰收的时候，有一天下起了大暴雨，中间夹杂着鸡蛋大的冰雹，瞬间 5 000 亩大豆被"一砸而光"，满地冰雹，杂草和豆叶被雨水冲成了堆，面对毁灭性的灾害，有的队员沉默不语，有的低头叹息，还有的队员号啕大哭。从开荒到播种是多么不容易啊！冬天不用说，春天烧荒、刨树头、开荒整地不知摔了多少跤，划破多少回肉皮，虎口被震裂了，鲜血直淌；为了克服蚊子、瞎虻、小咬的袭击，只好用包袱把头裹起来，留 3 个洞；吃的、住的困难都克服，眼看着用自己的血水和汗水孕育出来的豆苗毁于一旦，怎么能不心痛呢！在关键时刻，党支部一班人查看了灾情，向垦荒队员、党员、团员作出动员，要求大家振作精神，向自然灾害作斗争，并作出了毁苗重种的决定。在县委、垦区党委的支持和党员、团员的带动下，全体队员共同拼搏，三天三夜重播 5 000 亩大豆。秋后收获 60 多万斤，取得了好收成。

　　8 月阴雨连绵，黑龙江江水上涨，江水顺着江堤蔓延，萝北召兴镇庄稼部分已被水淹。县政府通知：全县动员组织人员防汛抢险。天津庄组织 100

余人参加防汛，到了召兴被分配在苞米楼子上居住，炊事员忙着砌锅灶，垦荒队员们立即跑到江堤参加抢险。夜晚蚊子、小咬成群，根本无法睡觉，大家只好坐在江堤上，点火熏蚊子。水火不留情，水位上涨就是命令，大家跳入水中，拉大网式地挡住缺口处，控制江水蔓延，然后再用装土的草袋子堵住。天津庄的小伙子们光着脚、穿着裤头、光着膀子，向江堤上挑土，正常只能挑两个土篮子，小伙子们非挑四个，一头两个。大家互相比赛，嘴里还高喊着水涨一尺，江堤涨一丈的口号。他们你追我赶，争先恐后，扛着装土的草袋子，上下江堤来回跑。江水稳定后，休息的时候，他们就光着脚，披上花被单在江堤上跳起新疆舞。防汛抢险 20 多天后，县委授予天津庄"铁肩膀队"大旗一面。

在杜俊起的记忆里，"队长就是打头的，200 斤重的麻袋能扛动就得走"。繁重的体力劳动在垦荒队员身上都留下了伤病，杜俊起腰椎严重移位变形，颈椎、双膝关节骨质增生，常年腰疼。1974 年，经常便血的杜俊起到医院检查，被确诊为膀胱癌。当时在哈医大二院做手术时，兵团政治部副主任到医院来看望他，在病痛中的他还在思考："用什么行动来报答农场？"

让我活一天，我就奉献一天

我来北大荒博物馆工作后，总局党委宣传部高跃辉部长从他的摄影画册《拓荒者影像记忆》中选择了部分作品到基层单位巡展，巡展后，他把这些作品全部捐给了北大荒博物馆。我们从中选择了一部分在馆里展出，其中就有杜俊起的图片，他的感言这样写道："只要让我活一天，我就奉献一天，快乐一天、年轻一天。"

杜俊起是这样说的，更是这样做的。开发北大荒的生活是艰苦的，创业是艰辛的。杜俊起和天津庄的老垦荒队员们，不会忘记在天津庄的西山下，有几个深葬的坟墓，埋葬着 6 位长眠的战友，他们把生命献给了北大荒，与北大荒融合在一起。

更让杜俊起终生难忘的是：天津第一批垦荒队员——共产党员朱永才同

志。朱永才刚到北大荒那年，才刚刚 23 岁，他在农庄一直喂马、养马。他工作任劳任怨，从不计较个人得失，有时人手不够，他一个人喂 200 匹马。他爱马胜过爱自己，为了工作方便，他常年住在马号里，30 岁时才结婚，他深爱与其同甘共苦的妻子和聪明活泼的一双儿女。1969 年战备期间，他的妻子和两个孩子在一次意外事故中被砸在防空洞里，当他得知消息从马号跑回家时，妻子和孩子早已离开了人世。这对朱永才是巨大的打击，平时爱说爱笑的七尺汉子，流着眼泪沉默了。但悲痛并没有使他消沉，他还是那样辛勤地工作着，经他喂过的马个个膘肥体壮，而朱永才同志却一天天消瘦下来，脸色也越来越黄。大家劝他去医院检查，他总是笑着说："不要紧，没什么事儿。"有一天，他给马加料时腹部又突然疼了起来，豆粒大的汗珠直淌，队领导和战友们硬是把他送到医院，经检查被诊断为肝癌晚期。他病成这样还要坚持工作，经领导多次劝阻，他才住进医院。在他生命垂危时，这个铁打的硬汉子，眼里流着泪，握着战友的手，用极微弱的声音说："我这个共产党员没能完成党交给我的垦荒任务，请你们替我照料好这些可爱的马吧。我们的创业也少不了它们啊！……"这是多么好的共产党员、多么好的一个垦荒战士啊！他把自己的生命献给了北大荒这片黑土地。提起往事，杜俊起眼含泪水激动地说："在北大荒开发建设的史册上，像朱永才这样的战士还有很多，他们都长眠于这片黑土地上。"

岁月的风雨虽然侵蚀了他们的墓碑，但他们的名字却永远铭刻在北大荒建设的丰碑上！人们不会忘记他们用生命书写的一页页壮丽的垦荒诗篇，它激励着人们、教育着人们。

1994 年，退休后的杜俊起心里装的还是农场的大事。一次，宝泉岭管理局请他给学生们作报告，讲述当年支边的故事。回来后，他想：要让现在的年轻人信服，光说不行，还要让他们眼见为实。于是，他开始搜集、整理农场当年垦荒时的老照片，配上说明文字，把照片一张张地粘贴在一面大红帐子上，以此展现垦荒的艰难困苦和队员们战天斗地的乐观精神。从此，他担任起农场关心下一代的工作，带着大红帐子到孩子们中间进行北大荒精神教育。他协助农场有关部门在"天津庄"原址建起了青少年教育基地，把自己珍藏多年的垦荒队当年用过的锹、镐、马灯、理发工具、45幅垦荒照片和天津团市委组织青年志愿垦荒队的所有文件，以及50年来《天津日报》发表过的青年志愿垦荒队的新闻报道原件全部赠送给了农场场史馆。退休后，他把主要精力都投放到关心下一代工作上，先后为广大青少年作北大荒精神传统教育报告200场次，受教育人数2万多人，义务捐款30余次，捐款额达1万多元。

2004年6月，杜俊起身患膀胱癌，在医院连做了两次大手术。他得知农场要召开思想道德建设大会、上级领导都来参加的消息后，主动参加会议，并在会上作了"拓荒者的足迹"专题报告。由于身体虚弱，他的额头汗水直流，嗓子也开始沙哑，可他还是饱含深情地坚持作完报告。台上台下都被他的精神感动得热泪直流。听完报告后，一些学生发出了向老垦荒人学习的倡议："一定要好好学习，将来报效祖国。"还有160多名学生递交了入团申请书。

年轻时，由于开发建设条件艰苦，杜俊起的身体受到严重影响。20世纪70年代，他患上了膀胱癌，由于治疗及时病情得以控制。2000年后，病情两次复发，他又做了一次大手术。身体还没有恢复，他就强拧着出院，很快又和那些天真烂漫的孩子们在一起了。近几年，杜俊起的身体状况一天比一天差，打针、吃药、化疗，有时腿疼得连走路都非常困难。但他时常说："尽管我的生命已进入了倒计时，但我要在有限的生命里，把北大荒精神传承给下一代，我依然要做一名冲锋陷阵的战士，勇往直前。"

2005年，河北团省委将团干部带到共青农场，听河北青年志愿垦荒队的事迹报告，并到生产第一线了解当年的垦荒场景。东北林业大学等高校最近几年也经常将大学生派到共青农场，与当地群众同吃同住同劳动，学习垦荒精神，开展社会实践活动。

近年来，北京等5地团组织经常邀请青年志愿垦荒队员回家乡作垦荒精神报告。在"河北一号工程"曹妃甸钢铁项目开工建设时，河北又将河北青年志愿垦荒队老队员代表请回家乡作垦荒精神报告，用老一辈青年志愿者无怨无悔奔赴北大荒建设边疆、守卫边疆的精神，鼓舞新时期的青年建设者。为了体现这种传承，老垦荒队志愿者代表还受邀为曹妃甸钢铁项目的青年突击队授旗。传承之于杜俊起，就是不断地讲述，让后辈不会忘记。

为了使宣传贴近当代社会实际，杜俊起还学习编写演出音乐快板、三句半等文艺节目，结合青年垦荒精神宣扬农场的新人新事新风尚。

杜俊起在共青农场工作生活了67年，先后担任过天津青年志愿垦荒队副大队长，天津青年集体农庄副主席、主席，生产队长，连长、连政治指导员，机械修造厂指导员，木材厂书记、厂长，教育中心党支部书记等职务；曾先后获得垦区先进教育工作者、鹤岗市优秀共产党员、萝北县建县百年功臣、垦区十佳离退休干部、垦区第二届"感动北大荒"人物和"感动宝泉"十佳人物等荣誉称号。

2013年6月5日，本书作者（右一）和杜俊起夫妇摄于杜俊起家中（钱丽琴摄）

在黑龙江省境内完达山北麓的南横林子东部，有一片白桦林。在这片白桦林里，有一座水泥建筑的陵墓，一方花岗岩墓碑朝东矗立，上面镌刻着"黄振荣同志之墓，王震敬书，1985 年秋"17 个金光闪闪的大字，碑顶上是一枚熠熠生辉的红星。

说起黄振荣，他是一位具有传奇色彩的英雄。1915 年 6 月，他出生在陕西省长安县。1928 年他 13 岁时，全家住在西安城里，他在一家店铺里当学徒。当时军阀混战，许多店家倒闭，他生活无着落，被迫参加了国民革命军西北军。开始在总部任勤务员，后来担任冯玉祥将军的贴身警卫员。1930 年 12 月，冯玉祥将军的"卫队旅"改编为国民革命军第二十六路军七十四旅，奉命到江西宁都驻

『完北青松』黄振荣

1956 年冬，原八五二农场场长黄振荣率踏察组到宝清县踏察场址（八五二农场提供）

防。经我党中央军委做工作，第二十六路军宣布宁都起义，黄振荣殖起义部队编入红军。二万五千里长征时，黄振荣同志已是红六军团五十一团的参谋。

1937年"七七"卢沟桥事变发生后，党中央为了敦促阎锡山部抗日救国，派黄振荣、李成芳等"七人小组"到山西太原"决死纵队"工作，开始在决死一纵队任教官。"七人小组"在团结友军、共同抗日方面作出了积极贡献。

1936年11月，黄振荣同志接受护送丁玲到延安的工作，不但圆满地完成了任务，而且幸福地见到了朱德总司令。朱总司令把一块麻将牌锯成两块，一半留给自己，一半给黄振荣刻图章用，以志纪念。宁都起义后不久，黄振荣一直在王震手下工作和战斗，在征途上，王震任红六军团政委，黄振荣任排长，南泥湾大生产中，黄振荣是三五九旅的营长。

1948年12月，"铁道纵队"成立，他由中央人民革命军事委员会委任为中国人民解放军铁道兵团第四支队副支队长兼参谋长。他在抢修山海关铁道、运送大军进关中成绩突出，立了一大功。1950年8月，他任铁道兵第三师副师长。1951年他率部入朝，在日夜抢修大同江铁桥中又立了一大功。朝鲜民主主义人民共和国授予他国旗勋章和二级自由独立勋章。1952年10月，他被中央军委任命为志愿军铁道兵三师代师长。

1953年回国后，他又奉命开赴鹰厦路前线，参加铁路建设。这一次，是王震特地从北京铁道兵干部学习班上把黄振荣调来的。在学习班里，黄振荣因1940年在关家垴战斗中被日寇俘虏一事正在接受审查，王震司令员一见面就开门见山地告诉他：

"我们并肩战斗了20多年，你的历史，包括你的为人，我王震清清楚楚，用不着背包袱。现在胜利了，国家要建设，我已向中央提出建议去开发北大荒，希望你再跟我并肩战斗，一起去开发北大荒。"（黄黎、高明山编著：《黄振荣传》，黑龙江人民出版社2015年版，第53页）

黄振荣沉思了片刻，便以军人的姿态欣然接受了老首长的任务。响应党中央的号召，黄振荣于1955年10月24日来到了地处虎林县境内的中国人民解放军铁道兵八五〇农场。他兼任副场长，不久，他奉命筹建八五二农场。

　　在 1956 年 3 月 12 日，黄振荣带着小分队出发，踏察荒原，来到了完达山北麓。当时，虽然已是春天，可由于雪大道路被阻，给踏察工作带来很大的困难。

　　在 6 月 1 日举行开荒典礼后，黄振荣没黑没白地奔波在田间，组织拖拉机大队开荒。他吃在地里，有时还在地头的帐篷里过夜。为完成当年试播大豆的任务，他一边组织拖拉机继续开荒，一边组织播种机抢播大豆，使开荒头一年就取得了生产成果。

　　黄振荣每次下地，都是徒步走，一天要走上五六十里路。后来，战线越过了蛤蟆通河，在大河镇一带作业，他一天就要走上百里地。荒野里野狼很多，还有熊瞎子、凶猛的土豹，撞见野兽是常有的事。由于随时背着冲锋枪，每次他都能把野兽打跑。那种与野兽搏斗的惊险场面，让紧随着他的通讯员张寿泉同志为他的安全担心。

　　为了北大荒的建设事业，黄振荣呕心沥血。在他的努力下，当年"北上"的 7 000 多官兵在这里安下了家，住进了营房。当年开荒 20 多万亩，1957 年

黄振荣和铁腰姑娘
孟庆芬察看大豆长势

耕地达 51 万亩。成了铁道兵垦区规模最大的一个农场。节约开荒费用 1 100 多万元。在当年 10 月份于北京召开的全国农林会议上，受到朱德副主席的表扬，称八五二农场是全国费用最低的一个单位。号召全国农垦企业向八五二农场学习。

这位有着 37 年革命生涯的老红军战士，为农垦事业奋斗了 15 个春秋的垦荒先驱，在十年浩劫中，却因蒙受不白之冤而溘然长逝。为他更衣时，在场的人都惊呆了：发现他遍体是青紫色的伤痕，10 个脚指甲竟然冻掉了 9 个……

大儿子黄黎那年 17 岁，他避开"造反派"的耳目，匆匆地到宝清县邮电局，将父亲去世的消息发电报给北京的王震……

1979 年 2 月 20 日，农场党委作出了《关于黄振荣同志平反昭雪的决定》。9 月 18 日下午，农场在大俱乐部举行追悼大会，农场机关和生产队代表近千人参加了悼念活动。

王震将军始终没有忘记这位功勋卓著的老部下。1985 年秋天，王震将军在八五二农场招待所拿着饱蘸墨汁的毛笔，在宣纸上给黄振荣的墓碑题词——"黄振荣同志之墓。王震敬书"。写过之后，把毛笔往桌上一摔，脸转向朝南的窗户，眼里流出了怀念的泪水。

1990 年秋天，王震副主席来到黑龙江垦区视察，安排老伴带着孙子、孙女代表他去墓地祭拜，把一个"黄振荣同志千古、王震全家挽"的花圈送到黄振荣墓前。以此表示对这位留在北大荒的老红军的深深怀念。

黄振荣虽然已离开我们多年了，可他的精神和光辉形象，就像扎根在完达山北麓的一棵青松，永远屹立在北大荒人心中。

开发荒原的带头人

余友清

北大荒第一个铁道兵农场——牡丹江农垦分局八五〇农场创始人余友清，是一个参加过二万五千里长征的红军老战士。

1905年1月，余友清生于湖南慈利县岩泊渡赶舟湾一个贫农家庭。全家4口人，全靠父亲周名岩做船工和种2亩山田为生，家境贫苦。

为了挣点钱糊口，余友清七八岁就开始劳动，14岁时和父亲一道给鱼贩子背鱼、撑船，沉重的劳动使他刚刚成年就驼了背。1924年，本乡农民暴动，余友清也跑去参加了，斗倒了大地主吴莫其，但不久就被国民党军队打散了，余友清也被抓去当兵。后来他辗转逃回家乡，但依然挣扎在饥饿线上。

1934年10月，贺龙、任弼时领导的红二方面军来到湖南一带进行反"围剿"运动战，占领了慈利、桃源等县，穷人奔走相告。

余友清（中）与科技人员观察庄稼长势（八五〇农场提供）

余友清得知这一消息后，兴奋得睡不着觉，他要去找红军，摆脱苦难的生活。

一天，他趁父亲不在家，披上一条麻袋，撑起一只舴艋小舟，顺着澧水漂泊而下。两岸的青山翠竹，他无心观赏，一路的激流险滩，挡不住他盼望早日见到红军的脚步。他穿过几道白匪的封锁线，终于隐隐约约地看见岸上有一支急匆匆奔走的队伍。他想立即弃舟奔跑过去，又怕队伍不是红军，反入狼群。于是，他把小舟靠拢在山崖下，隐身观察，队伍渐渐走近了，他看清了红旗，看清了帽檐上的红星。他一个箭步蹿上岸去，不顾一切地向队伍跑去，发出求救似的呼号：我要参加红军，我要参加红军。

1935 年，余友清加入中国共产党后任排长。跟随部队开始了艰苦卓绝的二万五千里长征。1943 年，延安整风运动时，他是延安党校的学员。

在战场上，余友清有一股不消灭敌人誓不罢休的倔劲。在绥远剿匪时，有个土匪头子枪法很准，把他的狗皮帽子打了一个洞，时值隆冬，同志们劝他换一顶帽子，他发誓说不抓住土匪头子不换帽子。后来，他率领部队穷追猛打，终于灭匪擒首，可是他的头皮也被冻伤了。

新中国成立后，余友清从十九师调往新的兵种铁道兵部队，担任铁道工程兵第五师副师长，随后投入到抢修宝成铁路的艰巨工程中。抗美援朝时期，他担任志愿军铁道兵八五〇五部队副师长。1954 年，部队从朝鲜回国，征尘未卸，他就来到黑龙江省伊春林区抢修森林铁路。

1954 年，八五〇部队复转大队在伊春集结待命。王震将军来到林区视察，发现战士们在驻地附近开了许多零星荒地，种上的蔬菜、瓜豆，果实累累。这使他萌发了新的计划：抗美援朝停战后，国家将要实行义务兵役制，有一大批老战士将要复员。北大荒的土地资源丰富，如果能动员老战士们在这里开荒办农场，岂不两全其美！既安置了大批复员军人，又可以为国家增产粮食。于是，他把这个打算跟余友清和随行的参谋们谈了，余友清连声说好。

"我想先试一试，等有经验，再向中央提出报告。"王震踌躇地说。

"要搞试点，打头阵，我去。"余友清如同当年请缨出征一样，坚定、恳切。经过一番调查之后，王震司令员毅然下决心，让余友清带领参谋人员去虎林密山一带勘察荒原，选点办农场，做部队转业官兵开发荒原的带头人。余友清欣然接受了这一艰巨任务，带领勘察队进入亘古荒原。1954 年 10 月，余友清率 500 名复转官兵和劳改支队 5 000 人，由伊春南下，徒步行军到达虎林。他们在当地政府和老乡的帮助下，于 1955 年元旦在虎林成立了铁道兵开发荒原的第一个军垦农场——八五〇农场。就在这一年，党和国家分别授予余友清"八一"勋章、"独立"勋章和"解放"勋章，并授予他上校军衔。

在北大荒的开发建设中，余友清仍像在战斗中一样，以压倒一切敌人的气概，率第一批军垦战士进行了创建农场的艰苦战斗。他多次带领小组深入密、虎、宝、饶一带，踏荒勘察，为创立八五〇，为以场扩场规划选点；他在零下 40 摄氏度以下的严寒中，闯入马鞍山原始森林找困山材；他顶着"大烟炮"，带领全场从深山到虎林铺成百里冰道，又用人拉爬犁将困山材运到农场；他组织职工挖出日寇营房旧水泥砖 100 多万块，修建了西岗场部，盖起当地第一座四层大楼；他冒着生命危险带头进入虎头日寇留下的地下工事，找出了大批未用过的炮弹，卸去炸药后用弹壳打成建场第一批农具。当年播种大豆 3 万余亩，水稻 2 000 余亩，共收粮豆 3 400 吨。余友清作为铁道兵开荒建场的先锋，创造性地完成了任务。八五〇农场开垦了 390 万亩耕地，农垦部还决定在八五〇农场建设卫星城，作为农垦新城镇建设的典范。

红军战士的血没有白流，余友清的英雄业绩得到了国家有关领导和群众的高度赞扬。1960 年 11 月 19 日，朱德委员长看到《中国青年》杂志刊登的有关余友清同志先进事迹的报道——《北大荒的老红军》一文后，深受感动，特为《中国青年》第 12 期杂志亲笔题词——"青年同志们：学习红军老战士的不断革命精神，艰苦奋斗，发奋图强，建设我们伟大的社会主义祖国！"

1963 年，余友清任虎林分局局长时，还住在西岗的草房里。每天很早起床，步行到虎林上班。后来，肺病加重，组织上安排他到长沙休养，他才恋恋不舍地离开北大荒。他病重时，仍关心北大荒，想在病情好转后回北大荒看看。老人的夙愿最终未能实现，他带着遗憾于 1978 年 11 月 18 日与世长辞。

（根据楼芹的《铁道兵农场的开路先锋》改写）

北大荒的『水稻之父』徐一戎

2018 年 9 月 25 日下午，习近平总书记在三江平原腹地黑龙江农垦建三江管理局考察粮食生产和收获情况。在北大荒精准农业农机中心一楼大厅，习近平双手捧起一碗大米，意味深长地说："中国粮食！中国饭碗！"

这一句"中国粮食！中国饭碗！"让无数的北大荒人潸然泪下。这是总书记对北大荒最高的褒奖，也是对北大荒人最有力的鞭策。如果徐一戎先生在天有灵的话，他也一定会感到欣慰。

一

1924 年，徐一戎出生在辽宁省北镇县的一个书香门第。青少年时代，他怀着忧国忧民之心勤奋求学。1943 年，在奉天农业大学毕业后，又考入东北大学农学系。毕业后，

徐一戎在牡丹江管理局为稻农讲解水稻栽培技术（农垦科学院提供）

满腔热情地投入新中国的建设事业。他先后完成了伪满时期农业统计资料的整理，编辑出版了《农业统计资料汇编》，创办了《东北农业》，编辑了一批农业丛书。

徐一戎胸怀远大抱负，20 世纪 50 年代，投入黑土地的怀抱，先后担任黑龙江省劳改局勘测设计队技术员、黑龙江省劳改局农机处农业技师。当时，北大荒还没有大面积开垦，劳改农场大都以种水稻为主。

徐一戎学的并不是水稻专业，偶然的机会，让他的人生与水稻结缘。1956 年 11 月，徐一戎来到莲江口农场，担任技术室副主任。他走遍将要开发建设的鹤立河、梧桐河等 10 多个农场，发现这些地方 2/3 是低洼地，心里便萌发了研究种植水稻的念头。

要在北大荒种水稻不是一件容易的事情。这里位于北纬 40°~50° 之间的高寒地带，一年之中有 1/3 时间被冰雪覆盖着，冬季最低气温可达零下 40 多摄氏度，冻土层最深达 2.5 米。但这里土壤肥沃，腐殖质含量高，可以提高农作物的品质。

徐一戎找来一些有关水稻栽培方面的资料，仔细研读。他还花费半年多的时间跑遍了北方几个省份，搜集到 938 个水稻品种。

试种第一年，徐一戎在 8.5 亩地里摆开了 938 个试种畦地，他起早贪黑地观察、记录，甚至半夜还打着手电筒到地里察看苗情。忙碌了大半年，到了秋天结果却很不理想，最少的亩产只有 37 公斤。

徐一戎总结经验教训，第二年又筛选出 142 个品种进行试验，并采取了一些增产的技术措施。到了秋天，有 30 多个品种亩产超过 100 公斤，最高的达 242 公斤。

有时，历史也会误解一个人。1957 年，徐一戎的行政职务和技术职务全被撤了，唯一保留了劳动的权利。白天，他拼命地劳动，夜里认真地读书，做笔记、整理资料。

徐一戎顶着各种压力，一有机会就钻进试验田观察、记录。他翻译了许多外文资料，保存下来大量的水稻品质资料。在他的主持下，完成了"水稻品种资源利用研究"课题，对 800 份资料进行了整理、分类，搞系谱，进行稻瘟病的鉴定试验，形成了黑龙江省水稻抗冷性鉴定的方法和规程。

1969 年，徐一戎被"遣返"老家插队落户。他唯一的要求就是去一个可以种水稻的地方。于是，他来到了辽宁北镇县和兴村，这是一个每天工分只有 8 分钱的贫穷地方。他住在一个低矮潮湿的小草屋里，吃着百家饭。这里的老乡不论你什么身份，只要你有本事，能帮助他们摆脱贫困，他们就欢迎。

"听说你会种水稻，明天就到地里看看，从哪挖渠沟，画张图回来。"一位姓邴的书记说。第二天，徐一戎来到稻田。"你们去年种的是'农垦 21 号'，亩产也就 500 来斤吧。"徐一戎从地里拾起一棵稻穗说。

陪同的人非常惊讶："你怎么知道的？"

这人回去向邴书记汇报："新来的黑大个，了不得呀！到地里一走一看，就知道咱们去年的产量。"

不到一顿饭的工夫，这个消息传遍了全村。

没多久，徐一戎在医巫闾山下的北镇县就出名了。老乡们种地、选种、打药等技术上的事都找他，乡里找他，县里也找他。请他讲课、指导，徐一戎又一次感到了自身的价值。

1972 年 7 月 15 日，徐一戎落实政策后回到原单位合江实验农场。一下车，他没有先回办公室，而是跑到那片久违的 8.5 亩试验田，像是见到了久别的亲人一样，眼里饱含热泪。

回来不久，徐一戎就承担了农业部下达的"寒地水稻直播高产栽培课题"。为了方便研究，徐一戎新婚不久就从家里搬出来，住进水稻研究所。他把 8.5 亩地分成几十个小区块，种上水稻，开始昼夜紧张地观察、记录和比较。因北大荒早晚温差大，每天都要作出分组比较，记下分毫不差的数据。

徐一戎将试验田分门别类编制调查点，每个调查点定 10 至 20 个样株积累数据。他设定的调查点近 300 个，3 天查一遍。他和助手白天记下叶片数、叶片长、叶形态、叶面积。利用晚上和星期天归类分析。对于收集上来的 10 多万个数据，刚开始他们用笔算、用算盘打。数据太多了，他们就从工程设计室借来了计算尺。大数据计算时，他们就求助于一家科研所的手摇计算器。

5年过去了，徐一戎的"寒地直播水稻早熟高产栽培技术"研究取得了重大突破。他对试种的50多个水稻品种，详细整理出它们的增产因素条件，并根据实验结果对北大荒每一个气候区适用什么品种，什么时间栽培，都作了具体说明。从此，他着力推广的"合江19号"等10多个品种在汤原等23个农场、萝北等14个市、县播种，最低亩产达到395公斤，一半以上亩产首次超过400公斤，并在黑龙江的直播水稻栽培史上，小面积首次突破了千斤大关，创造了当时高寒地区水稻产量的最高纪录，为寒地水稻高产开辟了新的前景。该项成果获农垦部科研成果二等奖。

低温冷害是寒地水稻生产的主要障碍因素，不仅影响水稻的产量，还影响品质。徐一戎同时还承担着农业部下达的"水稻低温冷害的防御技术"科研工作，经长期观察研究，在国内首次提出了栽培防御低温冷害的水稻技术。该项成果荣获农牧渔业部科研成果二等奖。

二

党的十一届三中全会以后，徐一戎先后担任宝泉岭管理局科研所农艺师，黑龙江省农垦科学院水稻研究所高级农艺师，农垦科学院学术委员会副主任、顾问，北方水稻协会理事，黑龙江省水稻研究会副理事长，黑龙江省水稻专家顾问组副组长。黑龙江垦区75个种水稻的农场，徐一戎不知跑了多少遍。黑龙江60个市县，他去讲过课的就有30多个。同时，他还兼任黑龙江八一农垦大学的客座教授，每年还不定期到农业部、黑龙江农垦管理干部学院讲课。

为了尽快地将研究技术应用于生产，徐一戎精心绘制了"寒地直播水稻亩产千斤栽培技术模式图"，将水稻生长发育进程、水稻的形态特征、诊断标志、采用措施等，直观形象地标明，使有一般文化程度的人一看就懂。这份模式图在黑龙江水稻栽培史上是首创，受到广大水稻专业户的欢迎。

徐一戎就像一座沟通科学技术与生产实践的桥梁，把科学种水稻的知识介绍给千万个稻农，为我国东北地区推广水稻种植技术作出了巨大的贡献。

1979 年，他担任中国水稻经典著作《中国稻作学》审稿人；1989 年，他编译了 10 万字的《水稻栽培必读》；1991 年，与他人合编的《旱地稻作》出版，填补了国际稻作的空白，被国家评为科技图书一等奖；1991 年 12 月，出版了黑龙江省主要作物高产栽培技术培训基本教材《水稻》；1992 年 7 月，出版了 47 万字的《北方农垦稻作》；他还编写了《旱地水稻旱育稀植高产栽培技术》讲座的录像稿……

半个多世纪以来，徐一戎沿着实践出真知的探索之路，矢志不渝地致力于寒地水稻栽培技术的科学研究、推广和教学工作。潜心主持研究、推广了多项在国内乃至世界领先的寒地水稻高产优质栽培技术。据不完全统计，仅 1993 年以来，其科研成果在黑龙江垦区推广面积累计增效 90 多亿元，结束了黑龙江垦区由于技术问题而导致的水稻发展长期徘徊不前的历史。创造了在高寒地区水稻生产面积超千万亩、单产超千斤的奇迹，为黑龙江垦区乃至全省的种植业结构战略性调整、国家重要商品粮基地建设和农户致富奔小康作出了不可磨灭的贡献，被广大群众尊誉为"北大荒水稻之父"。

徐一戎的寒地水稻栽培技术引起了学术界的广泛关注。1998 年，台北大学农学院的 4 位教授亲自到黑龙江农垦科学院与徐一戎进行学术交流。日本某大学正商讨用徐一戎的水稻专著作为教材。2003 年和 2004 年，凌启鸿半信半疑地带领两个博士生分别对黑龙江垦区南北地域的水稻田进行现场测产，对寒地水稻平均亩产实现超千斤、面积超千万亩赞叹不已。"杂交水稻之父"袁隆平也对徐一戎能在北纬 45° 以北的高寒地区种出千斤水稻而给予高度评价。2000 年 5 月份，原本没有把黑龙江省列入"超级稻"攻关科研项目计划之内的农业部科教司，也主动邀请徐一戎参与主持这一科研课题研究。

三

徐一戎用毕生心血研究出的一系列寒地水稻栽培技术成果，目前已在黑龙江、吉林、辽宁、宁夏、河北、内蒙古、新疆等地被广泛推广，转化成了现实生产力，成为农户致富的"金钥匙"。

50 多年来，特别是在退休以后，徐一戎每年有 1/3 以上的时间（多时高达 200 多天）在基层度过的。黑龙江省 30 多个县（市）及新疆、内蒙古等地，特别是黑龙江垦区 87 个水田农场都留下了他的足迹。至今，他已累计为黑龙江垦区内外的 235 个单位、35 000 多位稻农进行过 340 多次的水稻栽培技术讲座。有细心人做过这样的统计，徐一戎奔走于各地水稻田的路程累计有 8 万多公里，相当于绕着地球走了两圈多，如果把他走稻田池埂的路程加起来，相当于从黑龙江的漠河走到海南三亚。

徐一戎亲身经历了日本占领我国东北地区那段罪恶的历史时期，他位卑不舍报国心，毕业后，立志攻克寒地水稻栽培禁区。多年来，他先后主持研究国家、部、黑龙江省及农垦总局级的大、小科研课题 20 余项，其中多项课题填补了黑龙江、国家乃至世界有关寒地水稻栽培技术领域的空白。他的科研生涯大致以 1984 年为基点分为两个阶段：1984 年以前（即在他 60 岁之前）的第一阶段，主要从事寒地水稻直播栽培技术研究；1984 年以后（即在他 60 岁之后）的第二阶段，主要从事寒地水稻旱育稀植栽培技术研究，并且在退休之后取得了他一生中最为辉煌的成就。

徐一戎在第一阶段的代表性科研课题主要有两项：一是"寒地直播水稻早熟高产栽培技术"；二是"寒地直播水稻计划栽培防御冷害技术"。1978—1984 年，针对困扰寒地水稻生产的低温冷害问题，徐一戎研究明确了寒地水稻生育界限时期、生育进程指标及长势长相，在国内首次提出寒地水稻计划栽培防御冷害技术，在垦区内外积极推广应用，取得了明显效果，成为稻农防御冷害的常规措施。被农牧渔业部授予科技进步二等奖。

徐一戎在第二阶段的代表性科研课题主要有三项：一是"寒地水稻旱育稀植'三化'栽培技术"。1996 年，该技术在黑龙江垦区被推广，并被列入全国丰收计划项目；1998 年，获全国丰收计划一等奖。二是"寒地水稻优质米生产技术"，为实现水稻生产由产量型向质量效益型转变，此项技术已在黑龙江垦区累计推广面积 5 362 万亩，水稻优质品种率达到 100%，稻谷品质达到国标 3 级以上，产量增加 7% 以上。三是"寒地水稻生育叶龄诊断栽培技术"。

　　黑龙江垦区水稻种植面积由 1949 年的 4.65 万亩，发展到目前的 2 200 多万亩，水稻单产由 81 公斤提高到 566 公斤，创造了在高寒地区水稻生产面积超千万亩、单产超千斤的奇迹。1988 年以来，仅黑龙江垦区累计推广应用徐一戎先生创新栽培技术面积就有 1.5 亿亩，累计增产粮食 600 多亿斤。（参见《那些耕耘者的故事》，黑龙江人民出版社 2017 年出版）

　　2003 年，在黑龙江农垦总局党委专门为徐一戎举行的八十寿辰庆典仪式上，徐一戎饱含深情的话语赢得了大家经久不息的掌声。他说："对我来说，80 岁不算老，我要把它作为人生新的起点，不断学习新知识，坚持深入生产一线，继续为垦区水稻的提质增效，为稻农的小康生活作出新的贡献。"

　　徐一戎说："在我老伴去世之前，我们就商量把多年的积蓄捐给农垦科学院，为发展水稻事业作点贡献。这些钱用在水稻生产中不用说增产一粒米，哪怕就是少出一个瘪粒，对我们来说也是莫大的欣慰。"

　　为了使徐一戎的无私奉献精神永远在北大荒的黑土地上广为流传，2008 年 10 月 7 日，黑龙江省农垦总局决定由省农垦总局和省农垦科学院各出资 200 万元，设立徐一戎水稻科研基金，用于奖励那些为水稻科研做出显著成绩的科技人员，激励和促进他们在水稻科研工作中大胆创新，为垦区水稻事业的快速发展作出新的更大的贡献。

85 岁的徐一戎把他多年的积蓄共 100 万元人民币，全部捐给了黑龙江省农垦科学院，用来支持水稻科技的研究和发展（农垦科学院提供）

徐一戎不是不需要钱，他的生活条件简单得已经不能再简单了，而他却说，他对物质的需求越少，快乐就越多。在他家仅有 57 平方米的 20 世纪 80 年代初建起的居室里，摆放的还是他 1979 年与妻子结婚时的磨掉了漆的家具和一台单桶的荷花牌洗衣机。不足 8 平方米的书房里，摆放的全是有关水稻方面的书籍。一支只有 7 角钱的圆珠笔，徐一戎使用了 30 多年。几套老式的衣服，他也穿了十几年。

徐一戎对物质追求得很少，对荣誉却看得"很重"。在他家不足 16 平方米的客厅里，有一个旧式的四方柜子，里面摆放着几十枚大小不一的奖章和各种奖状、证书。其中，那枚全国五一劳动奖章是 1998 年他 74 岁时获得的，是全国获得这个奖励的最高龄者，曾受到江泽民同志的接见。徐一戎说："我之所以把这些荣誉看得很重，是因为我每看一次这些奖章，心里就会感到一阵内疚和不安。我只做了一个科技工作者应该做的工作，而国家和人民却给了我这么多荣誉。这些奖章是促使我更加努力工作的不竭动力。"

丰硕的劳动成果，换来党和人民给予他的荣誉。近年来，徐一戎先后荣获全国五一劳动奖章、全国优秀农业科技工作者、黑龙江省特等劳动模范、黑龙江农垦总局特等劳动模范等称号，并被聘为我国北方水稻科学技术协会荣誉理事长。终身享受国务院特殊津贴待遇。徐一戎把毕生的精力献给了寒地水稻事业，被中宣部列为全国重点宣传典型人物，被中央电视台誉为中国水稻界的"南袁北徐"，被广大群众尊誉为"北大荒水稻之父"。

2014 年 5 月 13 日，徐一戎同志因病在哈尔滨逝世，享年 91 岁。

（本文的前两部分参照了邱丽莹的《不懈的追求 默默的奉献》）

『耙茬耕作法』探索者
谢民泽

在北大荒博物馆第三展厅里，陈列着一本自己装订的蓝色封面的论文集，这就是北大荒"耙茬耕作法"探索者，已故 37 年的老科技工作者谢民泽的论文集。

旧中国，蝗灾深重的河南农村，农民终年辛劳不得温饱、背井离乡、妻离子散的惨状，深深刻在谢民泽幼小的心灵，使他从小就有务农的愿望。1941 年，20 岁的谢民泽在河南省第八行政督察区高级农林专科实验学校毕业后，同时接到了 3 所大学寄来的录取通知书，他毅然选择了国立河南大学农学院，进农学系继续深造，目的只有一个，就是千百年来没有解决的吃饭问题。

1951 年，谢民泽随解放三团来到鹤山八一五农场（九三农垦分局的前身），任试验区技术员，开始了他漫长的科研生涯。

20 世纪 50 年代初期，九三垦区动力不足，土地适耕期又极短，翻地也很困难。九三垦区又地处北纬 53° 高寒干旱区，当年春旱秋涝。谢民泽选择的课题是：如何抗旱保墒，怎样节能增产？

带着这个课题，谢民泽常常深入田间观察作物生长情况。一次，他意外地发现，在采用标准苏式耕法的麦田里，凡机车链轨或轮胎压过的地段，小麦均地段高五六厘米，长相粗壮。

在一次麦收准备检查中，麦场上茎叶挺

谢民泽生前在办公室
（九三分公司提供）

拔，叶苞深浓的麦子吸引了他。大豆收割期临近，土壤冻结，即使昼夜抢收，也总有耕不过来的一些地块，不得不于翌年耙平再种，奇怪的是这些田地的麦子反而长势好、产量高。

当时，谢民泽对这种现象虽然还总结不出合乎科学的结论，可在他脑海中却留下了深刻印象，耙茬耕作法的雏形已开始萌生。

大豆地不秋翻耙茬后播种春小麦的试验，从 1954 年开始。一连 8 个春秋，虽然历经 3 个旱年、2 个涝年和 3 个正常年，结果增产效果稳定，产量高于秋翻耕作对照区的 13% 以上，旱年和常年均增产 15% 以上。

谢民泽的试验，从大地到他的办公室，就连端碗吃饭的工夫，他都在琢磨着耙茬耕作法。他已把所从事的科研工作，当成自己生命的一部分，甚至是全部。

1955 年，耙茬耕作播麦取得初步成果后，开始在国营农场推广试用，红五月农场增产 30%、旭光农场增产 37.9%、黎明农场增产 29.8%……

1963 年，谢民泽写的《黑龙江省北部黑土地区大豆地耙茬播种春小麦的研究》论文，在黑龙江省友谊农场召开的全国耕作学术讨论会上宣读，震惊了与会代表。谁也不相信，不翻地靠耙茬会多打粮食。然而，代表们回到自己的单位经过试验，无一例外地都增了产。第二年，他的关于"耙茬播种耕作法"的论文发表在《黑龙江农业》杂志上，6 月，在全国首届机械化耕作学术会议上，他的耙茬耕作法受到学术界的重视。之后一有机会，他就宣传"耙茬播种耕作法"的好处，久而久之，谢民泽的名字就被"谢耙茬"取而代之了。

事情往往不像人们想象的那么顺利，人类在同大自然搏斗的同时，也不可忽视地同自身存在的落后思想和保守观念作斗争。耙茬耕作法的发现，动摇了人们头脑中长期以来只有翻地才能增产的传统理念，打破了按照标准苏式耕作法翻中国地的旧格局。这种以不翻转耕层土壤为原则，以调整其松紧度为内容的少耕体系，可以说，促进了我国耕作制度的改革。

耙茬耕作法研究过程中，谢民泽提出了一个特定含义的科学口号："逢豆必耙"，却成了别人批判他的把柄。他被剥夺了搞科研的权利，强行劳动改造，可他的心还在挂念着耙茬法。

夜深人静，谢民泽独自在自家的小园里徘徊，思索着耙茬播种与水、肥、热、微生物活动的关系。这个小小的天地，成了他唯一的希望。

一分耕耘，一分收获。耙茬播种研究这一成果，在1979年获得黑龙江省重大科技成果二等奖。到20世纪80年代中期，已被广泛应用于我国十几个省区，仅在黑龙江省就推广了2 000万亩，平均每亩增产15公斤，节能减少费用15%，创造价值7亿多元。同年，少（免）耕技术研究被农垦部列入课题。谢老又在长达25年的耙茬播种研究基础上，成为国内最早、最深入探讨少（免）耕技术和理论的人。

1986年，在农牧渔业部农垦局委托黑龙江省农垦总局科委组织的技术鉴定中，少（免）耕技术被确认为具有国内先进水平。

对待生活和待遇的态度，与对待事业的态度截然相反。谢民泽像个不知疲倦的"机器人"。回家后，他重复着几个单调的动作——没完没了地看，发呆地想，不停地写……谁会相信：600多万字的学习笔记、实验记录、调查报告、教材讲义、学术论文，大多是趴在一张小饭桌上完成的。一个十几平方米的土房，8口之家，一住就是24年。刚搬家时，唯一的摆设就是一对纸壳箱子。他让老伴、孩子们帮他在四壁钉了一圈木板，那就是他的书柜。

组织上看到这种情况，曾两次分给他住房，可他却都让给了别人。其中，1979年，管理局专门为科技人员盖的房，分给他两屋一厨，他却让给了一名技术员；1980年，又在科技楼分给他一个单元，谢民泽又让给了一名农艺师。

地处北国边陲黑河边境地区的农垦九三管理局，除了气候寒冷，就是交通不便。每年分配来的大学生不多，调走的科技人员却不少。就在一些人苦于没有门路进城的时候，有许多条件优厚的单位在等着谢民泽。

1978年，黑龙江省农垦总局组建农垦科学院，请他去当副院长，他没去；1979年，八一农垦大学请他去当副教授，他没答应；1980年，黑龙江省农业现代化研究所请他，也被他拒绝了。他郑重地说："我的事业在农垦第一线……"

1986 年 9 月 3 日，积劳成疾的谢民泽倒下了。他患有心脏病、前列腺肿大等多种疾病，不得不住院治疗。

手术后，需向膀胱输盐水冲洗，疼痛难忍，每次冲洗，疼痛都要持续两三个小时。他紧闭双眼，上牙深嵌在下唇里，浑身颤抖，冷汗淋漓。换药后，他便忍痛下床行走，豆大的汗珠挂在脸上，衣服被浸透，可他还是坚持着。他清醒地意识到，还有许多工作等着他去完成，决不能在这个时候倒下！

9 月 25 日，谢民泽因心脏病突发，过早地离开了。黑土地失去了一位辛勤的耕耘者，北大荒又少了一位优秀的科技工作者。

在谢民泽从事农业科研工作的 36 个春秋里，他克服了无数困难，为农垦事业的发展解决了许多难题。他有 38 篇论文被相关杂志发表；24 项科研成果在生产中被广泛应用，其中，10 项获奖，累积创造经济价值 20 多亿元；先后 17 次荣获各级劳动模范和科研标兵称号。

1986 年 9 月 27 日，在黑龙江省九三管理局职工俱乐部里，一个为高级农艺师谢民泽破格召开的千人追悼会在这里举行。

同志们为他敬送的挽联——"呕心沥血功载一世为垦区建树功勋，继往开来再续新篇为祖国甘洒热血。"悬挂在舞台两侧……

二

十万官兵战荒原

北大荒记忆

自力更生　艰苦创业
勇于开拓　甘于奉献

中国人民解放军复转官兵开发建设北大荒，是我国军垦史乃至世界军垦史上的一个伟大壮举。

　　1958 年 3 月，党中央在祖国的西南地区召开了成都会议。毛泽东主席在会上提出了一条完整的社会主义总路线。20 日，全体中央委员庄严地通过了一份历史性决议：《关于发展军垦农场的意见》。这份文件于 4 月 8 日由中央政治局正式下发。文件指出："军垦既可以解决军队复员就业问题，又可促进农业的发展，在有些地区还可以增强国防和巩固社会治安。因此，在有大量可垦荒地、当地缺乏劳动力，又有复员部队可调动的情况下，应实行军垦……"

　　1958 年 4 月 12 日，密山火车站广场红旗招展，人山人海。广场中央临时搭起的主席台上，播放着激昂的乐曲。同时悬挂着几条醒目的欢迎开发北大荒的转业官兵的横幅标语，主席台右侧还竖立着王震为转业官兵书写的诗牌："红军不怕远征难，万水千山只等闲；英雄奔赴北大荒，好汉建设黑龙江。"王震将军动员大家向荒原挺进，徒步向各个垦荒点进发。

　　这无疑是垦荒史上壮丽的一页。成千上万人马在同一时间从祖国各地汇集边城，又几乎在同一时间兵分百路，徒步进军，走向荒原腹地。从 3 月初到 5 月底，密山接待站共接收了 7 万多名官兵。

　　据资料记载，1958 年前后参加北大荒开发建设的 14 万复转官兵中，有老红军 60 多人，老八路 2 000 多人，有参加过解放战争的 16 000 多人，参加过抗美援朝战争的 53 000 多人。他们是具有很高政治素质和思想觉悟的队伍，也是北大荒精神的主要创造者和实践者，是北大荒开发建设的中坚力量。从早期来到北大荒的高大钧、李桂莲、张源培，到 1958 年以后来的李国富、白琳、蔡尔诚、郑加真、丁继松、任增学、顾震夷等，他们不仅是转业官兵的先进人物，更是北大荒群体中的优秀代表。

黑龙江密山，祖国东北角的小县城。1958年春天，这个小县城可真正见了世面。这个北大荒东部的大门，每天要吞吐近万名转业官兵，管吃，管住，还要迅速将他们送到荒原的各新建点。这对于当时只有几千户人家、东西两条大街的古老小镇来说，压力之大，是可想而知的。

当年在密山参加接待工作的丁继松回忆当时的情景说：到了密山我们一下火车，借着朦胧的曙光只见从火车站通向城里的那条土路上，挤满了穿着军服、黄棉大衣、摘掉肩章和领章的转业官兵。土路两边的空地上，堆满了铺盖、行李、箱笼等杂物……每天好几千人在这里逗留，因计划不周，交通不便，缺人的农场又边远，没有足够的车辆把他们送往新建点，这给小县城带来极大困难。县城的机关、学校、俱乐部、仓库都住满了人。很多人住在老乡家里。"

铁道兵农垦局向农垦部告急，请示要车来解决运力不足的问题。恰巧，王震部长于1958年4月中旬来到密山，并作出重要的动员讲话。

围着篝火过夜

会后的第二天，云集密山县城的转业官兵就迈开双脚，徒步进军荒原了。妇女儿童、行李、家什以及人事档案等，还是用汽车运

英雄奔赴北大荒

送的。人拉肩扛的也有，一批分配到八五〇农场的转业官兵，从密山下火车，就挑着行李、背着背包，有的还背着孩子，步行50多公里，才到达新建点。分配到八五三农场五分场的转业官兵，听说大地开化、没有道路，就肩扛背包、皮箱、自行车，徒步跋涉了40多公里的山林和沼泽地，才到达目的地。分配到八五四农场的转业官兵，开始东进，拖拉机拉着粮食、炊具和行李，人只能步行。机车在荒原里行走十分困难，天黑还没到达营地，转业军人只好荒原当铺，蓝天当被，围着篝火过夜。

　　预六师教导员团学员蔡恒回忆当时的情景说："第二天一大早，我们这支上千人的队伍，以班、排、连为建制，各自背着简单的行李，以领队红旗为向导，浩浩荡荡，从密山出发了。沿途一片荒凉，人烟稀少。一路上战友之间、官兵之间互相换着背行李，互相鼓励。不少人脚上打起了泡，走瘸了。我从未参加过这样艰难的长途行军，走到中午，两脚起了10多个大血泡。队伍到了杨岗，天黑了下来。我们像扣在一口锅里，在一人多高的蒿草丛中的小道上艰难地行进。深一脚，浅一脚，磕磕碰碰……远处不时传来狼叫声，像婴儿在哭，这是我有生以来第一次听到这样令人毛骨悚然的声音。到了北大通河岸，只有一根临时搭上的直径20厘米粗的木杆。朦胧中，我们就在这

转业官兵徒步挺进北大荒（北大荒博物馆提供）

叫'桥'的横木上慢慢地爬过去。一个姓孙的中尉不小心将眼镜掉到河里了，接着'啊呀'一声人也掉下去了。幸好河里还结着冰，没化透，只是受了点轻伤。于是，我们又继续行军，两脚像灌了铅，一直走到凌晨两点多钟，总算到了目的地——乌苏里江畔的北大通分场场部！迎接我们70多个新主人的是场部仅有的建筑：临时抢建起来的两栋马架子！"这无疑是垦荒史上壮丽的一页。成千上万人马在同一时间从祖国各地汇集边城，又几乎在同一时间兵分百路，徒步进军，走向荒原腹地。这是垦荒史上的"淮海战役"，是一场携家带口的进军：匆忙，而又沉着，有秩序。生动地表明了将军的魄力也显示了共产党的领导下的十万大军是一个坚强的集体。从3月初到5月底，密山接待站共接收了7万多官兵。

《密山火车站大动员》照片是由北大荒摄影艺术事业创始人之一郭沫水拍摄。他1932年出生在浙江诸暨。1949年8月参加革命，1957年5月，由北京铁道兵报社调密山铁道兵农垦局农垦报社任摄影记者。1978年调离垦区，任浙江画报社、浙江摄影出版社编辑。他在北大荒拍摄了大量的铁道兵、十万转业官兵、城市知青等开荒建场的照片，发表在全国各级报刊上，有的介绍到国外，并在多次展览中获奖。这张照片也是十万转业官兵开发北大荒的最好历史见证。

这一雄伟的壮举，在全国各地引起了巨大的震动。5月7日，《人民日报》刊发了转业军官徐先国答谢郭老的诗《永不放下枪》；5月26日，《人民日报》发表了王震将军写给诗作者徐先国的一封信《千万人的心声》。

白求恩抢救过的伤员

李桂莲

1996 年 6 月，83 岁的老红军、八五二农场第一任场长兼党委书记李桂莲回到了阔别 37 年的八五二农场，感慨万千。

1914 年 6 月，李桂莲出生在江西省永新县怀忠公社。为逃避同宗地主抢穷人家的男孩过继抵债，3 岁时便男扮女装，取名李桂莲，和女孩混在一起，以此躲过地主老财的眼睛。

1930 年 6 月，李桂莲参加中国工农红军后，想要改名，任弼时同志建议不要改，说留个纪念。李桂莲参军后，就参加了江西革命根据地五次反"围剿"和二万五千里长征。在一次反"围剿"战斗中，他的双腿受重伤住院。出院后调保卫局工作。不久，奉命给六军团政治部主任张子意当警卫员。六军团政委王震战斗负伤后，在军团休养时，李桂莲担任王震的勤务员。红军部队向甘肃挺进时，李桂莲已光荣地参加了中国共产党。后任红军十八师特派员。1935 年 9 月，攻打两当县城时，他头部负伤仍坚持战斗，受到军团首长的表扬。

战争年代李桂莲曾 5 次负伤，最难忘的只有一次。那就是 1939 年，他所在的部队改编为国民革命军第一二〇师三五九旅，李桂莲任七一七团三营特派员。9 月 27 日，他带领七一七团一个连配合七一九部队，在灵广县公路上伏击日寇侵略者。战斗不到一个小时，就干净利索地全歼 20 多辆汽车上的所有敌人。在这次战斗中，李桂莲身负重伤。一颗子弹从前胸打进，从后背穿出。没有急救包，抢救人员就用两块银圆一前一后，贴在伤口，为他进行包扎。3 天后，王震司令员请来了白求恩大夫为他治伤，当白求恩用剪刀剪开李桂莲带血的上衣时，李桂莲因不相信这个外国人而发脾气，心想这个人干嘛撕坏我的衣服？白求恩幽默地对他说："小伙子，我不是救你的衣服，是救你的命的。"在没有麻药的手术中，白求恩大夫被李桂莲的钢铁意志所感动。一个星期后，李桂莲的伤就好了，白求恩大夫告诉他，子弹穿过他前胸时，如果再高一厘米或再低一厘米，就肯定没有命了。

有着高超的医疗技术的白求恩大夫，是当时北美洲四大名医之一，这位加拿大友人的国际共产主义精神，一直为中国人民所崇敬。

伤口愈合后，李桂莲提前归队调任三五九旅七一七团一营任营长，部队开到南泥湾搞大生产。后来，党中央以三五九旅为骨干组织了南下支队，他任南下一支队作战参谋，随后被调旅部任侦察大队长，后任南下一支队副参谋长……

1949 年 4 月，渡江战役后，李桂莲任我军第一支伞兵总队总队长……

1956 年 7 月，李桂莲接到王震司令员的电报，调他任八五〇二（今天的八五二）农场党委书记兼场长，并要求他从马场和农建师中选调懂经济工作的干部一起赴任。李桂莲和另一位老红军苟戴堃，一起到八五〇二农场后，受到黄振荣代师长和 7 000 名转业官兵的热烈欢迎。虽然李桂莲已转业，同志们还是按部队习惯称他为"李桂莲将军"。

李桂莲来到农场后，大家都说他有"大将风度"，他对下级严格要求，又耐心指导，注意建立下级工作人员的威信。他襟怀坦白，主张实事求是，对上级领导敢于直言不讳，在一定程度上顶住了当时的"浮夸风"和"瞎指挥风"。

当时，八五〇二农场艰苦创业成果显著，受到上级的表扬。1959 年，李桂莲升任合江农垦局副局长，不久，被调任至新疆农垦厅任副厅长。

1996 年夏天，八五二农场搞纪念建场 40 年场庆，李桂莲专程从新疆赶来，各分场的老铁道兵见到老场长后，都激动得掉下了眼泪。李桂莲握着现任场长郭庆环的手说："我没搭好架子就走了，现在的担子都落在你肩上了。看了咱场现在的情况，我觉得很有信心。"

「孤胆机智英雄」李国富

在三江平原的边缘前哨农场，有一间普通的砖木结构的平房。在这间普通的平房里，住着一位老人。他两鬓霜染，宽阔的额角上刻满了皱纹，然而，他那双深陷的眼睛里，却仍然闪烁着一种智慧的光芒。

他就是被誉为"孤胆机智英雄"的李国富。流逝的岁月，没有洗去他当年的风采。无数次战斗的考验，锻炼了他坚强的意志。尽管他已经离开了工作岗位，但他仿佛还在战斗……每逢年节，建三江农垦分局武装部和农场领导去探望他的时候，一提起当年的戎马生涯，便牵动这位老英雄战斗的思绪。鏖战辽沈，饮马长江，南下剿匪，比武夺魁……桩桩件件记载着老英雄战斗的历程。

1937年的寒冬，一个穿着破旧衣服、光着脚的孩子，赶着一群牛在荒原上放牧。风像刀子一样刺痛双脚，实在没办法，他就把双脚插进刚刚落地、还冒着热气的牛粪里取暖，这个孩子就是李国富。1930年12月，他出生在辽宁省复县（今瓦房店市）古井村，这群牛不属于他，是村子里地主家的。望望天上灰蒙蒙的太阳，李国富总是想有一天它会变得明亮而温暖。

这一天终于到来了。17岁那年，解放军路过古井村，李国富毅然报名入伍，成为一名解放军战士。同年10月，他在聂家沟战斗中首次立下战功。接着又在辽阳城和鞍山的

战斗英雄李国富

战斗中再立小功 3 次。 在著名的塔山阻击战中，李国富和他的战友们与数十倍的顽敌浴血奋战了七天七夜。山头削平了，子弹打光了，战友们倒下了，全班只剩下他一个人。然而，阵地保住了。在塔山英雄团里，李国富荣获"孤胆机智英雄"的光荣称号，并荣立大功。他所在的班被授予"塔山反击英雄班"称号。

1949 年 3 月 23 日，党中央机关从西柏坡迁离，向北平进发。24 日，李国富所在的部队接到通知，让塔山英雄团、三六一团、三六四团、军炮兵团及数百名英模功臣代表参加受阅。当天晚上，李国富同其他指战员一样兴奋得一夜未睡。25 日上午，各受阅部队准时到达西苑机场，整理好队形，静候中央领导到来。下午 3 时许，毛泽东、朱德、刘少奇、 周恩来、任弼时、罗荣桓、聂荣臻、叶剑英等领导同志乘车进入机场。阅兵按顺序进行。当毛主席的车子驶到英雄团旗帜前时便停了下来，毛主席走下车，用他那深邃的目光久久地注视这面血染的红旗，庄重地敬完礼后，微笑着与战士们握手，李国富非常荣幸地第一次与伟人的手握在了一起，这是他第一次见到毛主席。

1949 年 10 月 1 日，中华人民共和国成立了。然而，解放全中国的重任尚未完成，两广还未解放。李国富跟随部队进军广东、广西。那时十万大山形势险恶，被国民党残匪盘踞，李国富跟随部队进山剿匪。他机智勇敢猛冲猛打又立大功两次。但在一次战斗中不幸身负重伤，伤愈后被定为二等乙级残废。

伤残毁坏了李国富的肉体，却动摇不了他的意志，在 1951 年军事训练中，由于他成绩突出，荣获在军旗下照相的特殊荣誉 ，被所在师授予"练兵模范"的光荣称号。他所在的班，被授予"李国富班"的光荣称号。

1951 年，全军区召开第二次英模功臣代表大会，会上发出了向李国富学习的号召。

崇高的荣誉，领导和同志们的信任，激发了李国富学习文化、为新中国建功立业的决心。在 1952 年全军文化学习中，这个曾大字不识的战斗英雄，竟荣获中南军区"模范学员"称号。

1953 年 6 月，全国第二次青年团代表大会在北京召开， 李国富在这次会

李国富（前哨农场宣传部提供）

议上介绍了全连的支部建设情况，并作为主席团的特邀代表受到了毛主席的接见。1962年10月，李国富作为战士代表参加国庆观礼，再次受到毛主席的接见。每每提及这些，李国富总是激动不已，他说，见到领袖3次，是他一生中最大的幸事。

在那段日子里，李国富幸福地和毛泽东、刘少奇、周恩来、朱德等党和国家领导人合影留念。一篇篇采访李国富的报道见诸报纸、杂志。党和人民给这位出生入死、屡建奇功的英雄以崇高的荣誉。到他转业为止，共计立大功11次，小功和三等功7次。

1958年4月，李国富跟随十万转业官兵奔赴北大荒，来到合江农垦局曙光农场。由一个部队的营参谋长，改行当上了放牛倌。作为人民功臣，他体会到国家创业的艰难，他不居功、不自傲，在垦区工作的近30年时间里，历任渔场书记、武装部部长、副场长等职，足迹遍及抚远三角洲。几十年来，他把青春献给了北大荒，但最令他痛心的是"文革"时，造反派抄走了部分宝贵的军功章以及毛主席等党和国家领导人与其合影的珍贵照片，他想起来就泪眼迷离，报恨不已。

虽然李国富早已离休，但他时刻关心着农场的建设，经常帮助党委工作，为农场建设出谋划策，并要求主持民兵工作。边防战士和民兵经常请他去讲革命传统。他用自己的亲身实践教育战士们珍惜眼前的和平环境。当他得知"李国富班"奋战在法卡山时，眼含热泪激动不已，奋然提笔写信鼓励战士们严惩越寇、保卫祖国。

在对越自卫反击战中，在法卡山烟雾弥漫的高地上，"李国富班"这面英雄的旗帜接受了硝烟烈火的洗礼。

1992 年，闲不住的李国富又担任了老干部党支部书记。他抓支部建设，组织老干部开展丰富多彩的活动。李国富的 4 个儿女先后上大学，都从他身边离开了。问他还想不想离开北大荒时，李国富说，现在还没有这种想法，等动弹不了再说吧，没准就葬在这儿了。

2000 年 8 月 22 日，江泽民总书记视察北大荒时，亲切接见了李国富等老一辈垦荒者代表。座谈会上，李国富向总书记汇报了开发北大荒的经历，表示在中国共产党"三个代表"重要思想的指导下，北大荒一定会搞好二次创业，率先实现农业现代化。

2006 年 5 月 14 日上午，李国富因心脏病发作在前哨农场去世，享年 76 岁。

白琳　毕生换来果飘香的

1958年4月，五九七农场高级园艺师白琳同志，稀里糊涂地被定为"中右"后，又被开除党籍、发配到北大荒。然而，他却丝毫没有怀疑自己崇高的理想和对党的真挚感情。

转业后，白琳看到荒凉的北大荒只有山杏、小沙果、铃铛果等几种个小、味酸、形丑的水果，心里很不是滋味儿。他在上中学时曾学过3年园艺，有一定的果树栽培基础。他开始编织自己的理想，立志要在北大荒的荒山野岭上办果园，把家乡香甜的水果移植到这里，让勤勤恳恳的北大荒人世世代代吃上自产的甜果。

来到北大荒的第二年，白琳利用掌握的知识，在栽培方法上大胆创新，对本地的果树实行了高枝嫁接，取得了当年嫁接、当年开花结果的好成绩。这在当时全省尚无先例。与此同时，他引进培育的茄子、辣椒、西红柿、花红、黄太平等果蔬也获得了成功。

从1961年开始，白琳侧重于旱熟树种的选育。开始，他采用常规的实生育种，从河北引进杏核，从辽宁引进板栗种子，从四川引入雪梨种子，后来又搞苹果和葡萄的人工杂交育种。

1963年春天，组织上为白琳摘掉了"中右"帽子，恢复了党籍，任命他为农场园艺队指导员，次年又改任队长。在继续进行果

白琳当年在五九七农场果园（五九七农场提供）

树栽培研究的同时，他主持制定了园艺队长远规划，带领全队职工家属向荒山野岭进军。经过整整 8 年奋斗，果园由不足 20 亩扩大到 800 亩，终于建成了有 7 个树种、200 多个品种的五九七农场，这是历史上第一个大型果园。

白琳发现，从河北引进的番茄中，有一种结出的果实大得出奇，其中最大的一个竟有 1 公斤重。偶然的发现给他以启发。他想蔬菜可以通过自然杂交产生突变，果树也一定能用同样方法推出新品种。

在引进的众多果品中，白琳对杏的育种情有独钟。一方面是由于本地杏酸涩难吃，而中原和南方的杏鲜美香甜；另一方面杏的熟期在七八月份，正是其他果品远未成熟的时候，恰好可为人们提供可口的时鲜水果。于是，他把主要精力放在了杏树的培育上，采取实生育种、自然淘汰、人工培育的方式，细心栽培从河北引进的杏苗。几年精心的定向培养，终于培育出 14 个单株。

1967 年 7 月 5 日，白琳像往常一样踏着露水做观察记录。灿烂的阳光给杏子披上了耀眼的外衣，望着满园金黄的杏子，他选择最好的一株，试探着摘下两颗柔软而又有弹性的杏子小心翼翼地咬了一小口，顿时满口甘甜和清香。他情不自禁地喊出声来："熟了！"白琳育成的杏子比本地杏的熟期整整提前了半个月。7 天之后，其余 13 个品系分别成熟，白琳依次编为 1 号、2 号……直到 14 号。经过比较，他从 14 个杏品系中选出 5 个综合性状比较好、成熟时间不同的品种，进行了重点培育。根据农场的地形、气候和土壤条件，分区试栽。几年过去了，白琳把 1 号杏的平均果重由 21 克提高到 30 克，把 2 号杏的果重由 57 克提高到 80 克，当时在全省的杏栽培上处于领先地位。

受"文革"影响，白琳在政治上被"打倒"了，但劳动的权利没有被剥夺。白琳仍然可以在果园里劳动，并偷偷进行试验研究。1970 年春，黑龙江省果树工作会议即将召开，此时白琳的成绩已众所周知，省里的领导和专家指定五九七农场派人参加，并携带有关杏树新品系的研究材料和葡萄塑料薄膜防寒研究材料。本来这是白琳的科研成果，政治气候下不可能让他这样的"反面角色"出头露面，农场只好派别人赴会。科学工作者毕竟是讲科学的，白琳这两项成果得到大多数专家的肯定，后来还被写进《黑龙江省果树栽培手册》。

这时，白琳预感到更大的打击就要到来。那些由他和伙伴们费尽心血培育起来的杏树刚刚嫁接了 30 亩，正在进行生产试验，性状能否稳定，品质会不会发生变化，都需要细心观察。为了保存新品种，在一个漆黑的夜晚，他偷偷进入自己亲手建设的果园，将已经选定的 5 个杏树新品种的部分苗木嫁接穗挖出，剪好拿回家，又辗转送到了友谊农场同行朋友王述源和熟识的果农手中，委托他们予以保存和进行区域性试栽。

没过多久，造反派便宣布开除白琳的党籍。但这些都没使他受到太大的打击，最使他痛心的是造反派勒令他立刻离开果园，下放到生产队劳动改造。无法继续进行果树栽培研究，让白琳很痛苦。他向一位领导哀求道："把我留在果园吧！判我刑都行，我那些果树还需要观察。"

白琳离开果园，一去就是 10 年。10 年间，在生产队和分场领导的支持下，白琳指导建立了 12 个果园，并建立了 5 个果品贮藏试验点。五九七农场又诞生一个年产 10 万公斤水果的基地。同时，他参与建起 39 个杏树园，山杏核变成的杏树苗，嫁接上王述源他们保存和繁育的 5 个优良杏品种枝条，变成了 500 多棵他自己培育的优良杏树品种。白琳培育的杏又回到自己手中。

1980 年，恢复党籍的白琳担任了农场农林科副科长，主抓林果工作。很快，寒地杏树栽培取得突破性进展，他的 1、2 号杏蜚声省内外。

1985 年 7 月，黑龙江省农垦总局邀请省园艺专家、教授和学者来到五九七农场，对白琳培育的 1、2 号杏进行全面考察、鉴定后给予高度评价，并被正式命名为龙垦杏 1 号、龙垦杏 2 号。白琳 27 年的艰辛和血汗浓缩在一张鉴定表上。专家们一致认为，这两个品种是目前全省果型最大、品质最优、外观最美、成熟最早的优质杏品种，2 号杏为"黑龙江省杏中之王"。

两年后，白琳的 5、10、13、14、15 号杏同时通过省级鉴定。至此，白琳耗时 29 年心血培育的 7 个优质系列杏品种正式得到社会承认。专家认为，这 7 个杏品种不仅品质绝佳，而且在早、中晚熟期搭配上，填补了黑龙江省及我国高寒地区杏果生产的空白。白琳的龙垦杏受到广大消费者和果农的喜爱。到 1995 年，白琳以及他的弟子们已培育龙垦杏树苗 70 余万株，推广面积达 2.5 万亩。龙垦杏以抗寒、丰产、优质、型美等显著优势被推广到吉、辽、内蒙古、新、鲁、晋、冀、豫、陕、甘、青、川、皖、浙、京、津 16 个省、市、自治区，还引种到了俄罗斯。

白琳的研究成果得到了全国著名园艺专家的重视和好评。在全国农业院校的教科书和辽宁、河北出版的《杏树栽培》以及吉林科技出版社出版的《果树栽培新技术》中，都载有白琳育成的杏新品种。《寒地果树栽培学》有关杏的章节中，一共列举了全国寒地 10 个优良品种，白琳的 1、2、5、13、14 号杏入选其中。

1992 年，已过花甲之年的白琳，根据市场需要，又开始培育集鲜食、加工、仁用为一体的兼用杏品种。这一课题，已被农业部列为"九五"重点研究项目。同年 7 月，白琳应邀出席第四届全国李杏资源研究与利用学术交流会。他撰写的论文《杏树花期、幼果期抗寒力的调查报告》被评为优秀论文并写入会议纪要。

党和人民没有忘记白琳的贡献，多次对他进行表彰奖励。他先后被评为优秀党员、省劳动模范、全国科技工作者称号，并荣获五一劳动奖章。

（余江）

『管天人』蔡尔诚

2001 年 11 月的一天，时间已过深夜 22 点，蔡尔诚正准备上床休息，电话铃突然响了，他拿起电话，话筒里传来一个十分陌生的声音："我是德国天气在线亚洲部经理……"

经过一个多小时的商谈，双方拍板：蔡尔诚应德国天气在线之邀担任长期预报专家，从 2002 年起主持研制大中国区（包括大陆及港澳台地区）的天气预报。

—

1997 年 9 月 2 日，农业部在人民大会堂浙江厅举行"弘扬北大荒精神"座谈会，以纪念黑龙江垦区开发建设 50 周年的光辉历程。一位身材瘦小的戴着眼镜的人正在作题为《从北大荒攀登世界暴雨预报高峰》的报告，他就是全国五一劳动奖章获得者蔡尔诚。

蔡尔诚生前在家中（北大荒博物馆提供）

　　蔡尔诚是 1958 年来北大荒的转业军人。1993 年，调任黑龙江省八一农垦大学气象研究室主任，高级气象工程师。45 年来，他矢志不移地为北大荒"管天"，克服了生活环境艰苦、工作条件简陋、妻子长年患有多种疾病带来的种种困难，在世界上首创了"北半球暴雨云型"理论，突破当前暴雨预报的时间禁区，从可预报 48 小时提前到 168 小时。在这个基础上他发明了一套被德国气象学家誉为"开山鼻祖"的中国旱涝预报方法，连续 6 年基本正确地报准了中国旱涝。与此同时，6 个国家级的气象机构只报准了 2~3 年。因而，他的技术被欧洲最大的网上气象台——德国天气在线选中，推入世界长期天气预报市场。

　　蔡尔诚曾说过："一个人活着要有点精神，我理解就是要有一种追求。我终生追求为北大荒'管天'，是因为刚来北大荒那年麦收时下的一场大雨。"

　　那时的生活和劳动十分艰苦，经过几个月的劳动，他们迎来了第一个麦收。为了向建军节献礼，农场党委提出 3 天割完小麦。谁料头一天还晴空万里，第二天开始连续下了两天两夜的大雨。眼看快到手的粮食泡在了泥水里，战士们都伤心极了。面对着突然降临的灾害，蔡尔诚第一次感受到了人与自然斗争的巨大压力。第二天一早，他就踏着 20 多厘米深的泥水跑了十几里路，到农场场部找到了农业科的李科长，建议办一个气象站。科长听了他的陈述说："难哪！谁来干气象啊？"蔡尔诚自告奋勇地回答说："我！"科长笑了，问道："你在部队干过气象吗？"蔡尔诚虽然从未预报过天气，不过，天下哪有学不会的事。他很干脆地回答："干过！"于是，农场给了他 200 元经费，买了 4 支温度表，捡回了临近公社废弃的百叶箱、雨量筒，一个按国家标准需要近万元的气象站，就这样建起来了。

　　为了尽快拿出天气预报，他到县气象站抄资料，又四处走访有经验的农民。一次，一位老饲养员说："猪吊槽，雨来到。"他不假思索地就发出了明天有雨的预报，人们紧急集合，连夜把晒场上的粮食苫好。可第二天不仅没下雨，反而晴空万里。蔡尔诚跑去问饲养员，饲养员苦脸地说，我这头老母猪昨天不吃食，是因为闹病了，不是要变天。

二

1961 年秋，北京大学气象专业函授班招生，蔡尔诚和来自全国的 300 多名同学被录取了。当时他的喜悦心情无法形容。此后，他把一切时间和精力都用在了学习上。1965 年秋，他第一次尝到了收获的滋味。他成为 300 名同学中毕业的 13 人之一。

这时的蔡尔诚信心十足。根据分析，他预报出 1966 年春三江平原多雨成涝。宝清县朝阳公社的李万祥老人听了他的分析却连连摇头："不对，不对！不会涝，要旱！你看日头有多红！"蔡尔诚并不服气。结果，他的预报真的失败了。

5 年来，这是他第一次尝到从满怀希望到失望的滋味。他钻研了几十本气象和数学书籍，计算出几十万个数据，希望从中找到预报旱涝的办法，到头来却败在一个大字不识的老农手下，这是为什么呢？

在他事业上迈步前进的时候，他家庭生活的美丽梦想被无情地打碎了。他幻想着找一位懂气象的姑娘，夫唱妇随，建立一个志同道合的夫妻"气象站"。他找到了一位北京气象学校毕业的姑娘，但婚后很快发现她性格古怪，猜疑心很重，经常无端地和他争吵，经医院检查，她患了妄想型精神分裂症。听完医生的话，看着手中的诊断书，他一下子蒙了。"天呀！我才只有 30 岁，这就意味着，我必须背着沉重的包袱，在没有亲情、没有温暖的家庭中走到生命的终点！"

三

1965 年 10 月，蔡尔诚把妻子送进了精神病院，把两岁的儿子送到沈阳的岳父家。然后去北大参加毕业考试。利用等待发文凭的时间，他回到四川老家看望年迈的父亲。他不愿把妻子患病的消息告诉老人，又无法宁静地坐在家里，常常一人长久地徘徊在长江岸边，看着熟悉的山山水水，往事不由自主地浮现在他的眼前：15 年前，一个 15 岁的少年从这里参加了志愿军，走向了朝鲜战场；8 年后，他这个 22 岁的青年军官第二次从这里出发，响应号召，去开发北大荒。这两次，都是满怀着激情与希望踏上征途的，而现在，他的路在哪里呢？

1966 年 2 月 10 日，从北京大学捧回毕业文凭的第二天，他开始了用生命阅读"无字天书"的漫长历程。他每天步行几十里，从一个生产队到另一个生产队，访问有气象经验的老人。晚上，一件棉军大衣，既当被子又当褥子，走到哪，就住在哪。3 个月下来，他走遍了宝清县大部分村社，访问 300 多人次，获得几百条看天经验。为了证实这些经验的效果，他开始日夜不停地连续观天。夏天，他两点半钟就起床，为了观测星星的闪烁，他要等到 22 点左右，天空完全黑下来才能睡觉，每天休息不到四五个小时，几个月下来，累得他真想躺下睡上三天三夜。就是这样，他辛辛苦苦记录下来的资料，有一次竟被妻子撕成了碎片，扔进了厕所。面对精神病人，面对厕所中化成碎片的资料，心情简直无法用言语来描述。从那以后，他把记录纸订成了随身携带的小本子。至今，他还保存着 9 800 多个日夜的看天记录。

四

到 1971 年，经过 1 900 多个日夜的观测，蔡尔诚获得了第一批气象学教材中没有的新知识。虽然这些知识只能作晴雨预报，远远解决不了暴雨灾害性预报问题，但却是书本上没有过的。

"书本上没有的，为什么我不能写出一本书呢？"这个想法激励着他。1971 年 6 月，他写出了《看天测云雨》，投给黑龙江人民出版社。8 月，他接到了出版社的通知，出版社决定于 1972 年第一季度出版，让他补充修改，并送有关领导部门审查盖章。

但是，一个月后审查结论是"不能出版"。他去索要书稿，答复是"书稿封存"。

这年的冬天，是他记忆中最寒冷的冬天。他花费 5 年时间积累写成的书稿被查封；妻子又染上肺结核、类风湿，住进农场医院，每天由他到场部照料。

这期间，由于邻居失火，又把他那十几平方米的房子烧光了。他成了一个纯粹的"无产者"。

"新年的钟声响了，我一个人孤零零地蜷缩在场部大车店一间可住六七十人的免费的火炕上，面对着窗外漫天大雪，我感到悲愤不平，我内心里在大喊：老天呀！为什么对我这样不公！这一夜，我想了很多很多，想到了哥白尼、想到了遭受火刑的布鲁诺。看来，搞科研也需要牺牲，为真理而献身，是最崇高的奉献。我的遭遇比起哥白尼、布鲁诺要好多了，我不能倒下去。我爬起来，在1972年元旦看天日记的首页上写下这样一段话：'在科学发展的道路上，并不是人人都是胜利者，并不是人人都能攀到顶端。许许多多的人仅仅是以一颗无名沙石的身份为后来者的成功铺平道路。为了预报旱涝，我愿像蚂蚁筑窝那样，默默无闻倒在坎坷的征途上。'我卷起被子当书桌，用15个日日夜夜，写成《看天测云雨》的第二稿，寄给出版社。黑龙江人民出版社一位刚刚恢复工作的老编辑，在省气象局的支持下顶着压力，于1974年春，将我的书稿出版了。"

《看天测云雨》的出版，仅仅是迈出寻求新知识的第一步，暴雨预报问题远远没有解决，他仍继续观天。又过了7年，1981年秋天，他在5 800多个日夜记录的100多万个数据基础上发现了一个重要现象：气象学上认为无足轻重的一种波状低云居然是大暴雨的先导。以这个事实为基础，1982年，他搜集了全国各地200多场降雨资料并加以检验，证明这是一个普遍现象。至此，一种与传统观念完全不同的暴雨预报新方法在他手中诞生了！1983年，他在中国气象局的刊物上发表了长篇论文，正式提出"中国暴雨云型"的新论点。

五

在科学史中，一种新的观念，常常受到传统力量的压制，只有经过艰苦斗争才能被社会所接受。"暴雨云型"是中外气象史上从未有过的新概念，提出这一概念的人，又是名不见经传、一个"气象圈子"之外的气象员。这时，光明日报社记者王武以一个老新闻工作者的社会责任感站了出来，他将这种情况向国务院写了一份内参。内参受到国务院主管气象的副总理的重视，批示立即组织对比试验。

国家领导人的关怀，使他心情万分激动。然而，在业务部门，对一种观念承认与不承认的斗争也随之而来。1986 年 6 月，他按时到了某气象台。他一跨进森严的大楼，就感到气氛令人压抑。对方首先提出限制他的行动，不许进入天气会商室；其次限制他的资料使用量，只在每天常用的四五十张图表中，选出三四张复印给他。这实际上从一开始，对比试验就在不平等的起跑线上。一天，一位高级预报专家走进他的工作室，随便翻了翻他的图表，指着他说："你不要把自己看得太高了，现在科学这么发达，你还用乌龟王八那一套土办法搞预报，你抬得愈高，摔得愈重。"

45 天的对比试验结束了，在有新闻记者参加的会议上，相关部门公布了试验结果：对方预报准确率为 27%，是世界先进水平；他的准确率为 6%，相当于 1960 年代水平。这个意外的结果令他不知所措，他在心中不停地念叨："这不可能！不可能！"为了解开这个谜，他按中国气象局发布的评分标准，对对方的预报重新进行评定。发现对方在评定双方的成绩时所使用的标准是不一致的。于是，他把计算结果上报中央有关部门，请求复查。3 个月后，对比试验的组织者给他写了一封信，信中说："经我们核查，发现对方评分计算方法有误，现重新评定如下：……"结果对方暴雨预报的准确率不是 27%，而是 8%。这封信虽安抚了他内心的不平，但最早公布的结果已上报国家科委，实际上早已宣判了他的新方法的"死刑"。

1988 年夏，他到四川气象台试验，把目标定在中尺度对流系统进行暴雨预报。8 月 2 日下午，川北上空形成两个云团，气象台用常规方法分析认为，当时吹西南风，云团将移向陕西和河南，对四川无影响。而按他的方法分析，在两块云团移走后，在川北将生成新的云团，产生大暴雨。气象台听了他的分析，进行了紧急会商，并向省政府作了汇报，省防汛指挥部下达疏散人员的命令。结果从凌晨 3 点开始下暴雨，到中午 12 点，240 毫米的暴雨引发百年不遇的山洪暴发，洪水淹没了剑阁县城。四川气象台致函黑龙江省农垦总局，信中说："由于及时疏散人员，无一人伤亡。感谢蔡尔诚同志为预报这场暴雨所作出的贡献！"

<h2 style="text-align:center">六</h2>

1991 年，他总结了过去 25 年的成果，出版了第四本专著。中科院一位暴雨预报专家看了他的书后，1992 年，邀请他到北京短期工作。在这位专家那里，他终于有机会把"暴雨云型"与当今世界上最先进的数值预报方法相比较，结果发现，"暴雨云型"有可能改进数值模式。这一新发现，增加了他的信心，他把结果写成论文，寄到美国气象学会，主编科尔曼博士对文章非常欣赏，表示愿为他提供帮助。从科尔曼博士那里，他获得了 1993 年美国百年不遇的大洪水期内的气象资料。这样，他获得了一台"望远镜"，眼光从东亚延长到了北美。河南气象台相关人员读了他的书，也表示有兴趣、愿意与他合作把"暴雨云型"用到河南。于是他又从河南获得了 5 个夏天的中尺度观测资料。拥有这类资料，就相当于他拥有了一台"显微镜"，可以相当细微地研究天气变化规律了。"望远镜"与"显微镜"的结合，使他的认识产生了飞跃。终于，在 1995 年春暖花开的季节，发现了"暴雨云型"的理论依据：即原来波状低云可以诱发中尺度天气系统。这是气象科技界多少年来，人们想解决而未解决的课题。

1995 年 7 月下旬，东北区南部发生了严重水灾。此时，他正应邀在黑龙江省气象台工作。7 月 25 日晨，第一场暴雨前夕，黑龙江省气象台的会商室里聚集了几十位专家与科技人员，大家的任务是要确定暴雨将影响黑龙江的哪些地方？虽然用上了欧洲天气预报中心、日本气象厅、北京气象中心等部门的分析成果，仍然只能得出部分地区有暴雨的结论。根据最新发现的理论，他预报暴雨将在通河至尚志之间。48 小时后，降雨结束，暴雨果然发生在通河、尚志以及两县之间的延寿和五常四处。暴雨云型理论第一次取得惊人的成功。这年 8 月，中国气象局情报所通过国际光盘检索，正式认定了这项成果"在国内、

外没有先例"，属于首创。但是他并不满足于这一成果，因为他还只能预报
36~48 小时。为了防灾，能不能预报 3 到 5 天?

元旦过后，他开始了新的探索。春节，当家家户户点燃新春爆竹的时候，
他却把自己关在小屋子里，试图从长江、黄河、密西西比河流域的气象资料
中证实他的理论。正月十五的晚上，一轮圆月高悬在天际，它在窗外凝视着
他的书桌。他把一个个降水量记录从美国的西海岸填录到东海岸，当最后一
个数字在缅因州填完时，他惊喜地看到，用 1993 年 6 月 15 日的资料，可以
成功地预报出 16、17、18、19、20、21、22 七天的暴雨区位置。至此，世界
暴雨落区预报很难超过 3 天的禁区，被中国人突破了。

1996 年，他用"北半球暴雨云型"这个理论向美国强风暴预报中心挑战，
成功预报美国的强风暴时效延长 7 小时，落区缩小 10 万平方公里。随后，美
国天气局技术训练中心负责人来信承认这一高水平的预报。

蔡尔诚为国家作出了巨大的贡献，党和人民也给予他很高的荣誉。他曾
获得全军英模荣誉奖章、省特等劳动模范称号、全国五一劳动奖章的称号，
中央电视台、中央人民广播电台、《解放军报》《解放军画报》《科技日报》
《科技时报》《黑龙江日报》等 10 多家新闻媒体对他的事迹进行过报道，但
他并没有满足眼前的一切。他在题为《从北大荒攀登世界暴雨预报高峰》的
报告结尾处说:

"今年我已经 60 岁了，时间已经不多了。但我不能让经过 30 多年劳
动完成的国际首创性的新技术，变成一堆废纸。我要向国际市场冲刺，1994
年与美国的较量，就是我行动的第一步。今后 10 年，我要进行最后的冲刺，
把竞争的目标对准国际大保险公司，他们十分需要暴雨洪水预报。当某一天
我能够使国际保险业承认，在中国北大荒有一家天气预报公司，能为他们提
供任何气象机构都无法提供的天气预报时，我就完成了人生的使命，我就可
以安心地合上双眼了。同志们，这就是北大荒一个气象员的最后追述。"

　　2003年3月15日，是65岁的蔡尔诚终生难忘的日子：这一天，通过国际互联网德国天气在线（中文版）向全球华语用户公布了他对2003年夏季的中国旱涝预报。更值得人们关注的，是时至7月初，蔡尔诚预测的湖南中南部、江西中部、广西和广东部分地区已发生洪灾，安徽和江苏境内的淮河流域已发生了1991年以来的最大洪水。前者中国气象局只报准一小部分，后者则报为少雨期。这些，蔡尔诚都在5月份向时任副总理作了书面汇报。

　　蔡尔诚退休后依然默默工作，在气象战线上奋斗了整整60年。他连续32年坚持观测大气现象，积累数据近200万个；连续14年预测中国夏季旱涝，所预测的主多雨带分布趋势，基本正确；2001年，被欧洲最大网上气象台——德国天气在线公司聘为东亚特约长期预报专家。1974年至2014年的40年间，写就了《雨前云兆》《波状低云的天气学研究》《中国1470—1996年夏季旱涝前兆研究》《中国夏季降水预测》《冬季大气层温度变化对夏季旱涝形成的影响与预测》等7本学术专著，反映了每个研究阶段的重要成果。为以最佳状态投入科研，他坚持不懈地跑步锻炼，73岁时参加了2008年奥运火炬传递。即便在人生最后几年重症缠身，他仍将气象资料带到医院，摆满床前，与病魔对抗中的顽强坚守，让人看了心疼与动容。

　　2021年1月19日，蔡尔诚在哈尔滨辞世，享年86岁。

40多年间蔡尔诚出版的气象专著（八一农大提供）

1979 年秋，农垦部张省三副部长来八五一一农场视察工作。车未进场部，先去墓地悼念张源培。

1982 年 12 月，在中国奶牛协会成立大会上，王震提议向北大荒的奶牛专家张源培表示深切的怀念，全场一片肃穆。

1990 年夏，王震副主席来垦区视察，专程接见了张源培的家人，与他们合影留念。

1991 年 6 月 29 日，中国奶牛协会副秘书长、张源培的老同事梁中民同志来场瞻仰张源培墓地时，这个坚强而开朗的人泪流满面。

时光荏苒，北大荒的畜牧专家张源培离开我们已经 50 多年了，但人们至今仍怀念着他，无论是同辈人，还是晚辈人。人们怀念他不仅仅在于缅怀他的业绩，而是在寻找一种精神——给后来者以向上的力量。

一

张源培，北京市人。出生于 1918 年 12 月。他自幼俭朴好学，1933 年，他由奉天（沈阳）南满中学堂推荐进入长春兽医大学深造。毕业后从事兽医研究工作。1941 年，他赴日本早稻田大学进修两年，回国后发奋工作，立志为改变旧中国的贫穷面貌而努力工作。

张源培，1946 年参加革命，1951 年加入中国共产党，1952 年任萨尔图种畜场场长，

为了将军的嘱托

1956 年参加农垦部专家组工作，1957 年至 1963 年先后任铁道兵农垦局、牡丹江农垦局、东北农垦总局生产处和畜牧处处长。

> "真正的生活，就是开拓。有志者事竟成，有坚强的事业心，人生才显得充实，精神才有所寄托，困难才得以克服，高峰才可能攀登。倾注毕生心血，为人类文明进步，作出贡献。"

这些闪光的话语，牢牢地记在张源培的笔记本上，也铭刻在张源培的心里。

张源培凭着一颗强烈的事业心，不断实现着他的理想。1961 年 5 月至 7 月，他带领青年技术员欧阳敏到八五二农场蹲点，走遍了所有养猪生产队，经常一天步行 40 多公里到生产队搞调查研究，为改进畜牧工作提出很多宝贵意见，对大力发展养猪事业帮助很大。在这期间，养猪的职工住在猪舍里，他也跟着职工一起住。大家顿顿吃小白菜，他也不例外。有人说，这是他两次到周总理身边当翻译学来的习惯。1960 年，遭受严重自然灾害的国营农场呈现出一派萧条、衰萎的凄凉景象。种粮的都吃不饱肚子，哪有粮食来发展畜牧业呢？于是，养鸡业、养猪业都纷纷下马，当时任国家农垦部长的王震忧心如焚，他决心让农场迅速从困境中摆脱出来。他选中了地处密山、虎林、宝清枢纽要冲的八五——农场作为发展畜牧业的基地。如此艰巨的任务，谁能完成？将军知人善任，选中了张源培这位集理论、实践于一身，融管理、科技为一体的党的优秀知识分子。

1963 年 5 月，王震部长在上海休养期间电告在东北农垦总局任畜牧处处长的张源培前往上海议事。在兴国路 72 号，将军踏着紫红色的地毯踱来踱去，突然坚定地停住脚步，他对着坐在沙发上的张源培说："毛主席说，中国人吃粮太多，要多吃点奶肉蛋之类的食品，以减少吃苞谷，增强体质。"说到这里，将军提高了声调以命令的口吻说："中国人的个头太矮，要让后代增强体质，长高一寸，不多吃些奶肉蛋不行。密虎铁路沿线有养奶牛条件，你要把基础打好。"（《北大荒英雄谱》，人民中国出版社 1993 年版，第 104 页）

张源培望着这位戎马倥偬，对农垦有着特殊感情的将军，深深地受到了感染，他学着军人的口气回答："是，我坚决完成任务。"他恨不能立即插翅飞向完达山，早日实现将军和毛主席的嘱托，让娃娃们都能喝上奶粉，使子孙后代都长高一寸，把昔日的"东亚病夫"变为"东方巨人"。接受命令后，这位40多岁的汉子便带着一个铺盖卷儿、一箱子沉甸甸的书，风尘仆仆地来到了密山县以东28公里的兴凯镇（八五一一农场所在地）。"兴凯"，是满语"水往低处流"的意思。而他，完达山食品厂畜牧场（即八五一一农场）的党委书记兼场长，却要带领几千个工人去攻占一个事关全场命运和人民幸福的"制高点"。

1963年6月23日至8月14日，在王震部长的亲自联络和支持下，张源培同志不畏炎热的酷暑，带领欧阳敏亲自到北京、上海运牛。来到北京，他顾不上休息就租了一辆出租车前往双桥农场和畜牧研究所等郊区牧场联系奶牛。返回时，女司机望着两位来自北大荒的客人，热情地说："大老远来了，顺路看看香山吧！""好吧！"他第一次答应了。这是他第一次外出游名胜，同时，这也是最后一次。回到招待所下车时，他自己交了46元车费。当女司机递给他车票时，他笑着说："游香山怎能让公家出车费。"

不了解他的人以为他是一个小职员，跑前跑后。一会儿联系车皮，一会儿筹备饲草。在他的努力下，750头奶牛运回了八五一一农场，从此点燃了北大荒奶牛业的星星之火。

二

张源培对待工作满腔热忱，对待技术精益求精。他爱书如命，每逢外出，大小新华书店是他必到的地方。于是，上车前要给小女儿买好东西的许诺化作了自己的"愿望"，他每次外出带回来的是只有自己才能享受的书籍。家中唯一的家具——两个书柜，装满了各类书籍。他坚持每天晚上看书的习惯，常常是捧着书睡着的，几乎每次都是他爱人帮他合上书，盖好被子。

张源培没有一点旧知识分子的架子，坚持把自己学到的知识传授给大家，他亲自编写教材，给畜牧队办学习班，并且亲自授课。第一课讲的是任何专业学校也没有的内容。他在黑板上写下"牛道主义"4个大字，一捋袖子，拉开了洪亮的嗓门儿："对医生要求实行人道主义，对畜医则要求实行'牛道主义'。养牛首先要爱牛，一条牛就是一个加工厂，它吃的草和粮食要转化成奶和肉，它排泄的粪便又能促进粮食增产……"那深奥的生物学、化学名词到了张源培的嘴里变成了通俗易懂的家常话。

张源培平易近人，从不搞特殊化。农场的工人认识这位新来的书记兼场长不是在讲台上，因为张源培从来不愿意指手划脚，高谈阔论；也不是在吉普车上，因为1965年上面拨来的一辆吉普车被他分给医院用作救护车；更不是在酒桌上，因为他到食堂吃饭和大家一样正常排队，连生活用水都是自己打。工人们是在牛舍旁的茅草屋里认识他的。

无论走到哪里，他总是和大家一起劳动。看到工人挤牛奶，他就拿着小凳坐下来，教大家正确的动作。他要求大家观察提高奶产量的规律。看到工人清牛粪，他也拿着工具跟着干。他始终自命为"粪"书记。他常说："土地是农业的基础，基础不稳，牛也养不好，不搞积肥养地怎么行？"

他的心里挂记的不是牛就是职工，他一时也离不开他的牛、他的职工。有一年春节，他步行10多里来到南甸子畜牧队（现八五——农场二队牧场），和干部职工一起过年。当队领导热情招待他时，他却说："什么也不要准备，来一壶牛奶就行了。"就这样，他和职工一起过了一个年。

有人说，他哪里像个场长，简直是一位慈祥的父亲、兄长。他身边的一位工作人员出差时被小偷偷去80多元钱，是他用工资给顶上的；也有人说，他哪里只是一位书记，还是一名循循善诱的良师。刚养牛那阵子，大学生李影等人为5分钱一斤牛奶送上门没人要而沮丧，是他帮助大家振奋了精神。尽管这样，不少人却有些畏惧他。一次，他到牛舍看牛，发现青工小马正在用鞭子抽牛。张源培气愤地冲了上来，一把夺过鞭子折成两段，使劲扔到房子顶上说："再看到你打牛，非让你也尝尝鞭子的味道。"还有一次，他到种畜实验站检查工作，发现牛体略有些牛粪，于是他把全班集合起来，当着班长于忠文的面大发雷霆："每天早上规定 15 分钟时间清刷牛体，牛蹄子上也不能有粪，可你们是怎么做的？"

的确，张源培对奶牛确实有深厚的感情。无论走到哪里，他随身总是带着一个小马灯，每天天还没亮他就提着灯到牛舍查看牛情，一是看牛吃没吃好，睡没睡好；二是看饲养员尽没尽责。牛刚刚运来时，他把日伪时期留下的几栋砖瓦房全部改造成牛舍，让人住土坯房、马架子，让许多人不能理解。可他却坚定地说："奶牛是我们农场走向繁荣的命根子，我们没有理由，更没有权力不爱护它。"

三

张源培是八五一一农场农牧并举、多种经营、立体农业的主要奠基人。在产业结构配置上，他具有远见卓识。在一次党委会上他说："我们农牧并举这条路是走对了，它的优越性就在于一般的农场又没有这么多的奶牛，可以提供大量的有机肥料；一般的畜牧场又没有这么多的耕地，可以提供充足的精粗饲料。"他还提出："我们要把所有农产品统统变成畜产品卖出去。"

张源培始终以饱满的热情憧憬未来。听过他演唱《草原上不落的太阳》的同志无不为之鼓舞。于是，这首歌也成了大家都爱唱的歌。他曾对自己的孩子说："再过几年，我们场每个人都能喝上奶粉，而且能向国家提供很多的畜产品，该有多好啊！"

按理说，有这样的干部带头，啥事儿不好办？不，事情远不那么简单。有了奶牛，挤出了牛奶，竟然很少有人问津。有人说吃了几千年的五谷杂粮，肚子撑起来才不挨饿，喝那点白汤水儿能顶啥事？其实，张源培并非是一个没有头脑的人，把牛奶转化为产品早已牢牢地映在他的脑海里，一个建立奶粉厂的方案也摆到了他的办公桌上。

20 世纪 60 年代初，到处还残留着"大跃进"的气味儿。说建工厂，一夜之间就可拔地而起。八五一一奶粉厂的雏形就是随着几口平底锅的架设而问世的，说来也简单，把牛奶中的水分在锅内熬干成奶块，再把奶块粉碎成面儿，过几遍筛就成了奶粉。这种奶粉却难以冲调，一斤只卖 1.2 元，只能给糕点厂当原料。但这毕竟是制出了自己的奶粉。

张源培做梦都在琢磨建立拥有先进设备的奶粉厂。1965 年 10 月 1 日，完达山五彩斑斓，火红的树叶映衬着张源培那颗炽烈燃烧着的心。一座投资仅 10 万元的奶粉厂开始砌下第一块基石。张源培带领干部、工人和技术人员在工地上一"泡"就是 7 个月。

1966 年 5 月 1 日，是标志着劳动者无上光荣的日子，从完达山麓的一座简陋的厂房里，一群北大荒的精英们沉浸在欢乐的氛围之中。一包包贴着"完达山牌"商标的全脂甜奶粉终于问世了！人们像过年一样欢呼着，许多同志止不住激动的热泪，纷纷提议："北大荒的第一包奶粉一定要送到农垦部，送到王震将军手中。"此时此刻，张源培两道剑眉舒展着，发出了会心的微笑。那深凹下去的眼睛里充满着无限的深情。他透过车间的窗户遥望着又披上一层新绿的完达山脉，不动声色地回忆过去、思索现在、憧憬未来。他在想，过去的中国，美国"克宁"奶粉曾经独霸全国。如今，我们已经有了自己的奶粉工业，为什么不能制造出一种能够征服全国消费者的奶粉呢？他从黑龙江省草原丰富，没有工业污染，奶牛品质好这个特有的优势中看到了北大荒的希望。一种摘取皇冠上的明珠的强烈欲望使他激动地从憧憬中清醒过来，他感到周身正蕴含着无尽的力量，似乎血液都在不停地奔涌，于是，他决心再拼搏一番。

事与愿违，1967 年 1 月，这位抱定"士可杀而不可辱"信念的党的优秀知识分子、爱牛如命的畜牧专家，锲而不舍追求北大荒美好明天的带头人，却含冤结束了自己的生命。

1978 年 12 月 12 日，八五——农场党委为张源培同志召开隆重的平反昭雪追悼大会，以缅怀这位优秀的北大荒人。

（根据仇春波、欧阳敏同名文章改写）

从『马架子』走出的作家郑加真

北大荒作家协会名誉主席、著名老作家郑加真，1929 年出生在浙江省温州市一户普通人家。1950 年冬天参军，第二年 7 月被分配到驻丹东的中朝人民空军联合司令部通讯处任见习参谋。

1958 年 3 月 24 日，郑加真随十万转业官兵，从已是春暖花开的首都北京，突然来到冰封雪飘的荒凉北疆。身份也从中央军委空军司令部的上尉参谋，一下子变成了国营八五六农场三分场一队的普通农工。

到农场后，他参加了生产队组织的青年突击队。盖房、修路、打羊草，扛麻袋、上山伐木，火热的生活，激发了他的创作灵感。

一天，他和战友们在一个名叫"老等窝"（"老等"是一种水鸟）的水草甸子里割羊草。热情的竞赛，笨拙的干劲，使他不慎挂彩了——飞快的镰刀从草丛弹到小腿肚上，顿时划开了一寸长的口子，伤口像小孩嘴似地张开，鲜血不停地淌着，大家急忙把他抬到"马架子"里，让他卧床休息。他全身感觉良好，就是小腿不能动。突然产生了一个念头，为什么不把眼下的沸腾垦荒生活写下来呢？他找来了七八张信笺，正反面写得密密麻麻，一口气把北大荒的生活情趣和感受写在纸上。借用郭沫若为十万转业军官壮行的诗篇题目《向地球开战》，副标题是：记我们在密山垦区的生活。

郑加真当年在八五六农场开荒（郑加真生前提供）

郑加真把文章寄给在北京工作的妻子刘安一，请她替他重新誊写一遍，寄哪家报刊都行。不久，《新观察》刊登了他的这篇处女作。他欣喜地看到这篇"马架子"里写的东西真的变成了铅字，还配发了好几幅转业官兵开发北大荒的照片。原来，杂志社看过稿件后非常满意，准备马上发表，为了能够形象生动、图文并茂，杂志社就专门写信给当时在虎林县的农垦报社，当时的摄影记者郭沫水提供了照片。

杂志社把 57 元的稿费寄给了刘安一，这在当时可算是一笔可观的收入。郑加真因为远离新婚的妻子、不能很好地照顾她一直感到内疚，写信让妻子用这些钱买身衣服，但刘安一觉得北大荒生活艰苦，便利用所在单位正在修建人民大会堂的机会，在招待外宾的商店选了一些市场上买不到的食品，将稿费一分不留地买了好吃的，寄给郑加真。

经过这个偶然的事件，他与文学结下了不解之缘。那年冬天，他被调到农场宣传部工作，后又走进北大荒文艺编辑部，担任领导小组组长。当时的北大荒文艺编辑部英才荟萃，有林予、符钟涛、王忠瑜、林青、王观泉等，还有聂绀弩和丁聪两位文化名人。一群北大荒文艺的拓荒者，把军旅文化和城市文化带到了北大荒，点燃了一支荒原上照亮精神世界的火炬。

北大荒拓荒者的丰富生活，极大地激发了郑加真的创作热情。20 世纪 60 年代初，他被调到牡丹江农垦局负责农场史编写工作，经过几年的生活素材积累，一部长篇小说已在脑海中构思。从 1963 年起，郑加真每天天一亮就起床写作，写到吃早饭。中午不休息，继续写作，下午下班吃完晚饭后，继续挑灯夜战。他花了半年时间，写出 20 多万字的长篇小说《黑龙江畔》（后改为《江畔朝阳》）。年底，正赶上搞社教，郑加真要求下基层挂职锻炼、体验生活。他被派到八五〇农场某队当工作队副队长。其间，上海人民出版社副总编辑范正浩到黑龙江组稿，从省作协了解到郑加真正在创作一部长篇小说，就专程来垦区。郑加真在东北农垦总局宣传部工作的妻子刘安一，将这部尚未完成的手稿交给了范正浩。不久，范正浩从上海致函东北农垦总局党委：建议给郑加真创作假，让他完成这部长篇小说。

郑加真创作出版的文学作品

郑加真奉命回来后，总局批准给他 2 个月的创作假。于是，他南下上海。出版社临时腾出一间房子让他改稿。每天大清早，隔壁食堂鼓风机响起时，他便起床写作了。中午和晚上，连续作战，每天 10 多个小时。经过 3 个月的昼夜奋战，他终于将这部长篇小说修改完。定稿、排版后，他带着 6 本清样，回垦区征求意见。1965 年底，清样正式交送出版社。然而，此书生不逢时，"文革"风起，呕心沥血之作就此搁浅。

1968 年夏，黑龙江生产建设兵团成立后，郑加真被下放到第五师四十九团七连，代理副连长、副指导员。不久，团里接到上海人民出版社的一份通知，让他赴上海改稿。

1972 年，长篇小说《江畔朝阳》正式出版。第一版就印了 30 万册，连续印刷 13 次，共 100 多万册。在当时的新华书店里，摆放得最多、最畅销的两部小说，一部是人民文学出版社出版的浩然的《艳阳天》，另一部就是上海人民出版社出版的郑加真的《江畔朝阳》。评论家蜂起，这是"文革"中我国出版的第一批长篇小说中的一部。1973 年 6 月 13 日，《光明日报》发表评论文章《朝着太阳朝着党》。文章在叙述如何塑造人物形象时说："作者运用多种艺术手段，表现英雄人物扎根的土壤和力量的源泉，使英雄性格的发展有一条可信的脉络。"1976 年 10 月，日本作家岛田正雄与伊腾克将《江畔朝阳》译成日文，初版时改题为《北大荒的赞歌》，再版时恢复原名，由日本青年出版社分上、中、下 3 卷出版。

1978 年 7 月，"文革"结束后不久，郑加真被调回黑龙江省农垦总局宣传处任副处长，主抓文学、版画、摄影、电视等工作，并兼任《北大荒文艺》主编。在他兼任北大荒文联常务副主席、北大荒作协主席期间，主编了北大荒第一部大型文学作品选《北大荒文学作品选》和第一套北大荒作家丛书，出版了小说集《高高的天线》。

郑加真参与北大荒开发建设 30 多年，又有 10 多年编史志的工作基础，他运用掌握的丰富翔实的史料，采访众多的人物，历经 8 年，三易其稿，终于完成了北大荒第一部长篇纪实文学《北大荒移民录》，并由作家出版社出版。有人评价这是"北大荒文学创作的里程碑"。

郑加真写完《北大荒移民录》时，已 66 岁。但他并没有自满自足，很快就开始了长篇纪实文学《中国东北角》的创作。这部近百万字的长篇纪实文学，分《苏醒》《磨炼》《崛起》3 部，1999 年 10 月，由黑龙江人民出版社出版。

老牛自知夕阳短，不用扬鞭自奋蹄。如今，年过八旬的郑加真尽管早已退下来了，但作为"黑龙江优秀文艺创作群体带头人"，他的社会职务仍然很多：黑龙江省作家协会名誉副主席、北大荒文联副主席、北大荒作家协会名誉主席。1987 年以来，他荣获国家级、省级专项奖 8 次，荣获省以上先进称号 5 次，他的传略被选入《中国文学家辞典》和《中国作家大辞典》。

2021 年 11 月 24 日，郑加真因病在秦皇岛逝世，享年 92 岁。

茅盾称赞过的作家
丁继松

1928 年 4 月，丁继松出生在安徽郎溪县城的书香门第。1949 年夏天，江南解放，丁继松投笔从戎，赴南京考入第二野战军军政大学。1952 年秋，陈庚将军在哈尔滨创办军事工程学院，丁继松被调到该院文化部任文化助理员，负责学校群众文艺创作。1958 年，中国人民解放军总部动员十万官兵转业开发北大荒，丁继松积极响应号召，来到了北大荒。

北大荒天寒地冻，乃千古沉睡的荒原，历来被人们视为可怕的不毛之地。但在经受人民军队生活磨炼的丁继松眼里，这是一片神奇的土地。他曾在一篇文章中写道："我的文学生涯是从这里起步的。我开始写这里坦荡的沃野，写恐怖的沼泽，写秀丽的江河湖泊，写神秘的深山老林和野狼出没的山谷以及开发伊始动人心魄的垦荒业绩。我开启了文学性灵之窗，绽开了形象思维的蓓蕾。"

丁继松在北大荒生活的几十年中，把自己的命运与这片土地溶化在一起。他像熟悉自己的掌纹一样熟悉这里的一山一水、一草一木。他的足迹遍及松花江、黑龙江、乌苏里江及沿岸广袤的土地和小兴安岭、完达山莽莽的林海。他同勤劳好客的赫哲族人、勇敢的鄂温克人及其他世居在这一带的少数民族一起狩猎、捕鱼、采人参，结下了深厚的友谊。丰富的生活也给他的文学创作提供了鲜活的素材。

20 世纪 60 年代，工作中的丁继松（丁继松生前提供）

　　1959年夏天，丁继松的第一篇有关北大荒的散文《蓝色的乌苏里江》在《光明日报》副刊上发表。1961年，他的第一部游记《漫游乌苏里江》问世。自此，他的创作一发而不可收。除了"文革"10年被迫辍笔外，他至今已出版《完达山中》《在北大荒旅行》《北疆散记》《边疆远行记》《蓝色的乌苏里江》《航行在黑龙江上》《黑龙江上》等游记、散文12部。还有近百篇文章散见于《人民日报》《光明日报》《文艺报》《散文》等报刊。

　　丁继松的作品备受读者的喜爱、评论界的关注，在国内外产生了一定的影响。他的第一部游记《漫游乌苏里江》，1961年由中国少儿出版社出版后，引起著名作家茅盾的注意。他在1961年6月号《上海文学》上发表了一篇《六〇年少年儿童文学漫谈》，文中这样写道："这《漫游乌苏里江》是用游记体描写了乌苏里江沿岸的建设及住在那边的少数民族的生活。颇能引起小读者的兴趣。"茅盾的这段话虽然不多，可一直鼓舞着丁继松在勤奋地创作。他的第二本游记《完达山中》4次再版，著名科普作家高士其曾在一篇文章中指出：《完达山中》是知识性、趣味性结合得比较好的作品。其中《密林窨鹿》一文，被选入人民文学出版社1981年出版的《全国优秀科普散文选》；纪念性散文《丁玲不死》于1988年在《北方文学》上发表后，立刻被日本《读卖新闻》全文译载，文前还刊印了作者的照片和生平简介。1997年，由上海复旦大学编辑出版的《20世纪中国散文精华》选编了丁继松的抒情散文《心中，飞来片绿云》。

　　经过多年的探索，丁继松的散文创作形成了独特的艺术风格，被有些评论者称为"丁氏风格"。鉴于丁继松在文学创作上的突出成就，他的传略被收入《中国作家大词典》《中国当代文艺名人词典》《黑龙江当代名人》等书。

　　丁继松在北大荒生活的50多年里，先后担任过《北大荒文艺》编辑、《合江日报》副刊部主任、《北大荒文学》主编，为北大荒培养了一大批文学人才。小说《趟过男人河的女人》的作者张雅文就曾受到过丁继松的大力支持和帮助。

　　2014年8月12日，丁继松先生在佳木斯逝世，享年87岁。

潜水挂钩的壮士

任增学

雁窝岛其实不是岛，它始称"燕儿窝"，因三面环水，一面临泽，没有固定河床的挠力河把河岸冲成陡壁，成群的小燕子在其上筑巢繁衍。当地人便叫它"燕儿窝"，周边的沼泽地被称为"大酱缸"，在交通不便的从前，一年四季，只有冬季结冰才能出入。长篇小说《雁飞塞北》就取材于这里。

1957 年春天，王震部长亲自带领勘察队进入雁窝岛勘察并点燃了开荒的第一把火。总场决定把开发雁窝岛的任务交给三分场，

任增学当年在八五三农场
（八五三农场提供）

在农场党委委员、三分场党委书记张汉荣的领导下，于3月中旬在分场部成立了雁窝岛开荒队，任命王志敏同志为队长、李柏为副队长，全队共有37人。

3月下旬，八五三农场组建了由共产党员王志敏带领12人组成的"进岛先遣队"，冒着早春的冰雪闯进雁窝岛。他们在岛上伐木、割草，很快搭起几栋"马架子"作为开荒队的队部、仓库，以便迎接后续人马到来。

3月30日，在分场副场长惠月明和队长王志敏同志的带领下，全队开进了雁窝岛。为了保证开荒所需给养的供应，八五三农场场长姜瑞元决定抢在开化前把物资运进雁窝岛，并把农垦局刚拨下来的6台崭新的拖拉机分给雁窝岛开荒先锋队。几千人的给养加上开荒的器具和油料，拖拉机队不分白天黑夜地抢运着。

出发的时候，天气很晴朗，到了下午，突然刮起了猛烈的北风，把地上的积雪卷到空中，向人们身上、脸上猛扑过来。一时天昏地暗，连那个当向导的老猎手也辨不清东西南北了，转了一个圈又转了一个圈，好不容易找到作为路标的一棵大树，才继续前进。

到了4月24日夜间，更是风雨交加，抢运物资的6台大型拖拉机，为了互相支援，几乎同时压碎冰层，陷进了"大酱缸"。2米多高的大型拖拉机，只剩下不到半米的驾驶棚和排气管露在水面，情况十分危急！

大家开了一个"诸葛亮会"，制定了少行之有效的措施。垦荒队员先用原木垫在机车下面防止下陷，扎了许多木排准备铺在拉车的线路上。又从200里外的友谊农场拉来了绞盘机。500米长的钢缆重5 000多斤，几十人排成一队从齐腰深的泥水中齐步前进扛了进去，绞盘机重新安装好了。但是，第一次拉车失败了，就连靠得最近、陷得最浅的拖拉机都没有拉出来。

大家立刻查找原因，原来用7吨的绞盘机拉11吨的拖拉机，不但拉不动机车，反而打坏了绞盘机的几个齿轮。

没过几天，铁道兵农垦局的领导派专车从密山送来了一台30吨的大型卷扬机。等把它全部拆卸完毕，拉到岛上的时候，已经是5月上旬了。

卷扬机一安装好，才半天的工夫就拉出一台K95。

当拉第二台时，新的困难出现了。斯大林80号拖拉机重达14吨，陷得很深，车头扎进泥浆里，连排气管都淹没了，拖拉机的牵引钩也埋没在冰水以下的泥浆里。怎样才能将钢丝绳挂到陷在泥中的拖拉机上呢？大家陷入沉思中……

就在这时，原首都警卫师的转业战士、共产党员、包车组长任增学不顾个人安危，挺身而出。毅然脱下棉衣，喝了半碗酒，一个猛子潜入了满是冰碴的泥水中，大家都紧张地注视着带着冰碴的水面。过了一会，他浮出水面，深深地吸了一口气，又扎了进去。

等他第二次探出头来，已是满脸污泥，嘴唇发紫。大家叫他休息，他也顾不上，同志们要替换他，他也不让，只是将同志们送到嘴边的一碗白酒喝了两大口，然后再一次钻进冰水里。等他第三次摇摇晃晃地浮出水面时已经是面无血色，牙齿也冻得直打架，他只说了一句"挂上了，同志们可以拉车了！"就晕倒在同志们的怀里……

任增学潜水挂钩的英雄事迹很快流传开来，先后被绘成连环画、写成小说、编成戏剧、拍成电影，而为全国人民所知。

2010年9月28日，任增学同志逝世，享年77岁。

（张传文）

黑土地上的音乐家

顾震夷

"说不清这黑土地,为什么这样有魅力,害得多少好儿女,海角天涯也想你,命运给过你,青春你拿去,为你苦,为你累,反倒觉得欠着你……"

多么动人心弦的一首《说不清这黑土地》,3位作曲家先后为此谱曲,3位歌唱家分别演唱这首歌。从电视剧、专题片、盒式磁带里,从舞台上流传出去,打动了千万人的心。这首歌词的作者就是原北大荒文工团一级作曲、北大荒音乐舞蹈家协会名誉主席顾震夷。但他并不是严格意义上的作曲家,歌词、曲调、戏曲、小说、论文等作品都在省级以上报纸、电视台发表和播出过,内容上除论文外,他几乎只写北大荒。

1937年,顾震夷诞生在抗日的炮火中。取名"震夷",就是"抗日"的意思。这名字表达了他父亲顾执中的抗日决心。这位当时的著名记者、上海《新闻报》采访部主任,

顾震夷当年在八五三农场(顾震夷提供)

全身心地投入抗日活动，频频发表文章，参加社会活动。至今，云岭新四军纪念馆里还记载着上海人民慰问团于 1939 年慰问这支抗日部队的经过，北京的军事博物馆还挂着代表团团长顾执中与项英将军的合影。不久，日寇便对他下了通缉令，但他仍在上海租界积极抗日，最后被日本特务暗杀致伤，这才被迫去了重庆、缅甸、印度等地，继续进行抗日活动。

顾震夷的命运是和共和国的命运息息相关的。3 岁那年，顾震夷就随着家人到处颠簸，没有机会安定下来上学。直到抗战胜利回到上海，念了小学五六年级和初中一二年级，然后在民治新闻专科学校又读了一学期，便参军去抗美援朝了。那年他刚 13 周岁，这个年纪对参军来说，实在是太小了。他先到派出所，要求改"虚岁"，把 13 变成 15，又去分局要求改"虚岁"，把 15 写成 17，而且居然经过软磨硬泡成功了！但是，摆在他面前的最后一个问题——家庭关，却还是很难通过的。他知道关键在于母亲，因为父亲经常不在家。他找到机会跟母亲说，六十三军在上海招考文化教员和文工团员，他想去。母亲坚决地说：必须等到 18 岁，这是父亲说的。

经不住他的软磨硬泡，后来母亲说："那你去考考试试看。"

"不，你要先答应，考取了就让我走，否则我不是白费力气了吗？"母亲以为他未必考得上，就小声说："好吧。"这话一出口，顾震夷就说："我已经考取了。"母亲的两行热泪马上流了下来，但她并不反悔，立即帮助儿子整理行装。

1950 年 10 月 30 日，也就是中国人民志愿军入朝参战后的第五天，顾震夷参军了。领导照顾他年龄小，不让上朝鲜，分配到军队报社印刷厂工作。他想上前线，不安心本职工作。从他本来的基础看，美术修养略高于音乐，因为印刷厂当时还有一位美术比他强的同志，他不愿意屈居第二，就选择了音乐，因为本单位无人可及他。没想到这个当时可笑的动机，决定了他一生的事业。第二年就到了朝鲜前线。在 3 年的战争中，他不怕苦，不怕死，但他还带着一身孩子气。刚入朝时，连续行军 20 天，他能咬牙坚持不掉队，但一到地方就呼呼大睡。老同志烧好水，叫他起来洗脚；做好饭，叫他起来吃饭；

所有挑水、扫院子、劈柴禾等工作他都一概不管。大家还直表扬他不掉队。

有一个司号员很看不惯他这套做派，经常说他，两人成了对头。但有一次去运军装，通过炮火封锁线，他一慌竟卡在被炸坏的桥上，那司号员已经过了这危险地段，却又跑回来帮他。两人刚刚离开那里，一颗炮弹就落了下来……从此他不再恨这位司号员，因为他懂得了"战友"两个字的含义。

从那时起，顾震夷就努力学习音乐。行军时背着一本《曲调作法》，在战斗的间隙，在罐头盒做的油灯下认真钻研。后来，他写的一首名为《保卫海岸》的歌曲发表在师部的油印小报《火线报》上。他背着留声机到处为战士放唱片、教歌，为战士演唱，是一位活泼的文化教员。

顾震夷深深爱上了部队。3 年后，他从解放军第二十三医院出院时，医院让他复员，他马上就可以回到繁华的上海，和久别的亲人团聚。而他却坚持要求回部队。1958 年，当组织上决定让他离开部队，问他愿意复员回上海，还是愿意转业去北大荒时，他却选择了北大荒。从此，他把自己的青春和热血全部献给了北大荒，一晃就是 40 多年。

十万官兵开发北大荒的沸腾生活，深深感染了刚到北大荒的顾震夷。他作为一名拓荒者，又遇到了许多专业文艺工作者，其中还有几名下放劳动和作为"右派"改造的知名音乐家。他用自己的全部转业费买了一台手风琴，便被调到农场文工队。荒原的巨变，使他经常处在创作的冲动之中，频出作品，又都符合时代的需要，身边还有唱歌的演员，作品便获得很多演出的机会。生活的感受、实践的经验、加上专家的指点，使他的音乐创作产生了飞跃。1959 年，国家级刊物《歌曲》发表了他创作的女声小合唱《你就看上了他》。

顾震夷的前半生是极为艰辛坎坷的，他在农场文工队为生产队演出时，常常是一头挑着手风琴，一头挑着行李，步行几十里，荒原上的蚊子又多又大，他被咬得全身都是大包。冬天为伐木队演出，零下 30 多摄氏度，找一块空地就演，演员穿着单薄的演出服，乐手赤着手在寒风中表演。一个节目下来，得赶紧跑到帐篷里去烤火。晚上，他演出回来，还钻进被窝里写曲子，钢笔水冻住了，他就在笔尖上哈口热气接着写。

艰苦的生活顾震夷已经习惯了，可政治上的委曲却使他很苦恼。1957年，受父亲影响，他被开除团籍离开部队。

到了北大荒以后，虽然一路坎坷，他依然没有放弃歌曲创作。在农场，他先后当上了机关团支部副书记、文工队乐队分队长，还作为合江地区三市六县文艺代表团的乐队指挥，3次参加"哈尔滨之夏音乐会"。

组织上的信任，使他更加努力工作，自觉地向雷锋学习。20世纪60年代初期，在农场发不出工资的困难时期，他用自己的积蓄给文工队买了电唱机、手风琴和3把小提琴，帮助有困难的同志出差报销路费……这大约相当于他3年的工资。"文革"时，他再次被下放到生产队，一待就是6年。一天劳动十几小时，半夜还要起来卸车上的木头……儿子降生时，他不在身边。

后来，他被分在畜牧排喂猪。他努力跟老饲养员学习，记养猪日记，半夜巡视猪圈，还跳进粪坑救牛犊。但他最大的收获，还是文艺才能有了发挥的机会。他为那些五音不全的饲养员写通俗简单的节目，让他们自己演，大受欢迎。

事业上的转机终于到来了。1979年落实政策后，顾震夷被调回了北大荒文工团。很巧，当年7月号《歌曲》就发表了他作词作曲的第二首歌曲《金色的三江》，这时距他第一次在此刊发表歌曲的间隔正好是20年。这好像是一次警钟，仿佛告诉他，他的音乐事业是42岁时才接着22岁的高度干的。在基层虽然有生活，作品受群众欢迎，但缺乏上乘之作。他决心提高作品的质量，首先从理论入手。在退稿和废纸存了一大堆后，1984年，《人民音乐》终于发表了他的第一篇论文《协和观念探讨》。5年后，《中国音乐学》又发表了他的万字论文《论不纯正音程的存在及其原理》，引起学术界的重视。省台、中央台都播放过他那一首首富有北大荒泥土气息的歌曲，这让全国人民更加了解北大荒。

如今顾震夷是中国音乐家协会、中国律学学会会员，黑龙江省音乐家协会名誉理事，黑龙江省音乐文学学会理事，北大荒音乐舞蹈家协会名誉主席，一级作曲家，政府特殊津贴获得者。

他的文艺作品上千,省级以上刊物发表的上百,论文在全国也产生了影响,北京大学曾邀请他参加全国首届音乐物理和音乐心理研讨会,他还多次在国际和全国的学术会议上宣读论文。他说,已到了退休的年龄才取得这样的成绩,本不值得夸耀。但这些都是他从最底层一点点奋斗出来的,作为北大荒人,他自豪。

退休后,顾震夷没有间断他的创作,仍在孜孜不倦地学习。还到农场讲课,为一些单位搞辅导,热心帮助文艺爱好者是他的一个习惯,几十年来教了不少学生,其中就有电视剧《年轮》和《宰相刘罗锅》的作曲家王黎光。

北大荒的著名摄影家吕向全，有着坎坷的一生。看了他的经历，您也会得出同样的结论。

1931 年 11 月 26 日，吕向全出生于山东省黄县。1944 年，父母双亡，他沦为孤儿，在佳木斯照相馆当学徒。1946 年 9 月，在佳木斯街头捡破烂时，经八路军干部指点，参加中国人民解放军。1947 年，被调至东北画报社。1950 年，被调至中国新闻摄影局新闻摄影处工作。

1951 年，吕向全又被调到人民画报社当记者。那时他风华正茂，刚满 20 岁，是共青团员，在摄影事业上正处在黄金时期。1953 年，吕向全作为新闻记者，被派往朝鲜，参加板门店谈判。1957 年，他在画报社的同行中作品的发表率就相当高了，几乎每期《人民画报》都有他的摄影作品，有时还发专页，得到同行的好评。正在这时，中国共产党号召开展整风运动，动员多行业帮助党员整顿党风。人民画报社也不例外，正在动员全社同志给党员提意见。

那是 1957 年三四月份，吕向全正在广西、贵州采访，拍摄一名南京农学院女大学生在边区农村工作的先进事迹，同时展现绚丽多彩的苗族节日。他精心构思，力求在摄影的思想性和艺术性上有所突破。

整风运动及反右派斗争却使其成为受害者。1958 年 3 月 28 日清晨，吕向全和其他"右派"一行人从北京前门火车站出发，踏上了去北大荒的路程。

用相机纪录北大荒开发历程的吕向全

朝鲜板门店谈判记者团记者吕向全（北大荒博物馆提供）

4月1日，他们到达了北大荒的大门——密山火车站。第二天早饭后，他们分几辆大卡车向茫茫雪原开去，一路上几乎看不到村庄，傍晚到了八五〇农场云山畜牧场场部。

我们到北大荒后，第一项任务就是在云山畜牧场修建一个小水库。因为"五一"动工，就叫"五一"水库。一天，王震部长到我们住处来看望大家，我们就在住房前的一个山坡下坐下听部长的讲话。他的第一句话就是"同志们"。这句话放在平时，根本不当一回事，可是在那个时刻，这句话像一股暖流，把大家的心温暖了。

修建"五一"水库时，正处在全国的"大跃进"中，每天的土方量都很大，劳动时间长达20个小时。由于这批人中多数是文化界的名人，繁重的体力劳动很难吃得消。而吕向全出身穷苦人家，身体素质比较好，所以曾3次被评为"红旗手"。

7月底，"五一"水库基本建成，指导员不知从哪里借来一台135型号照相机，要他们照一下水库及全体合影，以便留念。几位搞摄影的人一致推举吕向全担此重任。

一天晚上，指导员找到丁聪，说王部长决定要为修建云山水库的转业官兵出一本画册。因为丁聪是老编辑，所以由他带一名搞摄影的人员一起去，丁聪提名吕向全。

第二天，40岁出头的丁聪和吕向全背上行李乘车到了云山水库政治处报到。林青拿来一台135型号照相机和一台"莫斯科"二型120照相机，吕向全在丁聪的指导下开始工作。到10月底云山水库竣工时，他们的画册也编好了。当王震部长前来参加竣工典礼时，政治处领导请他审查画册。

吕向全在北大荒开发初期转战垦荒点（北大荒博物馆提供）

1961年冬，北京来人要把中央下放的"右派"分子带回去重新安排工作，而吕向全却跟领导表示愿意留下。1963年春，东北农垦总局成立后，他被调到总局党委宣传部从事摄影工作。1966年"文革"期间，他被错定为"翻案右派"；1969年，被下放到铁力农场劳动；1971年春，被借调到兵团政治部宣传处从事摄影工作；1979年"右派"问题得到改正后，1980年任总局党委宣传部科长；1984年任总局调研员；1991年离休。

吕向全同志是著名的摄影家，中国摄影家协会会员、北大荒摄影家协会名誉主席、北大荒摄影事业的创始人之一。他先后编辑了《知识青年在北大荒》《我爱边疆》《大有作为的新一代》《美丽富饶的黑龙江垦区》等多部画册。黑龙江美术出版社出版了他的摄影作品集《岁月收藏》。原黑龙江省农垦总局党委副书记孙勇才在序言中称赞道："这是迄今为止第一本以反映北大荒开发建设为主要内容的大型个人摄影集。北大荒自1947年创建第一批国营机械化农场以来，已经历了半个世纪。除了前十年的初创时期外，吕向全有幸参加了后三个时期（大发展、曲折前进和改革开放时期）整整40年的历史进程。如此长跨度、多侧面地利用摄影艺术来反映北大荒的开发、建设的历史画卷，不仅在黑龙江，即使在全国也是罕见的。"在他的作品中，有老一辈无产阶级革命家和中央领导同志视察北大荒的身影；有十万转业官兵唤醒沉睡荒原的场景；有新一代小北大荒人在窝棚里诞生、在黑土地上学步的足迹；有下放到北大荒的老"右派"们在"右派队"宿舍前自嘲的笑脸；有广大知识青年踏查荒原、抗旱保墒挥汗锄禾、喜晒新粮的情景；有在改革开放的春光中北大仓沃野千里、麦浪滚滚、楼房林立、家园如锦的画面……

吕向全的摄影作品构思巧妙，光色运用自如，具有鲜明的艺术特色，或突出大自然的生命张力，或强调北大荒人的气质内蕴。平凡中显示艺术的震撼力，黑白中孕育着情感的流彩。其摄影作品多次参加省及国家的展览并获奖。

1992年，黑龙江省美术馆举办了"吕向全北大荒35年纪实摄影展"，深受观众好评，他的传略被收入《中国摄影家大辞典》。

1998年5月8日，吕向全刚刚过完66岁的生日，就离开了我们，他把自己的毕生精力都献给了北大荒。

发明《分格写作教学法》的特等功臣常青

全国著名写作理论家、黑龙江省写作协会副会长、原黑龙江省阿城农垦师专副校长常青同志，以其丰硕的学术成果告诉我们：成功来自辛勤的耕耘，来自锲而不舍的追求。

1927年，常青同志生于河南省栾川县一个山区，家里世代都是贫苦农民。当他还在十来岁时，就一手拿书一手拿牛鞭子了。上午牛吃草时，他就割草备着下午用。

偏僻的山村小学，除了课本，很难找到书读。有一次他遇到一个卖辣椒面的人，用半本《红楼梦》当包装纸，他看了一眼，被纸上的语言惊呆了，世界上还有这么好的书。于是，他把用过的所有作业本抱出来，换回了那半本《红楼梦》。反复诵读，直到背诵下来。

初中三年级这一天，一个对他这种出身贫寒的学生刻苦好学非常赏识的语文老师正在上课，突然有人捅破了窗户纸轻喊："老

常青生前在家中
（常青提供）

师，快躲一躲，有人抓你来了。"老师闻讯跑出了教室，朝着厕所方向奔去，可是一道墙挡住了去路。正束手无策，他跑了过来，对老师说："这墙不高，你就踩着我肩膀翻过去吧。"在他的帮助下，老师躲过搜捕……

一晃3年高中过去了。常青只报考了西北师范大学，不图别的，就为了师大有助学金。他是用秫秸绑着一个墨水瓶进的考场。发榜时，他名列前茅，但却犯起愁来。原来当时陇海铁路因解放战争的炮火而切断，要坐飞机才能到学校报到，他没钱买机票……他瘫坐在地上，是3个同学把他架回了大车店。

正一筹莫展时，常青意外地遇见了3年前翻墙而过的老师——正着一身国民党军队的制服。师生相遇，格外亲热。老师得知他的困境后，安慰道："人生在世，不就是一天吃一斤面吗？走，上老师家住去，保管有你们吃的，到时候送你们回家。"后来，他没回老家。因为陈谢大军解放了洛阳。远在开封的他，听说洛阳城一片喜庆，还贴出了北方大学的招生告示。他和同学们兴奋极了："共产党办的这座大学管吃管住，还发津贴费，校长是有名的历史学家范文澜……"这样，他跋涉数百里，穿过国民党的封锁线，进了北方大学。

1948年，年仅21岁的常青带着对革命的无限向往和激情，从蒋管区来到解放区，不久投笔从戎。入伍后，每月2.6角的津贴费，除了买5分钱的盐面刷牙外，他把钱都积攒起来买书。买得多了，整理内务时无处可放，就只好把心爱的几本揣在胸襟里，扎上皮带。不料在一次军训"卧倒"中，前襟纽扣掉了，几本小书从胸襟中鱼贯而出，引得全场发出惊喜的笑声！从此，"别人肚子里生儿子，常青肚子里生书"成为大家的笑谈。

1950年，常青调任华北军区第二高级步校从事文化教育工作。1953年，毛泽东主席和中央军委号召百万解放军"向文化进军"，当时作为训练参谋的他，被无数驰骋疆场而又目不识丁的战友们感动了。一个从朝鲜战场归来的英雄说："我一个人经受了敌人3次炮轰，抱着机枪，用数千发子弹打退敌人的3次进攻，坚守一个血淋淋的山头，直到来了援兵。但我却写不出来豆腐块那么大的一篇文章。"一个步兵团长说："面对敌人我会进攻、会包围，还会快速奔袭……但面对作文，我只会抓耳挠腮，唉声叹气。"一个骑兵旅长说："我只能指挥千军万马，奔腾冲杀，但却指挥不了蛤蟆蝌蚪（标点符号）和'喔、吗、呀、哈'。"

用拼音教学达到速成识字后，继续提高遇到了困难，他寝食不安。如按常规教学，需要四五年的时间才能达到高小毕业水平，必须另辟"速成"之路。常青认真研究了工农出身的干部战士在写作方面具有的特点，注重联系实际，经过反复实验，他终于摸索出以"我写我"为核心的"速成写作教学法"，这极大地激发了广大指战员的写作热情，出现了一批工农作家。这一经验很快就被推广到全军、全国。

1952 年 12 月，原华北军区通令嘉奖了常青，并给他提前晋级，记特等功一次。《人民日报》头版还介绍了"速成法"，并刊登了他的照片。在中南海，他见到了毛主席和周总理，并登上了天安门观礼台。立功喜报传到老家，老乡们以唱大戏的方式庆祝 3 天。《新名词辞典》收录了他的事迹。《速成写作法》出版后，被西园寺公一先生译为日文，在日本《文学之友》专辑发表。

正当常青以饱满的热情攀登新的高峰时，政治风暴正悄悄地向他袭来。1958 年，他随首都部队转业到北大荒。面对挫折，常青表示："我要把消极的人生变为进取的人生、积极的人生。"5 年农工后，他来到金沙农场中学（现在的八五五农场一中）担任语文教师。

走上讲台后，常青发现作文课缺少生气。学生也感到"写作课像撞钟，天天敲，一个声"。于是，他又萌发了"速成"的想法，但若仍用"我写我"的方法显然不适用，因为教学对象已不是当年"生活丰富经历多，苦辣酸甜都尝过"的工农出身战士，必须另觅新路。他带着问题教学，凭着热情探索，写作教学也有了新的起色，学生的文章开始在报纸上发表。在教学实践中，常青感到最重要的问题是加强写作基本功训练，因为"一个真正的教师指点给他学生的，不是已投入了千百年劳动的现成大厦，而是促使他去做砌砖的工作，与他们一起来建造大厦"。从此，他阅读名家名著时，努力从中找出刻画社会、描写自然等方面的范例，从"形声色味触"五觉开始，向"喜怒哀乐爱恶欲"七情延伸，这便是"分格教学法"研究的最初阶段。

"文革"时期，被迫失去讲台和学生的他，就用分格法写小说，尝试他已初具轮廓的写作理论。夜晚他在果园忠实地巡夜，白天在草屋简陋的书桌上奋笔疾书。用时8个月时间三易其稿写成的37万字的中俄战争长篇小说《三色水》，由百花文艺出版社出版。

1977年，当牡丹江农场管理局成立农垦师范学校时，局政治部陈主任代表局党委亲自邀请常青到师范学校担任教学工作，不久，常青任中文科主任。当他站到讲台上时，仿佛郁积多年的感情顷刻间得以喷发。他说："我最大的愿望就是在有限的余年中，把平生积累的点滴知识，毫无保留地传授给你们。"最初3个月，他是中文系唯一的老师，每周18节课，他讲作文、文学史、作品分析……而手头的资料只有一本字典。他针对学生作文兴趣不高的现状，把对学生的关怀融入对写作教学法的更深入思考中。在课堂上，他开始正式使用"写作基本功训练分格教学法"进行教学。"格"是写作知识与能力的计量单位，他由格素、格量和格序三部分组成，常青认为："只有当写作知识、技能的复杂因素呈现出清晰的实体、鲜明的轮廓和具体的数据时，人们才能迅速地了解它，学习它。"围绕培养学生的观察、分析、想象等能力，他整理出200多个"格"，使学生经过训练由入格、及格、合格、满格、达到破格，这"五格"分别标志着在训练过程中达到了不同层次的目标。

经过3年的教学实践，证明了这个教学法的效果显著。1979年，农垦部主持的全国四大垦区师范教育经验交流会在师范学校召开，会后在全国12个省（区）农垦系统中学推广了他的经验。1979年第3期《语文教学通讯》杂志将他选为封面人物，并有文章专门介绍。1980年8月，常青参加了在北戴河召开的全国语文教研会，他的发言在京津沪等地引起重视，各地纷纷索要资料，邀请他去讲课。1981年3月16日，《光明日报》刊登了《虎林访常青》一文，全国先后有27个刊物介绍了他的"分格法"，普遍认为这是一种独树一帜的具有中国特点的写作教学法，"格"的称呼本身就表现出民族的文化特征。华东师范大学在讲写作流派时把他列为一派，《河南教育》则称之为"格格派"，有的省还编了分格法教材。"分格教学法"随之在全国试行和推广。

1983 年，常青组建了黑龙江省农垦师范专科学校中文系，他以其高水平的授课和工作热情，赢得了师生们的普遍尊重。同时，他把写作理论的研究伸向了更深的领域，开始注意"思维与想象"问题。常青认为，写作智力的核心是写作思维能力的提高，而想象又是写作思维的核心，只有注意到想象的才能，写作教学才会进入更高的阶段。他把七八年时间研究的结果写成《叩开想象之门》，交由教育科学出版社出版，并在海内外发行。

辛勤的耕耘，换来丰硕的成果。1986 年，全国写作学会刊物《写作》发表了他的《论分格写作法》，同年，为辅导退休老干部"自传体"文学的写作，又撰写了 25 万字的《老年速成写作》教材，由《退休生活》杂志连载。1987 年，河南教育出版社正式出版了他的《速成分格写作法》。1998 年，教育科学出版社出版了他的《分格作文法》，老作家魏巍同志题写书名。"小学分格训练"受到了教育界的高度重视，因为他推开了作文教学科学化的大门。后来，他的名字和业绩被收入《中国当代写作理论家》，并入选《黑龙江当代名人词典》。因为业绩突出，先后被评为农垦部先进工作者和优秀教师、全国优秀教师。

2000 年 2 月 23 日，常青在哈尔滨病逝，享年 73 岁。

用刻刀耕耘人生的郝伯义

在祖国的东北部，有一个叫北大荒的地方，开发建设 70 多年来，不仅为共和国提供了几千亿斤的优质商品粮，还培育了富有黑土特色的北大荒文化，培育了在世界有一定影响的美术流派——北大荒版画。

说起北大荒版画创作群体，有一个人不得不提，他就是著名版画家、中国美术家协会理事、黑龙江省美术家协会原副主席、北大荒美术家协会原主席郝伯义。2011 年，他和郑加真、窦桂萱等 9 人荣获北大荒开发建设 70 年来最高成就奖—— 北大荒文学艺术创作终身成就奖。这 9 位老作家、艺术家都有一个共同点：坚持几十年从事文学艺术创作，并在各自领域创造出了突出的成绩。

郝伯义 20 世纪 70 年代在画室进行创作（郝伯义提供）

　　郝伯义 50 年如一日，用画笔、刻刀辛勤耕耘在北大荒这块沃土上。他带领青年版画群体走出垦区，走出国门，走向世界。

<h2 style="text-align:center">踏进荒原天地宽</h2>

　　郝伯义，1938 年出生在山东省牟平县。从小酷爱绘画，因家境贫寒，他 17 岁失学，辗转到长春电影制片厂当了一名美术设计学员，后来又到长春防空军学校任美术教员。1958 年初春，乍暖还寒，春寒料峭。在长春刚过完 20 岁生日的郝伯义，一切都来不及深思熟虑，就匆匆忙忙随着转业大军，来到北大荒农场当了一名农工。北大荒的风光，唤起他急切用画笔描绘绚丽边陲的愿望。

　　在八五〇农场，他和战友们一起，烧荒、种地、架桥、筑屋。住的是"马架子"，吃的是大碴子、野菜汤，夜晚听着狼嗥，在蚊帐里点着马灯作画。体尝过踏破亘古荒原的快乐，也遭遇过野狼尾随身后的惊险。谜一样的北大荒磁场般地吸引着他，他拿起画笔，跟随张作良、晁楣等版画家，痴痴地描绘北大荒火热的开发生活，描绘开荒生活成了他最大的乐趣。这一时期，他画了许多速写和素描，后来有些陆续发表在《北大荒文艺》杂志上。

　　1958 年 10 月，铁道兵农垦局组建北大荒画报社，郝伯义的艺术才华被发现，从农场调到画报社。可惜，因画报社缺少必要的条件，仅出版了一期就停刊了。

　　当年的铁道兵农垦局，为开展文化活动集中了一批美术人才，由张作良、晁楣牵头，组织油印套色木刻版画的创作。郝伯义在他们的影响和传授下，很快就学会了版画创作，并从此爱上了这种能够自行印制的绘画形式，他成为这个创作群体中的一员。《惊扰》就是这个时期他的版画代表作，画的是荒原深草中的两只野鹿，被远处垦荒者的拖拉机惊扰，它观望、跳跃、奔逃的神态形象生动，构图新颖，色彩浓淡相宜，寓意北大荒新时期的到来。

　　20 世纪 60 年代初，中国美术家协会和牡丹江农垦局联合，在北京中国美术馆举办《北大荒美术作品展览》，这是北大荒版画第一次在首都公开亮相，郝伯义的部分版画作品有幸入展。《人民日报》等新闻媒体刊发了消息、画页和评介文章，中国美术界领导和专家蔡若虹、吴作人等参观并参加座谈会和热情发言。《光明日报》发表了王朝闻的评论文章，在首都美术界一时传为佳话，一致给予好评。他在评论中写道："北大荒美展里的作品，也就是把劳动当成一种创作来理解，从而以歌颂社会主义劳动的美和劳动的诗意为中心主题的。"第二年盛夏，中国美术家协会和牡丹江农垦局联合主办的《牡丹江垦区版画展览》又在中国美术馆开幕，展出作品 100 多幅，随后又到南京、上海、广州等地巡回展出。从此，北大荒版画名扬中外，成为中国现代版画艺苑中一个新兴的流派。这次郝伯义参展的是《黑色的金子》和《向地球开战》两幅油画。当年的中央美术学院副院长吴作人看了之后说："这个同志的画，色彩感觉很好，很像马克西莫夫。"当他得知郝伯义没有进过美术院校，而是自学成才时，他赞叹地说："这很不简单！"

愿作春泥更护花

　　北大荒版画的兴起，张作良、晁楣、张祯麒等一批北大荒版画的开拓者们有不朽之功。20 世纪 70 年代，随着张作良、晁楣等人相继调离垦区，一些知青也陆续回到了纷繁的都市，也有人劝郝伯义离开这块土地，去省城从事专业艺术创作。

　　开始，他的思想也有些动摇。可正在这时，兵团需要一位美术创作班的主持人兼辅导者，在仍留在垦区的几位画家当中挑选了郝伯义。他觉得自己有责任把北大荒版画事业发扬光大，于是选择留下来，培养版画创作群体。为了将分散在全黑龙江省众多农场中的美术爱好者集中起来，郝伯义颇费了一番工夫。现侨居澳大利亚的画家王兰在一篇文章中回忆道，当时因为一些客观原因，她到兵团司令部参加创作班受阻。郝伯义写了许多求援信，费了很多口舌，把她调离原单位，调动手续足足办了 10 个月。参加创作班的学员绝大多数是下乡知识青年，他们受过去政治思潮的影响，在创作上大都把绘画当作单纯的宣传手段，忽视艺术真实的和美学的追求。郝伯义以一个正直画家的艺术良知，和老画家廖有楷、杨凯生等辅导老师一起，通过各种方法引导组织学员面向生活，立足垦区，传授版画技法，继承和发扬了北大荒版画的优良传统。

为带领青年作者走进版画艺术殿堂，郝伯义在这些青年人身上倾注了无数心血。待业青年小赵，在家闲得无聊，结交了一些社会上的朋友，东游西逛，寻衅打架。他父亲看见儿子对画画很感兴趣，就托人把小赵交给了郝伯义，恳请他帮忙带一带。郝伯义没有因为小赵有坏习气而训斥他，而是经常给小赵讲学画要先做人的道理。小赵逐渐开了窍，把郝老师的一言一行都看在眼里，开始思考人活着的意义。慢慢改掉了不良习气，开始发奋用功了。郝伯义几次带他到农场深入生活，让他在现实生活中接受教育，丰富阅历，提高基本功。经过两年多的努力，他创作的多幅版画参加了几次展览。每当别人赞誉他的画时，他总是由衷地说："多亏了郝老师对我的帮助和教育，否则我就不会有今天。看看我过去那些狐朋狗友，有的被枪毙了，有的被判了刑。我的版画却能参加展览了，回想以前的我，真有点后怕。"

就这样，郝伯义坚持每年办一次班，每次3至5个月，接连办了7年，直到知识青年大返城。合计培训人员274人次，学员先后创作美术作品473件，参加全国美展2次，全军美展1次，全省美展2次，在国外展览240幅。出版画册《青年版画作品选》（人民美术出版社）、《广阔天地绘新图》（天津美术出版社）、《版画辑》（黑龙江人民出版社）等8种。近百幅作品被国内外美术馆收藏。北大荒版画的第二代创作者返城后，共有70多人成为专业画家、美术学院教师、美术编辑等，有的还考上了高等美术院校的研究生。郝伯义被称为"热心的北大荒版画组织者"。

当这些知青作者陆续返城之后，往日热闹的美术创作室突然变得冷冷清清。北大荒版画创作群体面临作者不足的困境。郝伯义独坐空室，经历一段寂寞和惆怅之后，决心招收农场的孩子，重建版画创作队伍。有人担心农场的孩子笨缺乏必要的素质和灵气，怕培养不起来。郝伯义却看中他们生在北大荒，熟悉并热爱北大荒的优势。

　　于是，患严重肝炎病的郝伯义，每日吃药顶着。从松花江两岸到黑龙江边，从完达山麓到大兴安岭脚下，走了几十个农场、生产队，开始了寻觅新学员的长途跋涉。经过将近半年的奔波，美创室又恢复了往日的欢声笑语。"分散生活，集中创作"，是郝伯义根据垦区实际情况和多年经验总结出来的"出作品，出人才"的有效方法。在集中办班期间，郝伯义和杨凯生、李亿平把几十年的创作经验全都倾注在这些学员身上。郝伯义手把手地教，从取材立意、修改草图，到刻制木板，直到套色印画，还要随时启迪他们的艺术欣赏力。就这样，经过 4 年多的辛勤耕耘，共培训 100 多人次，创作版画 200 余幅。这些农场子弟成为北大荒版画的第三代创作者。北大荒版画群体荣获省优秀创作群体，郝伯义也因此多次受到表彰并获得国务院政府特殊津贴。黑龙江垦区获得文化部授予的"版画艺术之乡"称号。

　　几十年来，郝伯义在培养和带领众多青年对发展北大荒版画作出突出贡献的同时，他自己在版画创作领域，从版种到创作题材、体裁样式，都有广泛的涉猎。郝伯义手握刻刀不止，在艺术上锲而不舍、刻意探求，创作了油印、水印、套色和黑白版画共 100 多幅，成为我国高产的著名版画家。作品在 10 多个国家和地区展出，他本人也多次应邀出国讲学。中国美术馆、中央美术学院、黑龙江省博物馆等单位共收藏他的作品 50 多件。人民美术出版社、黑龙江美术出版社分别出版了他的画集——《郝伯义版画选》。他在艺术实践的同时，总结和撰写美术论文 40 多篇，分别发表在《美术研究》等刊物上。

创新水印木刻画

　　郝伯义从事版画创作以来，在版画品种上曾进行过多种尝试，20 世纪 60 年代至 70 年代，搞过石版画、黑白木刻、油印版；80 年代以后，又转向水印版画。

　　1981 年，郝伯义率先探索"北大荒水印木刻版画"，一改北大荒版画长期以油印为主的传统样式。他在试验的基础上，总结出水印木刻等一套技法，继承并发展了北大荒版画艺术风格。北大荒水印版画，极大地丰富了北大荒版画的内涵，以及由此派生的一系列从题材到形式及拓印技法的变革，从而影响到全国水印版画的发展。

郝伯义的版画还富有抒情性。他长期生活在北大荒，目睹了北大荒的历史变迁，昔日的北大荒变成今天的北大仓，这一翻天覆地的巨变，怎能不让他激动？但他不缅怀过去、依恋往昔，而是向往未来、创造明天。他将自己的振奋和喜悦之情熔铸于创作之中，所以他的作品大都染上一层抒情的色彩。而在艺术表现手法上，郝伯义的版画创作也有自己的特色。在他的水印版画创作中，既借鉴了民间剪纸、水墨画的技法，又运用了装饰画以及日本水印版画的某些表现手法，但在基调上却始终保持着清新淡雅的艺术风格。这就使他的版画创作，既有统一的格调，又富有变化。

小中见大，短中见长，独取一隅，表现全貌，这是郝伯义后期创作的又一特色。他的后期作品，构图并不宏伟，气势也不磅礴，但韵味隽永，别具一格。有些版画选取的场景很小，近似特写镜头，如《山珍》的画面空间几乎被几株粗大树干占满，虽然是几株树，但给人的感觉却是原始森林的一角。这种表现方法是将简约的景物与宏大的概括性统一起来，用狭小镜头表现丰富内容，从而达到了窥一斑而知全豹的艺术效果。

郝伯义把北大荒版画事业引向辉煌的同时，还创作出许多独具一格的版画作品。他的画清新隽秀、典雅温和，既透出一种超凡脱俗的内在清纯气质，又充满着一种贴近普通人生活的温馨亲切。他的作品以简洁的画面和鲜明的色彩构成颇具现代感的佳作，成功地传递出北大荒宁静和谐的自然气象。

"一代青春"的回眸

2007 年 7 月 5 日，由中共黑龙江省委宣传部、黑龙江省文联主办，黑龙江省美术家协会和北大荒美术家协会承办的《一代青春》郝伯义墨彩图展，在北京中华世纪坛开幕。

那些年，郝伯义以知青在北大荒的劳动生活为主题，创作了 120 余幅中国画作品，这些作品通过当年知青在北大荒生产、生活状态的真实写照，从不同侧面反映了那一代人艰难跋涉的青春足迹和不屈不挠的奋斗精神。作品中知青在北大荒生产、生活场景配以题跋中生动的文字说明，真实描绘了知青们投身生产建设的热望与艰辛。通过画作，表达了作者对早期北大荒生态环境的眷恋；描绘了知青们生产实践中的热情与艰辛；表现了知青们藐视困难、苦中寻乐、与恶劣生存条件的抗争；以及恢复高考 30 年后的让有过类似经历的人们重温冰河解冻、大地回春、漫卷诗书喜欲狂的心境。这些作品在北京中华世纪坛展出之后，吸引了众多观众，唤起了一代人对青春的记忆。

在《一代青春·郝伯义墨彩图展暨老郝七十华诞祝寿活动纪念集》这本集子的封二上，他的学生写下这样热情洋溢的诗句：

> 曾记否？兵团美术班的日日夜夜。三十多年前，佳木斯兵团俱乐部的工作室曾留下多少难忘的记忆。谁给了我们美术创作的第一次机会？让你我，拿起画笔，拿起木刻刀，从田间地头、师、团、连队云集。虽然条件简陋，尽管时间短促，但那是我们的艺术殿堂，多少梦想，是从那里展翅飞起……那是起步，也是奠基。画家、设计家、美术编辑、美院教授、艺术监理……今日的身份，过往的业绩，所有的经历都有缘起的第一步。曾经，亦师亦友郝伯义，帮我们在艺术履历上写下关键的一笔。惜缘、感恩、回报，奉献出你我的一片心意。

著名画家、当年在北大荒受到过郝伯义美术创作班辅导的冯远，在这本纪念集的序言中写道：

> 郝伯义，在当年赴黑龙江生产建设兵团务农的知青美术爱好者中是一个人人知晓，个个熟悉的名字……这段难忘的青春年华和蹉跎岁月，曾经造就培养了许多富有理想和实干精神的优秀人才，他们中有很多人后来陆续成为推动国家各行各业建设事业的栋梁骨干。在这数十万知青中间，包括我在内，有数十位热爱美术，追求艺术理想，年龄大小不等的青年人，在油灯炕头，

在农闲猫冬之时，凭着最为简陋的条件和材料，学习书写着每个人的青春之梦，而为这些青年人创造学习条件，举办各类学习辅导班，又手把手指点这帮年轻人走向成功之路的，就是如今年届七旬的著名版画家郝伯义。……

当年郝伯义曾经辅导过的知青沈嘉蔚、王兰，从澳大利亚悉尼发来了贺信：

> "在特殊的历史时期，在我们特殊的年龄阶段，在我们各个不同的境地之中，机遇使我们与您相识。造就这个机遇的时间地点均非常重要，可以影响人的一生。试想，即使历史可以重演，我们永远不会再年轻。所以说，这一份感情和友谊，是极珍贵的。来之不易，也不可重复。……而今天回头再看，您是中国美术史上一个叫作北大荒画家群体的灵魂人物。您在我们这一拨之后，又培养了不止一拨后起之秀。您也不仅仅是一个组织者与领导者，而且是一个充满灵气的好艺术家。现在挂满世纪坛展厅的作品便是证明。您耕耘几十年的独具一格的版画创作，已成为北大荒版画的核心部分。如今您又创作出一整套水墨画，把当年的我们永远定格在画幅上。"

《一代青春》郝伯义墨彩图展的消息先后在《人民日报》《工人日报》《中国文化报》《中国民族报》《北京青年周刊》《北京晚报》《北京日报》等 17 家媒体进行了报道。

在退休后至去世前的日子里，他深知时间宝贵，每天除了日常生活外，尽量不参加或者少参加应酬，省出时间来进行艺术创作。这一时间创作的版画，相继在台湾、广州、深圳等地展出。有多幅作品被深圳关山月美术馆、北京鲁迅博物馆、黑龙江美术馆收藏。

2019 年 11 月 22 日，郝伯义因病在哈尔滨去世，享年 81 岁。

三

知青血汗洒黑土

1968 年 12 月 22 日，毛泽东主席号召知识青年到农村去的指示在《人民日报》上发表后，全国掀起了知识青年上山下乡的新高潮。20 世纪的 60 年代末到 70 年代初，北大荒共接收了来自北京、天津、上海、杭州和哈尔滨等大中城市的知识青年 54.9 万人。这支充满朝气的队伍，也是北大荒开发以来诸多队伍中数量最多、文化程度最高、流动性最大的。知青带来了城市文化和校园文明，他们在北大荒懂得了人生，增长了才干。

　　在他们中间涌现出"雁岛女儿"陈越玖：1976 年 5 月 4 日青年节，《人民日报》和中央人民广播电台联合发表和广播了长篇通讯——《我是北大荒人》，报道的是宁波知识青年陈越玖在农场的 6 年中干一行、爱一行、钻一行，弥留之际还向党组织要求死后将骨灰运回农场，埋在北大荒土地上的动人事迹。在全国引起了很大反响，20 多个省市纷纷来信称赞。

　　"北大荒的好女儿"孙文珍：1969 年来到八五二农场五分场，在十二连当卫生员。她 10 多年共做人流手术 700 多例、接生婴儿 410 多个，从没发生过一次医疗事故。这个最会为别人保胎、让无数母子平安的她，而自己因过度劳累患上习惯性流产。多年的加班工作，让孙文珍积劳成疾。工作时，大家常看到孙文珍用手按左腹部，开始，大家还以为她犯胃病了，后来才知道她得了胰腺癌。1989 年 3 月，年仅 39 岁的助产师孙文珍那颗火热的心脏停止了跳动。按照孙文珍的遗愿，她的骨灰从杭州市运回北大荒，安葬在她最初的工作地点——八五二农场五分场十二连，就是大家俗称的南山。

　　知青烈士孙连华、把青春献给黑土地的蒋美华，还有用自己的积蓄建立助学基金的印尼归侨陈慧中和张载村、"世界农民"胡国华、荒原"牧马人"濮存昕、著名作家梁晓声，等等，他们也把自己最美好的青春年华献给了北大荒。

1976年5月4日青年节，《人民日报》和中央人民广播电台联合发表和广播了长篇通讯——《我是北大荒人》，报道的是宁波知识青年陈越玖在农场的6年中干一行、爱一行、钻一行，弥留之际还向党组织要求死后将骨灰运回农场，埋在北大荒土地上的动人事迹。在全国引起了很大反响，20多个省市纷纷来信称赞。

1969年5月，陈越玖和她的伙伴们踏上了曾经是抗联第七军战士们抛头颅洒热血为之战斗的宝岛——雁窝岛。在烈士墓前，一连党支部进行了传统教育的第一课后，陈越玖在日记中这样写道："英雄没有走完的道路我们走，英雄未完成的业绩我们创。"

『雁岛女儿』陈越玖

宁波女知青陈越玖当年在农场给马看病（八五三农场提供）

　　陈越玖被分配到一连畜牧排喂猪。每天的工作是打水挑食、扫圈出粪、装车送肥。这些又脏又累的活儿，她干得蛮起劲儿。喂猪每天需用300多桶水，她站在井台上，抱着辘轳不放，一气就摇60桶。一个大粪块从车上滚了下来，她二话没说，放下铁锹就用双手把它抱到车上。车老板赞叹地说："这姑娘，从城市初来乍到，不怕脏，吃得苦，有出息。"

　　来边疆一周年，陈越玖光荣地加入了共青团，小船儿的帆鼓满了风。紧张的生活，使她痴情眷眷地恋上了这片黑土地，爱着这些北大荒人。歌声整天伴着她的身影，那一对小酒窝永远盛着甜蜜的笑意。无论寒冬酷暑，她始终坚持跑步、做操，为边疆建设锻炼身体。外出开会学习，她总要抽空儿跑回连里看看。给亲人写信，她署名"雁岛女儿"。老饲养员温大爷独自住在马棚的一间小屋子里。她经常帮着收拾屋子，糊顶棚，洗衣拆被，缝缝补补。饲养员刘桂英的丈夫冬天上山伐木，她顶风冒雪坚持为她家挑水，一挑就是4个月。

　　一个初秋的雨夜，张永良在产仔房值班。由于白天贪玩没休息，吃过夜班饭便坐在炉子旁睡着了。正要回宿舍休息的陈越玖见此情景，便不声不响地留下来替他照看小猪。张永良一觉醒来，天已大亮。他赶忙去看小猪，一窝窝小猪欢蹦乱跳的。他抓起扫帚去打扫卫生，却发现已经干干净净了。当他看见陈越玖身穿湿衣服在产仔房忙碌时，才明白了一切。在陈越玖的帮助下，张永良有了长足的进步，深深地爱上了养猪这一行。

　　有次回宁波探家，哥哥绚华问她想不想家，陈越玖闪动着亮晶晶的眸子，情深意切地说："想！特别想！但是，要我离开边疆，离开北大荒人，老实说，我还真舍不得哩！"

　　1970年6月，连队决定让陈越玖担任畜牧卫生员。全连上下齐夸领导有眼力，但也有人说："……咱还从来没见过大姑娘当兽医的。连队好几百头猪，好几十匹马，还有一大群牛，交给一个女孩子行吗？"陈越玖两个特别要好的伙伴也劝她别那么逞强。陈越玖说，我就要破这个旧观念。第一次去给马打针，由于缺乏经验，被马踢倒在地。她爬起来，忍着剧痛给马扎了第二针。

有人说，劁猪是"下贱活"，并劝她："一个姑娘家，别学这个了，多不好看哪！"陈越玖却不在意。她拿起手术刀向兽医虚心请教，没过多久，她劁一头小猪的时间从 30 分钟提高到了 4 分钟。给马匹进行直肠检查，有些小伙子都打怵。她把袖子使劲一挽，整个手臂伸进马的肛门。提起这些事，人们都说她是个不听邪的姑娘。就靠这不听邪的劲头，她自学了二三十本业务书，做了十几万字的笔记，读完了畜牧中专课程，掌握了猪、马、牛三大牲畜和家禽的 30 多种疾病的防治办法，并学会了使用针灸和中草药给牲畜治疗，她也因此成为全团优秀的畜牧卫生员。

一个隆冬的夜晚，月黑风高。陈越玖刚从政治夜校回到宿舍，听说大黑马得了急性病，便转身向马厩奔去。经过仔细检查，确认马患的是"结症"。她先用手把大黑马直肠里的粪便掏出来，再给它灌上泻药。值班饲养员刘景芳见她牵着马要向外走，赶忙阻止说："天这么黑，还去哪？""马灌了药，需要活动活动，我牵出去遛遛，顺便到营部卫生所检查检查"。

1975 年春，陈越玖在填平地号水泡子的工地上，跟一个小伙子搭伴，抬着一大筐土一路小跑。抬了几趟，有人抢上来替她，她紧攥木杠子不松手。满头大汗了，她索性甩掉帽子和棉衣，步子迈得更快。忽听"咔嚓"一声，小碗粗的木杠子压断了，她二话没说，换一根更粗的接着干。有人开玩笑："越玖，你不要命了！""干革命就得有拼命的精神！"她回答着，一步也不停。这时，病魔正偷偷地向她袭来。

秋收开始了，天刚蒙蒙亮，起床的钟声还未落，陈越玖已穿好衣服，迅速拿起镰刀，准备上工。同宿舍的伙伴们知道，她又是腹痛一夜未睡，急忙堵住门嚷嚷："你别下地啦！我们求求你啦！在家好好歇着吧！"陈越玖急切地说："不去可不行，劳动的快乐可以减轻病痛对我的折磨。"

大豆地里，陈越玖一弯腰就割出去好远，不一会儿就冲在全排的最前面。突然，一阵剧烈的腹痛，使她难以忍受。后面的同志们赶上来见她正蹲在地上，用镰刀把紧紧地顶着腹部。她见大家围着自己，一边忍痛站起来，一边焦急地说："别管我，秋收要紧，你们赶快朝前割吧！"大家知道她旧病复发，硬夺下她手中的镰刀，说啥也不让她再割了。

　　10 月下旬的一天，陈越玖被领导和同志们强行留在家休息。她为离开秋收第一线怅然若失，十分难过。心想，营里的女子篮球队长，身体怎么能这样虚弱呢？她不服输地又跑到地里。大伙儿劝她回去，她说："难中只有斗，才能意志坚。病这东西，欺软怕硬，顶一顶就过去了。"几个女职工见拦不住她，就对她格外注意。一会儿，一位大嫂朝前望了望，发现陈越玖不见了，赶紧顺垄去找，原来她腹痛发作，正趴在割倒的玉米秸上。已经是深秋天气，汗珠却顺着她的发梢往下淌。见此情景，大嫂的嗓子像被什么东西堵住了一样，女工们一拥而上，含着泪水，一声接一声地呼唤着她……

　　连队党支部和蹲点的团首长十分关心她的病情。见她长期治疗不愈，便令她停止工作，立即送去南方大医院做进一步检查和治疗。这个倔强的姑娘，病痛面前没哼过一声，在停止工作的命令前，却止不住热泪直流。

　　10 月 31 日，陈越玖恋恋不舍地离开了连队。临行前，她泪光迷离，紧握着同志们的手，满怀激情地说："我很快就会回来，我一定要回来。"

　　1976 年初，陈越玖从宁波转到上海第一人民医院。在门诊室里，医生仔细地查看陈越玖的病历后问道："谁是病人？"陈越玖镇静地回答："我就是！"医生望着她泰然自若的神色，真不敢相信她就是病历上所记录的重病号。经过再一次全面检查，医生才在入院通知单上写下这样一个冷酷的事实："乙状结肠癌后期，广泛扩散……"

　　在医院里，从医生和亲人的眼神里，陈越玖凭着自己的医学知识，很快明白了病情真相。但她没有气馁，没有悲伤，还时刻不忘重返边疆。一次，有个病友问她得的什么病，她毫不迟疑地回答："肠癌。"那人吃了一惊，她却笑着说："癌症有什么可怕，我还要回北大荒哩！"医生给她做了第一次大手术，切除了 3 个拳头大的肿瘤。当医生知道她刚刚离开北大荒的劳动岗位时，十分敬佩地说："从来没有见过这么坚强的姑娘！"

　　病魔是无情的。当陈越玖行走自由，每顿能吃下一碗大米饭的时候，体内的癌细胞又扩散了，并且出现了腹水。为了抢救她的生命，医生决定给她做第二次手术。当征求她的意见时，她问道："动了手术，我还能回北大荒吗？"在场的人都愣住了，深为她的精神所感动。

重病中，邻床的老大娘对第二天开刀有思想顾虑，陈越玖便主动同她聊天，做大娘的思想工作。老大娘感动得热泪盈眶："姑娘，你病得这样，还想着我，我听你的，不怕了。"她见妈妈难过，就安慰说："人活六十、七十总是要死的，我别的不遗憾，就是干得太少了……"当她知道自己完全不行了，而医生还在给她用好药时，便偷偷地把输液管拔下说道："别浪费了，把这些药省下来吧！"

那天，几个探家准备回连队的伙伴来跟她告别。这时的陈越玖已几天滴水未进了，全靠药物维持着。她吃力地睁开双眼，恳求伙伴说："把我带回去吧，我要看看连队，看看同志们……"

4月2日，陈越玖病情骤然恶化，呼吸急促起来。在生命的最后时刻，她对党提出最后的、也是唯一的要求："转告……党组织，一定……把我的骨灰送回去，我是……北大荒人！"这一天，连队党支部给陈越玖发去一封电报，告诉她已被党委批准加入中国共产党。3日清晨，陈越玖没有来得及听到这个喜讯，那颗火热的心脏就停止了跳动，时年24岁。

6月1日，雁窝岛隆重召开了学习陈越玖追悼大会。会后，人们怀着崇敬的心情把她的骨灰安葬在烈士陵园。

（根据李人健的《我是北大荒人》改写）

"北大荒的好女儿"孙文珍

1969年，17岁的杭州知青孙文珍，响应毛主席的伟大号召来到了北大荒，来到了八五二农场五分场。

分场领导根据孙文珍的学识和特长，分配她去十二连当卫生员。十二连位于深山沟，几十户人家居住分散，只有她一个卫生员的卫生所既是工作场所，又是宿舍。出门是山，脚踏荒原。面对这种情况，孙文珍显得格外坚强，她利用做卫生员工作与职工群众常接触的特点，很快和这里的父老乡亲攀上了"亲戚"、交上了朋友。

1971年1月，来北大荒刚两年的孙文珍光荣地加入了中国共产党。1978年，分场领导派孙文珍去杭州红十字医院学习助产技术。一年后，她以优异成绩完成学业，回到工作岗位。在她从事助产护士工作的10多年间，共做人流手术700多例、取环和上环手术600多例，接生婴儿410多个，从没发生过一次医疗事故，连年被评为八五二农场、红兴隆管理局优秀共产党员、三八红旗手等。

老百姓的期待和信赖，更坚定了孙文珍在北大荒干一辈子的信心和决心。1980年，她和当地男青年陈立华恋爱结婚，一年后儿子出生，取名陈杭。1984年前后，知青们有的上学、有的返城，当大家和她谈论是去还是留的话题时，她总是毫不犹豫地说："这里的工作需要我，我是铁了心要扎根边疆！"

孙文珍生前在八五二农场（八五二农场提供）

孙文珍 1979 年调到分场卫生院工作，任妇产科助产护士。在她工作的 22 年间，她用自己的实际行动谱写出一个个感人的故事、一首首动人的诗篇。

白天工作一天，晚上有事还得出诊。一天夜里，她去给一位产妇接生，婴儿生下后因胎痰堵住咽喉窒息，憋得脸色发紫。当时条件简陋没有吸痰器，孙文珍果断地嘴对嘴为婴儿吸痰。痰是吸出来了，可是还不见婴儿有反应，于是孙文珍又急忙给孩子做人工呼吸，"哇！"婴儿终于哭出声来。一直瞪大眼睛、心悬到嗓子眼儿的产妇长长地出了口气，泪水夺眶而出，产妇抱着婴儿道："你的命是孙阿姨给的，可千万不要忘恩啊！"

工作中，孙文珍把孕产妇当成自己的亲姐妹，全身心地做好助产、接产等工作。1982 年冬天，五分场九队的一位产妇难产，因路上雪大车出不来，孙文珍一路步行走到孕妇家，成功地为她接产后，胎盘却迟迟下不来。时间就是生命，为避免孕妇流血过多有危险，孙文珍果断地用手剥离胎盘，成功保住了孕妇。

孙文珍工作认真细致，精益求精，对同志更是满腔热情。1978 年去杭州红十字医院学习助产技术回来后，根据工作需要，她先后培养了冯秀英、王庆芬等人为助手。工作中，孙文珍既教她们医术，更注重培养她们的医德医风。1983 年夏季的一天，一位产妇到五分场医院待产，白天一天没生，孙文珍便和助手王庆芬连夜守护，此时的王庆芬实在支持不住了，想睡觉。在这个关键时刻，孙文珍耐心提醒王庆芬一定要坚持，并郑重地说："孕妇生孩子是关系到两条人命的大事，绝不能有丝毫马虎。"为了让王庆芬精神起来，她开始给王庆芬讲知青下乡的故事，讲家乡的趣闻。讲着讲着，孕妇动产了，当二人顺利地接生完，并向产妇家里人交待好后，劳累过度的孙文珍再也撑不下去了，一头扎在医院的病床上睡着了。

寒冬腊月，五分场十队卫生员张芹难产，孙文珍带着王庆芬在她家守了一天一夜。那时孙文珍已经成家有了孩子，不满周岁的孩子天黑了哭着闹着找妈妈。没有办法，丈夫陈立华抱着孩子找到了张芹家，任凭孩子在张芹家屋里屋外哭闹不停，可孙文珍就是不肯离开半步，直到为张芹安全接生完毕后，才心疼地抱起哭哑了嗓子的儿子回家。

多年的加班工作，让孙文珍积劳成疾，她 1.68 米的个头儿，体重只剩下 34 公斤。工作时，大家常看到孙文珍用手按左腹部，开始，大家还以为她犯胃病了，后来才知道她得了胰腺癌。1987 年的除夕夜，她一晚上接生了两个婴儿，这已是她当助产师后，在产房度过的第五个除夕了。为了坚持工作，她有时头上扎着银针还在接生现场。到了 1988 年，无情的病痛折磨使她几次昏倒在工作台前，卫生院领导决定送她去杭州市医院接受治疗。治疗期间，她人在杭州可心却在北大荒，多次写信、打长途电话，了解、询问她所熟悉的产妇、育龄妇女姐妹的情况。

在北大荒工作的 20 多年，孙文珍积累了丰富的助产临床经验。她在与病魔抗争住院期间，病床头仍堆满她多年的工作日记和助产临床医疗书籍，她在与死神争分夺秒。

1989 年 3 月，北大荒冰凌花盛开的时候，北大荒的好女儿、年仅 39 岁的助产师孙文珍那颗火热的心脏停止了跳动。

按照孙文珍的遗愿，她的骨灰从杭州市运回北大荒，安葬在她最初的工作地点——八五二农场五分场十二连，大家俗称的南山。安葬的当天，农场、分场千百名干部群众不约而同前来为这位情系北大荒、一心为百姓的杭州知青送行，分场领导的悼词没念上几句，便声泪俱下。老人们哭了，学生们哭了，抱着孩子的妇女们哭了，她们怀里的孩子也跟着"哇哇"地哭了起来。

为了追忆孙文珍，时任五分场党委书记的吴振光安排有关人员，把孙文珍的事迹写成剧本，编成文艺节目进行演出，各大媒体新闻记者也陆续慕名前来采访，孙文珍的事迹在黑龙江人民广播电台、中央人民广播电台先后播出，感动了千千万万的人。

（根据邵维信、张丽艳同名文章改写）

在北大荒博物馆第三展厅里，陈列着一本 50 多年前知青烈士孙连华用过的日记本。

翻开日记本，扉页上孙连华亲笔写着：中国人民解放军沈阳军区黑龙江生产建设兵团四师四十三团四营孙连华。

扉页下方，一个红色的方戳清楚地印着："1949—1969，黑龙江省赴京国庆观礼代表团纪念"。

孙连华，1948 年出生在天津市一个工人家庭。1968 年 9 月高中毕业后，响应毛主席的关于"知识青年上山下乡"的伟大号召，来到黑龙江省牡丹江管理局兴凯湖农场。

1969 年 8 月，孙连华接到上级通知，让他去参加天津市首届积极分子代表大会。当时，他兴奋地在日记上写道："回天津参加'积代会'，心里万分高兴，倒不是因为能见到

孙连华烈士用过的日记本

知青烈士孙连华（左二）生前与知青战友们在兴凯湖农场（兴凯湖农场提供）

父母而喜悦，因为（这）是一次最好的学习机会……"

他下了车，既没回家，也没通知家人，他抓紧时间挨门逐户地访问战友的家。正在这时，他又接到兵团让他参加首都20周年国庆观礼的电报。顿时，他激动得热泪夺眶而出。

孙连华的这本日记，记的全是去首都北京参加国庆20周年观礼的日记。

1969年9月25日，他在第一篇日记中写道："今天上午六点二十一分告别了天津市上山下乡办公室的首长和河北、内蒙古、山西、黑龙江的天津（籍）的上山下乡知识青年，乘上了时代的列车，奔向世界革命的心脏红太阳毛主席居住的地方——北京城……"

他在这篇日记的最后还写了这样一句话："还有六天就要见到我们伟大领袖毛主席。"

10月1日，天安门广场上红旗如海歌如潮。孙连华站在观礼台上，仰望着天安门城楼上的毛主席，激动得眼泪一个劲地往下淌。孙连华在当天的日记中写道："今天是伟大的中华人民共和国成立20周年国庆。10点10分，我清清楚楚地看到毛主席他老人家，毛主席神采奕奕，满面红光……"

孙连华在这个日记本上，每天写一篇日记，一直写到12月初。

在这个日记本的后面，还有知青吴东旭等人写给孙连华的赠言。

1970年2月28日，孙连华光荣地加入了中国共产党。他干工作的劲头更足了。他常说："当革命需要我的时候，我一定毫不犹豫，挺身而出，为人民献身。"

1970年4月27日下午，在农场通往边境某地的大道上，时任营见习政治干事的孙连华斜挎着挎包，他刚向上级汇报完工作，骑着马赶回连队。

突然，前面浓烟滚滚，火光冲天。

"不好了，跑荒了！"驻军某连在太阳岗烧荒，不慎失火。孙连华知道这里是边境，万一大火烧过了国境线，就会引起不必要的争端。为了维护祖国尊严，必须立刻扑灭荒火！孙连华飞身下马，朝着荒火跑去。

就在同一时刻，解放军战士、兵团战士从四面八方跑来，兵分多路冲进火海。

孙连华冲在队伍的最前头。

大草甸子里，孙连华舞动着树枝，朝着熊熊大火使劲扑打。可 3 个小时过去了，火，还在向前蔓延。孙连华用整个身子向火海压去，把火压在草下的水里。战友们紧紧地跟上。

前面水深，不能再滚过去了。孙连华脱下上衣，往冰水里一蘸，直接扑向烈火。火终于扑灭了，同志们怀着胜利的喜悦集合到一起才发现，火场深入草甸子 10 多公里远。

天已经完全黑了，夜风吹来，寒气逼人。5 个多小时的战斗，极度的疲劳、寒冷、饥饿，一起向孙连华和战友们袭来。

救火的队伍分多路往回撤。这草甸子当地人称为"大酱缸"，齐腰深的荒草浮在上面，草下是冰水、污泥，底部是没有化净的冰层，腿一迈下去，就随着表面的浮草往里陷，每迈出一步都要付出极大的气力。

夜更深了，草甸子一片漆黑，几米远就互相看不见。一会儿又刮起了大风，足足有五级大，大风夹着凉飕飕的雨点，气温急速降到了零摄氏度以下。当他发现身旁的战友有些支持不住时，就立即搀起他的胳膊说："来，我搀着你走！"

"坚持下去，坚持下去就是胜利！"孙连华用冻僵的嘴唇和坚定的声音在鼓舞着战友们。

时间一分一秒地过去了，次日凌晨一点钟，孙连华和战友们还在一步一步地前进，他那冻僵的嘴唇仍在反复地背诵着："下定决心……"

突然，与烈火、疲劳、饥饿、寒冷搏斗了 10 个小时的孙连华，陷进了更深的泥水里，再也迈不动双腿了，两个战友尽力抢救着……

已经上岸的战友和前来接应的同志们，焦急地呼喊着、寻找着，但是，他已经无力回答了。

人们看着孙连华的这个日记本，想起他在北大荒的短暂时光……

兵团党委给孙连华追记一等功，并作出决定，号召全兵团部队向他学习。黑龙江省革命委员会批准孙连华及与他一起牺牲的董肃冬、张铁富、包立军为烈士，当时在天津市的 400 万市民中，也都传诵着孙连华的英雄事迹。

青春献给黑土地的蒋美华

21 岁的山河农场上海下乡知识青年蒋美华，1970 年 1 月 13 日，在抢救国家财产与熊熊大火搏斗中，奋不顾身，舍己为人，用浩然正气谱写了一曲壮丽的青春之歌。

20 世纪 60 年代的最后一个寒冬，对于蒋美华来说是十分不寻常的。科洛河畔机器轰鸣，山河农场到处都是丰收后的繁忙景象。

阑尾炎手术刚刚拆线，蒋美华就向医生要求出院。回到分场，蒋美华把休息 2 周的诊断书偷偷藏了起来，主动找排长请求工作。排长见她刀口发红没有痊愈，劝她再休息一段时间。可是，蒋美华急促地说："排长，现在脱谷送粮这样忙，同志们都热火朝天地工作，我怎能休息？"排长被她说服，蒋美华重新回到了秋收的第一线。

13 天后的下午，蒋美华和排长正在宿舍里促膝谈心，突然，"修配厂失火了，快救火！"的呼喊声从外面传来。蒋美华忘了自己的伤口，一个箭步冲出门外。"蒋美华，你有病，不要去！"排长大声喊着。"救火要紧，抢救国家财产要紧！"蒋美华不顾一切，直奔火场。

修配厂上空，浓烟滚滚，烈火熊熊。火急，人们的心比火更急：厂房里停放着 6 台拖拉机和上千件的零件正受着严重的威胁，这是农场的主要动力机械，是国家宝贵的财产，决不能让它们遭到半点损失！

烧伤前的蒋美华在山河农场（山河农场提供）

经过大家的紧张抢救，4 台拖拉机和绝大部分零件都已经被抢救出来。火借风力，风助火威，整个厂房天棚都烧起来。剩下的 2 台拖拉机眼看就要被火吞噬。分场领导怕烧坏人，下令不要再进火场。可是，蒋美华和一群热血沸腾的青年冲了进去。大家蜂拥而上，把拖拉机围了几层，前面的人推拖拉机，后面的就人推人，奋力抢救机车。蒋美华在人群里用力推着。头上的火越烧越旺，满屋的黑烟，呛得人喘不过气来，燃烧的锯末子从被烧透的天棚上纷纷而落。可是，谁也不顾个人安危，几十个人朝着一个方向，形成了一股强大的力量，使 5 吨多重的履带拖拉机一点一点地向前移动。正当蒋美华他们推的那台拖拉机刚到门口的时候，突然，"轰隆"一声巨响，天棚塌了下来，几十名同志都被淹没在火海里。这时，一根火龙般的棚楞一头压在蒋美华肩上，一头落到了地上，挡住了大家的出路。蒋美华只要往后一推就可以脱险而出。但是，她想到后面还有许多同志。"宁可为人民被火烧尽，决不为自己安全逃生！让后面的同志先出去！"蒋美华想到这，一下子就把棚楞擎在半空中。几名战友迅速地从她"搭"起的空隙下钻出，烈火在她满是机油的手上、头上着了起来，吞噬着她的头发和肌肉，烧得吱吱作响，大概只有几秒钟，战友们跑了出来，而蒋美华却昏倒在火海之中。

蒋美华的烧伤面积占全身的 35%，多为三度烧伤，而且集中在头部、双手和肩上，十指烧得漆黑，耳朵、鼻子都烧没了，后脑勺烧得露出了骨头。护士不止一次地给蒋美华测体温，都是 40 摄氏度以上。蒋美华处于休克状态。十几名医生彻夜不眠地守护在蒋美华身边，把能用的方法都用了，能使的药都使用上了。5 天后，终于取得了良好的效果。为进一步治疗，党组织把蒋美华从齐齐哈尔转往上海。在上海瑞金医院，先后给她做了 16 次手术，全身取皮 30 处。每次手术都是对蒋美华的严峻考验和痛苦磨炼。

而比肉体痛苦更残忍的，是让一个 21 岁的姑娘面对毁容后的自己。从休克中醒来后，她透过眼缝看到自己的手烧得漆黑，10 个手指佝偻得像鸡爪子一样。她从摆在床前的玻璃镜子里看到了自己的脸，吓了一大跳。头肿得和肩一样宽，脸上血肉模糊，没有了鼻子，眼睛只剩一条缝，头上连一根头发也没有……

　　烧伤创面达 90% 的钢铁工人邱财康来鼓励蒋美华：你看我截掉了左臂，右手只剩下 3 个指头，还工作、生活得很好！你这么年轻，双手都有，还有什么不能学会的！

　　自身仍在与伤痛作斗争的蒋美华，依然不改舍己为人的本色。一个来自农村的女孩因烧伤引起严重的败血症，急需烧伤病人身上的抗复血。蒋美华让护士抽自己的血，可是医生不同意，她刚做完手术，体重还不到 70 斤。她就写了一封献血申请书，她说，我的身体里有很多兄弟姐妹为我输的血，现在别人需要血了，我为什么不能给她输！院方终于同意了，蒋美华 100 毫升的抗复血救了那个孩子的命。不久，上海中山医院为抢救一位严重的败血症患者，因为没有抗复血，到瑞金医院求援，蒋美华又捐了 200 毫升的血。

　　毁容对一个待嫁的姑娘来说，是件无比残酷的事。可是在那个推崇英雄的年代，浴火重生的蒋美华却不乏追求者。一个插队的北京知青给她写了一封充满深情的信，信中说："我愿意用我的心和健康的双手让你一辈子幸福。"但蒋美华拒绝了，不是不愿意，而是不忍拖累人家。后来北京知青来到她身边，坚持追求了半个月后流着泪走了，临别，蒋美华给他拿了 100 元路费。

　　蒋美华明白只有靠自己的能力才能活得有尊严，她像个孩子一样从头学起。经过艰苦锻炼，她学会了洗衣、做饭，打毛衣、使用缝纫机、骑自行车，还学会了打乒乓球，而且技术相当不错。没有手指的右手虎口手术时被割出一个深深的豁口，正好可以夹住一支笔，她努力地练习写字、用筷子吃饭，还亲笔给山河党委写了一份入党申请书。

　　1973 年 7 月 1 日，蒋美华如愿地成为一名中国共产党党员。后来，她又成长为省劳模、省知青标兵，样样工作干得出色，让人敬佩。

　　1974 年 7 月，她谢绝了上海的挽留和安置，又回到朝思暮想的山河农场，她要用自己微弱的光和热为这片土地尽力，倾注自己的感恩之情。她被安排到宣传科搞通讯报道，一有时间就下连队。

　　1974 年 9 月，农场推荐她上复旦大学，开始学校怕她生活不能自理，不想要。省农场总局领导说，如果你们不要蒋美华，其他知青一个也不给！学校老师来到山河农场了解到真实的情况后，被蒋美华深深地感动了，他们对农场领导说："她就是活着的保尔！录取这样的学生，是我们复旦的光荣！"

1977 年，以优异成绩大学毕业的蒋美华，被分配到上海机械制造工艺研究所，担任工会副主席。

在同事介绍下，蒋美华与一位从新疆返城的上海知青结婚了，1982 年，她生下一个漂亮的小男孩。儿子一天天长大，新的尴尬又来了。每次学校组织家长会，蒋美华考虑到自己的特殊情况都选择不去，儿子当时年纪小不懂事，为此很不痛快，甚至忍不住埋怨："谁让你当年非要逞英雄救火的？"蒋美华只好找到学校，讲述了自己的经历，希望校方能够理解她不便抛头露面的苦衷。而校领导在听说了蒋美华的故事后大为震撼，特聘她为少先大队的校外辅导员。第一次作报告，儿子看见主讲人是妈妈，撒腿就要跑，被班主任一把抱住。听完妈妈的报告后，他第一次深深地被妈妈感动了。为此，还专门写了一篇作文：《最可爱的妈妈》。他变成了最孝顺的孩子，抢着帮蒋美华干活。他勤奋学习，考入重点中学。大学毕业后，他进入外企，经常利用业余时间带着妈妈四处玩。

历经半生坎坷之后，蒋美华终于可以品味岁月静好的幸福了。

荒原「牧马人」濮存昕

当年濮存昕在宝泉岭农场放马（宝泉岭农场提供）

喜欢看影视剧的观众，没有人不认识他——近年来在影视界走红的明星濮存昕。他当年也和许多同龄人一样，下乡到北大荒的宝泉岭农场。

1953 年，濮存昕出生在北京。他的父亲是北京人民艺术剧院副院长苏民，对戏剧有着执着的追求，对濮存昕有着潜移默化的影响。濮存昕的孩提时代，是在北京人艺的大院里度过的。他的父亲和邻居的伯伯、叔叔、阿姨都旋转于舞台上，所以他从小就与戏剧结缘。

濮存昕在北京史家胡同小学读三四年级的时候，学校组织活动时，就让他做一些表演，如朗诵革命诗歌等。

濮存昕 6 岁时右腿因伤动了手术，之后他只能架拐行走，淘气的男孩们嘲笑他、欺负他，知道他无还手之力。更让他心疼的是上体育课，同学们自愿组队跑接力赛，只把他孤零零地扔在一边。医生告诉他，要想站起来，跑起来，唯一的办法就是锻炼，而这种锻炼要比别人付出更多。从扔掉双拐到能疾步飞奔，濮存昕摔了多少次跤，他自己也数不清，当他能抱着篮球三步上篮的那一刻，他感觉自己像空中一只自由翱翔的鸟一样。从此，他和篮球结下了不解之缘。

"文革"后期，铺天盖地的都是大字报、大标语、大揪斗，濮存昕穿起军装，手捧"红宝书"，跟着伙伴们冲进人艺的办公室，猛一看曹禺伯伯、于是之伯伯等人的身上都挂着"走资派""黑权威"的牌子时，他愣了，他不忍心看到这种场面，借口转过身，悄悄地离开了。

毛主席发出"广阔天地大有作为……"的号召后，全国各大城市的知识青年都纷纷响应，"到祖国最需要的地方，去接受贫下中农的再教育"。在北京知青中，有办法的就在北京郊区及河北省各县就近插队，1969 年 8 月，濮存昕却来到了北大荒。他刚到北大荒时，正赶上三江平原发大水，他和大家在水中捞麦子，艰难的生活从此开始了。2 个月后，他已参加了架线营，架设通往虎林珍宝岛的国防电话线路，一架就是 2 个多月。

"沼泽地那么厚的冰用镐刨开，用砂轮打磨锋利的铁锹连泥带水带草根挖出一米多深的坑，插上线杆再和着泥水埋上，一天的活就干完了。由于穿棉衣干活不方便，一干活儿就全湿了，干脆就穿绒衣、绒裤下去尽快干，干完之后从坑里爬上来冒着寒风脱个溜光，赶紧穿上干的棉衣棉裤回营地，回去的第一个任务是抢位置，用汽油桶改装的炉子烤，不烤干的话第二天就只好湿着穿。东北 11、12 月份已经寒风刺骨，野外干活都要喝酒。到那里才知道自己能喝酒，并且能喝那么多酒。"

60 度的"北大荒"，大半瓶下肚后照样干活，从此他有了个"海量"的美名。"白天干活，晚上还要轮着站岗。站岗的人当晚发一支枪，两颗子弹。守着一堆火，狼就在你的周围。它们是闻着食堂的肉味儿来的，绝对不能掉以轻心。夜深人静，仿佛世界上所有的人都睡着了，只有我一个人保卫他们，就有一种自豪感，觉得这就是保卫祖国，在做最革命的事。心里还常滚动着一些诗句，什么'枪刺挑落了晨星，战士迎来了黎明'，什么'淋一身雨水，就让我们用青春烈火烤干衣裳'。好家伙，觉得全世界都在我一人肩上担着呢。"（濮存昕、童道明：《我知道光明在哪里》，十月文艺出版社 2008 年版）。

艰苦的知青生活，也有许多值得濮存昕回味的经历，放马就是其中之一。连长看他工作认真负责，就安排他去放种马。别人扛着锄头下地干活，累个贼死，可他却是吹着口琴去放马。马撒开在草地上吃草，喂饱了，有时候他中午还能抽空回来睡一小觉。在农场，除了拖拉机，种马要算连队最宝贵的财产了。种马都有档案，户籍在哪儿、父系母系上溯几辈，都记录在案。濮存昕负责的主要是两匹种马，一匹叫苏宛，一匹叫阿尔登。苏联纯种马，浑身毛发缎子似的亮，蹄子有碗口大，被马蹄毛盖住了，很好看。在那艰苦的岁月里，种马的待遇可赶上贵族了。每天得喂它鸡蛋、麦芽子，还有胡萝卜。他常常偷吃马的胡萝卜，马嚼他也嚼。在种马班，濮存昕的光荣事迹还上过黑板报。开春是动物们发情的季节。马也不例外。种马是干净的，可一冬天下来生殖器里很脏，必须得洗干净。这活在连里年轻人谁都不愿意干，可他躲不过去。

在种马班，濮存昕的生活很自在，经常跟师傅上山去打猎，下河去摸鱼，回到师傅家，就改善一下伙食，跟师傅喝上二两"北大荒"。在种马班还发生过一次险情，濮存昕在山上割草，马笼头脱了，马就顺着坡跑下了山。山下放的是一群怀孕的母马，要冲撞起来麻烦可就大了。要是流产了，就算事故。眼看着种马冲上去，母马一下炸了群，放母马的兄弟赶紧将母马往圈里赶。他想给种马套上笼头，可马不老实。这时候种马班班长老张头，从马屁股后摸上去，趁种马只顾嗅母马，一步蹿上，用胳膊把马脖子抱住，张嘴就咬住马耳朵，马立刻老实了。

他在北大荒经受暑天"瞎虻、大蚊、泥粘脚"的训练，冬天的"风鞭、雪刀、冰世界"的考验。濮存昕生得高大，同行的知青只要喊一声"濮哥"，他就把费力的活自己揽过来，铲大豆、抢小麦、刨冻土、锯大树，他真正地感受到"劳动创造人生"的价值。

濮存昕意识到自己不能荒废青春时光，常常有意识地磨炼自己的耐性，找来一大堆弯曲的锈钉子，坐在树荫下一干就是大半天，愣是把一大堆的弯铁钉一颗颗地敲直了。他被调入团宣传队后，经常和同伴们深入田间地头，为职工和知青们表演样板戏、对口词、快板书，很受大家欢迎。业余时间，篮球给了他无限的乐趣，摆脱了很多苦闷与烦恼。他深有体会地说：体育锻炼不仅可以强身健体，还能愉悦身心，如果你遇到不顺心的事，最好的解脱办法就是运动，血液在畅快地循环，心脏在欢快地跳动，一切烦恼都挥之而去，烟消云散。

1970 年，濮存昕被调到团业余宣传队，在京剧《沙家浜》中饰演了第一个戏剧角色——县委书记程谦明，全剧就 4 句唱，最后一句"草药一剂保平安"，他唱不上去，只好让人幕后帮腔。当时连妆都是自己化的，那年他才 17 岁。

后来，濮存昕当了宣传队的副队长，开始承担一定的责任了。有一年，他被团政治处从连队叫到了团里，团里领导说：团里没煤了，必须在一个星期内组织一台文艺节目，到鹤岗煤矿慰问演出。用现在的话讲，就是拉关系买煤。他说："一个星期哪能排得出节目，再说，大家都散在各连里干活呢！"领导说："不行，这是任务。你要是不干，就下连队去。"濮存昕心里很生气，但是他当时没有顶嘴，只用沉默抗议，心里恨死官僚了。领导后来也妥协了，他们说："排不出新节目，老的节目也行。"一辆大卡车把宣传队的人都接回来，大家凑一起商议，只有 6 天时间，到底能演什么。结果是，排几个新节目，弄几段老相声，最好再来个小话剧撑时间。正好有人看到《解放军文艺》上有个现成的剧本叫《苹果树下》，说的是辽沈战役打锦州，解放军渴死也不吃老百姓苹果的故事。时间紧，大家分头做。濮存昕是导演兼主演，并负责舞美设计和制作。拉木方和豆包布做布景。搭老乡家的小破房子，门口苹果树的苹果是他用纸浆做成的，树叶则是用缝好的豆包布画上树叶剪下来贴到网子上，再把很轻的上好色的纸浆苹果挂上去。整夜整夜地画布景，忙得连台词都顾不上。领导审查节目，音乐都奏起来了，他那边词还没跟上，台上台下笑成一片。那位领导拂袖而去，但求煤心切，就这样让他们去演了。

濮存昕在北大荒干了 8 年，完全成了"北大荒人"。但是，过了一阵，知青政策有点松动，一批批知青回城了，濮存昕离开北大荒时还真有点恋恋不舍。

刚从北大荒回家，濮存昕洗去一脸风尘，换了件合身的衣服，遗憾的却是无事可干。那天晚上，人艺恢复排练，濮存昕站在舞台后默默地看人家排戏。

1978 年，中国大地历经"十年浩劫"的磨难后，呈现万物复苏的新气象。23 岁的濮存昕，迎来了他最美好的时代。实现了他儿时当演员的梦想，心中的激动无法言表。

1986 年，中国话剧界之鼎，北京人艺拟排演话剧《秦始皇父子》，缺一个重要演员扶苏。于是，人们想起了空政的濮存昕，就借他来演出。这一演，果然博得好评。

这以后，濮存昕在《雷雨》中饰演周萍，《天下第一楼》中饰演大掌柜，《哈姆莱特》中饰演哈姆莱特，《李白》中饰演李白，还参演了《天之骄子》《阮玲玉》《古玩》等剧，结果饰演的每个角色都很出采，濮存昕很快成为人艺的台柱子。

在影视作品中，濮存昕片约不断，可以说影视为他打出了知名度，使他有了大批的影迷。在他成长的道路上，首先是谢晋导演慧眼赏识他。那年，谢晋热衷于拍三国片，他悉心筹拍一部《赤壁之战》的影片，在北京选择演员时，特地到人艺会晤濮存昕。谢晋导演请他加盟《赤壁之战》，濮存昕早知谢晋的声望，很赞赏谢晋的人品艺德，一口答应。不料该片因故未拍成，谢晋也没忘记这位宁静、淡泊、谦逊、诚恳的小生演员。1990 年，谢晋导演执导《最后的贵族》时，一下子想起了濮存昕，请他出演陈寅一角，因剧中

濮存昕和宝泉岭农场的孩子们（北大荒博物馆提供）

的陈寅是哈佛大学的才子，让濮存昕演有其难得的书卷气，从此，他的表演才华如泉之喷涌，一发而不可收。

后来，濮存昕又与日本著名演员栗原小卷联手，演出了《清凉寺的钟声》。在电影《杨贵妃》中饰演王瑁，还在话剧《巴黎人》《鸟人》《云南故事》《蓝风筝》《与往事干杯》中担任主角，并在《正午阳光》《中国姑娘》《编辑部的故事》等多部电视剧中客串角色。1991年，他荣获第二届中国话筒金狮奖，成为一颗影视剧三栖新星。

濮存昕说，要成为演员，而不是成为明星。成为明星容易，成为演员难。明星，可能在耀眼的天空一划而过，没有留下什么痕迹，而演员是要当作一门学问来做的。在近40年的舞台生涯中，他演出了30部戏，并且都是担任主要角色，成为北京人艺新一代挑大梁的优秀演员。

濮存昕为什么扎根舞台，又为何使他独痴情于舞台这块方寸之地，他说这与他从小就在人艺的院子里玩，看叔叔阿姨们排戏演出不无关系。他的父亲苏民是北京人艺的著名导演，戏剧教育家，并且写得一手好书法，曾演过《蔡文姬》《王昭君》《雷雨》等剧目，导演过濮存昕主演的《李白》《天之骄子》，在《鸦片战争》中，他饰演了道光皇帝，这对濮存昕的艺术熏陶有着潜移默化的作用。苏民原姓濮，名思洵，字苏民，可能与宋代的苏洵有点关系，祖上喜欢苏洵的人和文章，所以就起了这么个字。解放前做地下工作，一直用的是苏民，后来，叫习惯了也就一直没改过来。

1995年，当濮存昕的演技日趋成熟时，他接拍了两部很有影响的电视连续剧。先与冯小宁合作，拍摄了15集电视剧《大空战》，这是一部描写抗日战争时期中国人民捐钱买飞机与日寇在空中浴血奋战的故事。他演的一号人物是一个抗战时期的国民党空军军官，与几位同僚在前线结拜金兰，他年龄最大，被尊为大哥。他演的大哥胸怀磊落光明，受到观众的好评。

当年的夏季，濮存昕接拍了39集电视连续剧《英雄无悔》，他饰演公安局长高天，塑造了一个不是一般意义上的公安战线上的新一代公安领导形象。这是一位具有较高的学识，有经济头脑，具有儒雅之气的新一代公安领导人。

中央电视台黄金时段播放后，产生较大的影响。当初，《英雄无悔》剧组所有编、导、制片等人在北京寻觅选择饰演高天的演员时，不约而同地写出了濮存昕的名字。这样一致的巧合感动了濮存昕，他接受了高天的角色。

在万众观看《英雄无悔》的日子里，濮存昕面对一片赞扬声，笑着说："现在拍现实生活的戏，一定要拍到老百姓所关心的生活脉络上。远离生活，观众不接受，必须要反映大家关注的生活网络，才能引起观众的兴趣……"

由濮存昕主演的电视连续剧《运河人家》，每晚一集在北京电视台与观众见面了，没有炒作，第一次扮演农民的濮存昕又一次被认可，观众说他"朴实、自然，感觉真的不错"。可有谁知道，就是在拍《运河人家》的那个冬天，数九寒天，濮存昕穿着单衣在寒风中光着脚丫卖西瓜，拍了个把小时，他竟没生病，这与他常年坚持锻炼是分不开的。

8年的北大荒生活，对濮存昕来说是挥之不去的一种情结，对他的艺术人生也产生了深远的影响。他说："北大荒长时间的生活，是磨难，也是锻炼，大悲大喜能增加对人生的理解能力和承受能力。这对一个男演员尤其重要。男人的形象中应该有立得稳、提得起的气质，还要有克服困难的决心和面对困难的承受能力。"

2020年12月15日，濮存昕当选为中国戏剧家协会主席。

时光匆匆，岁月飞转。著名作家梁晓声今年将迎来他73周岁的生日。很多读者都熟悉梁晓声的代表作《那是一片神奇的土地》《今夜有暴风雪》《师恩难忘》《雪城》《年轮》，他的创作多以知青题材为主，被称为"北大荒小说"。在他的作品中描写北大荒知青们的生活，真实、动人地记录了他们的痛苦与快乐、求索与追求，深情地礼赞了他们在那个特殊的年代表现出来的美好心灵与情操，为一代知青树立起悲壮的纪念碑。他近期的作品开始探讨现实与人性，短篇小说《浮城》以幻想的形式展现了对未来的预测。他的作品很多在我国香港、台湾出版，并被译为英、日、法、俄等多种文字。

梁晓声的『年轮』

20 世纪 60 年代末，梁晓声（左）和知青战友在锦河农场（梁晓声提供）

寒门出孝子

新中国成立前夕，解放战争的硝烟刚刚散去，祖国的各项事业，百废待兴。1949 年 9 月 22 日，梁晓声出生于哈尔滨市道里区一个普通工人家庭。父亲是建筑工人。梁晓声八九岁时，父亲随建筑公司去了大西北。母亲、他、哥哥、弟弟和妹妹一大家子就靠父亲每月寄回的三四十元钱度日。那时家里住房面积十分狭小，一间小屋夏天潮湿、冬天寒冷，破炕上每晚挤着 6 口人。每天晚上，梁晓声的母亲在炕上给孩子们讲故事，母亲会讲很多动人的民间故事，会唱京剧，会哼唱地方小曲。每次给家里买煤买菜，如果剩几分钱。母亲便会给他。攒够八九分钱，他就跑到街头的小人书铺，坐在一个角落，看上几个小时，3 分钱可以看一本厚厚的，2 分钱可以看一本薄的。许多世界名著，都是他从小人书上看到的。也可以说，母亲编的故事和小曲是孩子们贫苦童年生活中最温馨的记忆，母亲给予了梁晓声最初的文学启蒙。

梁晓声的少年时代，正是共和国刚刚走向经济建设正轨的时候，国家远远没有摆脱贫困。他上小学五年级时，有的作业要用钢笔完成，而他只有一支蘸水笔。他的手总被墨水染蓝，又将作业本弄脏。那时他很羡慕同学们，做梦都想得到一支崭新的钢笔。一天，梁晓声折断了那支蘸水笔，逼着母亲立刻给他买一支钢笔。母亲对他说："妈妈不是答应过你，等你爸爸寄回钱来，一定给你买支钢笔吗？"梁晓声不答应，母亲叹了口气为难地说："你这孩子，真不懂事！这月买粮的钱，还是向邻居借的。交房费的钱，也是向邻居借的。给你妹妹看病，还是向邻居借的钱。我今天还怎么向邻居张口借钱啊？"

梁晓声听不进去母亲的话，哭闹得更凶了。母亲心烦了，打了他两巴掌，他赌气哭着跑出了家门……

梁晓声在雨中游荡了大半天，衣服淋湿了，头脑也清醒了，心中不免自责起来。全家仅靠父亲每月寄回的几十元钱过日子，母亲哪来的钱买钢笔呢？这时，他产生了靠自己挣钱买钢笔的念头。于是他冒着雨朝火车站走去。火车站附近有座坡度很陡的桥，一些大孩子常等在坡下，帮拉货的手推车夫们推上坡，可挣 1 角钱。他走到桥下等了许久，也不见有手推车来，雨越下越大，他只好躲在一棵树下避雨。

梁晓声正感到沮丧时，忽然发现一辆手推车，装着几层高的木箱子，盖着雨布，在大雨中缓慢地朝这里拉来。他看得出那人拉得非常吃力，腰弯得很低，两条裤腿都挽到了膝盖以上。梁晓声无法看到他的脸，也不知他是个老头还是个小伙。他刚将车拉到大桥坡下时，梁晓声从树下跑了出去，大声问："要帮一把吗？"那人应了一声，梁晓声赶快绕到车后，一点也不偷懒地推了起来。车过了坡后，他跑到车前，向拉车人伸出手，大声说："给钱！……"那拉车人呆呆地望着晓声，不由得愣住了。原来是母亲！他望着母亲，雨水、汗水和泪水从她憔悴的脸上直往下淌。就在那一天，梁晓声得到了梦寐以求的钢笔。母亲把钢笔放在梁晓声的手里，满怀期望地说："孩子，你要用功读书啊！要不就太对不起妈妈了啊！……"

至今，梁晓声一直珍藏着这支钢笔。

梁晓声先生是文坛有名的孝子，在他身上凝聚着中国男人的精神，他重视家庭，孝敬父母。这种美德也一直照耀着他的作品，感动着喜爱他作品的千千万万的读者……

从北大荒起步

梁晓声和成千上万的同龄人一样，1968 年下乡到黑龙江生产建设兵团一师二团，即今天的北安农垦分局的锦河农场。电影《今夜有暴风雪》，就是他以当年的农场生活为题材创作的。 童年时的梁晓声赶上 3 年自然灾害，营养不良，身体瘦弱单薄。到兵团当农工身体吃不消。但他是个坚韧要强的人，每天出工都是强挺着，要干出个样来。在体力上无法与战友相比，只有发挥自己的长项，在文化知识上特别是写作上加倍努力。每天吃完晚饭后，别人打扑克、下象棋、闲聊，他却常常躲在安静的地方看书、练字、写诗……

在锦河农场七队，十几个人住在一间南北炕的土坯宿舍。每人睡觉的地方不过 1 米宽，有的连褥子都放不下。梁晓声没有箱子，白天下地，就把衣

1996 年 2 月 21 日，本书作者与著名作家梁晓声在北京（赵国春提供）

物卷在被子里，晚上睡觉，衣物便成了他的枕头。看到墙上的柜架上几个战友从卫生所要来了旧药箱子装杂物，他也到卫生所要了个旧药箱子，刷干净放在自己炕头的架子上。后来，梁晓声当上了副班长，负责班里的生活、卫生等工作。一天，上边来检查卫生，批评梁晓声他们班放在架子上的药箱杂乱不堪。梁晓声看着这些装着杂七杂八东西的箱子发了愁。他忽然想起家里的桌子和碗架柜就是用木板搪在一侧的墙上，木板下面挂一块布帘儿。几天后，梁晓声他们班的宿舍突然面貌一新，架子上那些药箱子上挂上了一块洁白的布帘儿，把宿舍衬托得非常整洁、干净。原来，梁晓声把被罩扯了当布帘了！从那以后的很长时间，梁晓声一直盖着棉花套子睡觉。

当时，连里每星期最少开一次批判会，斗私批修，每位职工必须发言，"灵魂深处闹革命，狠斗私字一闪念"。搞得很多不善于发言的知青伤透了脑筋，东求西求让人代写批评稿。梁晓声成了知青的求助对象。这样一来，梁晓声的文笔开始慢慢地得到了锻炼，在班里的威信也提高了。

可是，后来发生了一件事，梁晓声副班长的职务被撤销了。1969 年秋天，团里的麦子遭了霜灾，庄稼几乎颗粒不收。上级又打出"不伸手向国家要粮吃"的口号。这些顿顿吃白面的城里知青们的日子可就难过了。有病的、有想家的，有家里来电报请假的，准假超假的现象也时有发生。他们班有个知青超了假，连里要处分他，梁晓声知道那名知青家确实有困难，就坚持批评教育，不给处分。结果他与连里发生了争执，连部开会作出决定，不但对那名知青进行了处分，梁晓声副班长也给撤销了。不少知青对连里的决定有意见，认为不近情理。

快过春节了，上边有指示没有特殊情况一律不给探亲假。知青们听了，情绪更低落了。除夕，吃年夜饭时，许多知青都喝醉了，哭的、唱的，东倒西歪乱作一团……说是年夜饭，桌上根本没有一道像样的菜，很少看到肉星儿。梁晓声心情不好。象征性地喝了一口酒，便离开饭桌。有位知青见他走，便大喊起来："梁绍声（当时的名字）你别走呀！你不能喝酒，还不能写诗吗！给咱知青哥们儿来首诗！"话音刚落人们响应起来，对！来一首！站在炉台念念！梁晓声不知从哪来了一股猛劲儿，一个箭步就跃到炉台上，激情地朗诵起来：

"我站在炉台上，窗外白雪茫茫，屋内几多忧伤几多惆怅。我凝视着桌上的残羹，我听到西北风无情地撕扯着门窗，我的心不禁一阵酸楚，思乡的泪水就要夺眶，思乡心儿似乎跳出胸膛，飞回我可爱的家乡。可我知道那是梦，美丽的梦想……我的心依然在我的躯体里迷惘……迷惘……"

梁晓声跳下炉台，宿舍里一片哭泣声，梁晓声的眼角也湿润了，他想家，想念爸爸、妈妈和兄弟姐妹……

1974年，梁晓声被团木材加工厂推荐上了大学，进入复旦中文系创作专业。1977年，梁晓声毕业后被分配到北京电影制片厂任编辑，1988年，他被调至中国儿童电影制片厂当编剧，后任教于北京语言大学人文学院中文系。

家里的"顶梁柱"

梁晓声30岁时从复旦大学毕业，选择了在北方工作，为的是照顾家。他当时每月只有49元工资，寄给父母20元，剩下的钱也只够维持一个单身汉的最低生活水平。父母看着快30岁的儿子，再三写信叮嘱他以后少往家寄钱，为结婚积蓄点儿钱。但梁晓声每月照寄不误，尽管他工作已一年，却连一块手表也没有买。为了使母亲能生活得更方便些，他几番回哈尔滨，向出版社预支稿费，买下了妹妹楼下的一间住房让母亲居住。他还为老母亲买了轮椅、担架、氧气瓶，生怕母亲一旦犯病，不能及时去医院救治。母亲的房子布置好了，从弟弟家搬了过去，可是母亲却一病而去了。值得安慰的是，在老母亲弥留之际，梁晓声附耳对母亲说：妈，您老什么都别牵挂，一切有我呢……

梁晓声为年迈的双亲送终后，弟弟妹妹们在他的资助下早已成家立业。按说梁晓声该松口气享享清福，考虑一下自己的小家庭了。可他还有一个最大的心愿未了，那就是把住在医院十几年的哥哥晚年生活安顿好。1998年的岁末，他提笔给大哥写了一封催人泪下的信。

梁晓声的哥哥叫梁绍先。早在梁晓声读初中时哥哥就考上了大学。可因为他们家过于贫困，哥哥上大学的第一年，家里竟有半年时间没有给他寄过钱。哥哥多么想念完大学，结果得了精神分裂症住进了精神病院。这给梁晓声很大的刺激。梁晓声很爱哥哥，哥哥从小就是他崇拜的偶像，哥哥给了他一种荣誉感。他上的那所中学也是哥哥的母校，哥哥当时是全校的尖子生。信中他回顾了过去和哥哥的手足亲情，表达了自己到北京后没有顾上照顾哥哥的歉疚心情，并提出把哥哥接到北京共同生活。

梁晓声最感到安慰的是，当他周济弟弟妹妹的生活时，妻子焦丹一直理解、支持他。他稿费的一半用于周济弟弟妹妹们。梁晓声总是执拗地认为他这个当二哥的有义务照顾好全家。30多年的写作生涯以及家庭重负，损害了梁晓声的身体健康。他的颈椎病一直很严重，每天敷药治疗。他的肾脏也不太好，但总是抽不出时间去医院做彻底检查和诊治。只要有整块时间，梁晓声就埋头写作，他用笔写不用电脑，像个勤勤恳恳的老黄牛，吃的是草、挤的是奶，营养了别人，亏缺了自身。梁晓声如果有时间，他就会去探视哥哥，照顾他的吃穿冷暖。梁晓声不会打麻将、不会跳舞、不会时尚，也不会拍马屁，不会进行利益交换，他是从苦难生活里熬过来的硬汉子。

梁晓声说：一个作家就是一个书记员，记录着时代、社会和形形色色的人生。每一个作家都不是全面的，都是具体和独特的，因为这个时代太丰富、太博大，变化也太快了。我经历了上山下乡、"文化大革命"这个大时代，我愿意用时间和精力把这些大事件中的人和事给读者记录下来。一个人的年轮，就是一个时代的年轮，梁晓声真正做到了。

陈慧中、张载村与『希望之光』

共和国诞生的前夕，陈慧中出生在印度尼西亚棉兰市，她从懂事起就受爸爸的熏陶，立志决不平庸度日。

当年，陈慧中的爸爸陈灼瑞在棉兰市做橡胶生意，是印尼华侨同乡会的主要负责人之一，陈慧中于1965年10月随父亲回到祖国，就读于北京华侨学生补习学校，准备参加高考。在一年多的补习中，学校举行两次考试，她每次都是名列榜首。正踌躇满志准备迈进名牌大学的时候，"文革"开始了，上大学变成了梦幻，上山下乡运动摆在了面前，她面对多种选择，包括受照顾到京郊的华侨农场。1967年，陈慧中带着行李和茶缸，毅然报名来到北大荒的八五二农场，立志要在最艰苦的地方实现为建设祖国贡献力量的理想。

陈慧中、张载村回北大荒时的情景（北大荒博物馆提供）

来农场几天后，陈慧中发现这里充满了阶级斗争气味，从干部到群众总有人用"资产阶级臭小姐"眼光来看她。她明白了，在这里，她是被改造的对象。从此，她的心情越来越郁闷，走路、参加会议、去食堂打饭都低着头，陈慧中成了连队里有名的"低头姑娘"。

转眼到了1972年，大学恢复了招生考试，陈慧中见知青们都积极报名，要求推荐上学，自己也动了心，她去报名时，连长严肃地说："这就够重用你的了，还想上大学，你的出身能通过吗？"

她再也忍受不住了，一个人跑到空旷的田野里，趴在草地上哭了起来，她失望了。1974年，知青返城，陈慧中申请回印度尼西亚，爸爸把她安排到香港定居。

爸爸也来到了香港，在朋友的帮助下成立了一家杂货贸易公司。陈慧中来到了爸爸的公司，在这里，她很快学会了做生意，储蓄卡上的数值越大，她思念北大荒的心情就越重。转眼到了2000年5月下旬的一天晚上，她参加完50多名在香港的北大荒知青聚会回到家里，翻来覆去睡不着，一闭上眼睛，荒友们相聚时跳啊、唱啊的场面，还有那《兵团战士胸有朝阳》的歌声总会回响在她心中。

这时，她已经和曾下乡到北大荒七星农场的印尼归侨张载村结婚安了家，两人相敬相爱，心心相印，孩子也已读完大学有了工作。她发现爱人也没有入睡。她凑过去说："载村，我想回北大荒看看。"张载村一下子坐起来说："在聚会上我就有了这个想法，刚才睡不着也是在想这件事。"

第二天，夫妻两人分头给曾在七星农场下乡的香港、上海、北京等地的知青打电话联系，约定了时间。2000年6月2日在哈尔滨会合，一起乘上了开往建三江七星农场的列车。30多名当年的老知青一踏上三江大地，还没有见到农场的人，孩子般的性情就洪水般迸发出来，欢呼、歌唱、跳跃，在甸子里拥抱、打滚，狂呼："北大荒，我回来了……"

热烈与激情过后，知青们在访问参观中开始关心、了解起现在的北大荒来。陈慧中从留在北大荒的上海知青、现任建三江分局工会主席孙瑛介绍的情况中了解到党和国家非常关心和重视北大荒的发展。同时也了解到目前的北大荒还有不少困难，比如兴办家庭农场以后，许多弱势家庭的孩子上学难……

陈慧中的心情沉重起来。陈慧中一回到房间就和张载村商量："我们的生活已经富裕了，我想拿些钱在你我下乡的地方各搞一个'希望之光'助学工程，你看怎么样？"张载村高兴地说："你想拿多少？"陈慧中爽口而出："200万元，二一添作五。"一贯沉默少语的张载村开怀大笑说："慧中，咱俩怎么想得一样啊！"

2001年6月25日，陈慧中、张载村重返北大荒要建立两个"希望之光"助学基金会的消息传来，建三江和红兴隆分局几乎是以同样的热情欢迎了这两位赤子。欢迎队伍人山人海，服装整齐的长长的学生队伍挥动着鲜花，"欢迎、欢迎！""感谢、感谢！"的声浪响彻天空，彩旗与束束鲜花一起飘扬。这是近年来北大荒这片土地上少有的激动人心的场面。200万元人民币这个沉甸甸的数字里，包含着这对老知青几十年挥之不去、无法割舍的深情啊！

在"希望之光"助学基金启动仪式上，陈慧中和张载村把捐款亲手递到一个又一个贫困学生的手里。一双双小手接过捐款时，似乎比从爸爸、妈妈那里接过学费还激动，一滴滴激动的泪水悄然无声地落在了主席台前的地板上。

陈慧中十分激动地对采访者说：在红兴隆和建三江农垦分局启动了"希望之光"仪式回到香港后，数以百计的信件向他们的电子邮箱和家庭信箱涌来，读着读着，他们像是拥有了数百个孩子，成为世界上最富有的母亲和父亲！成为精神世界的最富有者。从此，他们除做生意外，年年都要抽时间去一次北大荒，了解受资助孩子的思想和学习情况。时间过去两年了，他们和受资助的每一个孩子都心心相印、息息相通。2002年，就要有40余名受捐助的孩子参加高考了，他俩几乎把兴奋点全倾注到了这些孩子身上，关心孩子们的复习、关心孩子们的身体、关心孩子们所报的志愿……他们在香港焦急地等待着。终于盼来了高考网上录取的日子，两人紧挨着坐在电脑旁，陈慧中摆弄着鼠标，眼睛盯着屏幕上的分数榜，高兴地说："载村，快看，王启超673

分，清华大学材料科学系的志愿肯定没问题了；杨欣 667 分，南京大学生命科学系的志愿也没问题；蓝天义、段文亭、张立威……第一志愿报考的名牌大学都没问题……"看着、看着，他俩兴奋极了，受捐助的孩子中将有 34 名考入大学。

他们立即又回到了北大荒，果然不出所料，这些考入大学的孩子，不少首次入学的费用都有困难。尽管农垦总局也正在制定出台有关救助贫困大学生的政策，但陈慧中、张载村当即商定，从基金余款中给每一名受捐助考入大学的孩子 5 000 元人民币现金，并表示，视他们进入大学的学习成绩和困难情况，将随时给予资助。孩子们紧紧簇拥在陈慧中、张载村周围，连很少掉眼泪的男生张兵也滴下了眼泪。他激动地说："我爸爸、妈妈要种 500 亩地才能挣这些钱啊！"宁玉同学赶到北京对外经济贸易大学报到后，没打开行李，没洗脸，没吃饭，第一件事就是给陈慧中和张载村写信。他深情地写道："尊敬的载村叔叔、慧中阿姨，你们在我最困难时候帮助了我，我一定像你们热爱北大荒那样热爱北大荒……"现在，受"希望之光"基金会捐助的在校高中生已有 880 人。

从 2002 年起，陈慧中、张载村每年都要到有他们捐助学生的清华大学等全国 20 多所高等院校看望孩子们，鼓励他们发奋学习，争取获得学校的奖学金，还鼓励他们假日参加勤工俭学活动，嘱咐他们从小就要学会发扬北大荒人艰苦奋斗的精神……

1989 年 10 月 16 日"世界粮食日"这天，泰国首都曼谷秋高气爽，阳光明媚。上午，世界粮农组织驻亚太地区总部会议厅内座无虚席，表彰"世界农民"大会在这里举行。世界粮农组织副主席用流利的英语宣布："胡国华，中国！在大豆品种选育研究上作出突出贡献的专家，特授予他'世界优秀农民'称号。"

一阵掌声响过之后，黑龙江省农垦总局红兴隆分局科研所大豆育种专家、原上海下乡知识青年胡国华健步走上领奖台，在悠扬的音乐声中，泰国总理把金牌给胡国华戴上，又把精致的木制的证书发给他。这次获得此殊荣的一共有 12 人，胡国华是唯一的中国人，他也是这次受表彰中唯一的大豆育种专家。

荣誉和掌声，并没有冲昏他的头脑，反

胡国华当年在实验室
（金贵林摄）

而使他更冷静地回忆他走过来的一幕一幕。

那是 1969 年 3 月，18 岁的胡国华初中没毕业就离开春暖花开的上海，来到春寒料峭的北大荒，当时被分配在北安农垦分局的格球山农场。胡国华喂过马，当过马车老板、排长，他肯吃苦，也年年被评为劳动模范。

1976 年，下乡 7 年的胡国华，作为最后一批"工农兵"学员，被推荐到黑龙江农垦学校，学的是最枯燥无味的农学。回想初二时赶上"文革"，从此失学的胡国华，做梦都想念书！

1978 年，胡国华毕业后，又主动要求回到了小兴安岭脚下的格球山农场。这是一个劳改农场，他们去时住帐篷，劳改犯们住砖房。赶车、喂马的都是劳改犯。鞭子怎么能掌握在劳改犯的手里呢？就这样胡国华赶上了马车，成了 20 名知青、10 挂马车的头儿。他带领一个排的知青玩命地干。他看到和自己一起来的知识青年一批批地走了，却心静若水地看书学习，搞他的科研。不久，他与农业专家孙绍斌的女儿孙丽文建立了恋爱关系。

就在大批知识青年返城的高潮中，胡国华的父亲病退了，要让他回去顶替。母亲为他填好表，递交给组织。随后，把胡国华召了回去。他回家后，家里召开了两次家庭会议，中心意思就是劝他离开黑土地，办回上海。胡国华的答复只有两点：一是中专刚毕业，想干点事业；二是他正处对象，两人志同道合。

胡国华决定留在北大荒，放弃了回上海接班的机会。与孙丽文结婚后，调到了友谊县境内的红兴隆农管局科研所，从事大豆育种工作。孙丽文感动地望着他，心里感到有几分内疚。从事农业科学研究实在辛苦、乏味，春播时数豆种，装袋标明品种，用线穿上，拉线，趴在地上一粒粒地种上，再插上牌子。有时白天站了一天播种机，晚上还要整理和记录科研资料，经常一干就是半宿。苗没长出来时，天不下雨就得拎水浇，白天晚上连轴转；苗出来了，长高了，要拴上卡片。到了开花期就更辛苦了，要汗流浃背地坐在地里人工授粉。因为时间要求紧，常常在地里一蹲就是 10 多个小时。20 多天下来，手脚累肿了，腰也直不起来了，晚上睡觉翻身都得爱人帮忙。功夫不负有心人，他的授粉技术提高很快，由刚开始每天只能授 20 多朵，到授 100 多朵，受到老科技人员的赞扬。庄稼要成熟了，还得看着，怕被人偷去。这一棵棵豆秧，这一粒粒豆种，凝结了胡国华太多的心血！

结婚后，为了能集中精力搞好科研，他与爱人商定 3 年后再要孩子。1982 年，孩子刚刚出生 8 个月，胡国华怕牵扯搞科研的精力，说服了爱人，给孩子断了奶，小两口把女儿送到了在阿城的岳母家。

在田间的多次观察中，胡国华的脖子晒起了疮，上什么药都不好，手也得皮肤病了，家里风湿膏、止痛膏、橡皮膏统统都被他缠到了手上，两手像戴了个胶布手套似的。

许多到过他家的人，都觉得他们在这里待不长。家里的墙壁掉了一块泥，掉了就掉了吧；家里的棚子破了，破了就破了吧；自家庭院里种的油菜冻了，冻了就冻了吧……什么都可以对付，只有地里的大豆不能对付。家里除了那台电脑之外，几乎没有什么像样的东西，好像随时准备搬家似的。

1987 年 4 月，胡国华被选送到加拿大深造，得到了世界遗传学会主席帕什和加拿大著名大豆育种专家诺姆·沃丁的指导。胡国华刚到加拿大时，并没有引起专家的重视，只是让他干些杂活。后来，他们发现这个中国小伙子不但肯干、科研刻苦，而且大豆育种功底不凡。胡国华提出的"大豆杂交组合理论"受到专家们的称赞。专家们让胡国华独当一面，经常一起探讨解决科研难题的办法。在加拿大的 10 个月时间里，胡国华搜集分析了大量资料，学业获得丰收。他撰写的《从加拿大大豆系谱分析谈大豆高产品种》的论文，发表在《大豆科学》杂志上。学习期限快到了，3 位加拿大专家挽留胡国华，希望他能继续留在加拿大搞科研，胡国华婉言谢绝了。这 3 位专家对他依依不舍，他们对胡国华说："我们这里的资料和大豆新品种，只要你用得着的，可以随便拿。"专家们这样慷慨，对历届的学员还从没有过。

胡国华念完中专后就到了科研所，工作中他深深地体会到知识不够用的苦衷。他经过努力拼搏，1990 年，考上了东北农业大学研究生。为了不影响科研，他一边攻读硕士学位，一边主持所里的 4 个大豆科研课题。

　　为了提高外语水平，胡国华经常利用业余时间学习。一次从哈尔滨往回返，买完火车票后，他戴上耳机，坐在人群熙熙攘攘的候车室里，借着暗淡的灯光，专心致志学外语。时间不知道过去多久了，突然，他被人推了一下："同志，你坐哪趟车？"候车室的服务员站在他的面前。原来服务员看见开出了3趟车，他还没走，就来提醒。胡国华要坐的列车已经开出去一个多小时了。

　　胡国华一心扑在科研上，用女儿的话讲他心里只有大豆。1992年6月，住在上海的家人连续发来电报："母病危，速归！"当时育种的大豆刚拱土，他抽不出时间。直到最后拍来"母病故"的电报，胡国华才安排好工作，眼含悲痛的泪水，匆匆赶回上海。跪在母亲的灵前，胡国华号啕大哭："母亲，原谅儿子吧！我实在是脱不开身呀！"父亲眼含着泪水告诉国华："你母亲临死前，嘴里念叨着你的名字，她最牵挂的人就是你啊！"

　　自古以来，忠孝两难全。

　　1993年，胡国华获得研究生毕业证书和硕士学位。毕业时，他所承担的研究课题被省教育厅评为科技进步一等奖，后又被黑龙江省政府评为科技进步三等奖，他的2篇学术论文发表在国家级刊物上。

　　就在这一年，胡国华把上初中一年级的女儿从阿城接了回来，他本想补偿女儿一些父爱，可是大豆育种太忙，他顾不上女儿。初春，天气多雨，大豆播种需要抢时间，他就起早贪黑地抢播。一天爱人公出，临走时再三嘱咐他中午别忘了给女儿做饭。为了在雨前把大豆播完，他还是把女儿的事忘了。

　　胡国华对大豆科研工作太痴情了。1994年冬天的一个晚上，胡国华正在计算机上忙着课题总结。理解他的女儿很少打扰他，可英语句法憋得她实在没办法了，她拿着书过来问："这个英语的句法是怎么回事？""没时间！"胡国华连头都没抬。女儿嘴一撇，生气地回到房间，委屈地趴在桌子上哭起来，嘴里嘟囔着："你心里只有大豆。"正在读高中的女儿是班里的高才生，唯独英语拖后腿。而他的英语水平在去加拿大前就已经达到六级了，完全有能力辅导女儿。每当谈起这件事，胡国华脸上都会露出内疚之色。

　　1995年，胡国华主持培育的大豆新品种——红丰8号，获得中国首届农业博览会铜奖，红丰9号获得第二届中国农业博览会银奖。毕业后，中国科学院武汉油料研究所要调他，长春的部队要他，东北农学院也要留他，可他又回到了北大荒，又回到了他默默工作多年的红兴隆农垦分局科研所。

知识的日积月累，使胡国华的大豆育种水平得到了进一步的提高。他不但承担了大豆育种的科研课题，还承担了大豆栽培课题的研究工作。1994年初，为提高大豆产量，黑龙江省科委从美国引入"大豆平播窄行高产栽培技术研究"，基地建在宝泉岭分局普阳农场，有关部门指定让胡国华主持。1995年9月，这项技术的发明者——美国大豆专家库柏来到普阳农场。看完实验情况后非常满意。他拿出幻灯片给普阳农场的科技人员讲技术栽培要求。胡国华手指幻灯片认真地翻译。库柏听后，微笑着点点头："胡先生，下面的内容由您给大家讲吧！栽培技术您全都懂，有您在这主持试验，我完全放心！"

胡国华说，我之所以留下来，和我受的教育有关。从小就学雷锋做好事，忠于革命，忠于党。我在这儿白天干不完，晚上还得干，根本没有什么双休日，加班也没有加班费。大家都这么干，谁也不说啥。在上海行吗？……

胡国华从事大豆育种研究近30年，他亲手培育优质大豆新品种10余项，获得社会效益上亿元。几年来获得省科技进步一等奖2项、二等奖2项、三等奖3项，农业部丰收计划二等奖4项。在国家级、省级、市级学术刊物上发表论文20多篇。目前，胡国华承担着7个大豆科研课题，其中"高产、优质、抗病大豆新品种选定"是国家级攻关课题，"大豆种粒斑驳发生机理的研究"是国家自然科学基金课题。

由胡国华主持的技术已成为当前农垦大豆生产的主要技术之一，同时也成为全国大豆生产的主要技术。这一技术推动了大面积大豆单产的提高，黑龙江省农垦近几年大豆平均亩产在170公斤以上，超过了世界大豆平均产量水平，与世界先进国家接近。我们用7%的全国大豆播种面积，提供了占全国总产11%的产量。他也因此成为大忙人，亲临农村地头指导，到各地讲课培训技术人员。他的足迹不仅踏遍了黑龙江省所有农场大豆产区，同时也踏遍了内蒙古、吉林、辽宁等大豆主产区。

从新华农场走出来的笑星姜昆

在北大荒返城的知识青年中，在全国老百姓心中知名度最高的，应该数姜昆了。因为，姜昆说的相声是观众喜闻乐见的，给人们留下了深刻的印象。

著名相声表演艺术家姜昆，在北大荒生活了8个春秋，酸甜苦辣他都尝过，可以说"有北大荒这碗酒垫底"，他才不仅在艺术上，而且在理念和为人上，有了今日的辉煌。

姜昆出身于书香门第，父亲是一名教师。1950年的一个普通的日子，姜昆在北京城诞生了。父亲姜祖禹满怀喜悦的心情，为他取名为"昆"。"昆"在汉语中，既有"子孙后嗣"的意思，也有"哥哥"的意思。姜昆3岁那年，父亲就教他念唐诗，4岁时开始背诵《诗经》，5岁时开始练习书法。每天描

20世纪70年代初，姜昆在新华农场文艺宣传队为队员们辅导节目

红摹帖，写小楷 100 个、大字 80 个，是姜昆必须完成的功课。

　　7 岁那一年，姜昆背起小书包，跨进了小学的校门。记得刚开学的第一天，父亲花 4 角钱，买了两张首都剧场的票，带姜昆去看北京人民艺术剧院演出的话剧。姜昆第一次走进金碧辉煌的剧场，望着那色彩绚烂的灯光，听着美妙悦耳的音乐，看着神秘莫测的舞台，艺术的种子开始在姜昆心中萌发……

　　然而，艺术的道路是不平坦的。有一次，姜昆和同学到景山公园去玩，看见一群同龄的孩子背着手风琴，拎着笙管和小提琴，唱着歌走向北京市少年宫。姜昆随着小乐手们来到大门前，听见里面传出悠扬的乐曲，姜昆扒着门缝往里看，却什么也看不到。过了一会儿，一个成年人从里面走出来，"去去去，走开，别在这淘气。"小姜昆只得恋恋不舍地离开了。

　　"我也要买乐器，我也要去少年宫。"经不起儿子一次又一次地软磨硬泡，父亲终于在一次发工资后，狠了狠心掏出 1 元钱，给儿子买了一支最便宜的竹笛。姜昆拿着笛子，爱不释手。从此以后，他不分白天黑夜地吹呀吹，吹得弟弟妹妹们手舞足蹈；吹得父亲母亲头昏脑涨；吹得自己的腮帮子又酸又疼。父亲只得向儿子下"逐客令"。于是，姜昆走出家门，到公园去吹，到河边去吹，两个月之后，他带着这支笛子，去报考少年宫乐器演奏组，居然考上了。

　　1968 年，毛主席发出了"知识青年上山下乡"的号令，姜昆也随着这股洪流来到了北大荒，成为一名光荣的兵团战士。

　　在兵团，姜昆成为团里文艺宣传队的骨干。歌词、快板、小话剧……什么都写。上了台还要连唱带跳，但是没过多久，就有人批评他的创作、表演带有"小资"味儿，于是，他被迫离开宣传队，进了炊事班。后来又因为"账目不清"，沾上了"贪污犯"的嫌疑，被关进"监督改造队"。往日的战友因此疏远他，他陷入了孤独和痛苦之中，只有寒风、冷月与他做伴。不，还有一个姑娘，每隔几天就来到他的小屋，帮他做家务活，安慰他，鼓励他。她也是北京知青，也是宣传队队员，她的名字叫李静民。后来，真相终于大白，姜昆的冤案得以"平反昭雪"，他又回到了宣传队，当上了班长，还被评为五好战士。

北大荒的老作家窦强，在《我和姜昆相处时》一文中写了这样一段故事：1969 年春节前夕，团部举办一次会演，多数连队的演唱组都参加了，演员大多数是下乡知青。通过这次会演，从演员中挑出 30 多名佼佼者，其中就有木材厂的姜昆，正式成立了十六团宣传队。后来据说因交了女朋友（兵团当时规定不许知青谈恋爱）被下放到七连去了。七连是一个新建单位，生活比较艰苦。姜昆在食堂当炊事员，后来当炊事班长，每天起五更爬半夜，蒸馒头、炖大锅菜，一身灰、两脚水、满大襟油，造得没个小青年模样儿。可他整天还是乐呵呵的，正如《新华农场志》在"人物记略"中叙述姜昆时说的，"他性格豪放，乐观，在他脸上很难见到愁眉苦脸的表情，天天乐呵呵地和战友们在一起劳动，工作，有说有笑，给人一种亲切的感觉"。

姜昆在艺术上逐渐走向成熟。他已不满足在兵团里演出了，开始向往专业文艺团体。1971 年秋天，他悄然离开了兵团，去济南报考文工团。在主考官面前，他先交上自己创作的剧本，然后表演了朗诵、独唱、吹笛子、拉手风琴、小品……他又一举得中！但是，万万没有想到，"九一三"事件突然暴发，全军进入一级战备，中央军委下令本年度征兵工作全部停止。进济南军区文工团的希望彻底告吹，姜昆不得不回到兵团。

一次偶然的机会，终于使他与相声结下了不解之缘。"中央广播文工团的相声演员到咱们兵团慰问演出来了。"姜昆听到这个消息后，立刻和几位宣传队员坐上火车，赶往坐落在佳木斯的兵团俱乐部。舞台上，郝爱民和李文华正在说相声，两人诙谐幽默的对话使观众笑疼了肚子，笑出了眼泪。姜昆也在笑，使他感到惊奇的是：相声竟有如此大的艺术魅力。

回到宣传队，姜昆就和出身相声世家的战友师胜杰一起创作表演相声《赫哲新花》《林海红鹰》就是他俩最初的创作成果。1975 年，姜昆作为兵团代表队的副队长，带着新创作的相声《大钢连长》，参加了黑龙江省曲艺调演并获奖。1976 年，这个节目又被推荐参加全国曲艺调演。

　　梅花香自苦寒来，命运之神开始青睐于他。1976 年岁末一个寒冷的夜晚，11 点多，突然有个警察敲响了姜昆的房门。姜昆被带上一辆挎斗摩托，来到一座小楼前。上了楼，推开门，嚯！著名相声演员马季、唐杰忠坐在里面。

　　原来，马季他们是去大庆演出路过这里，想问问姜昆愿不愿意到北京去说相声。姜昆激动得一口气说了好几个愿意，把大伙逗乐了。兵团领导不同意放走姜昆，马季一行就为兵团演了一场又一场，每演一场，他们就向兵团领导提一次调姜昆的事，经过一番"磨"的工夫，领导终于同意放人。事情办妥之后，马季握着姜昆的手说："小姜啊，为了你，我和老唐的嗓子在兵团都说'横'了！"这话虽然是开玩笑，但马季的嗓子确实是沙哑了。姜昆感动得热泪盈眶，暗下决心：今后一定要好好干！

　　1976 年底，姜昆回到了北京。第二年元旦，他和兵团战友李静民结婚了。

　　1995 年，已成为著名笑星的姜昆，卸去了中央广播说唱团团长的行政职务。他从百忙中稍得解脱，第一件事就是和妻子李静民带着女儿姜珊回新华

姜昆和李静民结婚照

农场探亲。姜昆说："我19年没回来过，可我从来没忘过北大荒。在我的身上、我妻子的身上仍留着北大荒战友的情谊，是北大荒把我从孩子培养成人。北大荒是神奇的土地，神奇得让人忘不掉它，这是独有的北大荒现象；这块培养人的土地本身具有一种凝聚力。凝聚力集中在一个基点上，就是艰苦奋斗，勇于拼搏。"

　　2003年，姜昆被中国文学艺术界联合会授予"德艺双馨艺术家"称号。2004年，姜昆担任中国曲艺家协会分党组书记、副主席。2012年11月29日，姜昆当选为中国曲艺家协会主席。2013年5月23日，姜昆当选为中国文艺志愿者协会主席 。2017年7月20日，姜昆再度当选为中国曲艺家协会主席。2018年9月4日，姜昆为纪念自己从艺40周年推出的曲艺节目《姜昆"说"相声》在北京民族剧院举办。

全国十大笑星之一的赵炎，对北大荒有着深厚的感情，用赵炎的话说："甭说我这点子本事都是在北大荒练的，就是我媳妇也是到北大荒才有的，你说咱们跟北大荒的情能浅得了吗？"

1968年，赵炎从北京重点中学第二十五中来到北大荒，被分配到黑龙江生产建设兵团三十二团五连。播种、耪地、割麦子、伐木、打石头、盖房子，他学会了许多。他扛麻袋，一口气上五节跳板，老职工看这小伙子干活肯出力，就选他去了机务排，先学开拖拉机，后来学开康拜因。城市的孩子见识广，又聪明能干，到后来竟成了小革新迷，大伙挺喜欢他。

『一号人物』的扮演者赵炎

马季和姜昆、赵炎当年在一起

2006 年 2 月 21 日，作者赵炎（右）在哈尔滨

　　刚来北大荒那阵子，农场没有电视，更缺少文化生活。赵炎和几个小青年凑在一起，写个顺口溜、编个故事、串几个小节目，晚上给老职工们演出，虽然节目水平不高，但大伙儿都挺爱看。没想到他们的这些节目在团里竟获了奖，赵炎也在团里露了脸，初步显示出他在文艺方面的才华。团宣传队想调他，可他却不想去。五连是个新建点，一天三顿汤，住的是种子库，到晚上没电，蚊子却咬得人没处躲。可赵炎还挺留恋这儿的战友和师傅们。

　　一天，团宣传股股长周济到五连来催调赵炎，恰巧赵炎也从团部领零件返回连队，两人一边走一边聊。

　　"你是五连的吗？"

　　"是五连的。"

　　"你们五连有个叫赵殿燮（赵炎当时用的名字）的吗？"

　　"有哇。"

　　"听说在文艺上有些天才。"

　　"谁说的，我怎么不知道哇？"

　　"那你可能对他还不够了解。"

"对他再不了解这不白活了吗？"

"他在连里表现怎么样？"

"最多也就算一般吧。"

就这样，周济在明处，赵炎在暗处，两人热热乎乎地聊了一路，赵炎也没暴露身份。当周济一到连队，就真相大白了，周济是又生气又好笑。最后，赵炎被限期报到。可当时赵炎怎么也想不到，那一次的调转竟成了人生的一个转折点。

赵炎到了团宣传队后，因为嗓子好，翻跟头也会，每天下连队演出，搭台子、挂幕布、摆场子，接灯光音响，啥活都是自己动手。除了主要演员的服装外，群众演员的服装都是自己做的。他们的演出挺受连队欢迎，不过也经常会闹出一些笑话。

一次，赵炎他们到县城去慰问演出。县里负责接待的人热情招待，几杯酒下肚，赵炎的腿就不大听使唤了，革命样板戏《沙家浜》演到新四军翻越高墙时，本来应该一个跟头翻过墙去，可他腿发飘，一个跟头挂在墙上，大头朝下，过也过不去，下也下不来，弄得满场哄堂大笑，好不乐呵。还有几个喝多的，也挂在墙上了。所以三十二团就留下了一句口头禅："新四军都挂在墙上了。"戏散时，问他为啥喝这么多，他还有理由，说是领导叫喝的，要保护首长的健康。

还有一次也是演《沙家浜》，演出之前不知谁从外边带回了红眼病，一上台阿庆嫂、郭建光、刁德一也是鼻涕眼泪直流。新四军和日本鬼子还没交手呢，好像早已杀红了眼。本来该停演休息，可日程早已安排好了，连队的同志还盼着呢，于是，他们一直带病坚持演出。

职工们整天看样板戏看腻了，赵炎他们就开始自编自演一些小节目，有些小节目还在师里和兵团获奖。1973 年，赵炎讲的《西门豹除巫》的故事在黑龙江省获得优秀表演奖。

那个特定的时代，全国舞台上演的几乎都是革命样板戏。那时团宣传队正在为排《红灯记》物色"一号人物"。虽然当时还没引进竞争机制，但所有能上台的人都得比试比试，"是骡子是马拉出来遛遛！"赵炎小时候在剪子巷学的京戏这时候派上了用场。"提篮小卖拾煤渣……"嗓音高亢洪亮，京味地道，字正腔圆。导演说"李玉和非他莫属"！当场拍板，赵炎演A角李玉和。

演完《红灯记》一炮打响，团里接着排《沙家浜》，赵炎又演"一号人物"郭建光。李玉和主要是文戏，郭建光须文武双全，难度大，仗着有体操的"童子功"，郭建光这个角色又演成功了。

接下来是排《智取威虎山》中"深山问苦"一场，赵炎扮演李勇奇，这是个花脸，更对他的路子，听起来还真有裘派花脸的味儿。

赵炎这时已是小有名气的人物了。宣传队讲究"一专多能"。除了京剧，还有独唱、舞蹈、表演、小话剧等，他都拿得起放得下。

1972年，三师文艺会演，赵炎主演表演唱《快乐的邮递员》获奖，唱遍了全兵团。姜昆作为另一个团的文艺骨干，还特地赶来学过这个节目。

赵炎与相声结下缘分是在一次"大会战"中扛麻袋扭伤了肋骨之后。那次扭伤，住了两个月医院，又恢复了半年多。此后他就专事说唱了，天津快板、山东快书、河南坠子、河北梆子、东北二人转，"全方位开拓"。那时虽然相声尚未公开"平反"，赵炎也大胆地自编自演。马季的《友谊颂》播出后，赵炎备受鼓舞，改为以单口相声、故事为主。恰逢大讲"儒法斗争"，他的单口相声渐渐远近闻名。1975年底，他以单口相声被抽调参加了黑龙江省曲艺调演。

1976年，赵炎赴京参加全国曲艺调演，被马季看中。马季一向以识才、爱才著称，他哪肯放过这样的人才。几经周折，费尽心机，好不容易对方答应放人，赵炎却离开了北大荒，因招工调到廊坊石油管道局了。马季从小生活在北京，知道廊坊就在前门外，还分头条、二条、三条，连忙派人查找。然而，这个地区人口多，单位杂，流动性大，查找起来犹如大海捞针。但为了找到这个人，哪怕上天入地，也要弄个水落石出，连相邻的煤市街珠宝市、大栅栏等地，都像过筛子似的过了一遍，可赵炎仍无踪影。

　　最后，总算打听到赵炎的下落，原来已调到河北省的廊坊市。于是，马季马不停蹄，终于在廊坊市石油管道局找到了赵炎，当年秋天就把赵炎调到中央广播文工团说唱团，回到了北京。他与著名相声表演艺术家马季搭档演出，一夜赶写出来的新相声《白骨精现形记》，上午送去审查、下午背台词，晚上要在清华大学演出，马季见赵炎有些紧张，就安慰道："没关系，大胆发挥，有事我给你兜着。"那天晚上演出效果特别好，赵炎也从中学到了许多东西。

　　1981年，赵炎再度与马季老师合作，师徒俩并肩作战，共同创作了许多脍炙人口的相声段子。马季老师的相声格调清新、知识性强，表演轻松自然。赵炎从马季身上学到很多东西，同时，他也给马季老师出了不少高招。他俩在相声创作形式上有所突破，一改以逗哏为主，捧哏只是起一些应答、串联、烘托、反衬作用的传统形式。使矛盾冲突在甲乙中产生，使相声中的戏剧效果更加突出，推动了相声艺术向现代人的快节奏生活发展。

　　1985年，师徒俩参加全国十大笑星评比活动，他们新创作的相声《红眼病》针砭时弊，切中要害，结果一炮打响。马季高中榜首，被广大观众投票评为全国十大笑星第一名，姜昆、李文华分别为第二、三名，赵炎与侯耀文列在第四、五名。

　　著名相声表演艺术家赵炎成了名人，也成了大忙人。一年平均要参加200多场演出，演出最多的一年在家只住了40多天。整天不在家，可他对北大荒的事挺上心。那年北大荒想办一台春节联欢晚会，找到赵炎帮忙，只有一个星期的准备时间，没有一分钱，还得上电视。赵炎找到了和北大荒有关的文艺界名人，全是义演。赵炎的表演，台风正，不哗众取宠，无故作玄虚，翻抖包袱注重分寸感，表演注重内涵，模拟从容自如，把思考的乐趣充分留给观众。

　　2007年2月17日，赵炎参加中央电视台春节联欢晚会，与周炜表演相声《我惯着他》。2018年，赵炎担任中央电视台"首届中国相声小品大赛"相声组评委。2020年11月30日，中国广播说唱团举办了"赵炎艺术成就研讨会"，以祝贺赵炎从艺50周年。

『大兴岛』走出的
知青作家肖复兴

在北大荒博物馆第四展厅里，展示着著名知青作家肖复兴当年的手稿。这几页手稿是一个普通的城市知青成为著名作家的历史见证。

那是 1968 年 7 月 20 日，肖复兴来到了北大荒的三江平原。从福利屯下了火车，经过富锦县，颠簸了 200 多里地，第一落脚的地方，就是七星河边。七星河是北大荒三江平原上的一条重要河流。它和挠力河包围着一块方圆百里的沼泽地，和北大荒有名的雁窝岛对峙着的叫大兴岛。尚未进岛，由住在河边的当地老乡招待了一顿饭。

北大荒博物馆展出的肖复兴在北大荒写的手稿（赵国春摄）

过七星河，大约走 30 多里，就到了他下乡的大兴农场二队。肖复兴看到七星河边有一片树林子非常美，美得有些像俄罗斯巡回画廊派画家的那些美丽树林的油画。到北大荒的第二年夏天，肖复兴和大家结伴专程穿过那片美丽的林子，到七星河游了一次泳。他的游泳技术并不佳，但那次游泳令他难忘。水中的鱼就在他们的身旁和他们一起游，他们很想抓住一条，可费尽气力也抓不着。

几乎每年冬天他们都要到七星河边去修水利。挖出路两旁水渠的土，用来垫在路上。更艰难的是冬天挖土，一镐下去留下一个像牙咬的白印，非常难刨。于是，他们就用炸药崩土方。一次炸药炸飞的土块落在了他的腿上，幸亏是冬天穿着很厚的棉裤，只留下块伤疤，而没有伤着骨头，他称这块伤疤是在七星河畔留下的唯一纪念。他晚饭后回到宿舍的第一件事就是写日记，把一天的感想都写了下来。

坚持写了 4 年日记后，写作水平有了很大的提高。1972 年的冬天，肖复兴回北京探亲。当时正要复刊的《黑龙江文艺》的编辑、后来《北方文学》的副主编鲁秀珍同志，正在筹备复刊的《黑龙江文艺》的第一期稿子，她偶然间在《兵团战士报》上看到了肖复兴写的那篇《照相》散文，觉得有修改基础，便不辞辛苦来找肖复兴，结果擦肩而过。肖复兴从北京回来后接到了鲁秀珍的来信，肖复兴就把修改后的稿子寄给了她，很快就在复刊后的第一期《黑龙江文艺》上发表了。应该说这是他正式发表的处女作，以前发表的散文多数都是在地方小报上。

1974 年，肖复兴返回北京后在一所中学教书。他给同学们上的第一课，没有讲课本，而是在黑板上随手画出中国地图来。连他自己也惊异，他的绘图能力竟如此之好！他指着地图右上方如雄鸡高唱的鸡头部分，对这些陌生的学生说："我刚刚从这个地方来。这个地方原来是一片沼泽地，就是你们看见的地图上标着蓝色虚线的位置。现在，它已经有了小麦、大豆，甚至火车站。它叫建三江……"

2005 年夏天，本书作者赵国春（左）与肖复兴在肖复兴家中（赵国维摄）

　　1982 年，肖复兴大学毕业，他再次重返北大荒时，首先找的人就是老孙，那位在特殊时期默默关心、帮助他的人。他永远不会忘记在老孙家吃的刚刚煮熟的苞米，喝的从井底取出的"蜂蜜水"……

　　今天的肖复兴已经成为著名作家，出版著作 50 多本，多次获全国文学大奖，可他对北大荒的感情还像当年一样浓烈。

　　2004 年秋天，我们去北京肖复兴的家，说明了我们为北大荒博物馆征集文物的意图后，他一下子找出他创作的 20 本书，又为我们找到这两页 30 多年前写的文学笔记。

在北大荒博物馆第三展厅里，陈列着一个由北大荒知青成长为新华社著名摄影记者的周确使用过的百年旧皮箱。

1958 年，不满 6 岁的周确随老辈人从山东莱州"闯关东"到了哈尔滨。1968 年 5 月 24 日，未满 16 周岁的周确又以哈尔滨知青的身份上山下乡，来到了锦河农场 38 队。他在一位知青排长的支持下，把火炕梢上的工具仓，改成了一间小暗房。白天，他和其他知青一块儿劳动；晚上，便钻进"暗房"里冲洗胶卷，并用自制放大机放大照片。后来，他拍摄的反映知青生活的图片稿件便不断发表在《黑河日报》《兵团战士报》等报纸上。

周确的爷爷从十几岁起就开始为俄国人当学徒，一些俄国人在哈尔滨经营的店铺，包括当时最兴旺的秋林公司，都留下过他勤恳工作的印记。他的俄语及经商门道多是从俄国掌柜那里学来的。

小农场走出的记者周确

周确曾经使用过的旧皮箱
（赵国春摄）

　　周确的爷爷当年不仅活跃于哈尔滨，而且在齐齐哈尔、牡丹江、佳木斯、绥芬河等城市及俄国的海参崴（今符拉迪沃斯托克）、双城子等地都留下过他的足迹。当他爷爷有了一定的经济实力和社会关系后，便开起了属于自己的毛皮作坊及小门市。

　　其间，他购买了六七只大小不同的牛皮箱，作为国内外往返的包装物。这些皮箱被爷爷及他的伙伴们使用了许多年——大约是从 1910 年前后开始使用，距今已近百年；从国内各城市到俄境，它们不知被带出带入了多少趟！

　　新中国成立后，周确年过花甲的爷爷回山东原籍养老了。临走前留给他父亲 3 只大小不同的皮箱。周确的父亲曾每日拎着皮箱为厂家跑销售。后来，为躲避日本人抓兵，周确的爸爸用了皮箱中的一个，就是现在的这只，装着常用衣物跑回山东老家，直到全国解放，已经结婚的父亲才又拎着这只皮箱回了哈尔滨。

　　1968 年春，当周确下乡需要随身衣箱时，爸爸就亲手加固了箱盖，把磨损、开线的 8 个角重新缝过。三四套应季的单衣等物都装进这个老皮箱。

　　周确在北大荒的 8 年的风风雨雨中，这只老皮箱一直忠心耿耿地陪伴着他。早期连队生活中，他把它当成小书桌。后来，被调到环境较好的团部工作，这个老皮箱就被他用来放一些处理国产彩色胶卷的水溶类冲洗药品。

　　三年后的 1976 年初夏，周确先是被代培，后被正式调入新华社黑龙江分社。在周确返城后这只老皮箱就被装入旧本子、旧材料后放于角落里，搬家中几度处理和淘汰旧物，它都被他执意地保留下来了，因为老皮箱承载着的老一辈人艰苦创业、奋发向上，争取更美好未来的信念一直鼓舞着他迈向新征程。

　　进入新华社黑龙江分社工作后，他长期不懈地充实自己，成为当时黑龙江省内及新华社各分社记者中最早掌握英文和电脑写作的记者；数次被黑龙江省文联、省摄影家协会、省记协授予"优秀作品奖""特殊贡献奖""优秀记者""十佳"摄影记者等荣誉称号。曾担任过新华社黑龙江分社总编室编委、黑龙江摄影家协会副主席、黑龙江省新闻摄影专业委员会副主任。他的传略被收入《中国摄影家大辞典》《中国优秀编辑记者大全》等辞书。

四

北大荒記憶

自力更生　艰苦创业
勇于开拓　甘于奉献

垦荒二代传薪火

随着时间的推移，北大荒几十万垦荒者的后代茁壮成长，在他们身上，流淌着老一辈的鲜血。当年的垦荒精神，在他们身上得到了很好的传承。尤其是在文学艺术方面出类拔萃者，走出垦区，走向全国。

宁安农场植树工人孙俊福，与妻子在大山深处搭起窝棚，10 多年间，他植树 48 万株，为国家创造财富 1 600 多万元！先后荣获全国五一劳动奖章、全国十佳优秀工人、全国十大杰出青年，并当选为党的十五大代表。

勤得利农场职工、共产党员康金环，收养患精神病的哈尔滨下乡知青李文魁 28 年如一日，表现出一个北大荒人甘于奉献的精神。康金环先后被评为全国优秀女职工、全国道德模范提名奖、全国助残先进个人，入选"感动中国人物"、黑龙江省"和谐之星"，获得黑龙江省优秀共产党员等荣誉称号。

八五三农场来山东省济宁市的打工妹、共产党员左静，时刻以一个党员的身份严格要求自己。当得知自己身患不治之症后，向党组织预交了一年的党费，并向济宁医学院捐赠了遗体。2001 年 2 月 18 日上午，济宁市数以千计的干部群众从四面八方赶来，与左静作最后的道别。一面鲜艳的中国共产党党旗覆盖在左静身上，这是党和人民给予这位优秀儿女的最高荣誉和奖赏……

北大荒的第二代人才辈出。八五二农场走出来的经济学家、原中国人民大学校长刘伟，宝泉岭农场土生土长的、中国女子速滑队主教练李琰，从建三江走出来的全国第七届优秀短篇小说奖获得者王凤麟，八五三农场长大的孩子、"环中国跑第一人"童举，全国自强模范、八五二农场的马才锐等，他们都有一个共同的名字"荒二代"。

走出去的为北大荒争光，留下来的早已成为北大荒各行各业的中坚力量。

『全国优秀十佳工人』
孙俊福

在祖国东北边陲的宁安农场，有一位被誉为"大山之子"的植树工人，他与妻子在大山深处搭起窝棚，离群索居。他就是全国五一劳动奖章获得者、全国优秀十佳工人、全国十大杰出青年、党的十五大代表——孙俊福。

孙俊福出生在镜泊湖畔的宁安农场，他对大山有着深厚的感情。1976年10月，初中毕业后的孙俊福和20多个伙伴来到长丰林场主动要求当造林工人。他随老工人上山刨穴、栽树、打带、扩穴，虚心向老工人学习。和老工人一样，每天风里来雨里去，顶着星星上山，伴着月亮回家，一天到晚干10多个小时。干活时，山上闷热，火辣辣的太阳晒着，

孙俊福当年在林场

瞎虻、小咬不时地往脸上、胳膊上叮，使人疼痛难忍。有一次，孙俊福感到当造林工人有些后悔了，父亲看出他的心思后对他说："这点苦算啥，和我们当年开荒建场吃的苦相比，还差得远呢！你现在吃点苦，就是为子孙后代造福啊！"孙俊福反思后，觉得作为新一代北大荒人，应该把老北大荒人的艰苦奋斗精神继承下来。父亲的话也坚定了他植树造林的想法。经过几年的努力，他成了造林的好手。到 1982 年末，他比一般造林工人多植树 10 万多株，成活率达到 89%，是全林业站植树和成活率最高的。

男大当婚，女大当嫁。孙俊福到了成家的年龄，好友给他介绍了一个俊俏的姑娘，相处了一段时间，他觉得很满意。可有一天姑娘对他说："俊福，凭你这股认真实在劲，在哪干都差不了，别再当这出力不挣钱的造林工人，我求亲友给你调换个工作吧？"他听了笑着对姑娘说："太感谢你了，不过，我觉得干造林工人挺有意思，挺有干头，我不愿意改行。"她一听火了，生气地说："只要你调换工作，咱俩这事就定下来，不然咱就吹！"孙俊福犹豫了一下说："吹就吹吧。我需要爱情，但我更爱植树造林。"过了一段时间，亲友又给他介绍了一个对象，也是要求他离开大山，他拒绝了。

有情人终成眷属，山里姑娘刘春玲却爱上了他。两人一见面，她就说："我找你一不看长相，二不看家庭，我就看中你有大山一样的性格。"新婚不久，农场实行造林承包，承包的条件是 3 年林木成活率、保存率、验收合格后，给每亩造林费 15 元。干这么累的活，收入这么少，20 多名造林工人"挖门子""找关系"，纷纷离去。妻子和他商量此事，他却说："人人都想干挣钱多、活又好的工作，可是，造林这艰苦的活总得有人干呀！你不干，我不干，秃岭荒山啥时候变绿？"说通了妻子，他承包了离家最远、条件最差的千亩荒山。

他们每天步行 30 多里路，一干就是一天。累了席地而坐，渴了喝几口泡子水，饿了啃个凉馒头。他俩每天顶着星星启程，晚上披着月色下山，树没栽多少，却累得连炕都上不去。为了节省走路时间和减少路途劳累，他们索性在大山里安了家，过上了离群索居的生活。张广才岭脚下杂草丛生，沼泽遍地，粮食和树苗无法用车运，只能一袋袋、一捆捆地背上山。那里没有山泉，吃水全靠下雨时积存在小水泡子里的雨水，遇到旱季，水泡子仅剩一点点红色的浑浊的水底子，上面浮着一些令人肉麻的小虫子，他们只好用芦苇管一点一点往嘴里吸，过着几乎原始人的生活，还要与蚊虫、毒蛇、野兽作斗争。

1985 年，妻子产前住进宁安县人民医院。为了陪护妻子，孙俊福把"家"就安在了医院，自己做着吃。整整一个月，他都兴奋地忙来忙去，悉心照料着妻子。儿子出生后，为了让他记住大山，夫妻俩给他起名叫"林林"。

艰苦险恶的环境，没有动摇孙俊福夫妻造林的决心。一次，孙俊福身背树苗路过沼泽地时，一不小心沉了下去，稀泥没到腰，越陷越深，在生命危在旦夕之际，他迅速地把树苗从背上卸下来，趴到装树苗的麻袋上，费尽九牛二虎之力，才拔出了腿。他解开绑腿，系到麻袋上。走不了，就滚着前进，他打两个滚，拽一拽麻袋，滚着前进了两个多小时，才走出沼泽地。当他步履蹒跚地背着树苗走到窝棚时，连累带饿，一头栽倒在地上，昏睡了 10 多个小时。当他醒来时，泪流满面的妻子说："俊福，咱别遭这份罪了，累死累活的，万一有个三长两短，在这深山连个相助的人都没有，你说是不是？"他安慰妻子说："没啥，造林哪有不吃苦的。"

山里的蛇多，有蝮蛇、青蛇、土球子蛇、野鸡脖子蛇、黄花松蛇、乌松蛇、冰蛇等等。窝棚是土房子，爱招蛇、招老鼠，简直可以说是"蛇窟"和"鼠窝"。窝棚四周是蛇，土墙上四周是蛇洞和鼠洞，棚顶和茅草内经常有蛇探头探脑，做饭时蛇上锅台，夜里从棚顶掉下来，钻进被窝是常事，吓得他们不敢脱衣睡觉。为了防止蛇掉下来，他们用塑料布兜在棚顶，但塑料布兜里的蛇一晚上噼里啪啦掉个不停，还一条条地来回游荡着，令人提心吊胆，头皮发麻。

营造完张广才岭余脉的那个山头，他俩又在老爷岭尽头的山坡上搭起窝棚，每天刨穴、栽树、打带、扩穴。老爷岭的野猪、野狼、毒蛇等野兽经常出没。方圆百里又没有人家，晚上豺狼哀嚎，野猪拱门，要是被它们逮去，连个收尸的人都没有。1990 年 9 月的一天，他和妻子栽树很晚才回到窝棚，发现被子和粮食全被人偷走了，不得已，他只好连夜下山取粮。在夜晚寂静的山林中，传来阵阵猫头鹰的叫声。昏暗曲折的山路，满坡野草棵子。孙俊福靠点燃桦树皮照亮山路前进，至今他手上还留着被点燃的桦树皮烫伤的疤痕。他这样摸索着、走着。有时听到黑熊、野猪的嚎叫声，让人毛骨悚然。在他下山取粮时，嚎叫的狼群包围了窝棚，独居山林的妻子一手握斧子，一手拿镰刀，守住窝棚门，整整与狼群周旋了一夜。清晨，他推开窝棚门，妻子还严阵以待地举起斧子，当辨认出是他时，一下子扑到他的怀里，哭着说："你再也不要离开我了，我怕！我怕呀！"就这样，他和妻子与天斗，与地斗，与野兽和坏人斗，每年植树100多亩，用青春和汗水绿化着青山。

孙俊福热爱与他日夜相伴的大山，热爱他精心培育的山林。孩子刚满周岁，就被断了奶，由孙俊福智力不健全的母亲照看着。小林林生来活泼喜人，聪明懂事，不哭不闹，唯一的玩具就是妈妈给他买的5只小鹅雏。

1989年6月20日，孙俊福和妻子一大早就带着工具上山挖树坑。8点多钟，在窝棚外面玩耍的林林被一条3尺多长的毒蛇咬了大腿，毒液在扩散，伤口在流血，孩子哭喊着："爸爸、妈妈，你们在哪里？快回来救救我啊！"孙俊福母亲一边揉摸着伤口，一边哄孩子睡觉。看到小林林疼得难忍，便用擀面杖挤压伤口，以为能减轻疼痛。毒液在孩子身上扩散着，直到晚上8点多钟，他俩回到家，看到孩子全身浮肿、昏迷不醒，一条腿从脚一直黑到大腿根。老母亲哭着对他说："林林上午遭了蛇咬，背不动他，又找不到你们，只好哄他睡觉，疼得孩子自己找来镇痛片，一连吃了10多片也不管用……"他急忙背孩子往山下跑，跑了两三个小时，才赶到林业站卫生所。卫生所条件简陋，药品缺乏，又连夜送往农场职工医院，经主治医生检查，孩子危在旦夕，无力抢救；只好转送到宁安县医院，医院答复治不了；又去牡丹江市，可市里医院没有蛇药；最后去解放军二〇九医院。孩子折腾得时而说胡话，时而昏睡。几经周折，到医院已是后半夜两点多。医生见此状况气坏了，用针头指着孙俊福他俩说："你们实在是不称职，不配当孩子的父母！"他妻子"扑通"跪下苦苦哀求道："大夫！大夫！你行行好吧！一定要把我儿子救活，这是我唯一的孩子，我们是为了种树，儿子才被咬成这样的。"边哭边说，在场的人无不掉泪。因耽误的时间过长，抢救无效，他5岁的儿子停止了呼吸。妻子把儿子紧紧地抱在怀里，哭得死去活来，大夫只好给她打了睡觉针。孙俊福抚摸着儿子的尸体，哭着，自儿子出生后，他没抽出一天时间好好陪陪孩子。

孙俊福和妻子怀着极大的悲痛，掩埋好儿子的尸体，又上山了。凡是儿子到过的荒山秃岭，他们都植上了树。孙俊福在报告中说道："我俩好像都有这样的同感，多栽一棵树，多侍弄一棵苗，我们好像就多了一个孩子，多了一份希望。我俩用绿化大山作为对儿子的祭奠。"孙俊福把青春、把亲人献给了大山，献给了造林事业。

有人为他们算了一笔账：20 年来他栽植的 50 万株、面积 1 480 亩树木，经林业部门验收，成活率、保存率均居黑龙江农垦林业承包户之首，按每株每年增值 1 元计算，已增值 1 600 多万元，而他仅拿 3.1 万元的报酬，平均每年 1 636 元，20 年来共行走 22 万公里山路，可围绕地球赤道 5 圈还多。

他在人民大会堂所作的演讲报告最后说："我还要告诉大家一个好消息，大山不负有情人，我现在又有儿子了，今年已三岁，取名叫'继林'，我要让他长大后继续造林，绿化大山，因为我是大山的儿子。"

康金环认『疯子』做弟弟

勤得利农场退休职工、共产党员康金环，收养患精神病的哈尔滨下乡知青李文奎28年如一日，用亲姐姐一样的爱温暖着这颗因失恋而尘封已久的心，表现出一个北大荒人无私奉献的精神。

1968年，哈尔滨青年李文奎下乡到勤得利农场。1978年，因女友离开而导致精神失常的李文奎在精神病院住了7年后，被接回农场，安排到康金环所在的二十三队。由于没人照料，虽然经过长时间治疗，李文奎生活仍不能自理。20天过去了，李文奎居然一顿饭没做，成天拿着破饭碗讨要东西。病情不但没能减轻，反而加重了，脸都肿了起来。

康金环从小就乐于助人，17岁在山东老家入党。1966年，投亲来勤得利农场，一参加工作就兼任连队妇女主任。组织多次与李文奎在哈尔滨的家人联系仍杳无音讯时，时任队党支部委员、妇女主任的康金环主动站

2018年4月26日，李文奎从北大荒知青安养中心回到勤得利农场看望康金环（刘江摄）

出来说："我是共产党员，把李文奎交给我吧。李文奎够可怜的了，相处几年的恋人不要他，血脉相连的父母兄妹也扔下他，咱组织、共产党员可不能不管呀！"康金环把这个既没有生活能力又无依无靠的"麻烦"领回了家。

从此，李文奎就成了她家庭中的一员。

对于精神病人，康金环虽有一定的思想准备，但时常发生一些出乎意料的事情还是让她很犯难。一次，康金环的弟弟带着没过门的弟媳来她家做客，菜炒好了，鱼炖熟了，也给李文奎送过去了。就在一家人举杯畅饮时，李文奎进门二话没说，一瓢凉水泼上了饭桌。弟弟埋怨姐姐："你这是图个啥呀？"康金环没有把家人的埋怨放在心上。李文奎看电视时只要不顺他的心，立即就会破口大骂，搅得一家人看不好。有一次，康金环的丈夫老刘说了他两句，李文奎就拿着斧头满街追着砍老刘。逼得她丈夫硬是在仓房里躲了半宿。还有一次农场领导来检查工作，到康金环家吃"派饭"，康金环特意炖了几条鱼。可没想到刚盛出一盘，李文奎就给锅里添了满满一锅水，闹得客人哭笑不得。

康金环唯一的儿子结婚后和父母在一起生活，儿媳怀孕期间，李文奎犯病了。他手里拿着斧子要砍康金环的儿媳妇，导致儿媳流产。儿媳妇哭着对她说："妈，我在家里一点安全感都没有。"康金环心里十分难过，觉得很对不起儿媳。但为了照顾好李文奎，她自己默默地承受着一切。康金环的亲生母亲在山东老家，因为李文奎离不开她照料，她已经15年没回去看望了。李文奎平时表现喜怒无常，开始，周围的孩子总跟在他后面捉弄他，康金环把孩子们召集在一起，耐心地说："李叔叔是个病人，不明事理，你们都是好孩子，看在康姨的面上，以后就不要逗他了，算是康姨求你们了。"

2003年，农场为李文奎建了一间砖瓦房。李文奎要求住炕，康金环就不顾冬天酷冷严寒、雪大路滑，每天都按时去烧。有一次，她在去烧炕的途中摔倒了，把腿摔成了骨折，直到现在也没好利索。李文奎住够了炕又要住床，康金环就毫无怨言地把炕扒掉，换上床。李文奎身材高，买不到合适的衣服，康金环就去买布料，自己动手给他做；李文奎的房子脏了，康金环就和丈夫去给他收拾、粉刷；李文奎爱吃大列巴（俄罗斯风味的大面包），不管家里谁出门儿，必定要给他带回一个……

28 年中，康金环受尽艰辛与劳累。家里养个"疯子"，受累不说，连孩子们都觉得很没面子。上学、在外面玩儿见人总得躲着。精神病患者不同于其他病人，能吃能喝就是不懂"人事儿"。说不准什么时候就犯病骂人、砸东西，家里人总是担惊受怕，不得安宁。人是有感情的。李文奎稍微清醒时，他能伸上手的就主动跑过去帮忙。遇到熟人逗他，你为什么帮她不帮我们？李文奎就像一个天真的小孩子，动情地说，她是我大姐，是我亲大姐！

其实，康金环比李文奎还小一岁呢。李文奎之所以叫康金环亲大姐，似乎里面也包含着一种感激和尊敬。每当这时康金环十分欣慰，心里总有说不出的高兴。她多希望李文奎能总这样。

李文奎 70 岁那年，神智也比过去好多了，还常跟康金环夫妇下地干点活儿。总局残联和勤得利农场共同投资，为他新建了风雨无忧的住房。康金环的 3 个儿女也都长大成人、成家立业了：学医的大女儿开了诊所，学幼师的二女儿办起了幼儿园，学农的儿子当上了生产队副队长。

康金环先后被评为北大荒好职工标兵、全国优秀女职工、全国道德模范提名奖、全国助残先进个人、全省"和谐之星"、省优秀共产党员、省劳动模范、省三八红旗手标兵等荣誉称号，并入选"感动中国人物"。

2006 年 3 月 22 日至 24 日，中央电视台《东方时空》"百姓故事"栏目连续 3 天播出的《特别的爱给特别的你》，说的就是康金环照顾李文奎的感人故事。2007 年 8 月 18 日，《人民日报》刊登了记者曹红涛报道康金环事迹的文章《她认"疯子"做"弟弟"》。2007 年 10 月 26 日 22 时，康金环做客中央电视台"对话"栏目，在节目即将结束时，中国青年政治学院思想政治研究所所长陈立思，情不自禁地走出观众席，与康金环拥抱。她带着哽咽的声音说："首先我要向康大姐表示感谢，因为我也曾经是当年上山下乡的一名知青。所以我要代表我们那一代人向康大姐表示感谢！我想这就是道德的力量，来自生命中最朴素的一种爱，一种对人的尊重。"

2021 年 4 月 16 日，李文奎在佳木斯北大荒知青安养中心逝世，享年 75 岁。

打工妹左静的特殊党费

2001 年 2 月 16 日，当左静不幸病逝的消息在有着 780 万人口的山东省济宁地区传开后，许多人都为失去一位好人而悲痛万分。

在她的遗体告别仪式上，市五大班子和军分区分别敬献了花圈，市委书记、市长及许多不知姓名的人士以个人名义献上了花圈。大大小小的花圈从灵床两侧一直延伸到告别厅外，山东省委组织部、宣传部、妇联分别发来唁电，对左静同志逝世表示哀悼。前来向遗体告别者有 1 000 多人，济宁市没有外出的主要领导都参加了。哭声在告别厅内、外响成一片。远在千里之外的八五三农场副场长赵俊祥等匆匆赶来，含泪献上了花圈。

左静，一个来自北大荒八五三农场的打工女，怎么会牵动这么多领导和群众的心？

左静是北大荒的女儿，她的爷爷和父亲随开发北大荒的大军，由安徽老家来到八五三农场。1962 年 5 月，左静出生后，农场里罗海荣、张德信和陈越玖的事迹成为她人生最早的教材。经过组织 7 年的培养与考验，左静成为祖孙三代中唯一的共产党员。她忘不了入党时全家人的高兴劲儿，也非常珍惜这份荣誉。

左静对党有着特殊的感情，她在入党申请书中这样写道：入党，是我一家三代人的理想。尽管我的爷爷和父亲年事已高，但从未放弃过入党的要求。我作为北大荒的第三

左静生前的照片（八五三农场提供）

代人，一定要了却父辈的愿望。1992 年，30 岁的左静作为一名农工在这块黑土地上光荣地加入了中国共产党。

1995 年 8 月，左静和丈夫程忠文从八五三农场来济宁打工。经朋友帮助，两人做了一阵子小本生意，就先后进入了市第十七中学。程忠文给学校开小车，左静到打字复印社干临时工。人们发现左静工作中专拣脏活累活干，对人还特别热情。老师送来试题要求立刻打印，其他打字员脸拉得老长，左静则笑呵呵地把活接下来，忙不过来时，她干脆中午不回家，主动加班不多要一分钱。

左静来到异地他乡，举目无亲，本是一个最需要帮助的人，但她想得更多的却是帮助别人。1996 年初，当左静在济宁第十七中学找到第一份工作时，她做的第一件事就是向学校党支部提出接转党组织关系。因往返路途遥远，左静提出在党组织关系转来之前，先参加组织生活。学校党支部被她强烈的党员意识深深打动了，破例答应了她的请求。第十七中学的党员们清楚地记得左静第一次参加学校党组织生活会时的情景：当党支部书记把左静介绍给全体党员时，大家以热烈的掌声欢迎这位远道而来的流动党员。面对大家的笑脸和掌声，左静十分激动，平时比较健谈的她，此时竟一句话也说不出来。在当天的日记里，左静这样写道："今天是出来打工后第一次参加党组织生活，我又找到了家，重新感受到组织的温暖，真是太激动了。亲爱的党啊，我一定做您的忠诚女儿，用微薄之力为党旗增光添彩。"在她短暂的生命历程中，时时闪耀着理想和信念的光辉。1995 年 8 月，当左静和丈夫离开农场来济宁打工时，在她唯一的行囊里，装着一本《中国共产党章程》。

1997 年，第十七中学清退临时工，左静和丈夫双双下岗。她到一家福利树脂厂干临时工，丈夫给别人开出租车。福利树脂厂是一个以加工盐酸为主的小厂，全厂十几名职工，有半数是残疾人，其中有两人失去了劳动能力。关心这些残疾人，是左静自觉挑起的一副担子。智残的马奎，说话不清楚，却很勤快，左静就骑着三轮车带他到鲁原公司回收空桶，让他实现自身价值。顾金水说话不清楚，但心里明白，而且憨厚，左静就常夸他听话、干活踏实，带着他和马奎刷洗盐酸桶。顾金水和听障人士张秀环因为家住得远，有时中午回不去，左静就自己掏钱买来饭菜留他们一起吃，晚上还负责把顾金水送回家。她说：这些孩子虽然生理上有缺陷，但他们也有着美好的上进心。

左静一心扑在工作上，很少顾及自己的身体。2000 年 6 月，左静在持续咳嗽半年后，不得不到医院接受检查。怎么也想不到的是，诊断结果竟是肺癌晚期。得知结果后，异常坚强的左静，止不住流下眼泪，她把想说的话留在了日记里："生活的困窘难不倒我，重重的压力压不垮我，可肺癌这个无情的判决书，却令我无法接受。看着日渐长大懂事的儿子，看着满面忧愁的丈夫，我真有些绝望了。可是想想多年来党组织对我的培养教育，看看几年来热情的济宁人对我一家的帮助，我又增添了生活的勇气。我要像《死亡日记》的作者陆幼青那样，与癌症展开顽强的肉搏战，笑迎人生，直至生命的最后一息。"

远在加拿大的堂妹寄来了 1 万元人民币，这可是一笔救命钱。谁知左静拿到钱后，骑上车子，挨家去还借款。12 月 24 日，刚刚做完第五次化疗的左静，顶着寒风，骑着自行车，气喘吁吁地来到了第十七中学，她没有忘记自己组织关系还在这里。她对总务处主任说："我来交党费。"说着，从兜里掏出 20 元钱，"我有病后两个月没交党费了。我得这个病，不知怎么样，这一次我交一年的吧！"

当得知左静得了癌症后，周围的人都感到非常吃惊和难过，这么一个好人怎么就得了绝症呢。一次，听障人士张秀环骑自行车带着两个西瓜，顶着烈日，赶七八里路去看左大姐。因没来得及打听详细地址，而别人又看不懂她的手语，她抱着西瓜，从这楼跑到那楼，找了两个小时，敲了几十家的门，身上的衣服都被汗水浸透了。当她找到左大姐时，两人抱住就痛哭起来。

交完了党费，左静心中坦然了许多。晚上，她与儿子拉了一个勾，订了一个"君子协定"：两人均以回报为题，写一篇作文，向《济宁日报》投稿，以献给济宁市的好心人。连续几天，她早 4 点起床，一边咳嗽、呕吐，一边在灯下奋笔疾书。短短半个月，她就写出了《一个打工女党员对济宁父老乡亲的真情回报》《小松树的回报》《病妈妈为儿子修补心灵的缺憾》《我对"幸福"的理解》《只要人人都献出一点爱》《特殊的"遗产"》6 篇文章，15 000 多字。

在《特殊的"遗产"》一文中她这样写道："我的生命已经成为一个未知数……我不止一次地对我的亲人说，活着我没有创造出丰厚的财产，死了我会用生命的最后一点余热，把我身体的全部、无私地捐给我第二故乡的济宁（济宁市医学院附属医院），将健康有用的器官捐给那些急需的在生死线上挣扎的人们，让我的生命得到延续，这也是一个党员向党组织交的最后一份'党费'吧！"

消息传出，济宁上下震动了。她说到做到，2001年1月4日，在《济宁日报》记者的陪同下，她来到济宁市法律服务中心，详细地询问了遗体捐献事宜，并准备通过公证处，与医院签订一个协议，实现自己的诺言。2月11日下午，当左静最后一次从昏迷中醒来时，仍不忘这件事。3天后，左静的亲属与济宁医学院签订了《遗体捐献协议》。

左静是北大荒的女儿，她身上传承着北大荒人的质朴与热情；又是党的忠诚女儿，生平最后一次党费，是捐献自己的遗体。左静生前曾在日记中写道："比谋生重千倍的东西，就是追求崇高的人生理想，党籍是我的第一生命。"左静一生节俭，从不肯在自己身上多花一分钱。按照遗愿，社会各界自发捐给她的12万元，除治病所用，剩余部分全部送到了36名困难残疾人的手中。

北大荒农场的亲人和同事得知左静病逝的噩耗，纷纷来到济宁为她送行。左静在农场的同事陈姜说："左静啊，我多想拉着你的手，亲口告诉你，家乡人民想你啊，盼你早些回来啊，然而这一切都太迟了，纵有千言万语也无法诉说了！"

2月18日上午，济宁市数以千计的干部群众从四面八方赶来，与左静作最后的道别。……你走得那么轻，轻得像天边一朵云；你留下的情又是那么重，重得像巍峨的泰山……。人们在一副挽联上写道："赤心向党魂铸松花江畔，爱心奉献情洒齐鲁大地"。一面鲜艳的中国共产党党旗覆盖在左静身上，这是党和人民给予这位优秀儿女的最高荣誉和奖赏……

2001年3月23日，黑龙江省农垦总局党委、黑龙江省农垦总局作出《关于授予左静同志"优秀共产党员、北大荒的好女儿"称号和在全垦区开展向左静同志学习的决定》，中央和两地各大新闻媒体纷纷报道她的事迹，两地联合组成事迹报告团巡回作报告。

在 2010 年温哥华冬奥会上：临危受命的中国女子速滑队主教练李琰率领中国队，一举拿下了 500 米、1 000 米、1 500 米和 3 000 米接力 4 个项目的金牌，其中 1 500 米和 3 000 米接力金牌为首次摘取。《人民日报》记者撰文称她为"引领中国短道速滑攀上新高峰的冰坛铁娘子"。

可很少有人知道，李琰还是我们黑龙江省宝泉岭农场土生土长的孩子。事情要从 22 年前说起——

我永远是北大荒的孩子

中国滑冰协会主席、中国速滑队总教练李琰在国家队当教练时的情景（宝泉岭农场提供）

黑龙江畔，边陲小镇宝泉岭农场之夜，李琰家

李庆祥猛地站了起来，激动地高喊："我姑娘——成功了！"砰的一声将举起的手砸在桌子上，茶杯烟缸都跳了起来。老伴李淑兰闻声从厨房赶来，手里的炉钩子没顾得放，像被"定身法"定住一般，四目相对，激情满怀。

这是龙年之春，正月初十晚上发生的事。龙的传人望子成龙，他们的女儿李琰竟在龙年之首乘风腾飞了。从加拿大卡尔加里第十五届冬季奥运会上传来消息，李琰一举震动世界冰坛，夺得一块金牌、两块铜牌并连续突破两项世界纪录。使五星红旗第一次在冬季奥运会上升起。一扫中国冰坛20年的沉寂。

父亲看到女儿在赛场上奋力拼搏的镜头，母亲看见女儿站在领奖台上流泪，弟弟李强张大了嘴，小妹静坐在沙发上，默不作声……

自幼瘦小的李琰，刚刚摆脱病魔的纠缠，小妹又患上了黄疸型肝炎。传染性疾病使得李琰不能在那个温暖的家庭里多停留，放学回家，母亲就叫她到外边玩去，每当李琰走进风雪，母亲就在倚门掉泪。

北大荒的孩子喜欢风雪，李琰的两只小脚丫，天天长时间地接受冰的亲吻，在冰场上打"出溜滑"飘飘然像是足踏浮云的仙女。

"你是几班的？叫什么名字啊？"学校滑冰队的老师发现了这朵冰凌花。

李琰一边回答，一边用羡慕的眼光看着小队员们在冰上训练，当萧老师取来冰刀给她穿上后，李琰竟慢慢地滑走了，于是她成了小冰队的第十一名队员，从此，李琰进入规范的冰凌世界，那清荧荧的冰面上留下她一道道冰痕，书写着她的冰雪小史。

那年冬天，学校里组织去宝清县观摩速滑赛，长途汽车像个冷库，冻得孩子们号啕大哭，可李琰咬紧牙一声不响。"你受不了，也哭吧。"老师看着脸色惨白的李琰依旧咬紧牙，跺着两只小脚丫，仍然不吭一声。

母亲曾问过她："别人哭，你怎么不哭呢？"

李琰说："哭丢人。"

李琰低着头站在门口，手里拎着提兜，不说一句话——她被合江体校退了回来。

李琰太瘦小了，8岁那年得了肺门结核，长期注射青链霉素，大剂量服用雷米封，副作用使她听力减退。肺病刚愈，肾脏化验又出现两个加号，接着是肝肿大。李琰做了全面检查，可检查的结果更糟，从听诊器传出来的心音来判断，还有某种先天性的病变嫌疑。医生说："攒钱吧，攒够钱上北京的大医院去做手术。"

1979年，宝泉岭地区举行冰上运动会，浩大的声势吸引了合江体校，王校长、贺教练在这次比赛中物色了4名小队员，其中并没有李琰。她无精打采地回到家跟父母诉说了夙愿，父母带着一种赎罪的心情听着。刚上冰那年，就曾因体弱老两口强迫中止过李琰的训练，那短短的3个月里，李琰食不甘味，魂不守舍，萧老师又两次登门说服，弄得他们进退维谷，最后不得不同意。这件事一直让他们很内疚。这次女儿要求去合江体校，做父母的还能不支持吗？他们当然舍不得，一个12岁的小女孩儿，就要远离父母独自去拼搏，能放心吗？可是他们还是带着女儿的要求和愿望去找了姜静老师，让她多带一名队员去测验。

"把李琰带出去闯一闯吧？怎么样……"

姜老师在沉思，小学滑冰队被中学接管后她一直带李琰，李琰成绩虽不突出，但她刻苦，对于一个运动员来说，有什么比刻苦还宝贵呢？姜老师想带她，可学校只给60元钱的费用，多一个人也难办。

李淑兰、李庆祥十分理解学校的难处："那我们自己拿钱。"

李琰就这样参加了录取测试。一个小队员因X腿落选了，体校王校长拍着李琰的头说："这个小小子我们要了。"

"这是个小姑娘！"老师替她分辨。

"小姑娘更要！"但是有3个月的试验期，不行就退回。现在果然被退回来了。李琰心都凉了！做父母的不得不替女儿奔波，李庆祥直接去找李琰的教练，出乎意料，贺教练竟爽快地答应下来，并说："放心吧，孩子交给我了。"李庆祥怀里揣着一团喜悦回到家中。

1984 年 11 月，哈尔滨。省冰上基地赛场

一个运动员以每秒 10 米的速度冲出场外，撞在一块没有保护垫的坚硬木板墙上，跌倒了，爬起来又冲进冰道，身后是一串流淌的鲜血，她左腿一歪倒下了，这是李琰……

恶性事故！左腿四头肌横断，里外缝了 47 针，卧床 20 天……这样的重创往往令人产生恐惧心理，缝合伤口时她看见了白花花的骨头露在外面，可她眉不皱脸不变，一滴泪水不流，只在伤好后十分轻松地给母亲写了封信："妈妈，女儿只是受了点轻伤，以前不敢告诉你，怕你担心，现在好了，可以下地了……"读完信，母亲的心都揪住了。那时，有多少人在为她今后改行转业做准备，李琰却在这绝望中站起来了。

谁能知道她要战胜多少想象不到的困难！

腿肌肉开始萎缩，与右腿比缩短了一厘米。阴天下雨麻木作痛。穿上冰刀，感到伤腿不吃力，腿一软坐到冰上。

作为滑冰运动员，支撑全身的左腿至关重要，这是专家的论断。

李琰还能滑冰吗？连看冰场的那位老太太都看出了门道。李琰要上冰训练，需要安排时间，老太太规定：夜里 11 点，早晨 3 点。有人打抱不平，和老太太吵起来了。是啊，老太太岂能全错，上好的运动员要在上好的时间训练，李琰的腿不是已经萎缩了吗？还做什么冠军梦？

有人想让她清醒清醒，"就凭你李琰，行吗？"可这位犟姑娘还"执迷不悟"。中国冰坛上那 20 年的沉寂，多么诱人，我国连续参加 3 届冬季奥运会全都折戟沉沙，由谁来填补这个空白？又由谁来实现从零开始的艰难突破？作为一个运动员，即使一个伤残的人也打不断这魂牵梦萦的思虑。这种意识的积累，岂止是短跑道速滑运动员，而所有冰上健儿都在心中闪烁着中国冰上运动之光——1963 年日本轻井泽赛场的辉煌。

她拿下中国在冬奥会上的第一枚金牌

1988 年，农历龙年。正月初十的奥运会专题节目太短暂，李淑兰的手刚摸到荧光屏上，李琰的形象就消失了，直到在牡丹江体育播映室里才目睹了女儿的雄姿。

卡尔加里体育场轰动了，1 000 米决赛中的第四圈，李琰和乔晶双双领先，但是两名加拿大队员插进之后，形势起了突然变化。迫使乔晶与李琰分开，干扰了辛庆山教练的决赛战略，两名中国队员又不能自我保护，万一被冲撞摔倒将要丢失重大胜利！两名加拿大队员在紧紧追赶李琰，观众席上的喊声震耳欲聋，跺地板的轰隆声一浪高于一浪。

好个李琰，轻舒右臂，几个长滑便把尾随者甩下四五米，多险啊！在半决赛中形势更变幻不定，枪响过后李琰就一马当先，可在第二圈就被日本队、荷兰队压了过去，日本人凭着高超的弯道技术，荷兰队里有冰坛著名的"黑马"，世界短跑道两大流派各居其一、各代表一派。

一圈过去了，又一圈过去了，在 111 米的跑道上已滑过第五圈，李琰已从第一名甩到最后一名，中国代表团无不紧张。不好了，这样下去，李琰会丢掉决赛资格的。人们在为李琰惋惜、担忧。

还剩最后 3 圈，怎么办？一腔热血涌起，拼了！李琰抓准时机跃进大圈，准备作最后的较量。在那仅仅几十秒里，李琰连滑 3 个大圈，追上一个个选手，以第二名的成绩进入决赛。

决赛场欢声如雷，李琰仍以优势领先，在距终点20米的时候，李金艳倒了，乔晶倒了，一名加拿大队员也倒了，李琰风驰电掣般冲过终点。电子计时器上报出，钟停在 1 分 39 秒上，又一个世界纪录诞生了。

这是中国在冬季奥运会上的第一枚金牌！

到处都存在遗憾，李琰冲刺那一刹那在整个录像带里都找不到，原因很简单，情绪激动的中国录像人员竟把录像机举起来欢呼，镜头离开了这一关键场景！真是万分遗憾！不过这一著名逸事也将随着这个世界纪录写进全球运动史册。

　　国家体委、中国奥委会、冰雪协会、全国体总、共青团中央、全国青联、全国学联7个单位电贺李琰，一起欢庆这次实现零的突破的具有历史意义的事件。

　　退役之后的李琰到大连理工大学读书，4年的学业完成后，她在大连市税务局找到了一份非常安定又令人羡慕的工作。2001年，她被聘到斯洛伐克担任短道速滑队教练，一年后，斯洛伐克队在欧锦赛上夺得一个全能六项、两个单向第四名。李琰还带领一名队员获得盐湖城冬奥会的参赛资格，为斯洛伐克实现了零的突破，为此，总统接见了李琰。

　　2003年，开始执教美国队。2006年，在都灵冬奥会上，李琰率领美国队打了个漂亮仗。

2010年，温哥华，太平洋体育馆

　　李琰总喜欢身着那件耀眼的黄色运动衫，乌黑的长发梳成一个饱满的发髻盘在脑后。她身材娇小却气宇轩昂，外表柔弱却内心刚强。指挥比赛，她时而沉静似水、时而激情如火，弹指一挥便万马奔腾、石破天惊。

　　温哥华冬奥会上，正是李琰引领着中国军团一次又一次实现突破，不断创造中国短道速滑崭新的历史。本届冬奥会中国代表团获得的5枚金牌中，有4枚来自短道速滑。队员王濛说，李琰是"创造短道速滑历史的女人"。

　　2010年温哥华冬奥会刚刚结束，《人民日报》就刊登出《临危受命引领中国短道速滑攀上新高峰——李琰，冰坛铁娘子》。文章中这样写道：在都灵冬奥会上，中国短道速滑队仅获得一枚金牌，始终难以突破发展的瓶颈。国家体育总局冬季运动管理中心决定重组国家队教练班底，他们向李琰发出了邀请。此时，李琰的丈夫在美国已经找到了一份稳定的工作，小女儿还不满两岁，选择回国就意味着刚刚获得的稳定生活又将远去。而包括阿波罗在内的美国队员也恳请李琰留下，但李琰始终牢记当年在一次报告会上说的话："无论我走到哪里，我永远是北大荒的孩子。""祖国已在召唤，我别无选择。"

　　李琰是祖国和人民的骄傲，也是我们北大荒人的自豪！

获奖者王凤麟

全国第七届优秀短篇小说

王凤麟，是北大荒第一位获得全国短篇小说奖的作家。他的短篇小说《野狼出没的山谷》曾在 1985 年的中国文坛引起轰动，当时他才 30 岁。

《野狼出没的山谷》刊载于 1984 年第 9 期《人民文学》，获《人民文学》首届群众选票推荐奖、全国第七届优秀短篇小说奖、黑龙江省首届文艺大奖一等奖。被译成法、德、意、俄、英、日等多国文字介绍到国外，并被台湾、香港等地转载或收入作品选集。作品发表及获奖后，《北京晚报》曾发表大量争鸣文章，后由上海《文学报》作了综合评述，对作品予以充分的肯定。1984 年以后，《野狼出没的山谷》被收入《1984 年文学作品精选》、中国新时期文学丛书《动物小说选》，并被改编成连环画。

1985 年 3 月，1984 年度全国优秀小说评选结果揭晓，在 18 名获奖作者中，王凤麟的名字对许多人来说都感到很陌生。他的获奖作品《野狼出没的山谷》，以选材新颖、描写深刻赢得读者的好评。著名作家、中国作家协会副主席王蒙和著名评论家、中国社会科学院文学研究所所长刘再复对小说给予充分肯定。

佳木斯市的作家全勇先在《三江晚报》开辟的"一百个佳木斯人"专栏首篇，就以《从前的小说家》为题，报道了王凤麟的创作生涯。

年轻时的王凤麟

他在文中是这样形象地描述王凤麟的：

"王凤麟中等身材，微黑皮肤戴一副金丝眼镜、冷丁一看有点文质彬彬。刚改革开放那阵子，作家地位还算高，他也曾在国内被前呼后拥了好一阵子。后来不知怎么，大家都忙开了，文学的地位自然受了些冷落。他也似乎渐渐地被人忘却。"

王凤麟 1955 年出生，1971 年由吉林省洮安县来到北大荒。小时候，他的家境比较贫寒，兄妹 7 个，他是老大。他不是个幸运儿。含泪带笑的童年生活给他留下终生难忘的印迹。他永远不会忘记，在小学三年级时，他为没有铅笔而发愁。他常常用很短的铅笔头写字，累得手指头发酸。一天他下课时偷偷跑回家，母亲正在自留地里劳作。放下锄头拉着他的手说："再等两天吧，咱家的鸡蛋都卖光了。"他流泪了。母亲疲倦地望着被烈日烘烤得即将枯萎的秧苗，沉默了半晌，然后放下锄头，到邻居家借了 5 个鸡蛋，到共销社卖了 3 角钱，给他买了 10 支最便宜的铅笔。

从小学到中学，王凤麟在班级里一直是学习尖子，尤其是作文，成绩更是突出。小学三年级，他开始如饥似渴地读起小说来，虽然读得很吃力，但却为他后来的文学创作打下了基础。

在当时那个年代，尽管凤麟的父母辛勤劳作，但每天日值 8 分钱的收入，怎能维持一家 9 口人的最低生活呢？他家欠的三角债两年就成了全队最多的。一天夜里，他突然被一阵唏嘘声惊醒。细听才知道父母正在商量如何才能还清生产队的欠账。这是他第一次听到父母的哭声。只听父亲呜咽着说："我们这一辈子不行了，只能看孩子们的了。所以凤麟的高中就是砸锅卖铁也得让他念完……"第二天，他母亲就卖掉了结婚时姥姥家陪送的一对金戒指。父亲从 15 岁起就同砖瓦砂石打交道，母亲是一位勤劳的农村妇女。生活给他的馈赠远比他从书本上学到的东西扎实。他从小不但没有受到文学的熏陶，母亲反而谆谆告诫他，老不看《三国演义》少不看《西游记》，可他还是偷偷地看了。

然而，王凤麟又是个幸运者。1972 年，他中学毕业后参加工作，一开始到建三江管理局当司机。青春的激情，对未来的幻想和憧憬，促使他拿起了笔，写出了第一首诗《水利工地的灯火》。他将这首诗寄到当时的《兵团战士报》。这首诗被刊登出来后，更坚定了他搞文学的信心。然而，道路并不平坦，他起早贪黑地写，写了一批，大都失败了。他重新捧起自己的处女作，忽然发现自己写得过于苍白，没有感染人的艺术力量。他毅然停笔不写了。

1975年，王凤麟学写散文，虽然发表了一些，但没有产生影响，然后，又转到报告文学的写作上，依然成绩不大。他很苦恼，他在苦读和沉思之后，突然发现，自己忽视了平时的创作积累，那就是北大荒神秘的雪原上的生活。他把目光投放在产生了无数动人故事的雪原，捕捉着每一个感人的细节，将它们倾注于笔端。《雪葬》等小说就这样诞生了。接着，写出了轰动文坛的《野狼出没的山谷》。

王凤麟开始写小说了。同时，他凭借自己的努力去拼搏。他没有辜负父辈的厚望，20岁就光荣地加入了中国共产党。22岁做建三江农场管理局的党委秘书。也许他更应该在仕途上奋进，干出一番事业来。然而，阴差阳错，他却走上了文学道路。他在当《北大荒文学》杂志社编辑时，每天拼命地写。他连续5个晚上写下将近2万字的小说初稿时，仿佛害了一场大病。

当有人问他是怎么写起人、狗、狼交织在一起的作品的？王凤麟回答道："这篇小说也许离现实生活远一点，但是我想，人类应该不断认识自己。使我们多一些温情、忍让和宽容，少一点仇视、误解和妒恨。这就是我写这篇东西的初衷吧。"

小说中的狗，有个可爱的名字：贝蒂。它原本和他的主人——老猎人朝夕相守，生死与共。后来，在猎熊的时候，老猎人因贝蒂未能恪尽职守，误把它当成了叛徒，割了它的半只耳朵，不要它了。从此它浪迹天涯。一天，它陷身于狼群之中，于是便在野狼谷暂"栖身"。可贵的是，尽管它与狼为伍，却不失其狗性。后来，欲火中烧的头狼占有了它。继而，它生下四个女儿，两个儿子。但它没有被狼化，它仍然惦记着老猎人，忠于主人的天性不曾有丝毫的减损。它仍把回到主人身旁当作自己的最高追求，回归之心不曾有半点泯灭。就是在侧身于狼群的时候，它还先后救过老猎人两次命呢。更令人惊心动魄的是最后一幕：老猎人危在顷刻，贝蒂像箭一般射到凶恶、狡猾的头狼身上。虽然它死了，但死得豪壮。贝蒂的悲剧之幕落下了，可是它忠贞不贰的品格和形象，它传奇般的经历和痛苦的心灵搏斗，却深深地嵌在读者的脑海中。

王凤麟在这篇获奖小说里，用细腻的笔触写出了猎人的感情，狗的灵性。他试图通过动物之间的关系来反映人与人之间的温情和理解。是的，他从自己走过的 30 年艰难的人生旅程中，意识到温情和理解对我们每个人来说是多么重要！

后来，王凤麟被调到了总局广播电视局，当科长、副局长、局长。每天的时间被大量的行政管理工作和对各方面的应酬占用着，可他还保持当年的勤奋，在电视编、导、撰方面连续获奖。在文学创作方面：小说《野狼出没的山谷》分别荣获全国第七届优秀小说大奖、全国第三届连环画创作评比二等奖、《人民文学》首届群众选票推荐奖和黑龙江省第二届天鹅文艺奖一等奖，小说集《雪葬》荣获中国第二届丁玲文学奖二等奖；在电视编、导、撰方面：电视专题片《英雄战胜北大荒》《今日北大荒》等 20 余部电视作品，多次获省及国家级奖励。王凤麟先后担任黑龙江省电影电视剧制作中心主任兼龙江电影制片厂厂长、党组书记，中国电影制片人协会驻会副理事长兼秘书长。

近些年业余从事影视剧策划出品和影视剧剧本创作与导演，参加《建国大业》《建党伟业》《龙的传人》等策划制作；担任编剧、策划与制片人、出品人等，拍摄电影电视剧《远东特遣队》《少年陈真》《古宅魅影》《逃亡者》《一个农民的 1978—2008》《好人好官》等 1 500 余部 (集)；编剧、导演《神勇双星》《桃花木马》《批捕》等电影作品多部。

被香港报纸誉为经济学界"京城四少"之一的原中国人民大学校长刘伟，当年就是北大荒转业官兵的后代。

他头发微卷，架在鼻梁上的一副近视眼镜掩不住睿智的目光，深灰色西装，白衬衫配一条淡雅的领带，在北京电视台的《ＢＴＷ夜话》节目中，以他那诱人的微笑和谈吐，令许多观众如醉如痴。

1958 年，刚满周岁的刘伟，就随父亲从部队转业到八五二农场。他小时候很淘气，常"惹祸"，但一捧上书本就入迷。他的小学和初中阶段是在"读书无用""造反有理"的动乱年代度过的，但他却通过各种渠道阅读了中国四大古典名著和《安娜·卡列尼娜》等外国优秀文学作品。1973 年，他在八五二农场初中毕业后，被分配到五分场五队劳动。业余时间，他给队里的黑板报和分场的广播站写稿，颇显才气。不久被调到分场政工办公室搞新闻报道，兼搞理论工作。因为平时要帮领导写稿子，所以必须读书看报，掌握最新精神。营部有间资料室，书虽然不多，但都是历史、哲学社会科学、文学名著类的，很好看。因为工作需要，刘伟得到了这间斗室的钥匙。他用"奢侈"形容当时的感受："当'书荒'遇到对知识的渴求，年轻人是珍惜，甚至是饥不择食。"时至今日，刘伟说他依旧喜欢读书，特别爱逛书摊儿，"去触摸这

"京城四少"之一的
经济学家刘伟

刘伟近照

些书，看看大家最近都在关注什么，闻闻书香，心旷神怡。"

一个偶然的机会，刘伟参加了八一农垦大学举办的马列主义理论学习班，这为他从事理论研究奠定了基础。分场政工办有个资料室，这使他有机会更广泛地涉猎马恩列斯和毛泽东的经典著作，理论水平也因此得到了提高。

1977年国庆节前夕，刘伟接到参加高考的通知，复习时间只有1个月，没有复习材料，只能是手边有什么书就看什么书。由于黑龙江省参加高考的人太多，所以分两批考，第一批是11月14日的初考，第二批是12月底的终考。

1978年2月，刘伟接到人生中第一张录取通知书，他看到的是"北京大学经济系政治经济学专业普通班本科生"，不是心心念念的北京大学图书馆系。

一个农家子弟能进北京大学这样的高等学府的讲坛，并成为博士生导师，可谓荣耀。刘伟在学业上兢兢业业，不敢有丝毫懈怠，以不辜负北大荒父老乡亲的殷切期望。1982年，他获北京大学经济学学士学位，随即考取北京大学经济学系硕士研究生；1984年，获硕士学位留校任教；1987年，他开始攻读博士学位；先后从师陈岱孙、厉以宁、张友仁、刘方棫、肖灼荃等著名学者。

刘伟的学术研究有两个方向：一是发展经济学，研究发展中国家的结构转换；二是制度经济学的产权问题。由于他的研究紧密联系中国现代发展最迫切需要解决的一些问题，他的论著分析透彻，因此在经济学界产生了较大的影响，并与樊纲、魏杰、钟朋等人被香港报纸誉为经济学界"京城四少"。

近年来，刘伟先后发表了数十篇学术论文，出版了10多部专著。1995年，论文《所有权的经济性质、形式及权能结构》获第一届青年优秀社会科学成果一等奖；1988年，论文《论我国宏观经济调控模式的目标导向》获全国"纪念十一届三中全会10周年入选论文奖"；参与编撰的《2000年中国的消费》《工业化进程中的产业结构研究》，分获全国科技进步一等奖和"孙冶方经济科学奖"著作奖，一时为经济学界所瞩目。为此，1989年，他被破格晋升为北京大学经济系副教授。不久，他的专著《比较经济学：发展、体制、政策》在经济学界一炮走红，于1991年获得北京市第二届社会科学优秀科研成果中青年优秀成果奖。21万字的《经济发展与结构转换》，以翔实的材料、清晰的论述、独到的见解得到学术界的重视。

关于公有制与市场经济统一的问题，刘伟认为，到目前为止，世界上只有中国在解这道难题。他说，不解决这个问题的话，等待中国的只有两个前途：一个就是苏联、东欧的今天即是中国的明天；另一个就是退回到五六十年代的计划经济。显然这两种结果都是我们不愿意看到的。他说，这道难题再难我们中国也要做。"这绝不是对那一两个经济学家个人智慧的挑战"，"这是对我们民族智慧的考验。"

刘伟在荧屏上是个文质彬彬的学者，在朋友面前仍很谦虚，且具有北大荒人的豪爽。1993年5月中旬的一天，黑龙江省农垦总局团委的领导，约了一批"老知青"和刘伟在团中央见面，时间为17点。那天，他给研究生上大课，不便请假。上完课后已是17点多了，匆匆打了个"面的"，在18点35分赶到了团中央。朋友们说他是高智商，北大荒第二代人中的佼佼者。他谦虚地笑着说："是北大荒养育了我，又碰上了机遇罢了。"他提议："为我们是北大荒人而干杯。"

1994年，年仅37岁的刘伟荣幸地成为北京大学社会科学学科最年轻的博士生导师，并开始担任北京大学经济学院副院长。1998年的《今日名流》杂志在一期的"国策高参"专栏，专门介绍经济学家刘伟。他认为，中国的改革一直面临两大问题，即体制转换和发展转换，体制转换的根本点在产权，发展转换主要是产业结构的转换。

刘伟成为著名学者后，并没有忘记生他养他的北大荒。1995年8月，他回八五二农场探亲，也没忘了为农场经济的发展作贡献。8月16日上午，他在农场机关4楼会议室里，为农场机关的300多名干部作《中国改革和发展市场经济》的报告。并利用一周时间，对农场的改革及工农业生产进行实地考察。考察后，他深有感触地说：

农场经济总体思路是符合市场经济发展及农场实际的。尤其是夯实农业基础，大力调整种植业结构，兴工活商，超常规发展畜牧业的思路清楚，目标明确，措施得力。

到本世纪末，农场要实现经济翻番奔小康，应着力解决好三个问题：一是经营模式。农业要逐步变家家户户经营为股份经营。搞"联合劳动"，才能充分发挥农场的土地和机械规模优势，能量才能充分释放出来。搞大农业才是农垦的发展方向。二是管理模式。农垦从上到下要彻底改变生产指挥型为指导服务型，要为职工创造一个良好的生产环境。三是要解决好企业与社会负担过重及粮食政策问题，否则，将会严重地损伤职工的生产积极性。二次开发，给农垦带来了新的发展机遇。但每个管理者要更新观念，树立开放意识、商品意识、名牌意识，注重企业无形资产的作用……

从考上北京大学经济系到从北京大学常务副校长岗位上调走，刘伟陪伴了北京大学 37 年。这段时间里，他从本科到研究生，先后获得北京大学经济学学士、硕士、博士学位，毕业留校任教后从助教、讲师、副教授，直到 1992 年破格晋升为教授。

刘伟 1994 年被评定为博士生导师，长江学者、"中国市场经济发展研究"首席专家，两次获得"孙冶方经济学著作奖"（1994、1996）以及教育部人文社会科学经济学二等奖（第二、第三届）；并入选新世纪首批国家级"万千百人才计划"。1993 年，任北京大学经济学院副院长；2002 年，任北京大学经济学院院长；2010 年，任北京大学副校长；2015 年，任中国人民大学校长；2017 年，任中国人民大学党委副书记。

2014 年 5 月 16 日晚上，我从中央电视台新闻联播里，看到了习近平主席等党和国家领导人，在北京接见了出席第五次全国自强模范表彰大会代表，我还高兴地看到了北大荒长大的孩子马才锐，荣幸地受到习近平主席的接见。

20 多年的辛勤努力与拼搏，得到了社会的认可，更得到了国家的最高褒奖。可了解马才锐的人，都会说这一天来得确实不容易。

用微笑来迎接不幸

1966 年 12 月 1 日，马才锐出生在宝清县八五二农场，父亲是一个普通的转业军人。这个农场是以铁道兵部队番号命名的。1956 年，铁道兵第二师、第三师的 7 000 名转业官

全国自强模范马才锐

马才锐

兵开进宝清县南横林子地区，开荒建场。大诗人艾青当年就在这里劳动了20多个月，他在这里还写下了《蛤蟆通河畔的朝阳》《踏破沃野千里雪》等诗篇。

北大荒的冬天，冷得让人害怕。最低气温可以达到零下30多摄氏度。就在马才锐不满周岁的时候患上了感冒，持续几天高烧不退。当时的农场医院条件有限，离县城又很远，最后耽误了最佳治疗期。她2/3的躯体被病魔侵蚀，使她成为一个可怕的高位截瘫的残疾人。她的双腿萎缩得不能行走，严重的腰部弯曲变形导致她又失去了坐的能力。她的生活完全不能自理，穿衣吃饭都需要家人照顾。

马才锐为了减少给别人造成的麻烦，每天上学前都坚持不喝水不吃稀饭。夏季天一热，她口渴得厉害了，只好用干涩的舌头舔舔干裂的嘴唇。为了能在椅子上坐稳，妈妈给她用纸板和棉花做了一个厚厚的夹板，紧紧缠住她那弯曲的腰。炎热的夏天，夹板就像烙铁一样紧紧贴在皮肤上，捂得又疼又痒，时间长了还磨出了鲜红的血丝。马才锐顶着难忍的疼痛，咬着牙从没叫过一声。她一拿起书本，或听到老师讲课时，这一切痛苦全都忘到了脑后。

命运的坎坷，没有让他放弃拼搏的毅力。初中毕业后，马才锐开始了自学。她为自己制定了严格的作息时间，从早晨5点到半夜12点的近20个小时里，她把课程安排得满满的。上午学新课，下午背单词或做短语训练，晚上学高等教育自学考试的古代汉语和外国文学。为了节省时间，她常常不吃午饭。"一个人残疾了并不可怕，可怕的是失去进取的信心。"张海迪的话经常在她耳边回响。

马才锐自学的内容涉猎很广，不仅仅是中文和写作。她先后参加了鲁迅文学院、大连外国语学院、武汉速记学校和黑龙江省文学院的学习，取得了大专文凭。她陆续买了千余册书籍，既有哲学、历史方面的，也有文学、法学、医学、心理学方面的。她渴望广博的知识能给她插上翅膀，她像个饥饿者一样疯狂地汲取着知识的营养。

今天成绩的取得，不仅是马才锐顽强同病魔作斗争的结果，同样也离不开家人的呵护，更离不开她二姐的多年陪伴。她在一篇文章中这样深情地写道：

　　我的一生是与二姐的付出分不开的，没有她的爱就没有今天的我。多少年了，每当那些被二姐感动的相识的或陌生的人问起怎么不写写你二姐？我常常汗颜，无言以对。因为情溢于心，意凝于笔的我，无论怎样写都只能是片鳞只爪，雪泥飞鸿。我担心我的笔触表达不了我盈满一生的感动。

　　二姐的童年没有我，她比我大7岁。有了我，二姐的童年就结束了。二姐出生时，是1959年举国上下闹饥荒的年代。而她却像没饿着似的，小时候长得粗粗壮壮结结实实。大眼睛像妈妈，个子高高像爸爸。北大荒冰天雪地的，才六七岁的她就和妈妈大姐上山拉柴禾，在树林子里乱穿。把耳朵鼻子都冻坏了，至今一到冬天就疼得受不了。

用温暖来回报社会

　　在他人的帮助下拼搏，马才锐常怀一颗感恩的心。面对社会各界对她给予的关怀和支持，马才锐也想用自己微薄的力量回报社会。

　　1992年，在家人的帮助下，马才锐在农场客运站办起了一个小书店，打开了她与社会沟通的窗口，也能自食其力了。白天她在书店和各种各样的人交往，和那些慕名而来的文学爱好者交流。晚上，她就趴在电脑前一字一句地记录着，这些都将是她创作的好素材。义务为别人做心理咨询，是她在书店里一项特别重要的工作。每当她看到那些迷茫的学生及家长因为她的帮助走出迷途时，她的心里特别舒畅，能为别人做点什么一直是她的追求。她说，生活的每一天有太多的人给予她太多的帮助，能有机会回报社会是她的荣幸。

　　在创办书店的同时，马才锐还创办了凌寒文学社。她一人组稿、审稿、改稿，两次在《北大荒文学》发表了凌寒文学社的作品专辑。组织文学社开展活动，扶持文学新人是她快乐的事。她以网络为平台，为多家网站做文学、诗歌的版主。她用自强、自立、自尊、自信的崇高精神，熏陶、影响着周围的人。

　　马才锐自强不息的精神，引起了社会的关注，得到了社会的认可。省内外几十家报刊都转载了她的感人事迹。那篇《北大荒的"张海迪"》，先后被《报刊文摘》《现代职工报》《黑龙江经济报》《黑龙江日报》等近10家报刊刊登。

　　媒体的报道，更促进了马才锐的文学创作，她决心用手中的笔来歌颂北大荒。有时灵感来了，她就趴在床上，一写就是三四个小时。时间长了胳膊又麻又胀，连笔都握不住，胸口也一阵阵疼痛，她就把枕头垫在胸前继续写。她学会用电脑打字后，也得趴在床上，将枕头垫在胸口才行。她不能两只胳膊同时工作，只能用单手打字。她工作时要付出常人几倍的辛苦，头要向上仰着，左手伸过胸脯垫在腋下，左胳膊肘支在枕头上，右手一个字一个字地往上敲。可辛辛苦苦写成的作品，连续两年不是石沉大海就是被原稿退回。她忍受着结肠炎的折磨，一遍遍地改写一遍遍地抄。当时怕妈妈为她担心，她趴在床上，把热水袋垫在肚子下用被子捂着，埋着头不让妈妈看见她龇牙咧嘴的痛苦样。可是肚子针锥一样痛，汗水顺着脖子往床上滴。她不能放下手中的笔，一遍遍对自己说："坚持，再坚持，神圣的意志属于永不屈服的心，胜利属于勇于奋起的人！"

　　她学的是五笔字型打字法，她的一个朋友说："我双手打字还学了一个月呢，照你这速度半年能学会吧。"马才锐的犟劲上来了，不信一个星期学不会，她天天不离开电脑，整天抱着键盘练。一个星期后，她的右手指磨出了茧子，终于学会了打字。她打印的第一篇小说是《联通——Emai》。这篇小说后来荣获残疾人文学网络大赛创作奖。

　　文学创作是个枯燥的个体劳动，一个身体健康的人要想坚持多年进行业余创作，都是一件很不容易的事，对于马才锐来说更是难上加难。可她却咬牙坚持了下来，从1988年第1期《北大荒文学》刊登她的第一篇小说《细雨蒙蒙》开始，至今，她已发表了上百万字的作品。

用血汗换来丰硕成果

　　耕耘总会有收获，努力的汗水不会白流。2004年11月30日，马才锐应邀到北京参加了中国残疾人作家联谊会成立大会，她还代表与会代表发言，受到了邓朴方主席的接见。邓朴方主席对她说："我知道大家都很拼，都拼得很厉害，但身体还得保重。咱们虽然残疾了，但在身体状况允许的情况下，多看看这个世界，多看看国家的发展，多看看人的生命，多看看我们自己的人生，我想也许我们能够多写点好作品。"

2008 年 12 月，马才锐的散文《写满露珠的鲜花》荣获《人民文学》"我与新时期文学"征文奖。2009 年 5 月，散文《朝向母亲跪拜》荣获中国散文学会主办的第一届"漂母杯"全球华文母爱主题散文大赛优秀作品奖。2012 年 7 月，散文《今日，我们开会去》荣获中国散文学会征文一等奖。她的散文从 2005 年起，连续 7 年入选华夏出版社出版的作品集，她的散文《写满露珠的鲜花》还被收入《黑龙江文学大系散文卷》。她的散文作品，多次荣获省作家协会组织的征文奖。

马才锐的心中偶像是张海迪大姐，海迪大姐也是她默默学习的榜样。2007 年 2 月 7 日，马才锐接到张海迪寄来的书后，一连几天都处在兴奋之中。她把这种心情写在了她的博客上：

今天我收到了海迪姐赠给我的两本书。一本是她的《轮椅上的梦》，另一本是她翻译的美国小说《莫多克》。在《莫多克》的赠言上她写道："亲爱的才锐存念，生活总是美好的，但是需要付出和努力！"在《轮椅上的梦》的赠言上她写道："亲爱的才锐存念，祝福你春节快乐，也祝幸福到永远！"

那天是小年，就在那天中午海迪姐还亲自给我打电话，第一次听到她的声音我真是很激动。当她真切喊出我的名字时，声音柔和而亲切就仿佛是邻家的姐妹与我叙语。这是中国多少残疾人的荣幸啊。海迪姐说那年在北京开中国残疾人作家成立大会时，她因为生病没有来，否则 3 年前我们就可以相识的。还说等她到哈尔滨时一定要来看我。

我也给她写了一封回信：

海迪姐：

您好！

我是北大荒的马才锐，今天收到您赠的两本书《轮椅上的梦》和《莫多克》。真是激动万分，这一切都恍若如梦。您说得太真挚了："生活总是美好的，但需要努力和付出。"我会永远记在心上，时时激励自己的。您还有一句话也支撑了我许多年，那就是："一个人残疾了并不可怕，可怕的是失去进取的心。"

"前进的理由只有一个，后退的理由却有一百个。许多人整天在找一百个理由证明他不是懦夫，却不用一个理由去证明他是勇士。"我想我一定要用行动证明自己，无论我将面对怎样的困难。请您看我的行动吧。

明天就是年三十了，祝姐姐在新的一年里保重保重再保重，谢谢您！

从那以后，她和张海迪经常通过短信相互交流。本来和海迪姐姐有约，她 2010 年 1 月 26 日来北大荒考察时，再和马才锐见一面。可马才锐所在的八五二农场离哈尔滨还有很远一段路程，由于多种原因未能如愿，也成了马才锐心里的一种遗憾。

在与病魔作斗争的同时，在刻苦读书写作的时候，马才锐没有忘记靠近党组织。2009 年 7 月 1 日，马才锐在党旗下宣誓，如愿以偿地加入了中国共产党，实现了她多年的夙愿。同年 12 月，马才锐当选为首届"感动红兴隆"人物。2010 年 10 月，马才锐以满分的成绩通过了北师大心理咨询师的考试。2010 年 12 月底，马才锐作为红兴隆管理局唯一的代表，参加了黑龙江省作家协会第六次会员代表大会。

马才锐的付出得到了社会的认可和同行的称赞。她先后成为黑龙江省作家协会会员、北大荒作家协会理事、黑龙江省残疾人作家协会副主席、中国残疾人作家协会会员、红兴隆管理局作家协会副主席、黑龙江垦区肢协副主席、红兴隆管理局残联副主席肢残协会主席。2004 年 5 月，获得黑龙江省优秀残疾人标兵称号。2012 年 10 月，被黑龙江省委宣传部评为"十佳和谐家庭"。在新中国成立 50 周年时，其事迹被载入中国经济出版社出版的《中国当代杰出青年大典》。

用心珍藏幸福时刻

2014 年 5 月 16 日上午 9 时 30 分，第五次全国自强模范暨助残先进表彰大会拉开了序幕。习近平主席在其他党和国家领导人李克强、刘云山、张高丽的陪同下阔步走进人民大会堂。全场响起雷鸣般的掌声……他满面春风、神采奕奕地一步步向我们走来，近了，更近了。

马才锐看到这些场景，使劲揉着自己逐渐湿润的眼睛，感觉血流加速，心脏好像都要停止跳动了。

马才锐在她的《握住习主席的手》一文中这样写道：

> 我屏住呼吸，将要伸向习主席的右手止不住地哆嗦起来。习主席走到我面前了，他面带微笑慈爱且专注地看着我，伸出了他那宽厚的大手。我紧紧握住习主席的手，他的手是那么温暖、那么有力。他比我在电视上看到的更高大更儒雅，他亲切随和的目光中满含暖意。此时此刻，我恨我不能抬起来的左手，如果它能抬起来，我一定会双手紧握习主席的手，让他传递给我更多的勇气和信心。我对着习主席望向我的深情目光，脱口而出："习主席，您好！北大荒人民问候您！"正是这句话让习主席停顿了一下，他点点头更加用力地握了一下我的手，轻声而富有感情地说："谢谢！"正是这两个字让我为我是北大荒人而骄傲和自豪，我不是代表我自己，我是代表北大荒那片黑土地上的 172 万人民，包括垦区 9.7 万名残疾人表达了对习主席爱戴景仰的心声！（《海外文摘》2014 年第 8 期）

5 月 18 日晚上 7 点，马才锐乘坐的从省城哈尔滨开来的客车一到站，农场党委宣传部部长栾居伟、场直管理区主任鲁金强以及亲人、朋友立刻来到车门旁边，用鲜花、掌声和笑声迎接她。大家纷纷上前与马才锐一一握手合影，和她分享喜悦的时刻。

　　在荣誉面前，马才锐很淡定和从容，她说："能够代表咱们垦区 9.7 万名残疾人去参加这样的表彰大会，我感到荣幸和自豪，特别是握住习近平总书记手的那一刻，他的手是那么温暖、有力。可以说我今天的一切，并不代表我自己，这与各位领导和我身边的亲人朋友所给予我的支持、帮助、关爱分不开的，我希望我能够一如既往地去工作、去学习，带动身边的更多人自强不息，做一个有益于社会的残疾人。"

　　马才锐很欣赏她朋友写的这样一段话："如果命运是无法改变的，那么，不论是泪水或者是欢笑，我都会接受。我愿意像茶，把苦涩留在心中，散发出来的都是清香，尽情挥洒我生命的春天。"

　　1994 年 4 月 1 日，黑龙江省八五三农场 40 岁的汽车司机童举，从中国太阳升起最早的地方——抚远县开始了跑步环绕中国一周的征程。

　　童举虽然生在北国边陲一个偏僻的小生产队，可在他幼小的心里却装着一幅壮美的中国地图。喜欢看地理书的童举，对祖国的山山水水、名胜古迹和各地的风土人情都不陌生。15 岁那年，童举做了一个神奇的梦——"长大了我要环中国跑"。从此，他一年四季锻炼身体，增加耐力。

　　1983 年，在八五三农场一分场的童举家，"哇哇"的一阵婴儿啼哭后，一个女孩降生了。妻子岑采珍给孩子起名叫"婷婷"；童举却给孩子起名叫"萌萌"。从此，他的这

"环中国跑第一人"童举

1996 年 12 月 27 日，本书作者与童举（右）在北京（林子彬摄）

个宝贝女儿就有了两个名字，一个寄托着妻子的希望，一个隐含着他的梦想。有人说，只有为人父母，才能懂得父母不易，才能使自己走向成熟。随着女儿的降生，童举环跑中国之念强烈地萌生了。为此，他执意叫女儿"萌萌"。

　　童举把 7 000 元钱买的车 3 000 元钱就卖了。从此，为了这个梦，童举每天早上 5 点钟起床，坚持跑 10 公里，风雨不误，冬夏如一。数九寒冬，跑了一早晨的童举长长的胡子结成了冰坨。一进院，脱去湿透的衣裤，浇上几盆凉水，洗一阵冷水浴，紧接着便进屋做俯卧撑。他妻子看着他说："童举呀，童举，你那不是没病找病吗？万一得了风湿可怎么办啊！"可童举却说："我这是锻炼耐寒能力，将来到了新疆、西藏那边好适应自然环境 。"为了了解祖国各地的地理环境、交通状况、气候变化和风土人情，他买了 40 多本地理书和地图册。

　　在童举离家前的晚餐上，一家人心情都很沉重，谁都不愿意提"明天"两个字。孩子流着泪默默地给童举夹菜，夹着夹着，她忍不住扑到父亲的怀里，哭喊着："爸爸，我不让你走……"全家人生离死别般地哭了起来。童举的母亲哭着对儿子说："童举啊，你就听妈一句话吧，咱不跑了，咱不创什么纪录了。妈都快 70 岁的人了，万一你有个三长两短，我们可怎么活呀！"

　　童举义无反顾。然而，漫长的环跑征程，却让童举经受了意想不到的困难。从日土到普兰的途中，他断断续续留下这段录音：

　　"现在是凌晨 1 点半，我正在海拔 4 000 多米高的新藏公路上跋涉，严重缺氧达一半，连根火柴都难划着。天空繁星点点，四周石山绵绵，伴我而行的是无边旷野中回荡不绝的狼嚎，是远远近近的又蓝又亮的野兽目光，是随时都会闯出来吃我的大马熊……在这里，每一时每一刻，我都可能遇到不幸。"

　　童举无论跑到哪里，都不忘他是一个北大荒人。他曾对数以万计的人讲述："过去那一片荒凉，十万转业官兵在蛮荒的'马架子'里挺起了北大荒人的钢铁脊梁；如今，大力度的第二次开发将使北大荒成为 100 亿斤商品粮基地，名优特产品将会打入全国各地，走向世界。"

　　1996 年 12 月 29 日，童举历时 2 年零 8 个月，经吉林、辽宁等 13 个省、5 个自治区、3 个直辖市，全程 5 万多公里，到达终点北京，完成了他环中国跑的夙愿。这难忘的 1 000 个日日夜夜，他跑坏了 120 双鞋，写了 60 多万字的日记，拍了 1 万多张照片，闯过了西藏 300 公里无人区，他 8 次死里逃生，其中两次昏迷过去。

　　1996 年 12 月 30 日，中国农林工会、农业部农垦局、黑龙江省农垦总局等单位，在北京为他召开了"扬民魂、壮国威——欢迎童举同志环跑中国胜利归来"新闻发布会，中央电视台、人民日报社等首都新闻单位，均发表了童举环跑中国成功的报道，有关领导在会上介绍了童举环跑的历程，宣布了黑龙江省农垦总局党委表彰童举的决定，黑龙江省农垦工会授予童举"北大荒环跑中国第一人"的称号。

　　1997 年 1 月，童举回到阔别 2 年零 8 个月的家乡。"爸爸！"随着这撕心裂肺的呼唤，早早等候在场部的女儿扑进了童举的怀里，2 年多的思念与牵挂化为泪水奔涌而下。在场的人望着这一对久别的父女，悄悄地抹去眼角的泪水。童举一进家门，父母一拥而上，抱着他便大哭起来。父母争相述说着那段离别的岁月。父亲控制不住想儿子，一想起童举就为过去不理解他自责。想着想着父亲白了头，想着想着父亲得了头痛病和脑血栓，有一次竟昏倒在地，差点再也看不到童举了。

　　为了表彰童举的英雄壮举，1997 年初，黑龙江省农垦总局党委作出向他学习的决定，并授予他"优秀北大荒人"称号，农垦总局工会授予他"好职工标兵"称号，总局体委授予他"北大荒环中国跑第一人"称号。他的名字、事迹还被收入《中外名人辞典》，并称赞"童举的英勇无畏和拼搏精神，谱写了一曲壮丽的爱国主义诗篇，他是北大荒人的骄傲，是整个中华民族——东方雄狮的一个缩影，为我国体育史上填补了环跑中国的空白"。时任国家体委主任伍绍祖高度赞许童举的大无畏精神和顽强毅力，并欣然为他题词："踏遍青山人未老"。

2000 年 5 月 1 日，已是 46 岁的童举从黑龙江的北极村出发，沿着东北边境又开始了他的第三次环跑中国的壮举。当时正值中国申办奥运会，他把"振奋奥运精神，祈盼祖国统一"确定为这一次的行动主题。他从黑龙江北极村出发，沿东北边境，途经大连、蓬莱、江苏、上海、浙江、江西，最后抵达福州。他将在福州等待申请环跑台湾的批准，他的最终目标是台湾，他希望能在真正意义上实现自己环跑中国的梦想。

2 月的北国虽已立春，天气犹寒。可在黑龙江萧红故乡呼兰小城的街道上，一队跑得热火朝天的长跑队伍吸引了过往行人的注意，队伍中一位身着红色运动服、身披大红绶带、满脸络腮胡子的长跑者步伐轻盈，他就是刚刚完成"环跑中国"壮举归来的童举。

2009 年 6 月 1 日，童举在马来西亚公路上练跑时遭遇车祸，不幸身亡。

我曾羡慕"官二代"的家族势力，也曾羡慕"富二代"的优越生活，今天，我可以自豪地说，我的名字是"垦二代"。更令我感到欣慰的是，"垦三代"正在茁壮成长。

爸爸曾经是个军人

我的老家在山东省邹平县西董乡樊家村。爸爸赵庆鑫是在抗美援朝战争时期参军的，是华东野战军步兵第九十七师二九一团的一名战士。1954 年一个师开进北大荒，成为第一支成建制开发北大荒的部队。爸爸和战友们一起创办了二九一农场。

在我出生不久，爸爸就和几十个战友们又来到了千里之外的九三管理局。当时，管理局医院里没有血库，爸爸是 O 型血，遇到急救病人需要输血，他就赶到医院。那几年，先后输血 4 000 毫升。每次输完血，他舍不得买营养品补养身子，营养费全都用来给家里买粮食，给我们买本子。

兵团时期，爸爸在兵团五师医院当司务长，兵团撤销后又当食堂管理员。做了十几年的干部工作，转干时他又超龄了。他几次申请入党，由于种种原因都未能如愿。

2013 年夏，我们姊妹 5 个回到山东老家。在东营的大哥赵国福家，晚宴上，大哥拿出了两瓶老酒，是哈尔滨几十年前生产的五加白酒。大哥和我们说："这两瓶酒是那年你

我家三代是北大荒人

本书作者赵国春的父亲赵庆鑫生前照

父亲从东北带来的。"

父亲是 1989 年中秋节走的，屈指算来也有 30 年了。大哥说："我提议为了赵家的兴旺发达，为了纪念我四叔和四婶，我们大家干一杯。"

平时喜欢喝酒的我，端起酒杯，轻轻地抿了一小口酒。含在嘴里，却迟迟难以咽下。父亲眷恋着故乡，因为故乡有他的亲人。3 年困难时期，我的奶奶病重了，父亲坐了三天三夜的火车，回到老家后，陪着我奶奶度过了一生中难忘的几天，奶奶的病情居然好转了。就在父亲从老家离开的第三天，奶奶匆匆离开了我们。

当时还小的我们，也不清楚家里出了啥事。我们看到父亲总是长吁短叹，经常一个人呆呆地望着火车站的方向。其实那时父亲的心，早已飞回到山东老家了。父亲临终也没能回到山东老家，落叶归根这样一个看似平常的愿望，对于一个远在他乡的创业者来说，却成了一种奢望。

父亲的名字和许多战友们一样，都刻在了北大荒博物馆故人墙上。他开荒初期用过的比我年龄还大的地图册，我也捐给了北大荒博物馆，陈列在第二展厅。

踏着父辈的足迹

1957 年 3 月 10 日，我出生在红兴隆管理局的二九一农场。听父母说：我出生不久就得了肺炎。农场当时的医疗条件有限，父母连夜把我送到佳木斯抢救。医生埋怨我父母为什么不早点来，孩子的病这么重我们治不了。后来，父母央求医生，你们尽力治吧，治不好也不会怨你们。后来，可能是亲情感动了上苍，我终于康复出院了。

在我不到一周岁的时候，我又随着父母来到了九三管理局。1974 年，我高中毕业被分配到跃进农场。在九三管理局的 17 年，当过工人、宣传干事、武装干事、团委副书记、九三报社编辑、新闻科长。在九三管理局工作期间，我被推选为代表参加黑龙江垦区第三届青代会，被总局团委授予"新北大荒人"称号，被总局党委授予社会主义建设青年积极分子称号，两次被农业部农垦

作者退休前在北大
荒博物馆办公室

局评为全国农垦系统优秀通讯员。

我从 1978 年开始发表作品，出版了《荒原随笔》《荒野灵音》《赵国春文集》《北大荒文艺史略》等 21 部专著，主编了《北大荒全书·文学艺术卷》《北大荒作家散文百篇》等 10 部文史类作品。传记文学《北大荒的"管天人"》获中国第三届传记文学奖，散文集《生正逢时》荣获第三届冰心散文奖，我还先后荣获全省优秀文学组织工作者、中国散文学会颁发的"突出贡献奖"，曾作为全省森工和农垦系统的唯一代表，出席中国作家协会第八次全国代表大会。传略被收入《中国作家大辞典》《中国散文家大辞典》《东北文学 60 年》等辞书。现仍担任中国散文学会理事、黑龙江省民间文艺家协会副主席、黑龙江省作家协会散文委员会副主任、北大荒作家协会主席等。

《中国农垦》杂志也是我写作上成长进步的摇篮。从 1979 年发表我的一封读者来信到今年，先后发表 20 多篇作品。最令我难忘的是：成德波主编当年编辑我的传记文学《文化名人在北大荒》，在 1997 年第 11 期《中国农垦》发表后，经他推荐，被 1998 年第 2 期《读者》转载。

在我刻苦写作的生涯中，发生过几个故事。今天我要和大家分享的，是一个说起来让我落泪，不说我还感到内疚，读者看了也不能原谅的故事。

1989 年冬天，当时我在九三报社当副刊编辑。母亲多年患肺心病正在住院，我突然接到中国报纸副刊研究会发来的通知，我的论文入选了，让我到张家口开中国报纸副刊研究会的年会。看着打印好的论文，我心里很矛盾。既珍惜这个难得的机会，又舍不得离开病重的母亲，担心母亲不让我走，整天坐立不安。走前一天的晚饭后，母亲把我叫到床前说：

"你又要开会去是吗？"我顿时明白是弟弟告诉了她。她紧紧攥住我的手说："孩子呀，你去吧，娘一辈子就盼着你出息，你能有今天，可千万别忘了过去呀……"一句话使我想起了小时候，母亲为了给我买一本书，就把攒着用来换盐吃的鸡蛋卖了，母亲宁可自己不吃不穿也供我买书……想到这，我忍不住地掉下了眼泪。母亲说："去吧，收拾收拾走吧，我一定等你回来。"我迟迟不愿离开母亲，想再多看母亲一眼。

"娘，你一定要等我回来呀！"母亲点了点头，苦笑着，我一狠心，拔腿往外走。突然，母亲喊住我，青紫的嘴唇抖着，老泪横流地说："我怕……再也看不见你了……"一向不当人面掉泪的我，止不住失声地哭了，母亲擦去眼泪说："你哭啥，还不快回去准备准备。"

开会回来时，我看到戴着黑纱的弟弟，木然无语。昏暗的灯光下，我看见母亲躺在那里，像睡着了一样那么安然。我顾不得满地灰尘，一下子跪地，泣不成声地说，"娘，我对不起您，我回来晚了……"

我当时如果知道母亲的病那么重，我是不会去开会的。我的论文获奖了，可再也见不到母亲了。母亲养我32年，在她最需要我的时候，我这个当长子的却不能尽孝，悔恨晚矣。

调到省农垦总局党委宣传部后，我仍刻苦学习，努力工作，多次受到上级的奖励。1995年，在黑龙江省农垦总局第三届职工读书自学成才活动中，被授予垦区自学成才标兵。1996年，被黑龙江省职工自学成才奖评审委员会授予全省自学成才奖。

我从2003年筹建博物馆担任第一任馆长到退休，在博物馆工作了13年。北大荒博物馆荣获全国青少年教育基地等20多项荣誉。有国家二级文物5套36件，国家三级文物340件。

我家有儿初长成

2006年秋天，与儿子赵强摄于九三集团天津大豆科技有限公司

我儿子赵强1981年3月22日在九三管理局出生后，受到家风的影响，懂事后就能助人为乐。在公交车上，主动给老人让座。

一次我们全家去书店买书，儿子看到几位店员正踩着凳子往书架最上层摆放书，他便走过去帮忙。像个小机器人一样，根本用不着踩凳子，几捆书一会儿就摆完了。

那是一个星期天，我儿子正在院子里玩，看见邻居家正给自家的平房上瓦。地上站一个人，把瓦递给梯子上的人，梯子上的那个人再递给房上的人，见此情景，他主动去帮忙。从地上拿起几块瓦，一踮脚就直接递给房上那位了，邻居们见后直夸他。

1996年，赵强从总局佳木斯子弟校初中毕业后，考入了黑龙江农垦经济学校。1999年中专毕业后，他自己找到了当时在佳木斯的农垦宾馆当门童。后来，他觉得学到的知识不够用，又开始复习，参加成人高考，考入黑龙江八一农垦大学成教院，接着读了两年的专科。

2005年5月，儿子从八一农大毕业后，报考了九三集团天津大豆科技有限公司，应聘为软件工程师，在九三集团一干就是十几年。工作上虽然没有取得突出成绩，但这种默默无闻的工作态度，不正是老一代北大荒人传下来的宝贵精神财富吗！

如今，我的父母早已长眠在这块黑土地上了，我也把我的前半生献给了北大荒，我的儿子和儿媳也都在垦区工作，这应该就是"献了青春献终身，献了终身献子孙"的最好践行吧！

用文学作品弘扬北大荒精神

回顾从事文学创作的 40 多年，盘点我创作出版的 20 多本文学专著，感慨颇多。创作素材和采写对象，基本没有离开北大荒。用文学作品弘扬北大荒精神，贯穿我的创作始终，或者说弘扬北大荒精神，是我作品的主旋律。

北大荒的文学艺术与北大荒的开发建设是同步发展的。黑龙江垦区的开发建设历史，是一部可歌可泣的创业史，是一部勇往直前的英雄史诗，她呼唤着自己的文学艺术。千古荒原的巨变，垦殖事业的盛衰起伏，北国风光的壮丽，以及拓荒者命运的悲欢离合……为文学艺术各门类的创作提供了取之不尽、用之不竭的原始矿藏，必然产生绚丽多彩的北大荒文学艺术。

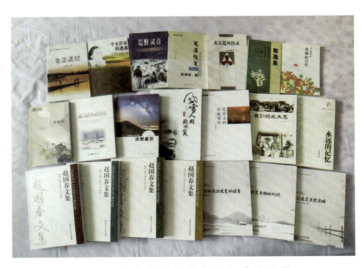

40 多年来创作出版的文学作品集

《荒野灵音·名人在北大荒》

1991 年 3 月，我从九三管理局党委宣传部调到总局党委宣传部，在刚刚组建的文化科工作。每天除了忙于刚刚接手的文化市场管理、筹备文代会、组织文艺会演外，就是接待来访的文化名人。

那 10 年间，我曾经接待过丁聪、吴祖光、姜昆、赵炎、陈明等。在了解中，我逐渐发现了他们平凡中的伟大。

1999 年夏天，北方文艺出版社编辑约我写一本《名人在北大荒》的书。我用两年业余时间完成的《荒野灵音·名人在北大荒》，在垦区内外很受欢迎。北大荒的著名老作家丁继松撰文评价："《荒野灵音》是一本文学性与史实性结合得比较完美的书。90 多位人物形象生动，有血有肉，既写了他们投身边疆建设的无畏精神，又写了命运坎坷的遭遇。"

当然，此书也存在一些不足。第一次写这么多的名人，缺少采写经验。有些人已经去世多年，采访难度大。另外，很多健在的人，大家对他们评说不一，写作时不太好把握。同时，我也摸索了一些经验，为以后再写此类作品奠定了基础。

《一个女作家的遭遇·丁玲在北大荒》

丁玲是一位有重大影响力的左翼作家。1991 年 8 月，第五次全国丁玲学术讨论会在北大荒召开。我作为工作人员，从陪同走访汤原、宝泉岭、普阳，一直到"丁玲生平事迹陈列室"的剪彩，参加了会议的全过程。让我收获最大的，是整理大会的发言录音。北大荒的 8 月，是一年四季中最热的时候。我把自己关在屋里好几天，用录音机反复听。浓重的地方口音，虽然给我的整理带来许多不便，可我还是从他们的发言中了解到丁玲的伟大。那时候我就暗下决心，有一天我一定好好写一写她。我把大会发的关于丁玲的书籍收集起来，反复地阅读。

1995 年，我的散文集《散逸集》在人民中国出版社出版后，获得第三届丁玲文学奖三等奖，这对我的鼓舞是很大的。后来，我又接到了陈明先生签名的《丁玲文集》。2005年底，我有幸同郑加真先生一起，去丁玲的故乡湖南省常德市，参加了第五届丁玲文学奖的颁奖仪式，我被聘为丁玲文学创作奖励基金会理事。

《一个女作家的遭遇·丁玲在北大荒》一书，我用了4个月的业余时间完成，困难很多，但只要想起老北大荒人开发建设北大荒时吃的那么多苦，什么困难都能克服。写作过程中，我得到了陈明、郑加真、门瑞瑜、彭放、丁继松、杨孟勇、吕正衡等许多人的帮助，这本书是大家的功劳。2002年12月，这本书荣获第六届丁玲文学奖二等奖。2009年，创作这本书的成绩被收入吉林人民出版社出版的《东北文学六十年》一书。2012年4月，这本书经过我几年的修改完善，由北方文艺出版社再次出版，名为《风雪人闯北大荒》。

《永远的记忆·北大荒博物馆馆藏文物背后的故事》

2003年底，我担任北大荒博物馆筹建办主任。2005年9月2日，北大荒博物馆正式开馆。我多年养成的职业习惯，或者说我多年对文学创作的坚持，使我开始对北大荒开发建设初期的文物产生了浓厚兴趣。

2007年，《农垦日报》要创办《农垦日报·北大荒周刊》，想约我每期写一篇"北大荒博物馆馆藏文物的故事"，我高兴地答应了。接受约稿之后，我利用元旦、春节和双休日，接连写了40多篇"文物故事"，好多读者看到后，便收藏起来。在北大荒开发建设60周年的2007年，我把撰写的60篇文物故事配上有关历史图片，于当年12月由黑龙江人民出版社出版。2010年12月，这本书荣获第八届丁玲文学奖二等奖。有人说我这些作品有重要的史料价值，其实，它应该是有重要的历史价值。它要比单纯的一般意义上的抒情散文，有着更高的现实意义。因为，他是把丰富的、枯燥的、有价值的北大荒开发建设历史，用形象的、读者喜闻乐见的文学形式，奉献给大家。

北大荒精神，是百万垦荒大军劳动和智慧的结晶。这笔宝贵的精神财富，已经在北大荒的土地上生根发芽，在第二代、第三代北大荒人身上开花结果。

常常听来垦区采风的作家们说："北大荒是个文学创作的富矿，只要你善于发现，可以写的素材到处都是，每个人的经历都可以写一本书。"

近 20 年来，我坚持结合工作，挖掘北大荒的历史文化资源，从中汲取创作的养料和素材，陆续编著了《北大荒文艺史略》《北大荒文物的诉说》《丁玲在北大荒的故事》等作品。对北大荒历史、文学、美术、书法、戏剧、曲艺、摄影、音乐、舞蹈、电影及电视艺术等进行全方位多角度的介绍，自身也从中不断得到思想升华和创作灵感。

北大荒的精神永不褪色，北大荒的故事历久弥新，北大荒的文学绚丽多彩。未来路很长，我要一如既往地走下去，无愧于北大荒人的称呼，无愧于北大荒作家协会主席的名誉，无愧于"北大荒历史文化的记录者、守护者和传承者"这一称谓，和许多同龄的北大荒人一道，把自己的后半生，献给弘扬北大荒精神这一伟大事业。

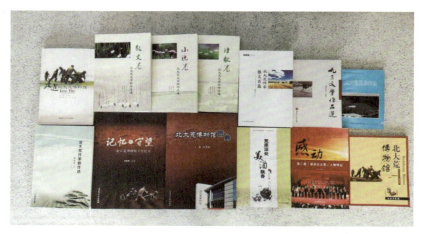

近年来主编的宣传北大荒精神的部分书籍

五

经典作品颂先驱

黑龙江垦区的开发建设历史，是一部可歌可泣的创业史，是一部勇往直前的英雄史，她呼唤着自己的文学艺术。千古荒原的巨变，垦殖事业的盛衰起伏，北国风光的壮丽以及拓荒者命运的悲欢离合……为文学艺术各门类的创作提供了取之不尽、用之不竭的原始矿藏，必然会产生绚丽多彩的北大荒文学艺术。75年来，黑龙江垦区在生产出丰富的物质产品的同时，也创造出了具有农垦特色的精神产品——北大荒文学艺术。

　　北大荒精神，是百万垦荒大军劳动和智慧的结晶。这笔宝贵的精神财富，已经在北大荒的土地上生根发芽，在第二代、第三代北大荒人身上开花结果。这里，不能不提到老一辈诗人、作家、艺术家为北大荒文学艺术所付出的心血和作出的不可磨灭的贡献。所以，今天我们清醒地认识到，北大荒精神是北大荒文学艺术的灵魂与核心。北大荒的每一部文学艺术经典作品，都是颂扬和传承北大荒精神的最佳载体。

　　聂绀弩在八五〇农场写下的《北大荒歌》，真实地反映了黑土地的原始风貌；李准的电影《老兵新传》成功地塑造了早期复转军人在北大荒的艺术形象——老战，为北大荒文学的开拓奠定了坚实的基础；而著名诗人郭小川在北大荒写下的脍炙人口的诗篇《刻在北大荒的土地上》，把北大荒人和这块神奇土地升华到了时代的高度，提到了文学美学的境界，至今仍激励着北大荒人；王震将军，作为新中国农垦事业的领导人和开拓北大荒的组织者，他亲自参加了剧本《北大荒人》的讨论，写信激励《永不放下枪》的诗歌作者……他对北大荒文学艺术的热情关注和积极扶植，是我们永远不会忘记的。

　　如果没有这些特定的历史条件下的人和事，北大荒文学艺术也许不会产生和发展成今天的面貌。这种历史主观和客观因素的统一，正是现今北大荒文学的由来。

如果历史不造成某种误会，带着某种光环的他们和北大荒也许就会擦肩而过。如果他们和荒原没有缘分，北大荒也许会出现文学的贫瘠。但历史不以人的意志为转移，恰恰不相信如果。广袤无垠、硕果累累的北大荒，已成为一块刻满诗篇的土地。

郭沫若为十万官兵壮行《向地球开战》

1958 年初，我国现代杰出的作家、历史学家、诗人和剧作家、考古学家和古文字学家、著名的社会活动家郭沫若，于元旦在开罗召开的亚非团结大会闭幕式上，跟代表们一起讨论并通过了《告世界人民书》，并抽空浏览了向往已久的埃及金字塔。跟著名的学者吴晗一起，骑在他最敬重的骆驼身上，冉冉地行走在一望无际的金色的大沙漠中，去拜见人类历史的珍稀奇迹。这里有说不出的情趣。

1958 年 3 月 20 日，党中央召开了成都会议，全体中央委员庄严地通过了一份历史性决议——《关于发展军垦农场的意见》，决议指出："军垦既可以解决军队复员就业问题，又可促进农业的发展，在有些地区还可以增强国防和巩固社会治安。因此，在有大量可垦荒地、当地缺乏劳动力，又有复员部队可调的条件下，应实行军垦。"

随之，便出现了举国瞩目的十万官兵开发北大荒的壮举。

荒原上的诗篇

一天，王震将军找到郭沫若后，兴致勃勃地向诗人介绍了中央军委关于动员十万转复官兵参加生产建设的指示精神和有关组织安置等方面的情况，请诗人为此献出大作，以壮军威。并风趣地说："这是我以普通一兵的身份对诗人的请求。"

郭老欣然应允，写出《向地球开战》这首诗后，还专为王震将军朗读一遍，征得意见后方交《人民日报》。

1958 年 3 月 23 日，郭沫若在《人民日报》上发表了这首长达 80 多句的诗歌《向地球开战》，为将奔赴全国各地参加国营农场开发建设的人民解放军将士壮行。

郭老在题记中写道：

中国人民解放军的将士，有不少同志将赴全国各地参加国营农牧场的生产工作，作此诗以壮行色。

卓越的人民解放军的将士们，英雄们！你们是六亿人民中的精华！你们在党的领导下，在毛主席的领导下，把帝国主义、封建主义、官僚主义的联军打个流水落花。你们把中国的天下，变成六亿人民的天下。现在你们有不少同志解甲归田，不，你们是转换阵地，向地球开战。

郭老的诗，表达了诗人的美好祝愿，虽然不是他的精品力作，却揭示了十万大军解甲归田的含义，道出了转复官兵们想说的心里话。后来，十万官兵中的一员徐先国，也写了一首《永不放下枪》的新诗，发表在《人民日报》上，以表达"英雄解甲永不放下枪"的雄心。

徐先国写《永不放下枪》表达心声

在北大荒博物馆第四展厅里，陈列着当年王震将军写给转业军官徐先国的两封信。两封信与这首《永不放下枪》是密切相关的。

那是 1958 年 3 月，号称十万转复官兵的垦荒队伍已经在各军种兵种、各大军区的首脑机关、军事院校和有关部队的军营相继组成,开始向北大荒进发。徐先国所在的信阳步兵学校,经过学习动员和申请,最后被领导批准定下 480 多名学员,即刻登程北上。

正是在这样一幅覆盖数千公里的画卷前,《人民日报》发表了著名诗人郭沫若的诗篇《向地球开战》,为这幅历史的画卷增添了更加绚丽的色彩。

徐先国和战友们很受鼓舞,大家奔走相告,传抄,朗诵,没完没了地交

徐先国 20 世纪 50 年代末,在北大荒(徐先国提供)

谈。原来,郭沫若的这首诗,是受当时农垦部长王震将军之托写的。当年 7 月,王震到宝泉岭农场后, 对徐先国说:"你写的《永不放下枪》,郭老看了也很喜欢,他说如今的年轻战士觉悟高,有文化,还有诗才,个个都是好样的。"

> 一颗红心交给党,\英雄解甲重上战场。\不是当年整装上舰艇,\也不是当年横戈渡长江。\儿女离队要北上,\响应号令远征北大荒。\用拿枪的手把起锄头,\强迫土地交出食粮。\让血迹尽染的军装,\受到机油和泥土的奖赏。\让子弹穿透的疤伤,\在黑土地上泛红发光。\一颗红心交给党,\英雄解甲永不放下枪。

当天,在战友们"叫好"的鼓舞声中,作者又在诗的前边加了几句:

> 感谢郭老称赞,\我们去向地球开战。\举起科学技术大旗,\冲过艰难战胜自然。

然后,寄给了《人民日报》。几天后,他们便整装出发了。离别的那天,

机关百余人到火车站相送，没有红旗招展，锣鼓喧天，也没有响亮的口号声，只有默默地道别和祝福："多保重，多保重！"当他们登上北上的列车，当火车发出一阵阵呼号的时候，离队的战士多以笑脸惜别，送别的战友却热泪盈眶。

徐先国随部队到达黑龙江省萝北县时，《永不放下枪》这首诗已经在《人民日报》上发表。他们军校的 400 多人分别被编入预七师农场。

5 月 26 日，《人民日报》发表了王震同志《千万人的心声——给徐先国同志的一封信》和诗人郭小川《关于〈永不放下枪〉》的评价文章，正在这时，徐先国接到了王震从北京寄来的信。

王震同志在信中写道：

> 读到你的诗《永不放下枪》，我深深感动了。你唱出了我的心声。我相信，我们成千上万的同志都会同你合唱。（《拓荒者的回忆》，黑龙江人民出版社 1989 年版，第 254 页）

那些天，在开荒点上，在伐木工地和基建工地上，人们时常谈论起北京来信，憧憬美好的未来，而把当时异常的生活生产条件撇在脑后，把克服困难当成一种乐趣。此间，大家没等作曲家们的精品问世，已经按照将军和诗人修改过的《永不放下枪》，开始自编自唱了。不久，这首短诗被作为大型纪录片《英雄战胜北大荒》主题歌歌词出现在银幕上，总政文工团和空政文工团代表总参、总政来北大荒慰问时，又各自谱曲搬上舞台，并在各新建点上教唱，先后有时乐蒙、李伟、丁家歧等人的作品登在报刊上，有 10 余种唱法流传在北大荒。

战友们在学唱歌时，联想到北京的来信。他们建议徐先国趁此"机会"立即写回信，把大家的干劲和好人好事汇报出去，让全国人民都知道。"我非常乐意地接受大家的委托。我听到了他们'怦怦'跳动的心声，更懂得此时此地他们怀念部队、怀念家乡、怀念战友和亲人的真切情感。于是，在一个宁静的夜晚，在一盏油灯前，在一群蚊子和飞蛾的'伴奏'中写了信，第二天便寄《人民日报》转王震同志收。"

半个月过去后，徐先国接到《人民日报》来信，随信转来王震同志写给他的亲笔信。由于特殊的原因，这封信除身边几位战友看过外，还鲜为人知。信是用毛笔写的，内容如下：

徐先国同志：

《人民日报》第八版编辑田钟洛同志转来你给我的信，我很高兴很仔细地读过了它，田钟洛同志认为你的信写得很好，他征求我的意见，想摘要发表，摘去你对我称赞的那几节，至于如何摘去那些，那是编辑的事。我很爱你和你们那一队的同志们，我相信你们能够在黑龙江畔的垦区插起一面红旗，然后一队又一队都插起红旗，胜利的光荣的红旗永远在祖国的土地上飘扬……

徐先国收到这封信的时候，大豆已经长一筷子高了。劳动的间隙，几位战友听说北京给他回信了，就把信要去看。大家特别对王震同志说要到北大荒来最感兴趣，都盼望能见到这位身经百战、屡建奇功的将军。7月7日，《人民日报》在第八版上刊登了徐先国写给王震同志的信：

将军、部长同志，顺便向您汇报一下我们这里的情况。

北大荒真富……只要勤劳，伸手就有收获。

现在，向荒地进军、向困难进军的战斗已经全面打响了！冒着风雪，不怕日晒，藐视一切困难，一部分人投入了抢耕抢种；一部分人开始了修路；一部分人上山伐木，建造房屋；为了减少国家开支和解决自身困难，为了给国家增加财富，还组织了打猎队上山打猎，打鱼队下河捕鱼，家属妇女们也和大家一样，拉犁、撒种、割草……我们正浩浩荡荡地战斗在广阔无垠的荒原上面……

　　我们决心让北大荒早日变成北大仓，让北大荒和我们一样充满朝气歌声四起。

　　这封信发表时，编辑还加了《志气比天高的英雄好汉》为题的编者按语。

　　由于报刊的宣传，他们的行动引起了社会的关注。吸引了广大的有志青年。当时许多军垦农场都曾收到过全国各地青年要求参加垦荒的来信，徐先国曾收到这种来信 30 多封，多数是学生，也有青年教师和文学艺术爱好者。因为那首短诗《永不放下枪》曾被编进黑龙江、湖北等省 1958 年 9 月出版的初三、高中一年语文补充教材。

郭小川名篇《刻在北大荒的土地上》

郭小川当年来北大荒采访
（北大荒博物馆提供）

　　在北大荒博物馆第四展厅里，陈列着从著名诗人郭小川家征集到的一件展品，就是这件郭小川生前很喜欢的木制的花瓶。

　　2005 年 10 月 18 日下午，我们来到了位于北京黄寺大街的已故著名诗人郭小川的家，他的夫人、87 岁的杜惠老师热情接待了我们。根据我们的要求，杜老师为我们找出了郭小川生前用过的笔筒，找出了当年的照片、手稿和部分文集，给我们介绍郭小川的情况。

　　1919 年，郭小川生于河北省丰宁县凤山镇。1933 年春，日寇侵占承德前夕，郭小川随父母逃亡到北平。"七七事变"后，他报名参加了八路军，被分配到第一二〇师三五九旅任宣传科干事，后来被调到司令部任机要秘书，在王震旅长的直接领导下工作。1943 年春节，郭小川与杜惠在延安结婚。新中国成立后的 10 多年里，一直从事新闻宣传和文艺工作……

时间在不知不觉中悄悄流逝，杜惠老师突然跟我们说："今天是小川逝世 29 周年纪念日……"我听了这一信息不知如何是好，歉意地说："真不好意思，我们今天真不该打扰您……"

杜惠老师赶紧说："那有什么，我们今天在这里整理他的手稿，不是对他最好的纪念吗？"是啊！诗人也不会想到，在他逝世近 30 年的时候，遥远的北大荒人没有忘记他。

我们没有理由忘记这位诗人，因为我们不能忘记历史。1958 年的春天，十万转业官兵响应党中央的号召，从祖国四面八方汇集到北大荒，参加垦荒建设。《永不放下枪》发表后，郭小川到王震家做客。一见面，王震将军就告诉郭小川："今天《人民日报》登了一首好诗。"随后，郭小川拿过报纸看了两遍，觉得确实不错。

王震将军激动地说："这些话，很动人，也道出了像我这样的老战士的心声。"郭小川说："是啊，用拿枪的手，强迫土地交出粮食，多有气势！多有力量！合乎一个战士应有的风格。后四句意境更高，不但使有过亲身体验的老战士动心，就连我这没有负过伤的，不少老战士，感情上也很激奋。"

王震将军说："应该请一位作曲家，给谱成歌曲。"于是，郭小川和将军一遍遍地吟唱起来。后来，郭小川在《人民日报》上发表了一篇《关于〈永不放下枪〉的诗评》中写道："为了这首诗，我们用了几个小时的时间，首先不是这首诗，而是这些人。只有具有这种革命风格的人，才能写出反映这样的人的诗来。作者并不是知名的诗人，然而，生活的力量却使他写出诗人都未必写出的诗来。我想，如果千千万万在生活中迎风破浪前进的人们都来写诗，那一定会涌现出伟大的天才来。"从那时起，北大荒在郭小川的脑海里留下了很深的印迹。

郭小川对北大荒人充满了感情。1962 年 12 月，时任《人民日报》特约记者的郭小川，陪同老首长王震同志视察了北大荒，目睹了战士们那种战天斗地其乐无穷的生活，掩饰不住内心的激动和喜悦，他提笔赋诗，在从虎林返回北京的列车上，写下了不朽的诗篇《刻在北大荒的土地上》。诗人吐纳时代风云，追溯北大荒开拓的历史，纵情讴歌英雄的北大荒人无私无畏的爱和绵延子孙的崇高理想。

这首《刻在北大荒的土地上》，令北大荒人永远感到无比的骄傲和自豪。中央领导来视察时，总局领导在会上朗诵了这首诗。在北大荒博物馆里，这首诗被全文刻在最醒目的位置。

"……继承下去吧，我们后代的子孙！／这是一笔永恒的财产——千秋万古长新；／……耕耘下去吧，未来世界的主人！／这是一片神奇的土地——天上难寻。"

我敢说这是北大荒人引用最多的诗句。

1964 年，诗人之子郭小林被送到北大荒，长期生活在基层的八五二农场，并且写出了《我爱北大荒》等许多受欢迎的好诗，表达了"后来人"的真挚情感。郭小林的大妹妹郭梅岭、小妹妹郭晓惠后来到黑龙江省插队，也成为北大荒人。

在杜惠老师的家里，除了书和郭小川的遗物外，没有一件像样的家具。书房里，放大了的郭小川的遗像，高高地摆在书柜上面，诗人仿佛没有离开。

当我们说想征集郭小川的遗物，在北大荒博物馆里展出时，杜惠老人沉思了许久，走到卧室，找出了这件木制的花瓶。

聂绀弩在八五〇农场写《北大荒歌》

当代著名文学家、杰出的杂文家，原人民文学出版社副社长兼古典文学部主任聂绀弩，1957 年 7 月 30 日被文化部当成"右派"揪出来，带着两大箱子书，坐火车从北京到达黑龙江省的虎林后，分配到八五〇农场四分场二队。

初到"狼窝队"

最令聂绀弩感动的，是看到有几位家属同行 3 000 多里。她们和来劳动的人都一律住在新盖的简陋大窝棚中。入夜，在每张能睡几十人的大通铺的两头，各睡一位妻子，紧贴她俩的是各自的丈夫，其余的男性便一个个紧挨在一起。由于她们在场，每个男人都觉得自己的一言一行，都更应像个男人。平时流行在男人中的那些"荤笑话"，被扫荡得毫无踪影。这场景使聂绀弩感到圣洁，他写道："共织荒原的锦绣，独憎人世有夫妻！"

20 世纪 60 年代，聂绀弩与夫人周颖（八五〇农场提供）

男人获罪，何须妻子同行？作为男人原单位的领导，又忍见这些女人随夫远行？聂绀弩的眼睛湿润了。

八一建军节前夕，这位已过了"知天命"之年的老人就磨刀霍霍，随大队人马下地割麦子了。在那儿曾经有人掏出了一窝狼崽子，所以起名"狼窝队"。连队指导员掏出怀表测试聂绀弩割麦子的速度，他每分钟只割10刀，而其他右派分子每分钟割80刀！指导员仔细观察，发现老聂每次把握的麦秆甚微，于是手把手教他"握大把"和"砍滚刀"的要领，经过数次演习，"握大把"勉强可以对付，遗憾的是镰刀每次砍下去，只能割断两三棵麦子。指导员叹息地说："我找个小孩子来，一根一根地拔，也要比你快！"聂绀弩直起腰来，"嚓"地一声点着一棵香烟："干农活有两怕，一怕劲头小，二怕个子高，都让我给占全了！"

既然麦子割不了，就又派他做另一项轻活——当一个小伙子的助手，合放100头牛。他从实践中获得真知：牛一点也不蠢。它总是用眼角"扫描"放牧自己的人，尤其还喜欢戏耍像聂绀弩那样不称职的放牧者。牛见了小伙赶来，它自知逃不掉，便在原地甘听吆喝；如见聂绀弩朝前追赶，便在他距自己两三步时陡然跑开，气得聂绀弩顿足兴叹："生来便是放牛娃，真放牛时日已斜……"

聂绀弩当不了"放牛娃"，他就去烧开水，从发愁工地无水到懂得去附近寻觅残雪，从学习在地上挖坑安锅到懂得二次用时要先扒去冷灰。有一次他为别人送饭，途中遇到一条黄色野狗，自己一面保卫着怀中的饭盒，一面挥杖吓退了它。此时恰遇来人，才知道那不是狗，而是狼。

烧炕竟成了"纵火犯"

后来，生产队看到56岁的聂绀弩人老体弱，没让他下地干重活，安排他经管宿舍，为大伙烧一烧炕。当时气温零下三四十摄氏度，曾是高级干部又步履维艰的这位老眼昏花的书呆子，唯恐在田野劳动的伙伴们回来辛苦，夜间受冻睡不好，就不断添柴，结果引着火，竟把宿舍烧掉，被判刑后关进了虎林监狱。

聂绀弩虽然是个文人，但却是军人出身。他 1903 年 1 月 28 日生于湖北京山县。18 岁时参加北伐东路讨伐军。之后，到马来西亚任教，又到缅甸仰光《觉民日报》《缅甸晨报》任编辑。1924 年考入广州黄埔军校第二期，与徐向前同学。毕业后参加"东征军"，并被留在海陆丰，协助澎湃同志主办"海陆丰县农民讲习所"。"东征"胜利后，又考入莫斯科中山大学学习。1931 年"九一八"事变后，聂绀弩利用副刊《雨花》和《什么诗社》，组织了"文艺青年反日会"，并在报上发表抗日文章和散发反日传单，被反动当局通缉，逃往上海后，又远走日本东京。1933 年加入"左联"，和胡风等组织"新兴文化研究会"，出版反日刊物《文化斗争》。因此被押送回上海。后来，在上海《中华日报》创办著名的文学副刊《动向》，为左翼作家从事文化斗争提供了重要阵地。由于他经常发表切中时弊的文章，联系了鲁迅、茅盾、丁玲等"左联"名作家，同时，在战斗中加入了中国共产党。1936 年，聂绀弩和丁玲奔向延安。1938 年，聂绀弩与艾青、田间去山西临汾，准备在"民族革命大学"任教，但随即被周恩来同志派遣到皖南新四军任文化委员会委员，负责编辑军部刊物《抗敌》的文艺部分。他的文章，嬉笑怒骂，挥洒自如，大有鲁迅风骨。

1949 年，聂绀弩回到北京后，参加第一次全国文代会和开国大典，不久，又任香港《文汇报》总主笔，并任中南区文教委员会委员。后来，又到人民文学出版社任副社长。

刚进虎林监狱时，干活要天不亮就出发，头顶月亮才返回，没月亮的晚上，还要点燃草堆照明来延长劳动时间。对于像聂绀弩这样的年迈之身，除扫雪外从不派他事，晚间还允许下象棋、拉胡琴。不如意的事只有一件：不参加劳动（扫雪不算劳动）者没干的吃，只许不定量地喝玉米面粥。聂绀弩于是每餐都放足量连喝 7 碗，然而鼓胀的肚儿只要小便两次，就饿了。有一个原来是汽车司机的犯人，他膀大腰圆干重活儿，所以每餐不但有窝头吃，而且还有菜——腌咸萝卜，他常常在火边把窝窝头的外皮烤焦，再悄悄揣回来拿给聂绀弩。

　　狱方为了照顾他身体，不让他参加重体力劳动，叫他给犯人烧炕。他听了婉言谢绝，说："不能再干了，我正是因为烧炕烧了房子进了班房。如果再让我烧炕，烧着了房子，又要进班房，可那时班房也烧了，连牢也没得坐了。"

　　监狱是不许向外写信的。聂绀弩入狱一事，妻子周颖当时一点都不知道。那时虎林监狱关着不少企图越境或越了境又被送回来的人。这种犯人大多暂关一时，很快就被押回原籍，如果本人历史"清白"，大抵挨一通训便发回原单位监督劳动。聂绀弩从越境者中看中一名年少的"志诚君子"，聂绀弩知道他即将被遣返，便问他能不能为自己带一封信？答道："可以。"聂绀弩又问他能否为自己带垫一张八分钱邮票？又回答说："可以。"然而次日他怀揣聂绀弩写给妻子的信准备登上囚车之时，狱警例行公事般问了一句："有无夹带？"那位青年响亮地报告说："绝无夹带"，"仅为老聂捎了一封平安家书！"

　　狱警把聂绀弩狠狠地批评了一顿，但他仍不死心，正巧一名司机近日刑满，私下一说，满口答应。司机顺利地为聂绀弩带出家信，内容上多了一句——要周颖"速寄五十元以备零用"。然而，周颖接到这封信时，"五十元"却变成了"五千元"，收款处是一个陌生的地址——那位司机的家。周颖接信一时情急，四处筹集并准备汇款。最后友人提醒了她，识破由"五十元"改为"五千元"的秘密。周颖气得破口大骂："一块在那个地方共事，还这么为人！世界上简直没有好人了！"这几句直抒胸臆的话，后来经聂绀弩变成了诗："史汉多篇无赖传，乾坤几个有心人。千诗举火羊头硬，六月飞霜狗脸皱。……"

夫人赶来救助

　　周颖原名叫周之芹，她与聂绀弩相识于1927年聂和许多留学生一起被遣送回国后。聂绀弩他们一船的国民党党员，被国民党接到南京后，那些"骨干"分子，几乎一上岸就分配工作了。唯有连党证都没有的聂绀弩无人问津，只好住在党务学校宿舍等待分配。

　　当年的国民党中央党务学校，是以培养政府各级各部门的骨干为目标的。第一学期开学后，由于训育员不够，临时请聂绀弩去辅导学生小组晚间的学习讨论会，那小组长便是未来的聂绀弩夫人周颖。当这位热情又好学的姑娘第一次看到穿一身西装的聂绀弩时，那颗少女的心就加快了跳动的节奏。周颖那一双眼睛情不自禁地随着这个出众的身影转动。讨论会结束，聂绀弩如释重负地匆匆走了，组长小姐却十分慷慨地给他写了最好的评语，并希望下次仍由他来辅导。训育处尊重小组长的意见，又请聂绀弩辅导了两三次，最后终于正式聘为训育员。

　　周颖来北大荒时虽然也是个"右派"，但当时还挂着一个全国政协委员的头衔，她接到信后，匆忙来营救狱中的老聂。周颖在除夕——聂绀弩57岁生日之际，到达虎林。当即找到牡丹江农垦局局长兼虎林县长的王景坤同志，向他诉明了原委，要求一见老聂。这位战争时期当过团长的大老粗，在细心听完周颖的倾诉后表示：如早知道详情，早就该放人了。周颖被安排住进县委招待所，聂绀弩当晚也被提到招待所，与老伴共度除夕。

　　春节后，法院派人去八五〇农场调查聂绀弩的平时表现，带着很好的结论返回。很快开庭宣判——系属"责任事故"，判一年缓期。聂绀弩与周颖辞别虎林，搭上小火车一同西去。

　　周颖返回北京，将此行的"成果"及感受都报告给当时的中央统战部副部长、全国政协副秘书长张执一，张执一又转托另一位领导同志对聂绀弩妥为照顾。

编辑部里的"特殊"编辑

　　农垦局党组织的领导同志既照顾全国政协委员的面子，又颇有需要承担点"包庇右派兼纵火犯"的风险的勇气，相信革命几十年的聂绀弩虽然在政治上被定为"右派"，还不至于去放火。不久，聂绀弩被放出来，并调到了《北大荒文艺》编辑部工作。这是本铅印的文艺刊物，作者和读者都以在北大荒工作的复转军人为主。在五六名编辑中，只有聂绀弩和丁聪两名"右派"。

　　聂绀弩干瘦，高个，好抽烟，沉默寡言，性子倔犟而又诙谐。整天坐在桌案前，抽烟喝茶，伏案看稿。

有一次，大伙谈到他因为烧炕起火进了班房的事。七嘴八舌，说他坐过国民党的牢，也坐过日本鬼子的牢，又坐过共产党的牢，不觉感慨万千。聂老听了幽默地说："还是共产党的好！"众人大惑不解地问："为啥？"他笑吟吟地讲："我刚进虎林监狱那阵，正赶上新年、春节一起过，每人发100个冻饺子，作为两个节日的伙食改善。我年老体衰，饭量很小，这100个饺子使他连续改善了好几天伙食，所以嘛，还是共产党的监狱好嘛。"

聂绀弩被打成"右派"后，从人民文学出版社副社长的位置上被下放到北大荒，他虽然落魄了，但他精神未垮，在编辑部仍然一丝不苟地工作。当年一起同他在《北大荒文艺》编辑部工作过的老作家丁继松在回忆中写道：一次，一位农场青年作者送来一篇小说稿。聂老看完后问这位作者："济南有个趵突泉吗？"作者一时愣住了未答上来。原来这篇小说中提到了济南城内著名的趵突泉，但却将"趵"误写成"豹"。聂老当即严肃地指出："拿不准的词、字，应该查一查，要养成写作上的严谨作风。"这位作者深受感动，40年后仍记得此事。

聂绀弩在北大荒的年代，正是我国3年困难时期，生活很艰苦。这位50多岁的著名作家，和大家一样吃9元钱1个月伙食的大食堂，"三月不知肉滋味"是经常的事。

有一次，正是北大荒的深秋季节，满山红叶，秋江鱼肥，北大荒画报社的同志从乌苏里江搞到几条大马哈鱼。当晚画家们用脸盆炖了一大盆鱼，并把北大荒文艺编辑部的编辑们请去参加鱼宴。那时能吃到名贵的大马哈鱼不啻是上了国宴。聂绀弩兴致勃勃，谈笑风生，这次鱼宴中还有一位大画家在座，他就是尹瘦石。酒过三巡后，聂老诗兴大发，即席赋诗一首：

口中淡出鸟来无，/寒夜壶浆马哈鱼。/旨酒能尝斯醉矣，/佳鱼信美况馋乎。/早知画报人慷慨，/加以荒原境特殊。/君且重干一杯酒，/我将全扫此盆余。

聂老当时已57岁，眼力不济，在十几双筷子的袭击下，装鱼的脸盆已渐渐露底，因而诗中有"我将全扫此盆余"之句。此诗后来被收入《散宜生诗集》。

聂绀弩在北大荒文艺编辑部工作时，编辑部人才济济，编稿的有杨昉、林予、钟涛、王忠瑜、肖英俊等；美术插图有王观泉；画版样及漫画的是丁聪，题字有黄苗子。聂绀弩以"戴罪之身"，在北大荒文艺杂志社工作，和过去与鲁迅等一起办《动向》《海燕》以及后来担任香港《文汇报》总主笔时不同，只有参谋、建议权，无发稿权。有一次，在来稿中他突然发现张惟写的小说《第一书记》，颇有新意，文笔优美，便建议刊登。谁知引起轩然大波，遭到围攻、批判。张惟受批判时，聂老愤然不平，不仅不批判，反而写诗赞道《第一书记上马记》：

绝世文章惹大波，/开怀百回批掉了，/发言一句可听否？/英雄巨象千尊少，/皇帝新衣半件多。/北大荒人谁最健？/张惟豪气壮山河。

张惟后来被调到福建龙岩地区任文化局长，也是中国作协会员。当他回垦区访问时，专门谈到此事，赞聂老一身铁骨，威武不屈，大声背诵此诗，引为生平一大光荣。至今，许多老同志还赞扬聂老当年那种威武不屈的正义感。

1959年3月4日，聂绀弩就在编辑部这座虎林郊外日本鬼子当年扔下的冷屋里作歌：

北大荒，天苍苍，地茫茫，一片蓑草枯苇塘。苇草青，苇草黄，生者死，死者烂，肥土壤，为下代，作食粮……

写下了真实反映北疆黑土地的原始风貌，豪放浓郁的千古绝唱——《北大荒歌》。据聂绀弩回忆：1959年，他在八五〇农场劳动。一天夜晚，正准备睡觉，指导员忽然来宣布，要每个人都作诗，说是什么上级指示，全国都一样，无论什么人都作诗，说是要使中国出多少李白、杜甫，多少鲁迅、郭沫若。第一次正式写旧体诗，大半夜，写了一首七言古体长诗。第二天，他向领导交了这32首（以四句为一首计）。那是"大跃进"年代，白天劳动放生产卫星，夜间人人写诗放诗歌卫星。此诗就是那个特殊年代的产物。

1984年，尘封了20多年的这首《北大荒歌》终于随聂绀弩的平反破土而出。北大荒的老作家郑加真当时在黑龙江省农垦总局史志办，主编《黑龙江农垦史（党史）资料汇编》。他接到黑龙江省文学研究所的副研究馆员王观泉寄来的《北大荒歌》手稿，他看着用人民文学出版社稿纸书写的这5页原稿，担心丢失，让责任编辑按原稿抄录了一份，这样，聂绀弩的诗稿才得以保存下来，至今，这份珍贵的《北大荒歌》的手稿还保存在郑加真手里。

诗稿上有聂绀弩亲笔修改的手迹。如诗名原为《为北大荒而歌》，他删去了"为""而"二字，改为《北大荒歌》。诗名后注有"旧作"二字，并写下了"聂绀弩"3个字。从《北大荒歌》手稿的修改中，可以看出聂老的认真、严谨态度。

豁达的荒原诗人

聂绀弩在北大荒生活期间，共写了50多首以北大荒生活、劳动为题材的格律诗，有歌颂劳动，苦中寻乐的《搓草绳》《刨冻菜》《削土豆种伤手》《锄草》等，诗人的胸怀超然物外，表现得十分旷达、诙谐，溢于言表。如《锄草》一诗：

何处有苗没有草，每回除草总伤苗。培苗常恨草相混，锄草又怜苗太娇。未见新苗高一尺，来锄杂草已三遭。停锄不觉手挥汗，物理难通心自焦。

有以诗赠友，以同病相怜而自嘲的《清厕同枚子》《拾穗同祖光》等，其中《拾穗同祖光》中的第二首更为幽默风趣，乐得开心，令读者不禁哑然失笑。

乱风吹草草萧萧，卷起沟边穗几条。如笑一双天下士，都无十五女儿腰。

鞠躬金店三呼起，仰首名山百拜朝。寄语完山尹弥勒，尔来休当妇人描。

有即兴偶感，化平淡为神奇的《地里烧开水》《题丁聪画老头上工图》等。《题丁聪画老头上工图》抓住了人物特征。

驼背猫腰短短衣，鬓边毛发雪争飞。身长丈夫吉珂德，骨瘦癯三南郭綦。

小伙轩然齐跃进，老夫耄矣啥能为。美其名曰上工去，恰被丁聪画眼窥。

聂绀弩的旧体诗集《散宜生诗》由人民文学出版社出版。"散宜生"本来是西周一大功臣的名字，聂老借用此名，大概表白自己是一个散放不为世用的人，也有人认为寓意"适宜于生存"。诗集共分《北荒草》（写北大荒生活）、《赠答草》（回赠各方友好）、《南山草》（回京后写的诗篇）、《第四草》（挽诗等）、《拾遗草》五部分，而《北大荒歌》被列在《拾遗草》之中。

诗集出版后引起反响。胡乔木给予了很高的评价："作者虽然生活在难以想象的苦境中，却从未表现颓唐悲观，对生活始终抱有乐趣甚至诙谐感……它的特色也许是过去、现在、将来的史诗上独一无二的。"

一年后，聂绀弩忽然接到返回北京的通知。在车站上与同行的"右派"朋友相遇，大伙一致谢他——说是沾了老聂的光，聂绀弩连忙细问，才知不久前张执一曾向周恩来总理请示说："北大荒有不少'右派'上了年纪，可不可以让他们回来？"总理问都有谁，张执一仿佛早有准备地回答："比如聂绀弩——"总理闻言，仿佛不经心地表示："聂绀弩？这人吊儿郎当的！让他们回来吧！"

"文革"中，因聂绀弩发表不满林彪、江青的言论而以"现行反革命"之罪被捕。被送往山西第三监狱，先被判死刑，又被改判无期徒刑。直到1976年3月17日，北京高级人民法院撤销原判，宣告无罪。聂绀弩年轻时即好围棋，本不值得惊奇，然而在监狱里下棋，就很令人惊讶了。牢房里是不会备有围棋的，怎么办？好容易有米饭吃，几位狱友便把米饭留下来，捏成许许多多小饭粒，再把其中一半染上墨水，一副围棋便成了。

1980年，聂绀弩被补选为全国政协委员。他一生著作甚多，从抗战开始，先后出版了《绀弩小说集》《绀弩散文》《聂绀弩杂文集》等27种。

1986年3月26日，聂绀弩在北京逝世。新华社发出讣告，称他为我国无产阶级文艺运动的老战士，诗人，著名的中国文学研究家，革命的社会批评家，并称他为继鲁迅逝世后，我国最杰出的杂文家。

在聂绀弩诞辰94周年之际，一条全长3 747米、宽60米、颇具现代气息的主要街道在其故乡湖北省京山县新市镇竣工通车，并被正式冠名为"绀弩大道"。

为纪念这位为中国的文化事业作出过杰出贡献的文化名人，京山县政府设立了聂绀弩文艺创作奖励基金，将位于聂绀弩故居附近的一所中学更名为"绀弩中学"，绀弩公园、聂绀弩著作陈列馆等系列工程也开始筹建和动工。

讴歌北大荒精神的两部老电影

2018 年 9 月 25 日，习近平总书记到农垦建三江管理局考察，在同农场干部职工交谈时强调，北大荒建设到这一步不容易。当年这里是"棒打狍子瓢舀鱼，野鸡飞到饭锅里"。共和国把这里作为战略基地、把农业作为战略产业发展起来。总书记提到了北大荒当年的老电影。我来说说北大荒老电影背后的故事。

《老兵新传》：拼搏者的奋斗之歌

《老兵新传》既是我国第一部在银幕上塑造北大荒人光辉形象的故事片，也是我国第一部"彩色宽银幕立体声"电影，讲的就是曾经在战场上浴血厮杀的老兵们脱下军装，拿起锄头，来到东北边陲开发北大荒的故事，电影里他们叫老战或小东子，生活中他们叫周光亚或梁军……

当年北大荒老电影
《老兵新传》电影海报
（郑国华提供）

　　年龄稍大些的观众都记得电影《李双双》，这部电影的编剧是荣获百花奖最佳电影编剧奖殊荣的著名作家李準。60多年前，就是李準创作了脍炙人口的电影《老兵新传》，他也成为我国第一个在银幕上塑造北大荒人光辉形象的作家。从此，李準和北大荒人的感情日益加深。

　　李準出生在河南洛阳的一个村子，读完初一就辍学了，在家一边劳动一边跟祖父学文识字，阅读古典作品。在学徒期间，他用微薄的工资，租读了租书店里几乎所有的中外名著。18岁那年，他在小镇做邮递工作，一边投递书信，一边抽时间阅读经他分发的几份报刊。后来他自学写作，40多年一直坚持文艺创作，取得了丰硕的成果，塑造了一大批栩栩如生的人物形象，成为一名高产作家。除一系列反映新农村的中短篇小说以外，仅电影创作就有《老兵新传》《李双双》《龙马精神》《大河奔流》《高山下的花环》《牧马人》等20多部。

　　电影《老兵新传》的创作时间是1956年。当年，北大荒友谊农场正办得热火朝天，作家、记者不断来访。李準以《人民日报》特约记者的身份来到友谊农场采访，遇到了曾任通北（今赵光）农场场长的周光亚到友谊农场当分场场长。周光亚为了增加粮食产量，1948年就到北大荒办起了农场。

　　后来谈起这次采访，李準说："临来时，邓拓嘱咐我，要搞报道，反映农场的大机械生产，不要写作品。谁料来了之后，遇到周光亚这个人物，我就按捺不住，写起电影本子来。"

　　1959年，上海海燕电影制片厂拍完《老兵新传》，在全国公映后，立即引起轰动，全国人民对北大荒都有了深刻的印象，北大荒人一时间也成为人们学习的榜样。《老兵新传》被评为新中国成立10周年优秀影片，不久又在莫斯科国际电影节获奖，李準荣获最佳编剧奖，崔嵬获最佳男演员奖。当时身为农垦部长的王震将军，曾在1959年第10期《大众电影》杂志上著文给予高度评价：

　　"我非常喜欢这部宽银幕彩色故事片，《老兵新传》是从胜利的武装斗争上生产战线上来的千千万万革命战士的光辉形象。影片中的老兵——国营农场场长战长河（人们亲切地称他老战同志）的形象是有普遍性的，但他们又是集中的典型……从北大荒可以找到，在新疆、青海、海南岛、江西及其他各地区都可以找得到。他的传记是一篇从国防最前线向经济建设最前线的动人的真实的传记……老战同志的扮演者崔嵬同志的杰出表演，成功地塑造了可贵形象。《老兵新传》是一部艺术为现实主义服务的出色的影片……"（王震：《社会主义电影的新成就》，《大众电影》1959 年第 10 期）

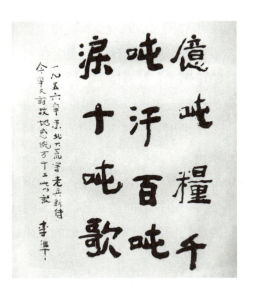

郭小川发表了评论文章，指出老战这个人物形象的独创性，突破了当年塑造英雄人物的某些框框，具有鲜明的真实性。

1994 年 9 月，李準回到友谊农场，冒雨参观了农业现代化的窗口——友谊农场五分场二队，并聆听了改革开放给这个生产队带来的巨大变化，不禁欣然命笔："老兵白发，北国绿野。"来到八五三农场后，他又泼墨成诗，写下："亿吨粮，千吨汗，百吨泪，十吨歌！"

《北大荒人》：拓荒者的奉献之歌

《北大荒人》是北大荒第一部彩色故事片，它的创作者是范国栋。

范国栋，1935 年生于北京，1958 年春天随十万转业官兵来到北大荒，在八五三农场四分场（雁窝岛）当农工和文化教员。后来，他随农场业余文工队的同志被调到刚刚成立的铁道兵农垦局文工团。转业官兵艰苦奋斗的气魄、火热的生活让范国栋激动不已。由于局里要进行文艺会演，话剧队缺少合适的剧本，他决定把十万转业官兵创业的历程和听说过的当年老铁道兵开发雁窝岛的动人事迹，再现在舞台上。

　　范国栋一夜之间完成了独幕话剧《愿望》，在局第一届职工文艺会演中上演，反映不错。当时正在垦区检查工作的农垦部宣传处副处长皮以德看了戏很高兴，立即找到范国栋和话剧队的同志们，对大家说道，"你们的戏演得不错，演员阵容也很强嘛！剧本写得也很风趣，只是反映的生活面太窄了：两个四川姑娘到北大荒来，一心想开拖拉机，结果分配她们去养小鸡，闹情绪，在大家的帮助下转变了，就这么一点子事。当然，作为一个独幕话剧也还可以了。我现在提个希望，希望你们写个大戏，大型话剧，写十万转业官兵进军北大荒！这是一件大事，在古今中外都算是个创举哩！全国人民的眼睛在看着我们，许多外国人也在注视着我们，那么多当兵的到北大荒搞啥子名堂？能不能站住脚？能不能打出粮食来？你们来北大荒一年了，用事实作了回答，这还不够，还要用一个戏来回答，在舞台上向全国人民汇报！这是个大题目，题目我出了，文章要靠你们来做，好不好？"大家不约而同地回答："好！"于是，范国栋开始了话剧《北大荒人》（原名《雁窝岛》）的创作。在写这部剧时，他"一边写一边流泪，连稿纸都湿了"。大删大改了 6 次。

　　剧本几经修改，1960 年 8 月，《北大荒人》在首都正式公演，立即引起轰动。演出后，中国戏剧家协会主席田汉在协会秘书长李超陪同下，走上舞台祝贺演出成功并与演员们合影留念。随后，李超对范国栋和团长说，田老很高兴，要谈谈这个戏，叫你们跟田老去听意见。他们就上了田老的汽车，来到西单曲园饭庄，跟着田老夫妇往里走，原来田老是请他们吃饭。田老一边吃饭一边谈意见，还向他

《北大荒人》光盘

们询问北大荒的生活情况和文艺活动开展的情况。之后，解放军总政治部肖华主任还为话剧团专门举行了一次招待宴会，欢迎北大荒的转业官兵代表回京为部队作汇报演出。当年7月，《北大荒人》的剧本在《剧本》杂志上发表。上海、天津和四川艺术剧院、甘肃话剧团、哈尔滨话剧院先后上演了《北大荒人》。王震指示："要拍成电影，一部电影全国都能看到！"随即，北京电影制片厂把《北大荒人》列入拍摄计划，导演为崔嵬和陈怀皑。

1961年3月，北京电影制片厂摄制组在著名导演崔嵬的带领下，到八五二、八五三农场拍摄。基本上按照同名话剧的路子进行改编，使之电影化，并突出了原剧中存在的两条路线，即先进与保守之间的斗争。崔嵬主演剧中老猎人这一角色，著名演员张平扮演党委书记兼场长。其他演员（包括群众演员）大都由北大荒文工团演员担任，如于绍康演农场副场长这个重要角色，袁玫演老猎人的女儿小燕子。

影片通过对雁窝岛的开发，展开了一波三折的矛盾冲突：即是否进岛开发，敢不敢进岛，以及进岛后能否站住脚跟等一系列故事情节，塑造了一群复转官兵的大无畏精神和战胜万难的英雄气概。

1963年春节，彩色故事片《北大荒人》在北京举行首映式后在全国放映。千里之外的祖国边陲虎林县，北大荒人按捺不住激动的心情，坐在电影院里观看这部电影。据说，电影拷贝是北京特意送来的。从此，黑土地上的人们有了一个风靡全国的称号——"北大荒人"，这个称号一直延续至今。直到20世纪90年代，那些分布在全国各地的知青仍以拥有"北大荒人"的称号而自豪。

《北大荒人》的艺术成就，还在于借助电影色彩的渲染和构图，第一次在全国广大观众面前展现了北大荒大自然的瑰丽与辽阔、大农业和农业机械化的威力，以及北疆军垦农场的社会习俗，整个影片充溢着浓郁的地方特色、军垦特色和泥土气息。大批北大荒文工团演员塑造了自己熟悉的复转官兵形象，成功地展现了北大荒人的英雄气概。《北大荒人》不愧为一部"北大荒人编、北大荒人演、演北大荒人"的经典电影。

在黑龙江省社会科学院组织编著的《黑龙江文学通史》（北方文艺出版社，2002年版）上记载着：1958年11月，《北大荒》文学杂志在虎林创办。1960年4月，另一份垦区的刊物《北大仓文艺》在佳木斯创刊。这两份文学期刊的出版，团结了大批作者，在国内文坛公开打出了"北大荒文学"的旗号。《北大荒》和《北大仓文艺》两本文学期刊的创办，对黑龙江诗歌乃至整个文学事业的繁荣都起到了至关重要的作用。首先这是适应了时代需要而又服务于现实的纯文学刊物，由垦荒战士自己写、自己办，反映自己的垦荒生活，无论从社会意义还是文学意义来看，都是黑龙江开发史上的一项盛举。我们称它们为北大荒文学史上的期刊"并蒂莲"。

牡丹江农垦局创办《北大荒》

在北大荒博物馆第四展厅里，陈列着60多年前黑龙江垦区创办的第一本文学期刊《北大荒》创刊号。这是一本珍贵的文献资料，它见证着北大荒当年文学事业发展的开端。

1958年春天，十万转业官兵开发北大荒，使这片古老的土地发生了天翻地覆的变化。正在建设的大型机械化国营农场群，呼唤着自己足以反映荒原巨变和具有献身精神的北大荒人形象的文学创作。《北大荒》就这样应运而生了。

北大荒文学期刊的『并蒂莲』

编辑部设在密山北大营原日本关东军留下的一座破楼里。这期创刊号的稿件就是在这里编的。当时的编辑力量是很强的。林予是原总政文化部创作员，转业前就写过反映云南边防生活的长篇小说《塞上烽烟》，还同白桦合作，写过电影剧本《边寨烽火》。符钟涛原是《解放军文艺》编辑，擅长散文和短篇创作，转业那年也出版了短篇集《静静的港湾》。杨昉是解放军文艺出版社的编辑，冯德英的《苦菜花》由他担任责任编辑，他有着丰富的编辑经验。于是，大家便在小楼一间小屋里开始筹备工作。筹备工作的第一件事是为创刊号组稿。林予当时怀里揣着一摞盖着印章的组稿信，先到八五九农场第一线采访，此后坐船来到新成立的合江农垦局及所属农场，昼夜兼程，组织一大批稿件。

当时，美术编辑只有张作良一个人，后来又调来了晁楣，一起研究创刊号设计。经过大家的紧张工作，1958 年 11 月 27 日，由铁道兵农垦局政治部创办的这本《北大荒》终于创刊了。创刊号上，由原农垦部办公厅主任彭达彰撰写发刊词，题为《让美丽富饶的北大荒放出共产主义文艺的光芒》。辟有"向荒原进军的人们""跃进的花朵""在工业战线上""歌唱我们的生活""乌苏里江边的中苏友谊""反对美帝侵略台湾"等栏目。重点作品有钟涛的散文《荒野里响起的号角》，林予的小说《江畔的花朵》，杨昉的独幕剧《路》，范国栋的朗诵诗《我们是顶天立地的好汉》等。创刊号 96 页，16 开本，近 13 万字。封面上印着一幅醒目的套色木刻，是晁楣、张作良创作的《到北大荒去》。

由于是黑龙江农垦系统的第一份文学期刊，创刊号出版后颇受读者欢迎，后来又调来了转业军官虞伯贤、林青、张勣、王忠瑜、罗炽静、王观泉、王其力等。

《北大荒》创刊号

1958 年冬天，牡丹江农垦局由密山迁往虎林县，编辑部也随之来到虎林。当时，虎林县城很小，容纳不下作为中央农垦部直属垦区的大批机关人马，住房很紧张，编辑部就临时在虎林大街上找了一间门市房。听说过去是一家药铺。茅草的屋顶有尺把长的蒿草和一片厚厚的枯死了的青苔。进门处放着一个大铁炉，炉筒拐了两个弯从临街的窗里伸出去。一刮风，煤烟便倒灌进来，弄得屋里烟尘滚滚。有一大铺炕，铁炉两旁放着几张褪色的桌子。大家就在这间又是办公室又是宿舍的房子里，紧张地编稿，接待来自农场第一线的业余作者。白天上班时，经常有些老乡闯进来，口口声声要买药，有的人一经解释就走了，有的却怎么也解释不清，弄得大家啼笑皆非。

后来，又陆续从农场调来了一批转业军官任编辑，有郑加真、王水心、朱彩斌、肖英俊、周良国等。郑加真任杂志社负责人、领导小组组长，杨昉担任小说组组长，符钟涛担任散文组组长，王忠瑜担任诗歌组组长，虞伯贤担任评论组组长，王其力担任通联组组长。增设了"小花一束""公社风光""荒原旗手""牧地春晓""读者论坛""从边疆到边疆"等，内容更贴近黑土地、贴近生活。1960 年 7 月，因当时垦区遭受自然灾害，加上全国性纸张紧张，农垦局已无力解决这一问题，经局党委研究只能忍痛停刊，前后出版 18 期，共出版了 200 万字的文学作品。停刊后部分人员继续留在编辑部从事文学创作。林予、符钟涛、杨昉、王观泉、王忠瑜、林青、肖英俊等被调至黑龙江省文联从事专业创作。

刊物停办后，编辑部机构仍予以保留。1961 年，农垦局在虎林西区建成两幢办公楼，编辑部由县城西北角平房迁入新楼，直至 1963 年 3 月，牡丹江农垦局与合江农垦局合并，机构撤销，余下人员迁往佳木斯。

作为北大荒的文艺园地，《北大荒》培养了大批业余作者，发表了一批好的作品，不仅向全国人民宣传了这块神奇土地上所发生的巨变，而且塑造了具有献身精神的北大荒人的艺术形象。创刊号中钟涛的散文《荒野里响起号角声》，被选入《全国散文选》。

这期《北大荒》创刊号，是北大荒的老作家窦强捐献给北大荒博物馆的。

合江农垦局创办《北大仓》

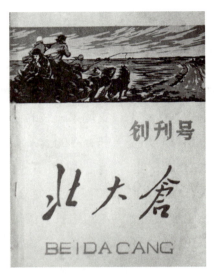

《北大仓》创刊号

在北大荒博物馆第四展厅里，展示着一本已经发黄的旧刊物，这是 60 多年前由合江农垦局编辑出版的一本文学期刊《北大仓文艺》。当时在佳木斯的合江农垦局和在虎林的牡丹江农垦局，是农垦部直属的两个兄弟局。

1959 年秋天，在"大跃进"的热潮中，合江农垦局宣传处决定创办一个能反映十万转业官兵开发建设北大荒英雄事迹的文艺刊物。合江农垦局党委经研究后批准了这个方案，随即由宣传处窦强（负责文艺宣传的干部）负责筹建工作。窦强接受任务后制订了组建编辑部方案，编辑部定为 8 人，立即从集贤农场（今双鸭山农场）调来苏金星、武一匡，从宝泉岭农场调来谌笛，从友谊农场调来杨凯生，从萝北农场（后来分为军川、名山、延军、共青、江滨农场）调来黄天顺，从勤得利农场调来廖有楷，从局文工团调来陈中夫。他们都是 1958 年来垦区的转业军官，大都在部队时就从事文字编辑工作。

年底，在合江农垦局原党校的旧楼里，这个 8 人组成的编辑部宣告成立。关于刊物的名称，在酝酿创办时就拟出《黑土》《拓荒者》《合江农垦文艺》。卜荣先副处长对荒地里的五花草原很感兴趣，觉得挺美，主张刊物名叫《五花草》，赢得不少人的支持。可是，经过向开荒指挥部的专家请教，方知在荒地资源中，有五花草的地方往往偏涝，不是好地，于是只好忍痛割爱。后来，编辑部根据王震将军在一次讲话中曾说到"要把北大荒变成北大仓"，最后决定刊物名称采用《北大仓》。而且，此名称与牡丹江农垦局的《北大荒》遥相呼应。

《北大仓》16 开本，每期平均 60 页。封面与《北大荒》相似，每期刊登一幅套色版画。创刊号的封面版画，是机车在田野上播种，一辆拉种子的马车上坐着 3 个妇女，驭手扬鞭催马向前奔，题目叫《春晓》。这些由廖有楷和杨凯生创作的封面，今天看来似乎有些简单、粗糙，过于直观，但大都很有生活气息。5 月号的《新的家》（廖有楷作），以其浓厚的生活气息，深刻的思想意义，受到著名版画家古元的称赞，被收进《建国以来优秀版画作品集》。"北大仓" 3 个字系借用毛泽东的手书体，将《北大荒》中的 "荒" 换成 "仓"。"仓" 字是从毛泽东手书诗词找到的，并作了一点儿修改。1960 年创刊号及 5 月份出版的第 2 期封面上均用《北大仓》。因为和牡丹江农垦局的《北大荒》只一字之差，又全用毛主席的手写字体，邮局把来稿去函常常错投。该寄虎林的寄到佳木斯去了，该寄佳木斯的也有投到虎林去的，邮局提出意见。从第 3 期改为《北大仓文艺》，并改用鲁迅手书体。既为了区别《北大荒》，还加上 "文艺" 二字，表明本刊不限于文学。

刊物设有 "金色的北大仓" "读者论坛" "革命回忆录" "学习毛泽东文艺思想" 等栏目，并举办 "英雄踏破北大荒" 征文。在前后出版的 9 期中，共刊登小说 28 篇，散文、特写 54 篇，诗歌 178 首，农场史 33 篇，回忆录 8 篇，评论 36 篇，其他曲艺、儿童文学等 22 篇，总计 77 万字。这些作品都从不同角度反映了农垦战线上拓荒生活的感受、对艰辛创业的记述以及对北大荒未来远景的描绘，充满革命英雄主义和乐观主义精神。

《北大仓文艺》出版期间，外地作者也纷纷来稿，著名女作家白薇寄来长诗《钢铁歌颂金色海》及讴歌友谊农场机械化麦收、秋收中男女老少下地捡粮豆热烈场景的《人之流》，分别发表在 1960 年 10 月号和 1961 年 1 月号上。黑龙江省的著名作家、诗人谢树、中流、毛橼等均为本刊撰写散文、诗歌等作品。

《北大仓文艺》还注重开展对作品的评论，前后共发表对《护士薛梅》《抓"老等"》《一张没有注名的奖状》等作品的评论文章。发表在创刊号上的《护士薛梅》（作者是汤原医院群声），叙述的是在一个暴风雪的夜晚，值班护士下班后，不顾自己孩子小宝有病在家，去荒野路上为产妇杨淑贞接生的故事。

描写生动，发表不久就被《新观察》杂志转载，并开展讨论，接连发表向薛梅护士学习的文章。还有发表在创刊号上的由五九七农场郭其良创作的叙述诗《仙泉》，被中央人民广播电台配乐后反复播出。苏金星的散文《抓"老等"》，被《解放军文艺》转载；罗平伟的小说《一张没有注明的奖状》，被《北方文学》转载后，收入《黑龙江短篇小说选》。

1960年，《北大仓文艺》10月号出版以后，正值我国3年困难时期，党中央对国民经济各方面进行压缩调整，由于纸张供应紧张，由月刊改为不定期出版，由邮局公开订阅，改为在垦区内部发行。在1961年第1期封底印上"内部发行，不定期出版，发至生产队"的字样，但是仍由佳木斯邮电局发行。

为了买到印刷刊物的纸张，编辑部的同志们四处托人。后来窦强从佳木斯百货批发站一个战友那里，买回了一批黄包装纸，所以我们看到的最后几期刊物纸张又黄又粗，不是时间长、纸张氧化的结果，而是原来就那么黄。

当时国家正处在国民经济调整时期，垦区的两本刊物都在被"砍"之列。为了保住刊物，农垦部人事宣教局皮以德处长还专程到佳木斯来了一趟，建议将《北大仓文艺》与《北大荒》合并，为了生存，两个局合办一本刊物。合江农垦局派窦强去虎林牡丹江农垦局商谈合办刊物一事，窦强拿着黄家景局长写给王景坤局长的介绍信，找到虎林牡丹江农垦局宣传部，见到了林予和魏喜生两位同志，他们领着窦强见了郑亢行部长。听完窦强说明的情况后，郑部长拿着黄局长的信上楼请示王景坤。等待期间，窦强拜访了《北大荒》编辑部，大家都乐于合并。第二天中午，符钟涛领郑部长来招待所，告诉窦强，局领导研究过了，由于《北大荒》准备停刊，所以就无法合办了。

不久，《北大仓文艺》编辑部划归合江农垦报社，人员逐渐发生变动，部分编辑相继离开。编辑部划归报社后，又出版了2期，即1961年第1期和1962年第1期，随后宣布停刊。这本共出版了9期的《北大仓文艺》，在黑龙江文学史上却留下了重重的一笔。

2004年夏天，我去佳木斯总局干休所，找到了当年创办《北大仓文艺》的创始人之一窦强，他找出了这套《北大仓文艺》，捐给了北大荒博物馆。

在北大荒博物馆第四展厅里，展示着一份北大荒的珍贵文物，那就是著名版画家晁楣捐赠的《北大荒画报》创刊号。

1958年秋天，密山铁道兵农垦局（后改名为牡丹江农垦局）党委派宣传部副部长郑亢行去北京，到农垦部请示有关组建文艺队伍的事宜。农垦部人事宣教局局长张继璜和处长皮以德说："垦区有大批部队转业下去的专业文艺工作者，作家、画家、演员行行都有，王震部长指示要组织起来发挥他们的特长，局里可以组建文工团，农场成立业余

记录荒原开发壮举的《北大荒画报》

《北大荒画报》创刊号

文工队，还可以办刊物、出画报、拍电影，用文艺宣传这一武器从各方面反映垦区热火朝天的生产建设，鼓舞职工斗志。"

农垦局党委根据这一指示，决定成立 10 来个文艺团体和单位，其中包括北大荒画报社。画报社由张作良负责，他在选调画报社工作人员时，首先想到的人选是晁楣。张作良在来垦区之前，是解放军画报的美术编辑，早就知道晁楣其人和作品，晁楣发表在《解放军画报》上的套色木刻《追踪》就是由张作良选编的。

9 月下旬，当时在八五三农场的晁楣同志被调到铁道兵农垦局（后改为牡丹江农垦局）宣传部，当时《北大荒画报》和《北大荒文艺》一起办公。

1959 年 3 月，经过半年多的筹备，《北大荒画报》创刊号终于出版了。8 开，44 页，全部用道林纸在北京精印，其中彩页 12 个。由铁道兵农垦局政治部编，中国农垦出版社出版，全国发行。

在这期《北大荒画报》创刊号上，除了刊登毛主席像、王震题词、垦区农场分布图及连环画《英雄店》和两页版画外，全部是摄影作品。212 幅摄影作品中，彩色作品 34 幅，黑白作品 178 幅。封面为彩色作品《开荒》（郭沫水摄）。其他作者是：吴守业、董云波、周居方、肖枫、石生康、赖洪锦、凌云等。

《北大荒画报》创刊号以浓郁的色调和宏伟的气魄，多方位、多视角地展现了十万官兵进军北大荒的历史镜头：向荒原进军，麦海中的"舰队"，林木苍郁丛中的青年突击队，以及当年北大荒创建的第一条动脉——密虎铁路，第一座人工湖——云山水库，第一所大学——八一农垦大学等等。虽然大多是新闻摄影作品，但其中不乏佳作和力作，如《开荒》中展现的浩瀚的处女地刚被开垦所掀起的层层黑浪，以及天地交接处那 4 台正在作业的机车，显示了拓荒者们向地球开战的英雄气概。这个作品被用作《画报》的封面，他的巧妙构图和艺术视角，反映了作者郭沫水长期摄影生涯的艺术积淀。其他如《王震动员官兵向荒原徒步进军》，成千上万转业官兵和各种形态的背景占整整 3/4 的画面，它与正在广场主席台上讲话的王震将军的身影形成了强烈的艺术反差。《徒步进军》《麦香千里》《夜收》《林海中的青年突击队》《悠闲的北京鸭》《通车典礼》《将军抬土》等等，都是不可多得的力作，显示了 20 世纪 50 年代末北大荒摄影艺术的新水平。

同年 8 月 19 日，画报社由密山搬迁到虎林，之后陆续从农场调来了郝伯义、张祯麒，还从"右派队"调来张学廉（张路）、张钦若、徐介城、尹瘦石等，画报社人员达到 8 个，由张作良任组长，晁楣任副组长。在这些人当中，搞版画创作的有晁楣、张祯麒、张路 3 人，后来张作良、郝伯义也兼搞版画。此时，画报社和北大荒文艺编辑部已经完全分开。

由于翌年自然灾害影响，该画报仅出一期就停刊了。但它的诞生，对于弘扬北大荒精神，反映十万转业官兵开发北大荒的英雄业绩以及培养和团结一大批垦区摄影工作者，提高北大荒摄影艺术等方面，产生了不可估量的影响。

开拓者的赞歌 《雁飞塞北》

在北大荒博物馆第四展厅里，陈列着一本北大荒文学的奠基人之一林予 60 年前创作的由人民文学出版社出版的长篇小说《雁飞塞北》。这部长篇小说不仅是北大荒开发建设半个多世纪的历史上的第一部，也是新中国成立以后黑龙江省的第一部。

《黑龙江文学通史》曾这样评价："在黑龙江文学艺术发展史上，20 世纪 50 年代末期，异军突起的垦区文学是新中国成立后黑龙江小说创作隆起的第一座艺术高峰，而林予与他创作的长篇小说《雁飞塞北》则是这座高峰的奠基石。"

然而，当年为了创作这部长篇巨著，还有许多鲜为人知的故事……

长篇小说《雁飞塞北》

　　林予，祖籍江西省上饶县。1930 年生于北平。1949 年 5 月，林予参军后，随部队进军大西南，火热的战斗生活激励着他开始了文学创作。1955 年，林予被调到《解放军文艺》杂志社当编辑，后任总政治部创作员。曾与白桦等人创作电影文学剧本《边塞烽火》，并创作了长篇小说《边塞烽火》。

　　1958 年初夏，林予随同十万转业大军从总政文化部转业来到北大荒。开始在八五〇农场当农工。拓荒者的斗争生活，激起他的创作热情，很快创作了反映垦区生活的短篇小说《我们的政委》。不久，被调至牡丹江农垦局宣传部，奉命筹办《北大荒文学》。那时，编辑部的同志还都没调来，他就独自怀里揣着一个刚刚制成的编辑部印章，挎包里装了一沓子宣传部信笺，下农场为创刊号组稿。他昼夜兼程从牡丹江种畜场到八五九农场，坐火车、坐船，有时搭汽车、步行，在交通极不方便的农场群里奔波跋涉，直到他组织了第一批稿件回来，作家符宗涛、杨昉才从农场调来。经过短短几个月的筹备，创刊号终于在 1958 年 11 月出刊了。创刊号面世后，立即引起了垦区转业官兵们的热烈欢迎，也引起了省文艺界和首都文艺界的重视。当时，全国各报刊纷纷转载了创刊号的作品。

　　林予是一个创作极其勤奋的人，又是一个出色的讲故事能手。在北大荒工作的 4 年里，他深入农场，采访各式各样的人物，热心地辅导业余作者，使创作与辅导完美地结合起来。

　　林予的创作态度是严肃认真的。为了写《雁飞塞北》这部长篇小说，他多次去雁窝岛，深入生活，和那里的转业官兵们同吃同住，召开座谈会，访问职工家属。1962 年小说出版后，他还专门到八五三农场、宝清一带与读者座谈，征求对小说的意见。

　　《雁飞塞北》取材于 1956 年铁道兵和 1958 年十万转业官兵开发荒原雁窝岛、建设农场的生活原型。小说以生动的艺术形象，在相当巨大的规模上表现了 20 世纪 50 年代末期，十万转业官兵开发北大荒的宏伟蓝图，反映了他们战天斗地的英雄气概，讴歌了他们艰苦创业的丰功伟绩。经过作者的提炼、加工和艺术概括，小说所反映的转业官兵开发孤岛的斗争生活，真切动人，催人奋进；描绘的自然风光，神奇壮丽，令人神往。这部小说的成功创作，产生了深远的影响。20 世纪 60 年代，著名作家茅盾在总结全国文学创作成果的书面发言中，曾将这部长篇小说列为当时的优秀之作。当时，有一些青年就是看了这部长篇小说后，要求来到北大荒参加开发建设的。

在作品中，张兴华是作者着力刻画的人物之一。这个当年在南泥湾开过荒、抗美援朝渡过江的转业军人，所展现出的勇于拼搏的精神和无私奉献的博大情怀，使读者看到张兴华身上既积淀着中华民族的传统美德，又有鲜明的时代特征。他是北大荒新一代创业者的艺术形象。

作品根据北大荒特定历史的真实和情节发展的需要，刻画了几个老一辈拓荒者的形象，如王开富和李破靴子，他们从山东闯关东来到荒无人烟的大雁岛。他们凭着勤劳的双手以惊人的顽强生命力战胜了种种困难，开荒打鱼，挖"棒槌"，撵"皮子"，自强不息，从而在孤岛上站住了脚。老一代革命者于兴为了抗日救国也来到了大雁岛，给这些拓荒者带来了革命火种。小说的这一情节的设计和对老一辈拓荒者的形象塑造，使作品有了历史深度，使读者看到了新老两代拓荒者在认识和思想上的联系，以及北大荒人独特个性形成的历史过程。

鲜明的地方特色，独特的自然风光描写，也是构成这部作品独具风格的一个重要因素。作品描绘了北大荒特有的严酷凛冽的暴风雪、神秘莫测的沼泽地、烧地拓荒的盛大景象，以及层林尽染的秋色、明媚春光的挠力河等，充分地表现了北疆的自然特色。作者还善于把壮美的自然景观与人物豪迈的情怀、作者的主观心境完美地交融起来加以表现，从而创造出一种动人心弦的艺术境界。

《雁飞塞北》结构严谨，气势博大，又具有主干鲜明、枝叶繁茂的特点。作者继承和发扬了我国古典小说创作的一些优良传统，显示了善于结构故事和刻画人物形象的才能。在作品中，每个人物几乎都有一段历史故事，巧妙地组织在一个完整的框架里，大故事套小故事，一个紧扣一个，环环相扣，且运用传统小说常用的对比、烘托、反衬、互补等多种艺术手法加以刻画，使人物有血有肉，栩栩如生。在语言上，善于运用热情洋溢的抒情文字刻画人物、描绘场景，使作品具有诗情画意。有时在人物性格展现的关键时刻，插入一段富有象征性或哲理性的议论，或夹叙夹议去揭示人物的复杂心理活动，展露人物内心世界的奥秘，从而使人物有血有肉。

林予创作的这部长篇小说，既是一曲开拓者的赞歌，也是创业者艰苦斗争历程的壮丽画卷。林予在创作这部作品时，正是黑龙江垦区最艰苦的时期。他每月9元钱的伙食，吸1角多钱一包的香烟。在农场体验生活时，住在仅能遮蔽风雨的"马架子"中，以高度的责任感，在半年多的时间里，完成了小说的初稿。

1962年，林予被调到黑龙江省作家协会，从事专业创作。"四人帮"被粉碎后，林予重新焕发了创作热情。除了先期与谢树合著长篇小说《咆哮的松花江》外，他又与丛深合作创作了反映抗联斗争的多幕话剧《间隙与奸细》，同时还创作了电影文学剧本《奸细》，1980年八一电影制片厂投入拍摄。影片刚公映，他就风尘仆仆地来到佳木斯，找到省农垦总局的作家郑加真，商量合写一部反映北大荒的电视连续剧。后来，他又多次到北大荒，冒着严寒，去友谊农场、洪河农场采访，还特地返回阔别了20多年的雁窝岛，探望当年作为《雁飞塞北》原型的干部、职工和他们的下一代。

然而，岁月不饶人，病魔已开始侵入了他的身体。1992年冬天，天冷路滑，他不慎摔了一跤，引发了脑出血，出院后他还是那样勤奋。1993年夏天，他应总局邀请，与郑加真、李龙云、王凤麟、刘进元一起，研究电视连续剧的创作。他一只手腕因摔跤骨折，愈合不好而红肿，外加肠炎，消化不良，他一边吃药一边坚持创作，奋战30昼夜，顺利地完成了电视剧前十集的故事提纲。可后来没多久，林予便带着遗憾离开了。

塑造拓荒者形象的《大甸风云》

1964 年，林予的长篇小说出版之后，北大荒的转业军人作家钟涛创作的长篇小说《大甸风云》，在上海《收获》第 5 期刊登，后来，由北方文艺出版社出版。同一时期两部长篇小说问世，标志着北大荒文学的丰收。这是黑龙江文学史上的一个里程碑。

钟涛，原名符宗涛。湖南汉寿人。1926 年出生。1943 年考入西南联合大学数学系。抗战胜利后，在北京大学数学系肄业。1947 年冬赴解放区参加革命，在晋冀鲁豫边区北方大学学习，后参加人民解放军。1951 年被调到《解放军文艺》担任编辑。曾先后 3 次赴朝鲜战场采访，发表了《营参谋长》《防空哨兵》等短篇小说。

长篇小说《大甸风云》

　　1958 年，钟涛告别了北京，撇下妻子和刚满周岁的女儿，随十万转业官兵奔赴北大荒。用他自己的话说：虽然已过而立之年，但闯荡天下的心态还算胜过儿女情长。恰逢他的第一本短篇小说集《静静的港湾》即将由人民文学出版社出版，这更鼓舞了他继续文学创作的决心和信心，深感参加开发北大荒这一历史壮举不但意义深远，还可以从生活中汲取营养来圆他的作家梦。

　　来到北大荒后，钟涛参加过踏荒、烧荒、垦荒等一系列劳动，虽然经受了一生中最艰苦的磨炼，却也是他激情奔放、创作灵感最活跃的一段时光，一部长篇小说的腹稿也就在酝酿之中，这就是《初醒的北大荒》（发表时改为《大甸风云》）。不久，农垦局调他回密山办《北大荒》期刊，他依依不舍地拖到上冻，不能再开荒了才去新单位报到。

　　在编辑部期间，钟涛仍能下基层农场采访，这进一步增加了他对农垦事业的了解和创作素材的积累。业余时间，他全身心投入创作，写了一组反映垦区生活的散文，也完成了长篇小说《初醒的北大荒》初稿。

　　钟涛在这本书的再版后记中写道："1959 年末，在北京的妻子毕方临产，我借回家探亲之机，将初稿整理修改出来，因为想听听同行们的意见，便将稿子送给正在北影改电影剧本的林予同志一阅，他很快看过后说：'此稿大有可为'，虽然只是一句过奖之词，我却颇受鼓舞，随即寄给上海《收获》杂志，不久，即得到对方来信，表示对此稿很感兴趣，准备采用。对我来说，欣喜之情可以想见。但偏偏就在此后不久，发生了《第一书记上马记》事件，事情也就引起了变化。"

　　短篇小说《第一书记上马记》内容是批判垦区存在放卫星之类的浮夸冒进风，发表于《北大荒》1959 年 10 月号，作者是垦区的张惟同志。不久，全国开始反右倾运动，这篇小说受到批判，钟涛作为责任编辑，大会小会挨批，他的长篇小说发表一事受到了冲击，又赶上《收获》于 1960 年停刊，事情就此拖了下来。

　　当头泼来的冷水，虽然让他心凉半截，可他对书稿面世并未死心。1960 年，钟涛离开了《北大荒》编辑部，全力投入农场史的组稿和编辑工作，编辑出版了反映八五二农场史的《在南泥湾的道路上》一书，并挂职该农场机务队副队长。这段经历为他修改补充长篇小说提供了很多条件。其间，他将原稿18万字充实到30万字，不少故事都源于八五二农场的真实生活。1964年，《收获》复刊，向他索要此稿，终于在1964年该刊第5期刊登。当时，此稿已交北方文艺出版社，但出书时，已是1966年3月，后来"文革"开始，印出的7万册书，也淹没在这场大潮中，没给读者留下什么印象。

1962年，钟涛被调到省文联任专业作家，直到退休才回到北京。主要作品除长篇小说《千重浪》外，还有中篇小说集《悠悠黑龙江》《光明屯纪事》，短篇小说《维纳斯的命运》《红旗的故事》《第一个主人》等。

《大甸风云》以恢宏的气势、朴实的语言、火热的激情描绘了拓荒者冒着生命危险踏荒、烧荒、开发亘古荒原的壮丽图景，以革命现实主义手法，生动地再现了转业官兵的拓荒事迹，小说用简洁朴实的语言、跌宕起伏的艺术情节塑造了北大荒第一代拓荒者的英雄形象。在艺术表现上，这部作品不单纯着眼于故事情节的完整性和戏剧性艺术效果，而是通过雄浑、粗犷而又委婉、细腻的氛围描写，着力营造一种凝练、深邃，充溢着北大荒蛮荒风味的审美意境，而在这富有诗情画意、充满激情的意境中蕴含着作家奋力拼搏、积极向上的乐观主义精神。

2010年8月15日，钟涛因病在北京逝世，享年84岁。

回顾晁楣走过的艺术之路，起步于部队这所大学校。

1931 年 4 月 2 日，晁楣出生在山东省菏泽市何楼村晁大庄村。1949 年 5 月，南京解放后晁楣参加中国人民解放军，考入二野军政大学，结业后被调到军大文工团美术队。1951 年，创作出了他的第一幅木刻宣传画《提高警惕，保卫祖国》，被刊登在当时的《西南画报》上。1952 年，他被调到哈尔滨军事工程学院政治部任助理员，业余从事美术创作，其作品开始入选全国美展，并在全国性报刊上发表。

1958 年 3 月，举世瞩目的 10 万转业官兵从全国各地向着北大荒进军。那是一个寒

晁楣早期的版画代表作《第一道脚印》

1958年4月，晁楣在八五三农场五分场参加选种劳动（晁楣提供）

冷的春天，晁楣和广大战友们胸佩红花，轰轰烈烈地登上了去密山的列车，来到北大荒这个新奇的世界。辽阔的天空，无边无际的黑土荒原像一匹黑缎一直延伸到天际，白桦树银色的枝干在淡淡的春阳下闪着白光，空气里饱含着水分，从犁铧翻开的泥土里能嗅到春天的气息。

晁楣完全被这充满生机的世界羁绊住了，他谢绝了农垦局要留他在局里工作的好意，来到八五三农场最边远也最艰苦的五分场。

晁楣和战友们在冰天雪地的旷野里，砍来树枝、割来荒草，搭成"马架子"，把荒草铺在冰雪上当床铺。没有粮食，三天两头去总场往回背。

有一次，晁楣和3位战友到总场背粮，往回走时已近黄昏。那时还是4月中旬，草甸子里的积雪未化，寒气袭人，又无道路，探索着走在一片连着一片的塔头甸子上。天上的星星在闪烁，没有月光，冷风阵阵袭来，远处不时传来野狼的嗥叫声。他们紧张，为了防御狼的袭击，点起一堆篝火，这时大家已是衣裤全湿，饥寒交迫，疲惫不堪。隐隐地听到声音，晁楣首先喊道："听，听，有人在喊……"于是4个人全趴下来将耳朵贴在地上。果然，喊声越来越近，原来是一位战友在棉衣兜里揣几个苞米面饼子，特地来迎接他们。60多年过去了，至今晁楣每忆及此事，心情仍十分激动，他说："如果没有那几个苞米面饼子，那一夜真不堪设想。"

在开发北大荒那段艰难的岁月里，晁楣始终没有丢下手中的木刻刀。在开发荒原的创业阶段，晁楣参加过伐木割草、建设临时性住所的突击性劳动；饱尝过规划土地、勘察荒原工作的甘苦；在沼泽排水工地和点播大豆的处女地上，洒下过辛勤的汗水。《第一道脚印》的题材、构思来自荒地勘察那段生活经历的感受。当时，晁楣给未婚妻的一封信中描绘了那段生活。

一年后，他就创作了套色木刻《第一道脚印》，这是一幅表现开垦荒原的尖兵生活的优秀作品。它表现了一队踏查队员，在茫茫雪原上步履艰难地向前行进，身后留下一条深沉、坚韧的脚印。他们为征服荒原踏出了第一道脚印。在昏暗中因抽烟点燃的火光映着垦荒战士严峻、坚毅的脸庞，那是闪烁在茫茫雪地上燎原的星火……这是惊醒沉睡中荒原的第一批人群，它预示着大规模的垦荒战斗即将开始。这幅版画形象生动，通过有气势的构图、浓重的色调、遒劲的刀法，将风雪夜晚踏查的具体场景描绘出来。

晁楣每每回忆起50年代末期荒地创业的生活往事，仍然激动不已。那是因为他曾为之奉献了宝贵的青春年华。这幅画曾经挂在垦荒者的帐篷里，之后，又被刊登在许多报刊、画册、书籍的封面上，也曾多次出现在国内外大型的美术展览会里。

这幅画创作快半个世纪了，每当谈起这幅画时，晁楣先生还是很兴奋和激动，而且浮想联翩。他说：(《第一道脚印》)从纯技巧上从严要求，稚嫩之处显而易见，也许它尚不能算是我整个创作生涯中最具代表性的作品，但是，我对它却怀有特殊感情。它能引发我心灵的震颤，因为它涵盖了我拥有的那段宝贵的生活经历的深层意义，它还使我人生道路的里程跨入了一个新的阶段。

后来，他致力于北大荒版画创作的同时，积极组织垦区版画创作队伍，逐渐形成实力雄厚的版画创作群体，创作了一大批以转业军人屯垦戍边为题材的版画作品。这些作品以其强烈的时代精神、浓郁的生活气息和鲜明的艺术特色，在全国美术界引起强烈的反响。"北大荒版画"美名不胫而走，晁楣也成为饮誉海内外的北大荒版画学派创始人之一。

1962年9月，晁楣被调到黑龙江省美术家协会，成为专业画家，先后担任创作员、创作室主任、省美协副主席、省美术馆馆长、黑龙江省美术家协会主席、黑龙江版画协会会长、黑龙江省版画院院长等职。作为黑龙江省美术界的主要领导人，晁楣倡导并扶持了10个美术创作群体，其中包括阿城、大庆、大兴安岭和鸡西版画创作群体，黑龙江的版画创作一直在全国名列前茅。

晁楣从事美术创作近50年来，先后创作版画作品400余幅，发表论文50余万字。其作品曾在日、美、苏、英、法等50多个国家和地区展出，多次参加国际性重大美术活动，并在日本、美国、苏联、新加坡、中国香港和澳门等国家和地区举办联展和个人展。在国内曾参加第二至第七届全国美展、第一至第十三届全国版展，并在北京、台北和其他省、市多次举办联展和个人展。其作品多次获得省、国家及国际奖，其中，1979年的版画作品《春醒》获全国美展银奖；1984年创作的版画《松谷》引起中外艺术界人士瞩目，从而获得第六届全国美展金奖。他的作品被国内外美术馆、博物馆收藏200余幅。

晁楣先后出版了作品有《晁楣作品选集》《第一口油井》《晁楣版画选》《晁楣版画集》《晁楣版画》。1991年10月，国务院批准他为优秀专家，享受政府特殊津贴待遇；1993年，黑龙江省中华文化发展基金会授予他终身成就奖。

晁楣的名字及其艺术成就，先后被列入《中国艺术家辞典》《中国美术家辞典》《中国现代文化名人辞典》《中国现代美术家名鉴》《美术辞林》《中国百科年鉴》等书。他先后当选为中共十二大、十四大代表，全国第三届人大代表。

在北大荒博物馆第四展厅里，陈列着一本由当年在九三农垦局劳动改造的将军童陆生创作的诗词集《五花堂诗词稿》。

1960年秋天反右倾运动中，被错划为"阶级异己分子"的中国人民解放军少将童陆生，来到黑龙江九三农垦区农业科研所劳动改造。

童陆生，1901年生于湖北省黄陂县至通口。他1919年参加五四运动后，投考南方政府云南讲武堂韶关分校学习。1926年加入中国共产党。四一二反革命政变后，党派他到杨虎城那里工作，被委任为第十七路军总部上校参议。延安时期，任八路军总部高参室参议，后为朱德总司令领导的战略小组成员，中央军委一局局长、四局代局长。1946年，

反映九三美丽富饶的
《五花堂诗词稿》

九三管理局史志办1990年为
童陆生编印的《五花堂诗词稿》

他以国民革命军第十八集团军少将高级参谋的身份，跟随周恩来到重庆、南京进行国共谈判。后来代表团迁到南京，童陆生也到了南京，担任代表团军事组组长。1947年，党中央、毛泽东撤离延安，童陆生率王家坪工作人员转移到晋西北。周恩来曾带童陆生去见毛泽东，毛泽东向童陆生问了一些民情。在延安，童陆生还担任过四局副局长、代局长。

在延安时期，他还当过抗大三分校的军事教授，并主动找校长许光达要求教参谋训练队，培养了大批参谋人员，这批参谋人员在抗日战争和解放战争中发挥了重大作用。在几十年的戎马生涯中，他立下了赫赫战功，1955年被授予少将军衔。

新中国成立后，童陆生任中央军委四局局长、训练总监部军事出版部副部长、军事科学院院务部副部长。1955年，他被授予少将军衔，这是他在我军第三次被授予少将军衔，这在开国将军中是很少见的。他获得了二级独立自由勋章、一级解放勋章。

童老在北大荒的两年中，"身临其境，两度春秋领略风光，体会农业为立国之本，工业为主导为建设社会主义指南针"。

1962年9月，童陆生在九三荣军农场科学研究所时所写的《五花堂诗词稿》自序中这样写道：

> 一九六〇年秋我由北京下放到黑龙江北大荒九三农场，地处塞北，冰封千里，积雪遍地，待春来解冻，荒岗起伏，地貌渐露真容，寒气日消，野色春化，眼见黑土肥沃，田园油绿，一片美景出现人间，堪称佳壤。但已往视为荒土，人迹罕至，只有在中国共产党的领导下，人民得到胜利解放后，建设起来的农场一改过去之荒凉面目，而呈现今日之兴盛景象……

作为一名将军，童陆生有着非凡的经历，这样一位身经百战的将军，堪称武将；但他又是一位博览群书，著述颇丰的文才。他爱书，以书为伴，以书为师，以书为乐。他读的书涉猎很广，他撰写的回忆录、诗词等，曾在多家报刊上发表。

　　他在九三农垦区科研所"劳动改造"的两年里，在当地职工中结识了许多善良纯朴的人。他在与黑土地的接触中，更加坚定了共产主义的信念；他始终保持乐观的情绪；他珍惜与北大荒结下的不解之缘；他爱北大荒的山，爱北大荒的水，爱北大荒的无名花草，爱北大荒的玛瑙、石子；然而，他更爱北大荒人。在当时缺医少药的北大荒，童陆生经常义务行医，为职工解除病痛。现在，许多当年被童老治过病的职工，还念念不忘童老。

　　在九三科研所工作期间，童老深深地被北大荒的富饶美丽而打动。于是，他提笔写下了42首诗词。为了纪念这位老将军，九三农垦局史志办于1990年为他出版了他的诗词集《五花堂诗词稿》。他说："此地老乡相传名五话堂，意谓此地野生奇花异草之繁茂别处少有，犹未为人认识定名者尚多。我利用春夏之际，寻花问草以欣赏求知自然界之奇观，且采集藁本，防风等品医治头痛病。还拾过各种色彩花纹的石子，如：化石、水石、玛瑙、矿石、花岗石、浆石等。对此虽然爱好，但多不识其名，拾取后还须请教别人、查阅书籍，了解其用途，它将是建设社会主义之工业原料，不会久被弃置于河滩、草甸、山岗之间。或以诗词记事咏物间有感怀之作兼以自勉。今我将离此，迁地疗养宿疾，将两年来拙作抄集起来拟名曰：《五花堂诗词稿》以志行踪。并将有关谈及诗词及诗词之信件亦检附其中以存意旨……"

　　他的《北大荒冬天》是这样写的：

　　　　山岗草甸连无边，／北大荒来又一年，／冻土茫茫常积雪，／寒林处处带霜烟，／中霄月色银光夜，／偶见彩虹耳挂天。／最是农场忙不尽，／春耕冬备话炉前。

　　童陆生在北大荒农场劳动改造，劳动之余，他钻研中医，并义务行医，在农场附近颇有名气。1963年，中央组织部调童陆生回北京。未分配工作，闲住在军事学院的大院里，童陆生就在北京义务行医，渐起名声。

　　1978 年，童陆生的冤案得到了彻底平反。 他先后担任军事科学院院务部副部长，全军第一军事图书馆第一任馆长，军事出版部副部长。1980 年离休后，曾于 1985 年受总政治部通报嘉奖，为全军优秀退休干部；于 1989 年 7 月 31 日，他同陈锡联、 杨得志等 300 多名战功显著的同志一起，受到时任中央军委主席邓小平颁发的"红星"勋章的奖赏。

　　这本《五花堂诗词稿》，被九三农垦史志办列为"九三垦区历史资料之一"，1990 年 2 月，经过黑龙江省新闻工作局批准，由齐齐哈尔市站前印刷厂印刷 1 000 册，内部发行。装帧设计采用古老的从左往右翻，立文排版。已故的原九三史志办主任赵庆才担任编辑，除了在书前写了《我所敬佩的童老》外，还在书的末尾与原九三局信访办主任张泉礼，于 1986 年 9 月共同写了《读童老〈五花堂〉诗集有感》。九三垦区著名的书法家石安述题写了书名。该书在附录部分，还刊登了 10 首读后感怀的诗词。

　　2001 年 2 月 27 日，童陆生在北京逝世，享年 100 岁。2004 年，中国文联出版社出版了他的传记《百岁将军童陆生》，记述了童陆生将军战斗的一生。

王德全与歌曲《兵团战士胸有朝阳》

在北大荒博物馆第四展厅里，展示着兵团时期红极一时的歌曲《兵团战士胸有朝阳》的手稿。看到王德全 30 多年前的这部作品，使我们联想起许多与这首歌曲相关的故事……

兵团战士胸有朝阳，胸有朝阳，

屯垦戍边披荆斩棘战斗在边疆……

坚决响应毛主席伟大号召，誓把北疆变粮仓，

热爱边疆扎根边疆建设边疆保卫边疆，红心向太阳！

这首在特殊年代里产生的歌，久唱不衰。在黑土地上空回响，而后随着知青返城，在京津沪各大城市流传近 30 年。

词作者是 1968 年组建兵团时来北大荒的现役军人，兵团五师政委高思。高政委希望有一首歌将成千上万名知青的思想行动统一起来。然而，离开大城市来到北大荒的知青

王德全在为《兵团战士胸有朝阳》谱曲（王德全提供）

们对这些仅仅是暂时的满足。日子久了，劳动、生活条件艰苦，有的发起了牢骚。

面对复杂的知青思想，年过半百的高思自己动手，写下了《兵团战士胸有朝阳》的歌词。从屯垦、戍边和思想锻炼3个方面来抒发兵团战士的豪情。每段歌词基本上是四字一句。写好歌词，他还不罢休，和妻子一边配曲一边试唱，边哼哼边修改，最后摇摇头，放弃了配曲。

妻子提起与她同台上演《红灯记》中的一个小伙子，他不仅嗓子好，扮相做功也好。一打听，原来是哈尔滨师范大学音乐系的毕业生王德全，土生土长，与知青同时来到五师。

王德全是密山县人。父亲是县康复医院的办公室主任，闲暇在家，爱弄萧吹笛，还会演京戏。通晓俄语的二姐，经常向他介绍俄罗斯音乐，哼唱苏联流行歌曲。

1968年8月，王德全这届毕业生留校闹革命。兵团派人到学校挑选毕业生，学校原本留他当老师，结果兵团只选中他一人。他很自豪地被分配到了兵团五师。

他在五师师直中学当音乐教员。就在他当教员期间，我在这所中学读书。至今我还清楚地记得，当时王德全除了教我们上正常的音乐课外，还组织我们鼓号队参加学校体育运动大会。运动大会开幕式那天，吹号的学生不够用，他就和我们一起上场吹。后来，他还组织革命样板戏大合唱、长征组歌大合唱，我当时也算是学校里的文艺骨干，也参加了他组织的这两次大合唱。半年后，五师组建毛泽东思想宣传队，他被调任宣传队长。当时宣传队几乎都是知青，还有一批从省艺校接收来的学员，他们能歌善舞，年龄大的18岁，小的只有16岁。王德全在宣传队实现了他的梦想：作曲，指挥，伴奏，编导。后来，他与政委夫人吴英同台演出，扮演了革命样板戏《红灯记》中的反面人物——日本宪兵队长鸠山。

有一天，高思见到王德全说："小王，你是音乐'权威'，给你半个月时间，把这首《兵团战士之歌》谱上曲子！"

高思还当面把自己谱的曲子试唱一遍。王德全听了，暗自发笑：不像兵团战士，有点像鬼子进村。半个月后，高思问他：曲子谱好了没有？

王德全说："正在琢磨，想使旋律带点俄罗斯的味道。"

那些日子，他废寝忘食，不断哼哼，从记忆仓库中极力搜索能表达兵团战士激情的进行曲旋律。他心潮汹涌，耳际回荡着兵团战士列队前进整齐有力的脚步声……渐渐升华，带点俄罗斯风味，后又转化为民族风格。曲子谱成后，高思听了极为满意。

1972 年冬天，五师举行了盛大的文艺会演。全师 10 多个团的文艺宣传队云集在五十一团团部。招待所、学校、澡堂，到处都住满了身穿兵团战士绿军装的青年男女。列队来去，一路歌声。俱乐部更是热闹，知青们济济一堂，呈现出一片绿色的、歌声的海洋。

《兵团战士胸有朝阳》就是在这里一炮打响，并获得会演大奖，继而推向全师，而后推向整个兵团。

1973 年，省里举办歌词歌曲学习班，兵团派三师文艺创作组的顾震夷带着推荐歌曲前去参加。在学习班上，他极力推荐《兵团战士胸有朝阳》，说这首歌曲有阳刚之气，不仅是兵团之歌，也是知青之歌，歌曲有气魄，有军歌味道，流畅上口，雄壮有力。正巧省歌舞团的李郁文教授参加学习班的指导，顾震夷就推荐给了他，并请求这位老师对这首歌词给予润色。

李郁文是当年风靡一时的《大海航行靠舵手》的词作者。他欣然接受，对这首歌词进行了润色。当年，《省优秀歌曲选》发表了这首歌。不久，以国务院领导小组名义出版的《战地新歌》也发表了这首歌，署名是五师创作组。还被制成唱片，由中国唱片出版社出版，向全国发行。

就这样，《兵团战士胸有朝阳》从北大荒推向全国，激励了千百万上山下乡知青。潮起潮落 30 载。这首歌成了连接黑土地和各大城市老知青的纽带，浓缩了一代知青上山下乡、屯垦戍边的人生历程，凝聚着一个又一个令人魂牵梦绕的"北大荒"情结。

歌名几经修改。原名《兵团战士之歌》，后改为《兵团战士忠于毛主席》，最后定为《兵团战士胸有朝阳》。这反映了它是"文革"时期的独特产物，它铸成了整整一代知青独特的人生经历，远远超出了北大荒的时空。

第一张管理局办的报纸
《九三战报》

在北大荒博物馆第四展厅里，展示着黑龙江垦区最早的一份由分局党委主办的报纸（《九三报》的前身）《九三战报》创刊号。有缘分的是，我原来就在这个九三报社工作，而且，这张《九三战报》的创刊号，就是我捐赠的。应该说对于这张报纸的来历，我是有发言权的。

《九三报》有着悠久的创办历史。而且是随着九三分局机构的变更，从一张油印的小报演变而来的。这张报纸最早的名字叫《丰收报》，那是 1951 年由鹤山八一五农场创办的。1952 年，九三农场将《丰收报》改为《星火报》，均为四开两版，每周出刊 2 至 3 期，油印套色，图文并茂。1953 年，九三农场与

《九三战报》创刊号

伊拉哈荣军农场合并后，仍叫《星火报》，每周 3 期。1958 年"大跃进"时，改为《生产快报》八开一版，每周 3 至 5 期，1966 年停刊。

1977 年 8 月 10 日，《九三战报》出版创刊号。为八开两版铅印，每周 1 至 2 期。

1978 年 5 月，省委常委、省农场总局党委书记王振扬视察九三农管局，找到当时的九三局宣传处副处长张成富说："在垦区西部办张报纸，弥补《农垦报》当时发行不畅，到西部局时已成为迟到的消息的遗憾，让九三局先试办。"张成富和宣传处的同志们一讲，大家都反对，理由是：现在办一张不定期的《九三战报》已经弄得手忙脚乱了，从组稿、编稿、排版、校对、发行，占去全处很大的精力，这定期出版正规报纸不能办。张成富立即把大家的意见向管理局党委书记王元钧汇报，也转达给王振扬书记。王振扬书记听后很不高兴地说："你们这个宣传处长咋这么多畏难情绪，办报纸是宣传工作的一件大事，别的局都求之不得，你们却推三阻四。"王元钧书记立即找张成富谈话，让他下决心办。叫什么名一时定不下来，决定在全局征集报名，经过反复酝酿，也为办报大造了舆论，最后把带有深刻时代印迹的《九三战报》，去掉一个"战"字，改为《九三报》。

出版报纸需要省出版局批准，张成富带着试刊版几次跑省城，出版局一位女科长要来九三局实地考察办报条件。同意后发给出版刊号，为内部发行，每期 2 000 份，周刊。

一开始，由齐齐哈尔女知青汤劲松七手八脚忙活，不久，从局文卫处调来刘安一（老作家郑加真夫人，后来到《农垦日报》当编辑）办报，一个人背个书包起早贪黑地约稿、改稿、排版、校对清样、发行。后来，局编委会给定编 4 人。张成富兼主编，具体由新闻科长张福宽（后来被调到黑龙江日报社工作）负责。

试办期间，由管局印刷厂印刷，由于设备落后，字号不全，印出来的报纸像黑板报，制锌版还要到齐齐哈尔或哈尔滨，既浪费又保证不了出版时间。张成富到齐齐哈尔铁道报印刷厂联系后，当即签订了合同。报社每期编好后派一名编辑到印刷厂负责校对、分发、邮寄。后来，发现这样也很费钱，就在印刷厂聘了一名退休工人，帮助做这些工作，每月发40元工资。从此，《九三报》越办越好。

我于1979年9月19日，从九三修造厂调到工交党委政工科（后来改为党委办公室），负责全九三局工交系统的共青团和宣传报道工作。召开团代会后，政工科长王凤江兼工交团委书记，我是专职团委副书记，当时在基建工程大队政工股做共青团工作的刘文秀（现任九三分局党委委员、九三分局党委宣传部部长），是工交团委的兼职副书记。我们两人那时候来往比较多，除了工作上有联系外，业余时间我写点东西就去找他帮助打印，他当时会用铅字打印机，打印完就在一起吃顿工作餐。他知道我爱好收藏，有一天我去他那，他告诉我他在为徐华大队长收拾办公桌时，发现抽屉里铺的那张报纸，竟是《九三战报》创刊号，他就把这张报纸收藏起来了。那天他拿出来给我看时，他见我很喜欢，就把这张创刊号送给我了。我回到家里，把这张报纸贴在了我已经装订好的《九三报》合订本的第一页，珍藏起来。后来，我被调到总局党委宣传部工作后，我家从九三分局搬到佳木斯市，在佳木斯市的10年中，我搬家6次，可每次淘汰旧书报时，我都翻出这本《九三报》合订本，仔细翻一遍后，还放到保险的地方。这张创刊号上留着雨水浇湿的痕迹，是我家在佳木斯住平房时，一些书报在漏雨的仓房里浇的。

1981年5月，《九三战报》改为《九三报》，并被列入《中国新闻年鉴》企业报名录。《九三报》为四开四版，周刊，铅印。一版为要闻版，二版为经济版，三版为综合版，四版为"沃土"副刊。副刊当时办得比较活跃，我负责编辑副刊，为了培养副刊作者队伍，1988年11月13日，在九三农管局组织成立了"九三垦区文学联谊会"，制定了《九三垦区文学联谊会章程》，把全局8个文学社团的130多人组织起来，我担任理事长和"沃土文学"丛书主编，王英文、王剑刚担任副理事长和副主编，秘书长由付明、刘文秀担任。编印了诗歌集《最初的旋律》、散文集《早春的鹅黄》。较有影响的栏目为"七日谈""每月一场""九三南北"等。

　　1987 年，我还主动负责创办内部刊物《九三报通讯》，专门供通讯员阅读，每期印刷 500 份，每季度出 1 期，到 1989 年 11 月 15 日，共出版了 10 期。每期除了刊登《九三报》的宣传报道要点外，还刊登一些采写体会文章和编辑的论文。

　　自 1990 年开始，《九三报》开始自办发行。1992 年 1 月 22 日，经管局党委扩大会议决定，《九三报》由周报改为周二刊，并新增了 3 名编采人员，由机关 3 楼搬到"小白房"办公。但因印刷、编辑等原因，周二刊只出版了几期，后又变为周刊。

　　1993 年 3 月 17 日，《九三报》出版最后一期，经管局党委决定，4 月 1 日，《九三报》停刊。报社解体，原报社编辑、记者多数调出垦区。《九三报》的创刊与发展，在九三农管局的发展史上和两个文明建设中发挥了特殊的作用，是九三广大新闻、文学爱好者的重要活动阵地，是培养和锻炼文学和新闻人才的一个重要摇篮。

　　这张创刊号是九三印刷厂印的，《九三战报》报头 4 个字是黑体字，报头下面还有一行汉语拼音，拼音下面写着"黑龙江省九三国营农场管理局政治部编印"。北大荒博物馆筹备期间布展时，我把这张创刊号捐给了北大荒博物馆。

荣获全国美展银奖的版画《小屯之夜》

在北大荒博物馆第四展厅里，陈列着第六届全国美展银奖获得者于承佑的版画《小屯之夜》。

我和于承佑相识很早，在九三管理局工作期间是同事。1985 年春天，从鸡西市下乡来九三管理局的知青于承佑的版画作品《小屯之夜》在第六届全国美展中荣获银奖，我作为他的朋友和业余记者，写了一篇报道分别发给了许多报刊。新疆《石河子报》、广东的《通什农垦报》、广西的《广西农垦报》，省广播电台、省电视台、《黑龙江工人报》《鸡西日报》，《农垦报》还在 1985 年 3 月 19 日三版头题，发表了我和沈重光写的通讯《美的追求》。《黑河日报》发表这篇通讯的时

于承佑的版画《小屯之夜》（于承佑提供）

候，还配发了这幅获奖作品。他从鸡西调回省版画院后，我们始终保持联系。现在的于承佑有了名气和地位，成了版画界的大腕。

于承佑 1953 年生于山东省即墨县。20 世纪 60 年代初，他和父亲"闯关东"来到黑龙江鸡西市。于承佑上小学的时候就喜欢画画，什么花花草草，连环画上的人物，画了一张又一张。六年级还没念完，"文革"开始了，有学不能上。可他从没有放下过画笔，因为他幼小的心灵中早就埋下了一颗理想的种子，长大了要当画家。17 岁那年，于承佑和同学们一起来到了北大荒，到九三管理局的大西江农场劳动。他的眼前是一片广阔的天地，北大荒的朝霞、江涛、山岚、白桦、浪花，都深深地吸引着他。他不顾白天劳动的疲劳，每天业余时间就拿起画笔，辛勤耕耘着。渐渐地于承佑在农场里成长为一个小画家，他被调到学校当美术老师。为了进一步掌握绘画技法，他利用寒假回家探亲的机会，到鸡西师范学校美术班当旁听生。在农场的 18 年，他当过农工、渔工、教师。1977 年 10 月，被调到九三农管局面粉加工厂任出纳员、工会干事。

1981 年，九三管理局职工俱乐部需要一名美工，他被选中了。这为他从事绘画艺术创造了良好的条件。他在做好本职工作的同时，刻苦钻研绘画技术。1982 年，他绘制的一套由 30 多个画面组成的幻灯片《48 架鹿茸侦破记》获农垦总局创作奖。垦区的著名版画家郝伯义、李亿平发现了他，他们把于承佑领进了北大荒版画之门。他们拿出自己珍藏了多年的资料，一边让他欣赏，一边把构思、草图、版画设色以及刀法和印制一一讲给他听。他如逢甘霖，很快在创作上就有了突破。

一幅成功的作品，不知要熬过多少个不眠之夜，实在支撑不住时，他就伏在桌子上打个盹，一天、两天，一个月、两个月，他终于成功了。他手捧奖牌，激动而腼腆地说："荣誉不属于我自己，这是老师心血的结晶，是北大荒版画集体的功劳。路的平坦，是众人踩出来的，是前人开拓出来的。"

于承佑在垦区期间，自 1983 年起，曾多次参加总局版画创作班，先后创作了套色木刻《丰收的喜悦》《话致富》《红庄》《小屯之夜》《圆月》《轻风》等作品。其中《小屯之夜》获全国第六届美展银牌奖，被中国美术馆收藏。

他曾为中国美术家协会会员，中国版画家协会会员，黑龙江省青年美术家协会理事。曾任鸡西市群众艺术馆美术创作辅导员，鸡西市美术家协会副主席，版画研究会会长。现任黑龙江省版画院专业画家。在鸡西，他先后创作 20 余幅版画作品，参加组建鸡西版画创作群体，并在北京中国美术馆举办一次鸡西版画展览。他的作品有 12 件参加了这次展览，《山花》被中国美术馆收藏，《和》入选全国第十一届版画展览，《茗》赴日本展出，获日本"中国版画奖励基金会"1992 年金奖。

于承佑的版画，总是给读者带来一丝坚强的震撼力。于承佑用他那特有的温婉细致，演绎着北方牧歌式的当代风情。作为"北大荒"版画的重要画家，在于承佑的精神世界里，充满着对这片土地的由衷热爱。他寄予在作品中的浓烈感情中散逸出来的，不仅有属于版画视觉领域的进退开合，更重要的是，还有属于艺术家的文化修养以及与生命同在的胸襟和气息。

在长达 18 年的知青生活中，于承佑的个性早已跟这片苍茫广袤的土地联系在一起。即便是在离开"垦区"之后，骨子里的那种情结仍然成为不可摆脱的精神习惯。水印木刻版画《小屯之夜》里，就已经发现直到今天他还在内心深处恪守着的秘密。有些艺术家是在与心灵的对话过程中"创作艺术"，有些艺术家是在玩弄技巧的前提下"游戏艺术"，而于承佑的特别之处在于，他是用自己的全部生命探索、寻找并表现艺术，进而追求艺术与生命的互相融合。在其生命世界和艺术世界间，他完全可以毫不犹豫地画上等号。

广东的王嘉曾这样评论于承佑的作品：在鲜活而具体的艺术作品面前，有时候很难用现成的理论加以套用。在于承佑的版画作品中，优美和壮美的交替涌现，使得读者往往难以把眼前的作品归类于优美或壮美的任何一方。《小屯之夜》（1984 年）就是一个很好的例子——屋顶上的茫茫积雪，夹杂着千里冰封的诗意，构成了壮美的主要元素，而透过窗户的那片片朦胧摇曳的昏黄灯光，则是属于优美的范畴。夜归的人们，踏着积雪，迎着灯光，他们成为介于壮美和优美之间的重要纽带，把两种不同的审美感受巧妙地统一在一起。熟悉艺术史的读者，在读到《小屯之夜》的时候，一定会想起吴冠中在

1979 年发表的文章《绘画的形式美》。对形式美的发掘，成为贯穿 20 世纪 80 年代中国艺术领域最重要的主线之一。于承佑的版画《小屯之夜》，与其说是在这个美术思潮影响下的对视觉新形式的尝试，毋宁说是他对北方牧歌式的当代风情的生活体验，这与其长期钟爱的版画艺术不谋而合。

2014 年 9 月，在第一次全国可移动文物普查中，这幅于承佑的获奖作品《小屯之夜》被省文物专家鉴定组鉴定为国家三级文物。

荣获全国美展银奖的大型浮雕《北大荒人颂》

当你走进北大荒博物馆第三展厅时，一幅气势宏伟的巨型浮雕——《北大荒人颂》，会冲击着你的视觉。这幅呈弧形的浮雕高近8米，长28米，总面积220多平方米，是目前全国最大的室内浮雕，该作品获得了全国第十届美展的银奖（金奖空缺）。

"生活真是有趣，我实在不曾想到，离开北大荒20多年后，会有这样一个机会，让我为曾经熟悉的生活，创作一幅巨型浮雕！这实在令我激动不已！"在我见到杜飞的那一刻，他激动地跟我说了许多心里话。

杜飞曾任中央美院的壁画系教授，在45年前他作为一名69届的初中毕业生，与北京的13万知青一起上山下乡，他还清楚地记得

杜飞在精心制作大型浮雕《北大荒人颂》（北大荒博物馆提供）

刚被分到黑龙江省山河农场时，被那辽阔无边的黑土地震撼的情景：大家欢呼着，跳跃着，喊着"我来了！"有人从地里抓起一把黑土装进瓶里邮回家……他就是这样爱上黑土地并把生命中最美好的8年留给了这片黑土地。这8年，他与伙伴们面朝黑土背朝天，每天凌晨3点到晚上9点，这一刻骨铭心的记忆，这沉甸甸的生活经历让他对北大荒怀有一种特殊的情感。他说要感谢北大荒，因为他第一次接受正规专业的美术训练就是在那里，从哈尔滨去的杨世昌老师还赞赏过他的素描画得结实，正是基于这样的基础和信心，他才一步步走向中央美院。

杜飞回京后，先后当过农民、建筑工人、装卸工人、艺术工人，还当过编辑和画家，后来考上中央美院并留校，他曾担任过的每一个社会角色，都为他的大型雕塑准确地塑造人物形象埋下了最好的伏笔。这次一听说要他创作北大荒题材的壁画，他就开始热血沸腾了。能有机会用自己的刀去体现整个开荒史，把北大荒的故事与精神用浮雕的形式展现出来，他有一种强烈的创作冲动……

在稿子最初的设计中，杜飞依据北大荒博物馆"内展"方案，进行了细致的筛选，根据他的亲身经历和筹建人员提供的故事，绘制成一组组具体形象。

作品在泥稿的塑造阶段，杜飞组织了一个塑造小组，紧张阶段人员高达20人。工作场地设在北京著名的798国际艺术城一座高大的雕塑工作间内。近百吨的雕塑泥，铺天盖地附着在钢管搭建的巨墙上，最厚处达到30厘米，工作台面共分4层。这种巨大的场面激发起人的激情，让你不由自主地跑上去创作，画面中138个人物塑造倾注了他全部的心血。有的人物与真人大小基本相同，为把握人物造型的准确和生动，要退到很远处看效果，每天4层高的梯子要上、下无数次，每两小时喷一次水，晚上盖上塑料布，白天揭开，周而复始，持续干了4个月，这种高强度的脑力与体力支出，一个年过半百的人能够坚持下来，今天看来，完全源于重塑那个时代的创作激情。

在创作期间，恰逢当年知青35周年聚会，当杜飞把稿子给大家看后，这些早已青春不再的人们激动不已，他们在画面中似乎都找到了自己当年的影子。那个手握黑土的人……那个唱歌的人……那个割地的人……"是的，这就是我们当年的生活。"

浮雕的泥塑模型完成了，整个模型是由 200 多块小模型组成的。把这 200 多块模型编上号后，再分别造出型来。在哈尔滨组装浮雕那天，从北京开到哈尔滨的一辆大货车装得满满的。施工者把这一块块浮雕的局部焊接在钢结构骨架上。经过拼接和人物肖像的打磨，最终呈现为眼前巨型浮雕的样子。

浮雕上的每个故事，都是北大荒开发时期一段动人故事的真实再现。一组组构图，一次次易稿。最后确定了 32 个故事。

抬头仰望，在壁画的左上角，先看到了第一个故事："挺进北大荒"，它拉开了整个壁画的帷幕。

从 1947 年开始，一批批荣誉军人戎装未换、征尘未洗，拖着伤残的身体，穿着肥厚的棉袄，带着枪和锄头在北风呼啸中浩浩荡荡开进神奇、荒凉的北

北大荒博物馆里的大型浮雕《北大荒人颂》

大荒，在最凶险最原始的条件下披荆斩棘。他们中，有 60 多名戎马一生的老红军，有与日军浴血奋战的老八路，有 16 000 名为新中国而战的勇士，更有抗美援朝的英雄，一个个都功勋卓著，却怀着一颗共同的心愿挺进北大荒。

再往前，我们看到了"机耕之花"：受到毛主席接见的新中国第一个女子拖拉机手梁军和中国第一个女子拖拉机队——以她名字命名的"梁军女子拖拉机队"，中国第一个女子康拜因手刘瑛，她们的事迹成为当时全国妇女的一面旗帜，她们的名字也都被写入了史册。

浮雕左下方呈现的是初建营地的情景：1958 年，预备一师的 1 488 名转业官兵用 100 多天时间抢盖出 1 000 多间"马架子"，使萝北荒原出现了几十座荒原新村，3 475 名转业官兵在八五九农场用 20 多天盖了 360 多间"小马架子"，"小马架子"成了培育北大荒精神的摇篮。

在浮雕的下方，你可以看到一幅奇特的人力拉犁的场景，十几个人艰难地拉动原始的犁，人们充满了战天斗地的豪情，正在向地球开战。

画面中感人至深的是"魂归塞外"。1970 年，为了扑灭一场山火，云山农场的 14 位知青勇敢地冲向火海，为救火献出了宝贵的生命，他们中年龄最大的才 22 岁，最小的才 17 岁……

就是这一幅幅动人的画卷构成了英雄的北大荒群体。老知青来了，在浮雕前泪流满面，口中喃喃：你们是北大荒的骄傲，北大荒没有忘记你们……

创作是枯燥的，然而正是这枯燥的创作最终获得了意想不到的收获。这幅作品参加第十届全国美展时，评委们一来到高 8 米的巨型壁画前举头仰望，就被这幅壁画扑面而来的气势震撼了，很久没有说出话来，最终这幅巨型壁画获得评委一致举手通过。作品能获奖，杜飞认为那是作品中折射出的北大荒精神感染人，是北大荒精神在延续。

摘得『亚太网印银奖』的版画长卷《北大荒颂》

在北大荒博物馆第三展厅里，展示着一幅意境幽远、气势恢宏的版画——北大荒版画长卷《北大荒颂》。

这幅历经13个月完成的《北大荒颂》，画芯全长60米，高47厘米，有关专家介绍，这种托裱后进行丝网印刷、全画由138块网版无缝四色手工印制而成的工艺，目前在世界上尚属首例。此画在北京举办的2007亚太网印制像展和中国国际网印及数字化印刷展中，一举获得"亚太网印银奖"和"恒辉杯"金网奖。

长卷由"亘古洪荒""荒原初醒""英雄转战北大荒""知青奔赴北大荒""荒原巨变——中华大粮仓""绿色和谐新家园""继

60米版画长卷《北大荒颂》（张洪驯提供）

往开来北大荒"7 个部分组成，刻画了由 800 多个人物组成的 3 组英雄群像。作者运用写实和超现实主义的表现手段，以时间源流为序，对不同的时空加以组合，用宏观意象的外在可视形态为背景，以北大荒不同发展时期的人文环境为主线，集中展现了北大荒开发建设的波澜壮阔场面。这幅长卷版画被人们誉为"北大荒《清明上河图》"。

《北大荒颂》是北大荒版画中的极品。透过画面，我们仿佛看到了在解放战争的战火硝烟中，按照党中央和毛主席的指示，那些征尘未洗、伤残未愈的荣誉军人为北大荒开发建设拉开了第一犁，创建第一批国营农场，唤醒沉睡千年的荒原的惊世壮举；看到了经三代北大荒人艰苦奋斗、勇于开拓创造出来的北大荒辉煌事业。在 60 米长卷中，我们可以随着艺术家的视角清晰地看到，昔日的茫茫荒野已变成万顷良田。北大荒已成为我国农业先进生产力的代表，成为国家重要的商品粮基地和粮食战略后备基地。在刻画从无到有、由弱到强不断发展壮大的垦区工业时，作者用力与美的构图，以气势如虹的运笔，勾勒出垦区正在新型工业化道路上阔步前进的雄浑场面，在描绘垦区日益繁荣兴旺的各项社会事业时，创作者用饱含真情实感的笔触和独特的艺术表现力，展现了垦区各项社会事业蓬勃发展的崭新局面。北大荒的每一个重大变化，都定格在这 60 米长卷中。

《北大荒颂》深刻诠释了北大荒精神。创作者以不可遏止的创作激情，用凝练的版画语言歌颂了英雄的北大荒人用青春、热血和生命，谱写的一个又一个壮丽篇章，让我们再次感受到历久弥新的北大荒精神的感染力和感召力。

这幅历史性长卷同样赢得了老一代版画大师、黑龙江省版画院名誉院长晁楣的喜爱。他在这幅画的序言中写道："这幅长卷，作者一反自己长期使用的抽象与装饰性表现手法，改用具象的绘画语言和超现实主义表述方式，把不同的时空事物加以有序组合，从宏观的、外在的形象视角出发，以凝重磅礴的气势、宏伟浩瀚的构图，为人们艺术地展现了几代北大荒人将茫茫荒原变成共和国大粮仓的勃勃英姿，同时也显示了艺术家对大题材随心把握的艺术功力。"

　　《北大荒颂》的创作者、北大荒版画院院长张洪驯，是一位曾夺得全国版画展金奖的作者，他在畅谈创作体会时难掩自己的激动之情：这幅版画继承了北大荒版画创作的优良传统，集中反映了北大荒 60 年开发建设的辉煌历史，歌颂了北大荒人无私无畏的精神，是一首北大荒的赞歌，我作为创作者感到十分自豪。用版画形式歌颂北大荒是我一生的心愿，完成这幅版画长卷也圆了我一个梦想。

　　有专家认为，这幅 60 米的版画长卷，创造了中国乃至世界版画史上的一个奇迹。

涌自心底的《北大荒人的歌》

　　20 多年前，我们北大荒文联一行去新疆生产建设兵团考察。在兵团文联举行的联欢晚会上，主持人为我们报了节目，他点名让我和考察团的一个女同志一起，唱一个"北大荒啊，真荒凉，又有兔子又有狼，就是缺少大姑娘……"这是很久以前在北大荒流传的一首民谣，好像在电影《老兵新传》的插曲中用过。

　　尽管这个很不专业的主持人也没有什么恶意，但我还是觉得自尊心受到了伤害——他可能看过《老兵新传》，但对北大荒的印象还停留在 20 世纪 50 年代初期。

　　于是，我立刻予以更正："我们唱一首《北大荒人的歌》。"

在 2008 年 7 月举办的第九届中国国际合唱节上，北京知青北大荒合唱团演唱的《北大荒人的歌》荣获金奖（北大荒博物馆提供）

"第一眼看到了你，爱的热流就涌出心底。站在莽原上呼喊，北大荒啊我爱你……"

虽然参加晚会的人不多，但我俩却非常投入地唱完这首歌。我觉得，这是代表全体北大荒人唱这首歌。

大家报以热烈的掌声。"没想到，北大荒有这么动人的歌！""歌词生动，旋律优美，太好听了！"

珠联璧合的一曲颂歌

说实在话，那时我的唱歌水平很一般。但打那以后，我一有机会就反复练习唱这首歌。不仅是工作的需要，更是因为我从内心非常喜欢这首歌。后来，因为工作关系，我陆续接触到这首歌的词曲作者，对这首歌的词曲内涵理解得就更深入了。

词作者王德是老一辈北大荒人。他 1937 年生于河北省乐亭县，1954 年转业来北大荒。与我父亲是同一个部队——农建二师的，对北大荒这块土地有着非常特殊的感情。1955 年末，王德被调入哈尔滨歌舞团，此后历任哈尔滨市文联副主席、哈尔滨市音乐家协会主席、黑龙江省音乐文学学会副会长、中国音乐家协会会员、中国音乐文学学会理事。

曲作者刘锡津是国家一级作曲家。他 1948 年出生于哈尔滨，和我们北大荒有着千丝万缕的联系——弟弟妹妹都在垦区下过乡，对北大荒既有特殊的感情，也有深刻的理解。20 世纪 80 年代中期，刘锡津是黑龙江省歌舞剧院院长，后来担任黑龙江省文化厅副厅长、黑龙江省音乐家协会主席，后来到中央歌剧院做院长。他是中国音乐家协会理事、中国民族管弦乐学会会长、中国文联德艺双馨艺术家。

这两位词曲作者在全国音乐界有很高的声誉，他俩共同创作的《我爱你塞北的雪》，在中国可谓家喻户晓。他们再度共同创作的《北大荒人的歌》，堪称珠联璧合之作。

在王德的歌词创作中，《北大荒人的歌》别具一格。这首歌词主要是写北大荒人的情感，歌颂几代北大荒人艰苦创业、无私奉献的精神。新中国成立后，为了开发建设北大荒，14万复转官兵，54万城市知青，共同为这片黑土地流过汗、洒过血，有很多人是"献了青春献终身，献了终身献子孙"。他们对这块土地有着深厚的感情，"站在莽原上呼喊：北大荒啊，我爱你！"这是一句从几百万人心灵深处迸发出来的共同的声音，激起人们强烈共鸣的，还有下面这些诗句："几十年风风雨雨，我们同甘共苦在一起，一起分享春光的爱抚，一起经受风雨的洗礼。你为我的命运焦虑，我为你的收获欢喜。啊，北大荒我的北大荒，我把一切都献给了你。你的果实里有我的生命。你的江河里有我的血液。即使明朝我逝去，也要长眠在你的怀抱里。"

这首词经过刘锡津精心谱曲之后，犹如一只张开翅膀的云雀，跨越千山万水，扑进人们心田。在垦区各地，每有集会唱起这支歌时，人们无不为之动容。

垦区资深音乐家顾震夷1991年6月在《词刊》发表了《有感"北大荒人的歌"》的评论文章，认为这首歌写出了生活的真实和历史的悲壮，因此拨动了无数北大荒人的心弦。1994年，顾震夷又在黑龙江省文联组织的刘锡津作品研讨会上宣读了一篇题为《他写出了历史的悲壮》的论文，准确地道出了这首歌的魅力所在。

黑龙江省著名作曲家胡小石曾经在《捕捉音乐之魂》一文中这样写道："就说他（指刘锡津）那首被北大荒人称为'垦歌'的《北大荒人的歌》吧，它感情深沉，大气凛然却又委婉舒展，令人荡气回肠，怦然心动。一种对北大荒，对故土故人的眷恋和热爱之情，似潮水般在胸中涌动，难以遏制。"

五湖四海的情感共鸣

1996年8月的一天，由北京返城的知青组成的北大荒合唱团100多人到了北大荒，在红兴隆、宝泉岭、佳木斯、哈尔滨进行了多场慰问演出，场场爆满。每次都演唱这首《北大荒人的歌》，演员们都是含着眼泪，指挥也是含着眼泪，观众更是含着眼泪。

1998 年，垦区举办知识青年上山下乡 30 周年纪念会，凡到过北大荒的知青，在许多场合都会情不自禁地唱起这首歌。在哈尔滨青年宫的一次知青集会上，当演员演唱这首歌时，台上台下数千人涕泪横流。那感人至深的场面，实属罕见。

这首生动感人的歌曲，不仅唱响了大江南北，还唱出了国门，一直唱到了联合国大厦。

2007 年 12 月 4 日，北京北大荒合唱团访美慰问演出音乐会在美国纽约联合国大厦隆重举行。演出在一曲深情的《北大荒人的歌》中拉开帷幕。两个小时演出完毕后，观众久久不愿离去。中国驻联合国代表王光亚大使和夫人丛军出席并观看演出，对演出给予高度评价。丛军原名陈姗姗，是陈毅老总唯一的"千金"，时任中国驻联合国公使衔参赞。一些曾经在北大荒战斗生活过的外交官，拉着合唱团员的手激动地说："你们的精彩演出，令我们为中国感到自豪、骄傲；你们的艺术水准，代表祖国，也代表北大荒，你们一定要再来美国演出。"临别前，合唱团向在联合国工作的北大荒"荒友"赠送了《北大荒人的歌》光碟作为纪念。

一天，共青团黑龙江省委书记陪同共青团广东省委书记谭君铁到北大荒博物馆参观。当他们听讲解员介绍到《北大荒人的歌》的相关情况时，书记问讲解员会不会唱这首歌，新来的讲解员抱歉地说不会。书记转过身来问我，我说会唱。于是，我给他们唱起了这首歌。尽管我的嗓音不洪亮，也不懂多少唱歌的技巧，但我是带着感情在用心唱。他们听了，连连称好。当时我不明白，他们为什么对这首歌那么感兴趣。

原来，2010 年 6 月 8 日上午，在上海世博会黑龙江活动周开幕式上，播放了殷秀梅演唱《北大荒人的歌》的视频，令数百名在场的很多老知青热泪盈眶。40 多年过去了，当年的知青已不再年轻，但他们仍然深深地怀念那块神圣的土地，深深怀念那里的父老乡亲。

经久不衰的"垦区之歌"

《北大荒人的歌》创作于 1987 年秋天。当这首歌在中央电视台举办的第三届全国青年歌手大赛中脱颖而出后，很快在广大音乐爱好者中流传开来，更深受北大荒人的由衷喜爱。而这首歌成为"垦区之歌"的过程，我是当时的见证者之一。

1993 年，当时在北大荒文工团担任总编导的音乐家顾震夷，向总局党委递交了一份"关于推荐《北大荒人的歌》为'垦歌'的函"。

当时，我在总局党委宣传部文化科工作。总局党委领导签批了之后，这封信转到了我们宣传部。我还记得这封信的大概意思是：《国歌》和《军歌》最早都不是专门创作的，而是从群众中广为流传、深受群众欢迎的歌曲中选定的。总局党委应该把《北大荒人的歌》定为"垦歌"。针对"这首歌不是队列歌曲，不适合于集体合唱，也不适合于做'垦歌'"的观点，顾震夷也提出了自己的见解。

总局党委最终采纳了顾震夷提出的建议。经总局党委同意，当年 7 月 3 日，总局党委宣传部等单位联合印发了《关于广泛开展学唱垦歌活动的通知》，将《北大荒人的歌》定为黑龙江垦区的"垦歌"（准确讲叫总局"局歌"）。同年，总局与解放军艺术学院联合录制了盒式录音带《北大荒人的歌》，精选了《北大荒人的歌》《兵团战士胸有朝阳》等 12 首歌曲，并由中国录音录像出版总社出版发行。

同年 12 月 16 日，我陪同总局党委副书记邓灿和总局党委宣传部副部长王广贺，来到了哈尔滨市，住进了总局招待所。当天下午，我们把《北大荒人的歌》词作者王德和曲作者刘锡津请来，在这里举行了一个简单的颁发证书仪式——因为总局党委将把他俩共同创作的《北大荒人的歌》确定为黑龙江垦区的"垦歌"，总局领导将为这两位有突出贡献者颁发"北大荒人"荣誉证书和 1 000 元奖金。

总局党委副书记邓灿向他们颁发了"北大荒人"荣誉证书和奖金后，两位"北大荒人"分别发言。

王德感慨地说："这些年来获得的各种证书摞起来有一米多高了，可今天这个证书，我觉得是最珍贵的。因为这不是一个普通的获奖证书，而是百万北大荒人对我们作品的认可，是对我们最高的褒奖。"

刘锡津激动地说："今天获得'北大荒人'这一光荣称号，终生难忘……"

1994年夏天，我参加省委宣传部在漠河召开的"市场经济与文化建设"座谈会。当我在汇报中提到总局把这首歌定为"垦歌"时，可能第一次听这样的简称，与会者都笑了。后来，有人见了我就叫"垦歌"。听到这个称呼，我很自豪。

20多年过去了，只要拨打农垦总局的电话，一定会先听到这首歌："第一眼就看到了你，爱的热流就涌出心底。站在莽原上呼喊，北大荒啊我爱你……"

六

文艺人才著华章

在北大荒开发建设 75 年的历程中，推出一批文学艺术精品力作的同时，一批文学艺术人才也脱颖而出。

他们有 20 世纪 50 年代末，从北京下放来北大荒的一批文化名人，如：丁玲、艾青、聂绀弩、吴祖光、丁聪等；也有从十万转业官兵队伍中涌现出来的军旅作家和画家，如林予、晁楣、王忠瑜、郑加真、平青、丁继松等；也有从 54 万城市知青中成长起来的作家及艺术家梁晓声、冯远、濮存昕、姜昆、赵炎、肖复兴、贾宏图等；也有从十万转业官兵后代成长起来的常新港、王左泓、王黎光、何凯旋、桑克等。他们既是北大荒开发建设的参与者，又是北大荒发展变化的见证人。北大荒日新月异的变化，激发了他们的创作热情和潜力。

诗人艾青在八五二农场创作的长诗《蛤蟆通河畔的朝阳》《踏破沃野千里雪》，丁玲在宝泉岭农场创作的《杜晚香》和《风雪人间》，吴祖光参与创作的话剧《北大荒人》，王忠瑜创作的"军垦之歌"系列，平青的散文集《微笑的眼睛》都是歌颂北大荒人和北大荒精神的力作。他们用自己的艺术表现形式，繁荣着北大荒文化，传承着北大荒精神。

1958 年的春节，是诗人艾青和妻子高瑛最难过的一个春节。艾青戴上"右派"帽子后，被开除了党籍和解除了一切职务，此时的艾青已经是万念俱灰了。

"北大荒欢迎你去"

艾青正等待着被发落的时候，听到一个消息，说有位将军向中央要艾青。艾青猜测，这个将军一定是王震，只有他才有胆量要"右派"。

一天，诗人郭小川来到了艾青家，说王震要见艾青。后来郭小川陪着艾青去见王震。王震一见艾青就说："我知道你是拥护党和毛主席的。"艾青听了心里震动了一下，他想，这不是和反对我的人唱反调吗？

艾青在八五二农场写新诗

20 世纪 50 年代末，艾青和夫人高瑛在八五二农场（黄黎提供）

"你离开文化圈子吧，换换环境。1954年，我在铁道兵团的时候，叫你到我那里，你没有去。1956年，我去大兴安岭视察时，我站在大兴安岭上，观望着茫茫的大森林时就想，要是艾青到这里来，一定会写出好诗。"

王震走到墙上挂着的地图前，用手点了几个地方给艾青看，说："这一带就是北大荒，中央军委指示，十万转业军人到那里去，向地球开战，北大荒将发生翻天覆地的变化，北大荒欢迎你去。"艾青说："现在这个时候，有人收留我，是我的幸运。"王震说："八五二农场给我盖了个小木屋，可以给你住。一两天我去你家，给你爱人做做思想工作，叫她带着孩子和你一道去。"

一天，艾青和家人正在吃中午饭，王震真的来了。他看着餐桌上的菜说："老艾，你的伙食比我的好。"他问和艾青一起吃饭的两个保姆："你们都是哪里人？"保姆说："我们都是湖南人。"王震说："我们是同乡啊，你们也去北大荒。"保姆说："我们吃不惯高粱和玉米。"王震说："你们上哪还能找到这样好的主人，同吃同住，平等相处。"王震对艾青的妻子高瑛说："我是来动员你去北大荒的。"高瑛说："我不用动员，我是志愿兵，就是你不同意我去，我也要向你申请去。"

王震对艾青说："老艾，你这个小爱人，性格很爽快，我对她估计错了。"

那一天，王震看了艾青家收藏的画，还看了毛主席、周总理给艾青写的信，他叫艾青好好保存。当他看到书架上的一些书时说："老艾，北大荒也需要文化，你把这些书都带去好了。"

王震走后，艾青的精神振奋起来了，他对妻子说："十万大军开往北大荒，那里一定会热闹起来的。"

4月，王震想叫艾青和他先来北大荒。艾青对他说："我有个小孩不满周岁，我怕高瑛路上照顾不了，我们分路走吧。"

南横林子安家

1958年4月，艾青一家人，乘转业军人的专列，离开北京，来到北大荒。

王震已先到达了密山。当时的密山，满街上都是穿着军装的人，没有住处，都在大街上待令出发。没有讲台，开来了一辆大卡车，动员行军大会开始了。王震一走上去，掌声响起来。王震说："我们没有交通工具，怎么办？我们还有两条腿，要战胜一切困难，开始新的长征。大诗人艾青也来了，他是我的朋友，他要来歌颂你们，欢不欢迎？"台下喊了起来："欢迎，欢迎！"热烈的掌声响了起来。

汽车驶进了南横林子，这是八五二农场场部所在地，它坐落在完达山北麓，在地图上是查不到这个名字的。艾青看到在这不见绿色的林子里，有一片白桦林显得格外耀眼。他对妻子说："高瑛，你看，白衣战士在列队欢迎你！"

高瑛悄悄地对他说："你想得多好，他们是在迎接从战场上溃败下来的艾青和他的家属！"

艾青的家在南横林子安下来了，在这里他没有亲人，也不见故交，在陌生的人群中开始了新的生活。大诗人艾青来农场的新闻，很快传开了，在房子里，透过窗子，他们常常看到有人站在远处，朝着他们的屋里张望。

王震对艾青说，我每次来北大荒，都带你到各个农场走走看看。王震住的招待所，紧挨着艾青家，他每次从外边回来，艾青家是必经之路。那天王震和艾青从八五三农场回来，走到艾青家门口对高瑛说："我把老艾还给你了。"又说："明天早晨我到你们家来吃稀粥。有没有咸鱼？"高瑛说："有，我弟弟来看我们带来的。"王震说："好好好，我来分享。"

第二天一大早，王震来了。他是想和艾青聊聊，他和艾青谈了北大荒的远景，谈开发北大荒，给十万转业军人找到用武之地。他说国家人口大幅度增长，吃粮是个大问题，要向荒原要粮，要把北大荒变成北大仓。

王震也谈到艾青的"右派"问题，他说："我问过郭小川，是什么理由给你定的'右派'，郭小川没有对我说清楚。"

艾青说："在北京时，小川陪我去你家的路上说，总有一天要告诉我是怎么戴上'右派'帽子的。如果我以后还能见到他，一定得问问划我'右派'的原委。我这个'右派'当得实在莫名其妙，人家像送礼似的，送给我一顶'右派'帽子，而我，还无权拒收，这是欲加之罪。"

王震又转了话题，他说："老艾，人的一生，都不会是一帆风顺的，什么事都不干的人，就犯不了错误。什么事都干的人，总会有干不好的地方。我这个人有一个毛病，任劳不任怨，但是有时也得学着忍。农垦部是中央最小的部，部虽小，我还是想干大事情。我不想当那样的部长：每天看看报纸，看看参考消息，看看内部电影，跳跳舞，干杯干杯，批批文件，'所拟甚妥'。我一年之中，有半年多的时间往垦区跑，从东北到西北，从北方到南方，不是去游山玩水，而是去工作。就这么干，还有人向毛主席告我的状，说我搞冒进。毛主席回答他说："冒进比不进好。冒进嘛，就是步子快了一些，叫他慢一点就行喽。'我的心里也是有委屈的。"

当了林场副场长

王震将军再三嘱咐八五二农场的领导："政治上要帮助老艾，尽快让他摘掉帽子，回到党内来，要让他接触群众，了解农垦战士。"

年近半百的艾青，在王震将军的关怀下，当时担任八五二农场示范林场副场长，他是当时来北大荒的 1 500 名"右派"中唯一挂了职务的。示范林场当时刚建，场部就坐落在八五二农场场部东面 4 里地的密林中。四周是茂密的红松林，一条小溪在附近静静地流过。艾青上任那天，林场还专门为他开了欢迎会。

王震部长在大会上说："你们知道诗人艾青同志吗？他是来歌颂你们的。你们要像尊敬其他领导一样，尊敬艾副场长。你们要知道，我们是老朋友啦！在延安的时候，艾青就是名人，我在南泥湾搞大生产，当我的三五九旅旅长。"接着他向大家再一次介绍了艾青，对艾青说："你是大诗人，不要忘了你是要笔杆子的。要多积累素材，多反映英雄开发北大荒的业绩，这就是你崇高的职责。"

艾青说："我对育林、搞生产是个外行，副场长这个职务，我怕胜任不了。"王震说："这是给你个接触群众的机会，也不是叫你去争当劳动模范！"

艾青看上去心情很沉重，他对着大家躬了躬腰，点了点头，语气忧虑地说："我一定要好好干。至于王部长说的我这'大诗人'的桂冠嘛！请同志们以后不要再提了，大家是了解我的心情的。"

艾青当时住的俄式木刻楞填锯末的房子，是八五二农场总场部当时最高级的房子。当时，总场部有4幢这种高级房子，党委书记李桂莲原是少将军衔，黄振荣场长和匡汉球副场长是师级干部，又是老红军，他们4家各住一幢。艾青每天早早起床，从总场部和他爱人高瑛，步行到示范林场上班，风雨无阻。

4月的北大荒，还没有春花开，野地里连一点绿芽都找不见。艾青的女儿玲玲问妈妈高瑛："妈妈，我们为什么要到这里来？我不喜欢这个地方。"艾青看着女儿满脸的不高兴，一时不知怎么回答。他握着女儿的手说："玲玲，这里的空气真好。你看，天蓝蓝的，云白白的，过些时候树就绿了，你们在这种环境里生活成长，会更聪明的。"

建场的第一步工作，全体总动员，要在伐倒的一片树林的空地上盖场部和住房。为了抢时间，太阳刚刚从树林里冒出头来就开始干活。直到太阳落山还在夜战，没有电灯，艾青就挑着马灯。大家以军人的风范，建设北大荒！这种劳动精神激发着艾青，他把好人好事，都写在黑板报上。全场职工没有谁另眼看待艾青，艾青似乎也忘记了自己头上那顶"右派"帽子。

艾青看到农场从办公室到职工家庭，都没有电灯照明。天黑后，害怕黑熊等凶猛的野生动物伤人。他叫对高瑛说："我们给林场做点贡献吧。买部发电机，给家家都安上电灯，再买套电锯搞生产，好不好？"

高瑛说："好是好，这些东西到哪里去买？"

艾青说："你有不少同学、同事在哈尔滨，你的弟弟也在那里工作，演员的关系很多，叫他们帮帮忙吧。"

高瑛和艾青以及林场的周副书记、统计员叶祥4个人，匆匆忙忙地赶到哈尔滨，很快就买到了要买的东西，花了5 000元，4个人的旅差费都由艾青负责。

艾青干活有股犟劲。有一次总场号召大家上山搞"小秋收"，每人都有定量。他提着大土筐随着大家上山采橡子，干得挺起劲。内行人知道哪里有橡子，很快就采满了筐。艾青不懂得要领，等大伙走得差不多了，他才盖着筐底。他的犟劲上来了，不完成任务就不下山。示范林场上山的同志们都回来了，就缺副场长艾青一个人。那时山上野兽很多，不要说狼，连黑瞎子都会白日露面。同志们都焦急地到山上去找，费了很大的劲，才在一棵大橡树旁找到他。见他正跪在地上的泥土里，用手指头从土里往外抠橡子呢。

看丢了马鹿遂心愿

一天，王震部长派人给示范林场送来一只马鹿，叫林场饲养繁殖，要在林场建养鹿场。林场又是一次总动员，风风火火地伐木造鹿栏。林场安排艾青负责看鹿。他整天拿着一根棍子，在鹿栏周围走来走去。鹿在围栏里惊恐不安，又蹦又跳，总想往外跑。

有一天，艾青走了神，当他听到有人喊："鹿跑了！鹿跑了！"他才发现鹿栏里的那只鹿没有了。他知道鹿跑了，就不会再回来了。林场的几位领导，都发愁了，不知道这件事该怎么向总场和王震部长交代。

艾青问李场长："这只鹿能值多少钱？"

李场长说："你问这个干什么？我只知道猪有价、羊有价，还没听说鹿是什么价？"

艾青说："我想，这只鹿可能比我这个人要值钱，鹿跑了，是我的失职，要是我能买得起，我给林场赔一只。"

李场长说："鹿是自己跑掉的，也不是你放走的，鹿栏的桩子没打结实，叫它给撞开了，这不能怪你啊！"

艾青说："林场信任我，才叫我看管鹿。鹿跑了，我也是有责任的。"

李场长说："不单是鹿，就是其他的动物也是一样，都在森林里生活惯了，野惯了，一旦把它关起来，野性就会发作，随时都想逃走。"

艾青的夫人高瑛在回忆中写道：

　　艾青从林场回来了。一进门就告诉我："那只野鹿跑掉了。"

　　我说："你这个人，哪有看管鹿的本事？我看，一条狗、一只猫，你都看不住的。"

　　艾青说："我犯了一个大错误，怎么就没想到，推荐你去看守鹿？"

　　我说："是呵！现在晚啦，以后我要看守鹿，它要是跑，我就骑着它一起跑！"

　　他问："你想往哪里跑？"

　　我说："当然是往我们家跑。"

　　他说："你自己跑回来就行了，那只鹿就叫它逃回森林去吧。"

　　我说："这话能在林场里讲吗？"

　　他说："高瑛啊，我看到鹿在栏里蹿来蹿去地挣扎，就想起了当年我在国民党监狱里的生活。失去自由的日子，是很难熬的，你没蹲过监狱，就体会不到蹲监狱的滋味。我在监狱里那几年，天天想的盼的就是那两个字——自由。鹿和人一样，它也要自由，所不同的是，我是人他是鹿，它在栏里不停地蹿来蹿去，我知道它是在找机会逃走。我看着它那两只受惊的眼睛，就萌发了怜悯之心。鹿逃了，它自由了，它自我解放了，说真话，也遂我的心愿了。"

诗人的田园生活

　　农场创建初期，没有蔬菜。艾青和夫人说："我们俩在这里发扬南泥湾精神，开荒造田，自力更生。"说起来容易，做起来难。他们住的房子，周围的树都被伐倒了，但是树根却留在了地下，他们想把那些胳膊粗的树根都挖出来，得甩开膀子干。

　　艾青说："高瑛，你是个爱劳动的人，英雄有用武之地了，我们要向树林要地。种地有季节性，再不下种就晚了。"

　　为了赶时间，他们俩天一亮就开始干活，挖出来的树根堆成了小山，汗不知流了多少，手都磨出了血泡。功夫不负有心人，一个小菜园终于诞生了。房子旁边有水塘，艾青说："丝瓜喜欢照镜子，就在水塘边上种上丝瓜。"

在农场，艾青还拿起搁下多年的笔，写出了以"老头店"为主题的长诗《蛤蟆通河畔的朝阳》《踏破沃野千里雪》。艾青在农场劳动期间，还写下100首《风物诗》，连同其他诗稿一起送上审查。当时上级一位负责人批道："此诗看不懂，原稿退回"。艾青为此又沉默了。艾青曾说："不是我的诗看不懂，而是我头上这顶帽子，压得我的诗也叫人不敢'问津'。"

"老头店"，原来叫"蛤蟆通店"，由于日伪时期的"宝大公路"（宝清县至大和镇）从这里通过，上山打猎的、冬天进山伐木的人一般都在这里落脚。据考证，最早到蛤蟆通河畔定居的是老田头，后来老田头又收留了老于头，时间长了，人们都叫这里"老头店"。

一天，艾青把新写的长诗《老头店》拿给王震将军看，王震看后对他说："诗写得不错，但目前还不能拿出去发表。"

艾青对生活一直保持乐观的态度。北大荒一年四季风多，开发初期几乎是大风小风天天刮，尤其在夜里刮起来，好像鬼哭狼嚎，吓得夫人高瑛睡不着觉。艾青对夫人说："森林是风的家，它天天晚上回家来，你就夜夜不睡觉啦？你可以把风当歌听，听风演奏交响乐也是一种享受。"

猴头与马蜂窝

北大荒的秋天是迷人的，当地人在大雨过后，都往树林子里钻，采蘑菇、找猴头是一大乐趣。

有一天，高瑛和艾青在树林边上散步。艾青发现在一大堆枕木靠着的树上，长着一个大猴头蘑，就急急忙忙跑过去，往枕木堆上爬。突然，从枕木底下，飞出来一群大马蜂，像一阵旋风朝艾青扑来，紧紧地围着他。

艾青"啊，啊，啊"地惨叫着，两只手不停地在头顶上乱扇乱打，可是这群马蜂怎么都不肯放过艾青，追着蜇他的头和脸。

高瑛急了，不顾一切地冲过去，用手里的草帽，在艾青头上使劲地旋转，声嘶力竭地喊："艾青，快跑！快跑！"群蜂丢下艾青，又来围攻高瑛。为了把马蜂引开，高瑛朝着和艾青相反的方向跑，一边跑一边想，怎么才能摆脱它们？高瑛急跑了一阵，又快速蹲下来。这一招果然很灵，马蜂像一道流星，呼地闪过去，飞向远处。

高瑛一阵胆战心惊之后，赶紧追上艾青，吓了她一大跳，看见艾青的脸肿得像个大面包，两只眼睛肿得都看不见妻子了，高瑛赶紧牵着他的手，去医院打了一针，上了药。

医生对艾青说："这种马蜂很毒，能蜇死人，要不是你爱人救你，也许你就没有命了！"

艾青问："小小的马蜂有那么厉害吗？"

医生加重口气说："我不是吓唬你，这种马蜂，都能把马、牛、羊蜇死！"

在回家的路上，艾青说："高瑛，我的眼睛肿得看不见了，真的成了瞎子，你领着我去给人算命吧！"

高瑛说："你都这个样子了，还开玩笑，是不是不疼了？"

他说："疼劲过去了，就是感觉发木，好像两半西瓜皮，一半扣在脸上，一半扣在头上。"

高瑛说："当时要是有个电影机，把马蜂围攻你的惊人场面照下来多好，叫你看看自己的不幸遭遇，也看看我是怎样勇敢地舍己救人！"

他说："不用看，我也是刻骨铭心了。马蜂窝捅不得，今生今世我是亲身经历过了。"

设计北大荒白酒商标

在八五二农场开发的历史上，还流传着艾青为北大荒白酒设计商标的故事。

开发初期，八五二农场1万多转业官兵在劳动之余，住在拉合辫的草房里，喝着外地运来的白酒。常常因为交通不便，酒也供不应求。

当年场长黄振荣的儿子黄黎在回忆中曾经写道："身为当时场长的黄振荣，看到此情此景，决定在八五二农场粮油加工厂成立自己的大酒作坊，让官兵们喝上自己产的酒。于是从宝清县聘来了小酒作坊一位姓秦的师傅，并配备了十几位转业官兵，让他们到哈尔滨有50多年历史的马家沟酒厂学艺。"

学艺归来后，酒坊的师傅用麦麸子、玉米等粮食和南横林子的深井水，酿造出了白酒。几瓶样酒摆在黄振荣的办公桌上，光秃秃的瓶子装着白酒，用白铁皮盖封着口。黄场长发现酒瓶上缺少白酒商标。于是，就想起了在示范林场当副场长的艾青。

艾青应邀来到了黄振荣的办公室，品尝着散发酒香的白酒，接受了绘制北大荒白酒商标的任务。诗人全身心地投入到设计之中，精心绘制了几张商标图案，改了又改，总觉得不如意，商标图案搁浅了……放下画笔的诗人带着困惑，走出场部的白桦林，沿公路西行，竟不知不觉走到农场的老场部，原八五二农场开荒第一犁的三号地头。当时正值麦收季节，康拜因在麦海中行驶着收割小麦……

眼前的景色提示了艾青，艾青现场作画，色彩奔放而出：画中远景为完达山北部山脉，山前是一望无际的麦海，一台斯大林 80 号拖拉机牵引着康拜因，在麦海中收割着小麦。

商标上天空背景采用蓝色衬托，图中标有"北大荒 60 度白酒"字样。商标整体勾画出北大荒转业官兵喜获丰收的景象。

艾青绘制的北大荒白酒得到了认可，八五二农场、军川农场、八五三农场等垦区酿造白酒企业生产的白酒瓶上，都采用了这个商标。

离开北大荒去新疆

1959 年 10 月，王震又来到八五二农场。他进了艾青的家，看见艾青躺在床上，说："唉，老艾，你怎么瘦成这个样子了？是什么病？"

王震马上叫人找来医生，给艾青看病。王震走了不久，艾青接到农垦部的来函，叫他们全家速回北京。王震叫艾青制订五年计划，让他到全国各垦区看看，也提出去新疆的事。

1959 年底，艾青把王震给他的一封信交给了示范林场的领导。王震在信中说："他要到新疆生产建设兵团视察，问艾青愿不愿意同他一起到新疆去一趟？"林场的领导看艾青愿意换个环境，只好让他走了。

以前农场派人去哈尔滨买东西时，艾青说他在哈尔滨银行里还存着一些钱，只要林场需要的东西，他都给买上了，回来也从不到会计那报销。到他离开农场时，有人又提起这件事，他把手向大家一挥，深情地说："感谢八五二领导同志们对我们的关怀，这些东西就算我艾青留下的纪念品吧！"

艾青虽然在北大荒才工作生活了 20 个月，却给人们留下了深刻的印象。他用自己的稿费，给林场添置了发电机、圆盘锯、扩大器、话筒、电唱机等，每当人们看到林场那通亮的电灯、听到高音喇叭传出的优美动听的音乐时，都会想起大诗人艾青的音容笑貌。

（该文参考了高瑛《我和艾青的故事》一书，中国戏剧出版社 2003 年版）

丁玲在宝泉岭农场写《杜晚香》

初到密山

1958年6月29日凌晨4点钟，戴着"右派"帽子的丁玲，走出密山火车站，来到了这个陌生的小城。因为丁玲到得太早，密山铁道兵农垦局的大门还关着，她便和那位同行者一道去遛大街。大街上店铺也没开门，路上只有很少几个行人。一间卖豆腐脑的小店门口挤了不少刚下火车的人她们去买了两碗，坐在道旁一棵柳树下吃了起来。

8点钟左右，丁玲怀着忐忑不安的心情，被领到楼上局长的办公室。来农垦局指导工作的王震伏在一张大地图上，看了一会儿，抬起头来："陈明在八五三农场，他那个地

1959年，丁玲（前排中间）在汤原农场畜牧队担任文化教员时，与畜牧队其他文化教员、学员合影（陈明摄）

方是新建点，条件苦一点，你就不要到那里去了，你们换个地方，到汤原农场吧，我已经叫他们打电话给八五三农场，调陈明来，同你一道去汤原农场。那里在铁道线上，交通方便些，离佳木斯近，条件好些，让他们给你们一栋宿舍。"

丁玲仍然没有说话，只是点了点头。王震又说："你这个人我看还是很开朗、很不在乎的。过两年摘了帽子，给你条件，你愿意写什么就写什么，你愿意到哪里就可以去哪里。这里的天下很大，写作的素材也多得很哪……" 丁玲和王震分手的时候，她在心里默默地说："感谢你的好心，王震将军！"

7 月 1 日，吃过中饭，陈明从八五三农场赶来了，两人热烈拥抱，好大一会儿相对无言。丁玲又高兴又心痛，分手才 3 个多月啊，老陈怎么变得又黑又瘦？她简直都快认不出来了。

第二天，丁玲和陈明带着王震的信，坐上火车到了佳木斯。他们找到了临街的一家旅店住下后，美美地吃了一顿西餐。第二天，雇了一辆马车，来到了合江农垦局政治部。第一个见到的是局政治部的李主任。李主任先自我介绍说："长征时我是徐（特立）老的卫生员，我在延安就知道你，知道你是个作家。"他打开了丁玲的介绍信后，顿了一顿说："为什么不给工资，那你们吃什么呢？"

丁玲惶惑地结结巴巴地答道："没有关系，我还有一点存款，我还有公债券……"李主任用不解的眼光看着丁玲说："不能这么办，这是不合乎政策的，我要问问。你们先歇歇，我去找张林池书记。"

张林池是当时农垦部副部长兼合江地委第一书记，坐镇佳木斯，指挥农垦大军向北部荒原进军。张林池看了王震部长的亲笔信后，犹豫片刻，说："王震同志的信上说，到汤原农场去。汤原现在还很落后，生产不太景气。"他征求丁玲的意见："星火集体农庄是个先进农场，条件好一些，可以安心创作。"

丁玲十分激动地回答说："我来到这地方，就是来参加开发北大荒劳动的，如果找个安适的地方，关起门来写作，人民怎么了解我呢？汤原现在落后，落后总是要转变为先进的。我这次下来，就是要求到最艰苦的地方去。我愿意到汤原农场去。"

汤原安家

7 月初，正是北大荒很热的季节，丁玲两人到了汤原农场，立时成了全场的特大新闻。每天都有一批好奇的人守在畜牧队的大门外等着看她，有的还从生产队走二三十里地来"看"她。

陈明被分配在场部的第二生产队参加劳动，丁玲被分在一分场畜牧队养鸡。养鸡队的党支部书记姓姜，是 1948 年参加革命的，出身好，在连队当兵，没参加过什么大的战役，就随部队集体转业了。姜支书不知道该怎样具体安排丁玲，便先把养鸡队的工作仔细地向她介绍。

姜支书说："鸡场的大院里还有几间空房，你们就住那里吧，上班也方便，不用多走路。"说完，他又叫了两个人，扛起行李包，领着丁玲、陈明去看他们的新"家"。

他们的新"家"是间 20 多平方米的新粉刷的空屋子，只有两张木板床，地上到处落满了灰尘和鸡粪，弥漫着一种刺鼻的霉味。姜支书他们放下行李就走了，丁玲跟陈明又是扫又是擦，忙活了半天，总算安顿下来了。这一夜，丁玲没有睡好，她翻来覆去地想了很多，鸡都叫了，才迷迷糊糊地睡着了。

红日东升，朝霞满天，住在隔壁屋子里的几个养鸡姑娘趴在门口告诉他们：食堂开早饭了！丁玲微笑着冲她们点点头，算是感谢她们的提醒。陈明洗好了脸，说："走吧，我们也吃饭去！"

丁玲疲惫地坐在床上说："不是还有点饼干吗？对付点算了，我不大想吃东西。"她为了避开农场人们对他们的"参观"，连去食堂打饭都打怵。报到的第一天，他们只马马虎虎打了一点开水，就着几片饼干，对付过去了。一顿两顿还可以，但总不能老是这样对付呀。第二天中午，丁玲硬着头皮，跟陈明一同去吃饭，这是他们第一次在公开场合露面。

一进食堂，正在吃饭的人都端着饭碗，忽地拥过来，有的人还喊着："来了来了，他们来了！"丁玲的心猛地一沉，什么也不敢看。陈明倒很坦然，他买好了饭菜，两个人端着，选了墙角一张没有人的桌子。丁玲埋着头，一口接一口地扒饭吃，她只有一个念头：赶紧吃完，好躲回宿舍去！陈明倒若无其事，跟她讲着上午的见闻，可她一句也听不进去。过了一会儿，她觉得耳边嗡嗡议论声音渐渐小了，没有了，丁玲大着胆子，把头抬起来望了望。她的目光，正好遇上邻桌几位转业军人的目光。他们的目光都很和善、很友好，有的目光里带着几分好奇，有的带着几分怜悯，丝毫找不出鄙夷、敌对、仇视的影子。他们一边吃着饭，一边在小声地议论着什么。丁玲悄悄嘘了一口气，她的心情稍微平静了些。她觉得食堂的菜做得很好吃。

快吃完饭的时候，有几个年轻的姑娘推推搡搡地走到他们的饭桌旁边，很有兴致地看着他们。陈明跟她们开起玩笑来："看什么，是我们狼吞虎咽地吃饭吧？你们这里的饭做得好吃，我们又是大肚皮，哪像你们，麻雀吸食似的，吃上一点点就饱了？"她们听了，一下子都大笑起来，笑得很开心。丁玲看着她们那样单纯、开心的神态，脸上不禁露出了笑意。吃完了饭出来，几个姑娘跟着他们一直走到养鸡场才各自回到宿舍。

回到家里，丁玲对陈明说："这里的人看来还都善良、淳朴。"陈明说："我在信上就跟你讲了嘛，北大荒人都是以诚相待，你真心实意待他们，他们就会真心诚意地待你。"

丁玲来到养鸡队，开始安排她在孵化室拣拣鸡蛋。丁玲到一间堆满鸡蛋的屋子里，从一箱一箱的鸡蛋里，一个个拿出来分别挑选，把好的、合格的、能够孵化的留在一边。那一个同她一道捡蛋的姑娘，她一手能拿 5 个鸡蛋，丁玲只能一个一个地拿，最多能拿两个，而且动作很慢。她怎么也赶不上人家，心里很慌。原以为这是轻劳动，但半个钟头下来，她的腰疼了，手指也发僵，开始坐不住了。丁玲原来就患脊椎骨质增生，常常腰疼。刚坐下来选种蛋才半个钟头，怎好就不坚持。又过一阵，她眼花，头晕，要倒下去。幸好，这时走来了张振辉。他是到孵化室来看热闹，看"大右派"的。他走进门，一眼就看出丁玲不行了，忙说："我说丁玲是啥样子，原来是一个老太婆。呵！看，满头大汗，满脸通红，快歇息一会吧。不要以为捡蛋不费力，从没有干过嘛。"他走过来拉住丁玲的手，丁玲就势扶着他才勉强站了起来，连腿也是硬的。

邓明春忙从孵化室里走出来，抱歉似的说："你回家休息去吧，身体好些了再来，不要勉强。"张振辉把丁玲扶到院子里，一阵风悠然吹过，丁玲心里有点迷迷糊糊，觉得不该走，却很自然地慢慢走回家去了，顾不上同他们告别。

渐渐地丁玲适应了这一工作，后来，一天只干两个小时的活，就可以轻松地完成任务。冬天，丁玲主动替一个孕妇剁鸡菜，连冻带累两只手脖子肿起来了，像两个红萝卜。

很多人看见丁玲以后，觉得她只是一个平平常常的老太太，党政工作人员注意同她的接触，农工们也各怀戒心，采取了敬而远之的态度，只是远远地从背后望着她早晚同陈明一起散步。

1959年秋、冬的雨雪特别多，田间、路上，到处是泥水、冰雪。新来的养鸡队的山东姑娘王俊芬，穿的布鞋常常是水淋淋的，脚冻得又红又肿，疼得直哭。丁玲想给她买双水鞋。但跑了几次均因无货未能买成。她便将自己穿的那双水鞋脱下来，硬给王俊芬穿上了，自己却穿解放鞋。

有一次，上罢夜课，王俊芬坐着没走，像有什么心事。丁玲就和她谈心。小王脸上泛起了两朵红晕，窃窃地低声说："丁大妈，您看看，叫我怎么办？"说着从内衣口袋里掏出一封信来。丁玲看了，不觉喜上心头。原来是一位畜牧技术员张福太向她求爱。丁玲说："技术员人品好，看你爱不爱他了。"王俊芬为难地说："这事本来要听妈妈的，可是妈妈离得太远了，丁大妈，您就当成我的亲人，为我做主吧！"丁玲呵呵地笑了。当天晚上就帮助王俊芬写好给妈妈的信。后来，这对年轻人经过一个时期的了解、相爱，终于结合了。小家庭非常幸福，即使在最险恶的日子里，小两口也大胆照顾丁玲，不怕担风险。丁玲平反后，回到北京，名显身荣，也从不忘记小张夫妇，常常通信。听说丁玲病危，两口子心急如焚，张福太带了些土特产，迅速赶到北京探望。丁玲病逝后，张福太夫妇悲痛欲绝，到北京参加吊唁。

扫盲教员

1959 年的一天吃过晚饭，陈明忙着收拾桌子、洗碗。有些疲惫的丁玲，便斜倚在床上，在桌上微弱的油灯下翻看这几天的报纸。

"老丁在家吗？"门外传来问话声。

丁玲听出来了，是队长的声音。她赶快起身，刚想迎出去，队长和支书已经先后进了屋。陈明搬过两张板凳让座，丁玲从暖水瓶里倒了两杯水端过来，笑着问道："你们从来都是无事不登门的，一定又有什么事情吧？"支书慢悠悠地说："我们想请你给队里当个扫盲教员，老丁呀，你可能从报纸上也看到了，今明两年全国要掀起一个大规模的扫盲运动。前几天场长从佳木斯开会回来，农垦局也布置了扫盲任务。咱们养鸡队家属多、文盲多，不少人连名字都不会写，是扫盲的重点。"

队长接着说："昨天晚上我们开了个会，就是商量这件事，几个人一合计，都说让你当文化教员合适，再配上两个小学教师，你们三人一块干，行不？"

既然王震将军在佳木斯时也发话了，还有什么好说的呢。丁玲痛痛快快地答应后说："参加党的时候我不是讲过，我不满足做一个作家，而愿意做一个共产党员，做一颗螺丝钉，党需要我到哪里我就到哪里去吗？如今需要我扫盲，我自然就去扫盲。我想我是个老作家，又是个老党员，如果扫盲工作不如别人那是不行的，我全力以赴。"

畜牧队的文化学习分扫盲班和初中班，扫盲班全是一个大字不识的女职工和家属，总共有 30 多人，任务最重，丁玲自告奋勇教这个班，她根据家属妇女都是成年人的特点自己编写教材。

"小黑猪，是个宝，猪鬃猪毛价值高，猪肉肥美喷喷香，猪多、肥多、多打粮。"是她写过的叫《小黑猪》课文中的一段。

第二天吃过晚饭，丁玲那个扫盲班在小学校里正式开学了。因为听说要讲故事，一些孩子也跟着妈妈跑来了，教室里坐得满满的。

站在讲台上，丁玲望着一张张熟悉的面孔，便像唠家常似的讲起了雷锋的童年。故事讲得很精彩，学生们没听够，要求接着讲。丁玲说："每天只讲一段，愿意听明天再来，下面开始学认字。"

丁玲在黑板上写了大大的"母鸡"两个字，教完"母鸡"，又教"生蛋"。最后，她拿出两张白纸，上面分别用毛笔写着"母鸡"和"生蛋"几个字。"以后咱们学完的字，就写下来贴到鸡舍里，天天抬头看得见。这样就学得快，记得牢了。"下课前，丁玲一再叮嘱大家。经过丁玲的热心辅导，一个冬天下来，丁玲这个班的学生，有一半都摘了文盲的帽子，有10来个原来目不识丁的家属妇女能读书看报了。

王震对丁玲一直很关心，每次到佳木斯，总要打电话给丁玲，约她去聊聊，了解她的生活情况。有一次，王震听到农场有人反映丁玲的右手肿了，忙问是怎么一回事。当他得知是每天剁鸡饲料造成的，立即打电话给宝泉岭农场场长高大钧，要他立即到佳木斯。

高大钧风风火火地赶到佳木斯后，一进门，王震就说："我叫你来，是要给你一个任务，一个光荣的任务！"高大钧半开玩笑地说："首长指示，坚决照办！"说完还立个正，行了个军礼。王震笑了，拍了拍他的肩膀，说："坐下谈。"

"丁玲同志下来锻炼、改造，不要在肉体上进行惩罚。你看，手都肿了，这样不好，人家有错误，要慢慢帮助。将来这些同志还可以为党工作。她是作家，你知道不知道？"高大钧点了点头。王震又继续说："把丁玲调到你那儿去，不要参加劳动，做一点力所能及的工作。丁玲是参加革命的老同志，不要让人家抬不起头来，在思想上多帮助她。"高大钧边听边点头，最后对王震说："请首长放心，我一定照顾好她！"

转宝泉岭

1964年12月5日，丁玲和陈明来到宝泉岭农场安家落户。陈明在农场工会工作。农场安排他们住在招待所的底楼最后一间的套房里。冬天北方天气寒冷，高大钧特意嘱咐招待所主任，每天连带帮丁玲烧火墙。

丁玲刚来这个农场参观时，场长特意介绍了标兵邓婉荣同志（杜晚香的原型）。

有一天，忽然从楼下广场传来了两个女人吵架的声音。丁玲趴窗户往下一看，只见一群看热闹的正拥着两个女人，朝场部这边走来。

"又是六委那两个家属！"工会干事邓婉荣着急地说了一句，就跑下楼劝架去了。

丁玲来到宝泉岭不到一年，但也早就听说，场部家属宿舍划分成 8 个居民委员会，家属大约有二三百名。工会女工部管不到家属，平时她们干完家务，就东家走西家串，唠家常传闲话。六委主任小张，是个老实巴交、不爱说话的山东小媳妇，急得常常掉眼泪。

一会儿，邓婉荣脸上冒着汗，眉头紧锁着走回来，轻轻叹了口气："这些个家属，可怎么管好呀？"丁玲说："人家都说这些家属是闲人生事，我看这话有道理。要是有人把她们组织起来，学习、劳动，她们有正经事情干了，眼睛就不会总盯在鸡毛蒜皮的小事上了。这样也能给场里解决一些劳动力。"

邓婉荣的眉头也舒展开了："大娘，我也正寻思咱们女工部也得管管这些家属的事。你帮帮我，咱们一起搞，就从六委开头吧。"

午后的阳光照在六委张主任家的小院里，暖洋洋的。40 多位家属挤坐在屋里屋外的小板凳上，听邓婉荣讲话，她们都很佩服邓婉荣，因为她不摆架子，说话办事都畅快。

丁玲乐呵呵地和家属们热情地打着招呼说："我来六委帮助你们学习，从今后，我就是你们六委的人了。"

个子不高大眼睛的小胡，手里一边纳着鞋底，一边说："学习、劳动我们都高兴，可家里的孩子给谁看？"许多人也随声附和着："是呀，我们孩子小，还没上学呢！"

坐在邓婉荣身边的丁玲说："咱们办个托儿所，不好吗？"

"办托儿所？说说倒容易，我们也早就想办，可房子上哪儿找呀？"

在当时那个时候，谁敢说能找到房子呢？会就这么没有结果地散了。回家的路上，丁玲脑子里蹦出一个想法。她顾不上回家，扭身朝场部大楼走去，找高大钧求援去。见到丁玲来，高大钧放下电话，忙热情让座："你来半年了，一直想找个机会跟你好好唠唠，可总没有时间，一年365天，就是没个闲时候！"他一边说着，一边给丁玲沏茶。

丁玲非常了解高大钧这个人，他直来直去，快言快语，也喜欢别人讲话不拐弯抹角。就直截了当地说："我遇到困难了，想请求你的支援。"

"啊？是生活上的？还是工作上的？"高大钧很认真地问。

丁玲把组织家属学习的想法和办托儿所没有房子的困难，都跟高大钧说了。老场长听完非常高兴地说："应该支持，这是为农场办好事嘛！至于空房子，眼下的确不好找，不过我马上就让房产科想办法，明天就给你回音。"

第二天，房产科的同志告诉丁玲："好房子实在找不出，破草房倒是有一间闲着，要是合适，场里可以找人帮助修修。"这间草房就在六委这排草房的尽头，原先是养牛的，闲了几年没用，房顶漏风，墙壁坍塌，虽是初夏5月了，屋角还有尺把厚的积雪。丁玲跟着邓婉荣，带着十几名家属，到十几

1981年8月，丁玲回访北大荒时与陈明在友谊农场现代化拖拉机上（陈明生前提供）

里外的草甸上去打草，苫好房顶，又和泥脱坯，补好了墙壁，屋里新抹的墙，刷上了雪白的石灰。丁玲买了一些花花绿绿的彩纸、气球和小玩具，挂在棚顶，经过这么一打扮，引得孩子们都往这里跑。

孩子们入了托儿所，六委的 33 名家属组成了家属队，全都参加了麦收劳动。丁玲又和邓婉荣说："咱们得趁热打铁，趁着这股热乎劲，把学习也搞起来。"

"行！你文化水平高，比我强，该怎么学，就由你领头吧！"邓婉荣说。

在汤原农场畜牧队就有了扫盲经验的丁玲，又从书店买回了《雷锋的故事》，一有空就给大家讲一段。不久，六委就掀起了学习雷锋的热潮，家属们争着做好事，街道变得干干净净，公厕也经常有人打扫。场部里的人都瞪着眼睛说："这帮老娘们儿，咋变得这么能干？"麦收时节，场部周围的几个生产队，都抢着邀六委的家属队去帮助麦收。六委的家属队，远近闻名了。这年冬天，宝泉岭第六居民委员会被省妇联评为黑龙江省学习毛主席著名标兵。

1966 年上半年，丁玲在和邓婉荣相处两年多之后，以这位女标兵为模特，写了散文《杜晚香》。1979 年发表以来，在国内外享有盛誉。1980 年，以《大姐》为名出版了该篇文章的法文版。

『特殊美编』丁聪

40 岁那年，成为"右派"的著名漫画家、原人民画报社副总编辑丁聪，来到北大荒的八五〇农场云山畜牧场劳动改造。

丁聪曾在上海美专研究班画过半年多石膏素描。20 世纪 30 年代初就开始漫画创作，在上海、香港编辑电影画报及《良友》《今日中国》等画报。1940 年起曾担任《北京人》《升官图》等舞台美术设计，1946 年后任《清明》《人世间》文艺杂志主编、《人民画报》副主编，全国青联常委兼副秘书长，中国美协理事及漫画组副组长，中国摄影家协会副主席等职。

1957 年，丁聪结婚不到一年，就被打成"右派"。妻子生孩子时，他只能隔着医院的玻璃窗望了望儿子，内疚地登上了北去的列车。来到八五〇农场云山畜牧场，先后参加了修五一水库和云山水库的劳动。

为了不荒废时光，丁聪临来北大荒时，偷偷从家带来一卷日本宣纸，卷得紧紧的，塞在箱里，生怕被旁人、特别是领导发觉。

本书作者赵国春与丁聪在云山农场（赵国春提供）

空闲时，他就偷偷地画，或者追记工地劳动时的场景和人物。没有尺子，他就把皮带解下来，比尺子还方便，旁人也发觉不了。

一天，王震部长让人把他找去说："你原来编《人民画报》，你要好好地发挥你的专长，把复转官兵开发北大荒、抢建北大荒'人工湖'的事迹，用图片形象地记载下来，要为修建云山水库的转业官兵出一本画册，给后人留点资料……人手不够，由你亲自挑选！"

丁聪愉快地接受了编画册的任务，挑选了原人民画报社的吕向全做他的助手。吕向全是个从小参加八路军的年轻记者，由于受丁聪牵连，也被打成了"右派"。云山水库竣工后，丁聪就把编完的《云山水库画册》画稿交给农垦局有关部门。

后来，丁聪同聂绀弩一样，作为一名戴"右派"帽子的特殊编辑，被调到由当年日本关东军驻守虎林机关的气象站改成的《北大荒文艺》编辑部，负责封面设计、插图、刊头补白、画版样等所有美编的工作，另加跑印刷厂，搞发行。他每天都有条不紊地忙着。每期10万字，他要一个字一个字地校对，直到装订成册送往邮局，他才松口气。最使丁聪难堪的是刊物印出来后，要亲自赶着一辆牛车从印刷厂拉到邮局寄发。他那双握了几十年画笔的手，一旦举起牛鞭，怎么也不听使唤。可那头倔强的老牛，仿佛故意和他闹别扭，总是不听调遣。

当时编辑部的编辑们，不仅要定期编好刊物，还要不断地在劳动中改造世界观。丁聪和聂绀弩的劳动态度公认是最好的。有一次端午节前，他们到一个农场铲地，归来时路过一片沼泽地，在密密的芦苇丛中，拣到一堆野鸭蛋，大家欢呼雀跃，聂绀弩就此情景写了一首七律：

野鸭冲天捉对飞，几人归去路歧迷。正穿稠密芦千管，奇遇浑圆玉一堆。

明日壶觞端午酒，此时包裹小丁衣。数来三十多三个，一路欢呼满载归。

诗中说的"小丁"就是丁聪。当时拣到数十个鸭蛋后无法拿走，丁聪急中生智，当即慷慨解衣，将野鸭蛋包好带回，此诗后来被收入《散宜生集》，题为《拾野鸭蛋》。

当时印刷厂设在密山，刚建成的密虎铁路行驶着已淘汰的闷罐车，冬天不保暖，生着火炉，丁聪穿着棉袄，头戴狗皮帽子，风尘仆仆地在密山与虎林之间穿梭。

读者当时从《北大荒文艺》上看到许多署名"学普""阿农"的插图，画得很好，但熟悉他的人一看就知道是丁聪画的。别人在《北大荒文艺》上发稿可以领到稿费，而他画插图不得一文。这一切都未使他感到不公平，因为只要允许他拿画笔，就可以使他本来单调的生活更充实。1960年秋天，在北大荒生活了2年多的丁聪，终于踏上了南归的列车。

丁聪16岁开始发表漫画，60多年来，不论是颠沛流离的战争时期，风雨如磐的"运动年代"，或是物欲横流的岁月，他都坚持守着自己的漫画阵地，不邀宠，不媚俗，按照他独有的生活理念和审美情趣，挥舞着他犀利传统的画笔，至老弥坚。

20世纪80年代，丁聪的生活终于安定了，在漫长的艰苦的岁月里，他始终没有停止作画，他为《读书》杂志画插图20年了，他那具有特殊风格的人物造型和深刻内涵，在中国漫画界独树一帜。

生活中的丁聪，和他的漫画一样幽默。1981年11月的一天，丁聪到聂绀弩家玩，聂绀弩把他介绍给家中的客人说："他是小丁，我的难兄难弟，北大荒同学，老右派朋友……"聂夫人周颖笑着加上注解："他是画家，著名漫画家，抗战时期重庆的三神童之一，丁聪，都叫他小丁……"

丁聪哈哈一笑，幽默地说："什么画家、神童呀！我是'右派'，行不更名，坐不改姓的'右派'，1958年是戴帽'右派'，1962年是'摘帽右派'，现在是改正'右派'，将来死了，是'已故右派'，我与'右派'结下了不解之缘……"

丁聪的漫画集出了一本又一本：《古趣一百图》《昨天的事情》《绘图新百喻》《今趣图》……近20年来，已出版画集30多本。丁聪的漫画深受读者喜欢，喜欢他适度夸张、变形不谬，符合中国老百姓的审美情趣。

北大荒，深深地刻在他记忆的印辙里。无穷无尽的天宇，广袤无垠的大地……实在太空旷了，充实他心头的只有寒冷、饥饿和风暴。没想到，30多

1994年夏天，作者（左一）和垦区的陪同人员与丁聪（右三）、
吴祖光（左三）在云山农场（赵国春提供）

年以后，他和吴祖光"难友"作为历史的证人，应邀重新踏上北大荒的土地。

1994年8月，丁聪和吴祖光一起重访北大荒，笔者有幸一路陪同。他微胖的脸，阔阔的嘴，头发乌黑，一根白发也没有。来到云山农场，见到当年劳动过的五一水库，后大为惊讶："原来是这么大个小水坑呀，看来不值得骄傲了。"大伙听了，都笑了。他为云山农场深情地写下了："云山是我到北大荒的第一站，五一、云山水库的坝上，都有我抬上的土。今日能重游故地，真是三生之大幸也。"当驱车来到波光粼粼的云山水库时，他才兴高采烈地告诉大家当年工地劳动的情景，继而泼墨题词："我知盘中餐，粒粒皆辛苦。"

丁聪一行来到农垦科学院后，他挥毫泼墨，写下了"战天又斗地，旧貌换新颜"几个大字后，解释道："我的意思就是再也别斗人了，斗人怎么能把建设搞上去呢！如果当初把我们批错了，国家前进了，我们委屈也就无所谓了，关键是国家的损失太大了……"

吴祖光与《北大荒人》

1958 年 3 月著名剧作家吴祖光，告别了妻子新凤霞和孩子，随同国务院直属各部、委、局的 600 多名"右派"，即将乘"专列"踏上去往北大荒的路程。车站上挤满了即将启程而不知去向何处的远行人和依依惜别的送行家属，可能有人想冲破这种痛苦又沉闷的空气，便大声喊道："吴祖光，讲个笑话吧。"吴祖光强忍住内心的悲愤和伤痛，讲了一个大约是来自西方的笑话，他神态潇洒，心头却在滴血……他希望自己也患健忘症，忘掉眼下这场厄运，可万万没有想到，到了农场又挨批斗。

祸从口出。挨斗就因为那个笑话。说火车刚要启动，从站台口跑过来 3 个人。一个乐于助人的警察站在火车门口，帮助第一个和第二个上了车，第三个是胖子，跑不动，赶到门口车已经开了。警察说："对不起，你晚了一步，我没帮上忙……"那人喘了半天才说："我真对不起这两位朋友，今天是我赶火车，他们是为我送行的。"批斗者说这个笑话是影射该走的没走，不该走的走了。说吴祖光放不过任何一次机会，再一次恶毒反党。至今，每当人们提起这个笑话，吴祖光还说："我真佩服这样解释笑话的人。"

吴祖光被分到八五三农场二分场六队参加劳动。后来，牡丹江农垦局成立了文工团，要写一个反映十万转业官兵开发北大荒的大

1961 年秋天，吴祖光在北大荒云山农场（吴祖光生前提供）

型话剧。剧本初稿由业余作者写出来后，因为不懂戏路子，就从"右派队"借来两位名人，其中就有吴祖光。

平时少言寡语的吴祖光，早年从事戏剧事业并卓有成就。曾任国立戏剧专科学校讲师，中央青年剧社、中华剧艺社编导、中央电影局、北京电影制片厂编导，北京京剧团编剧、文化部艺术局专业作家等。当他看完了《北大荒人》（当时叫《雁窝岛》）初稿后，曾提出了几条很不错的意见。比如在第一幕中党委书记高建民与战友之父黄志清和战友之女燕子相认一场是很感人的，吴祖光看了后称之有戏，建议大做文章，可把燕子改为高的亲生女儿，抗日战争中失散，相见不相识，使之成为人物关系的一条主线贯穿全剧，不要一下子就认出来，要放到最后，戏到高潮时再相认，相认本身又是高潮。这本来是提高戏剧艺术的一个好主意，是行家里手的有识之见。可是这建议在集体讨论中被否定了。有人说"搞不好会有'人性论''人情味'的危险"。

当时作为剧本的执笔者范国栋，看到吴祖光那天挂在嘴角的一丝苦笑，心里只有遗憾。虽然他脑中也有"怕"字，但修改剧本时，他还是采纳了吴祖光的一些意见。如第一幕中燕子在过灯节点蜡的细节对当场几个人物性格的刻画和舞台气氛的渲染都是很生动的。吴祖光当时曾笑着说："这可是有点人情味儿啊！"范国栋挤了挤眼说："这是无产阶级的人情味。"说罢二人都笑起来。

剧本几经修改，《北大荒人》在首都正式公演了。中国戏剧家协会主席田汉给予高度的评价，演出结束后，他走上舞台祝贺演出成功并与演员们一起合影留念。《北大荒人》在京公演时间约1个月就结束了，中国青年艺术剧院赶排了这个戏，接着演了1个月。《剧本》月刊在7月号上发表了这个剧本后，上海艺术剧院、天津人民艺术剧院、四川人民艺术剧院、甘肃省话剧团、哈尔滨话剧院先后上演了这个戏。北京电影制片厂还将它拍成电影，向全国发行，成为新中国第一部反映北大荒的故事片。

吴祖光在北大荒3年，新凤霞每天除了演戏和干些杂务，剩下来的时间，就是给吴祖光写信。每月给吴祖光寄一个包裹，那里面有她一针一线缝织的衣物。她的文化水平不高，在信中没有缠绵的词句和高深的哲理，但是充满真情。她把一切困难、屈辱和思念的痛苦，和着泪水吞咽在自己的肚子里，她总这样写："我很好，老人和孩子也都好，你放心！"吴祖光是最爱孩子的，在信里，新凤霞有时把孩子的一双双小手，贴在纸上画下来，寄给远隔千里的爸爸，让他感受到孩子们给他的温暖。吴祖光在给新凤霞写信时，向她描绘北大荒风雪的诗意，也向她叙述自己学干农活的趣闻。他也和她一样，把被惩罚的苦处隐藏在内心的深处，他不愿给她在精神上添加任何负担。他也总是这样写："我很好，劳动已经习惯了，身子骨也壮实，不要再寄衣物了，你寄来的东西我用不完。不要为我操心，有时间努力学文化，锻炼着写些东西……"

3 年的北大荒特殊生活，为吴老的创作提供了丰富的素材。在北大荒，他与同去北大荒的好友王正共同创作过大型话剧《卫星城》《光明曲》，还为牡丹江农垦文工团写了京剧剧本《夜闯完达山》，儿童歌剧《除四害》。

1994 年 8 月，吴祖光和当年同去北大荒的老友、画家丁聪来到了当年劳动过的"右派队"——现八五三农场二分场六队，终于见到了阔别了 34 年的当年"右派队"的队长李富春。这个当年从杭州转业来的上尉参谋长，见了吴祖光分外亲热，吴祖光双手紧紧握住李富春的手说："你还认识我这个战士吗？""认识！认识啊！"李富春激动地说："真没想到我们还能见面，当年我和你们一样，都是来建设北大荒的，没啥区别，王震部长开会时还称你们同志呢。"

被誉为神童的吴祖光，曾任国立戏剧专科学校讲师，中央青年剧社、中华剧艺社编导，《重庆新民晚报》副刊编辑，香港大中华影业公司、永华影业公司编导，中央电影局、北京电影制片厂编导，中国戏剧学校实验京剧团编剧、北京京剧团编剧，文化部艺术局专业作家。1960 年返回北京，主要著作有话剧《凤凰城》《风雪夜归人》《林冲夜奔》《闯江湖》，散文集《后台朋友》《海棠集》，京剧本《武则天》《三关宴》《三打陶三春》等；并编导过《红旗歌》《花为媒》《洛神》等 10 余部电影。

　　当年"右派队"的遗迹已荡然无存，流逝的时光却没有磨掉吴祖光当年的一些印象。他说："以前我们在北京也没有想到过地球是圆的，那年一到这里，看到无边无际的雪，才看到了地球的模样。有一回，从天际出现两个小黑点，渐渐地朝我这个方向移动，原来是两匹乘骑，踏雪而来。走近一看，两个穿军大衣的人下了马，事后才知道其中一位是王震，他是专程来'右派队'看望我们的。"在当年丁聪劳动生活过的云山农场，吴祖光在招待所门口看到一个磨菜刀的老人，当听说老人是从很远的农村来的，家里很困难，便从衣袋里掏出 50 元钱，老人激动得不知说什么好，嘴里不停地念叨着："今天遇上贵人了，今天遇上贵人了……"吴祖光说："我也曾经是这里的老农工，只不过我现在住在北京。你的困难就是我的困难，不要客气。"吴祖光为云山农场题写了"三十六年如一梦，几生修得到云山"的条幅。36 年的巨变，变的是山河，不变的是秉性，是吴祖光对北大荒的那一份特殊的情、真诚的爱。

　　吴祖光是一个乐观豁达、宽容善良的人。他经历了不少苦难，却少有一般人的世故与圆滑。一路上，人们让他给题字，而吴老题得最多的一幅字是"生正逢时"。他在经受了人生的诸多坎坷后，能够大彻大悟般地认识社会，足以证明他的胸怀。我也向吴老求了一幅字，但当时我真的理解不了"生正逢时"这几个字，于是为了自勉，我请他写了一幅"闻鸡起舞"，至今我还认真保留着，还收入我的散文集插页中。

　　一周的陪同时间是短暂的，可我却从吴祖光、丁聪两位文化名人身上看到了大家的风度，看到了真正艺术家的为人。原来在我想象中的大剧作家、大漫画家的设定的框框没有了。

　　我早就听说新凤霞阿姨写了好多的书，我非常想读一读关于吴祖光方面的。我把想法跟吴老说了后，1995 年的 2 月，接到吴老寄来的新凤霞写的《我与吴祖光》，我一气从头到尾读完，尤其是看到吴老到北大荒的前后。我是带着感情读完的，了解了这一对名人的坎坷生活，我更加敬佩这对患难与共的恩爱夫妻。

1999 年，我应北方文艺出版社之约，撰写了一部名叫《荒野灵音——名人在北大荒》的书，第一篇文章写的就是《吴祖光与〈北大荒人〉》，当我把写好的文章寄给吴老时，很快就接到修改后的文章和他当年在北大荒的照片。本来还想请吴老给这本书写个序，可几次打电话都听小阿姨说："吴爷爷有病了，不能写东西了。"虽然序没写成，这本书也出版了，可我还是祝福他早日康复。

从那以后，我更加关注吴老的消息，到书店时，发现有他和新凤霞的作品，包括他女儿的作品，我都毫不犹豫地买回。这几年，我先后买了吴祖光先生的《游戏人间》《苦中作乐集》《掌握命运》，新凤霞的《我与吴祖光 40 年悲欢录》，他女儿吴霜的《吴霜看人》等书籍。他在《游戏人间》一书的自述中写道：眼高于顶命如纸，生正逢时以至此，行船偏遇打头风，不到黄河心不死。

1998 年春天，黑龙江省农垦总局大型电视系列片《大荒涅槃》摄制组人员到北京采访吴祖光，说起北大荒时，他深情地说："如果当年要不是那么一种原因到北大荒的话，我会很喜欢那个地方的，现在想起来，我这一生如果没去过北大荒的话，那一定会很遗憾的。"

『最佳男配角』陈明

　　老北大荒人、著名作家丁玲的丈夫陈明，于 2019 年 5 月 20 日凌晨在北京因病逝世，享年 102 岁。

　　几十年来和陈明交往时的情景，历历在目。翻开这本《别了，沙菲》，扉页上清楚地写着"国春同志留念，陈明赠，2001 年 5 月 23 日"。让我想起了 17 年前陈明赠给我这本书时的情景。

　　陈明曾经陪伴丁玲在北大荒工作生活了 12 年，他们把北大荒当成了自己的第二故乡。

　　2001 年春，我把《丁玲在北大荒》的书稿，寄给北京的陈明先生，请这位和丁玲共同生活了半个多世纪的亲历者，帮助我给书稿把把关，提提修改意见。很快，我就接到了他的回信，把亲笔修改过的书稿寄回的同时，还赠送我这本书。

　　1958 年 1 月，陈明和丁玲来北大荒之前，摄于北京家中（陈明生前提供）

信是这样写的：

　　国春同志：

　　您好！

　　收到你寄来的大作《丁玲在北大荒》，反复细阅了两遍，在字里行间再
一次体会到北大荒战友们对丁玲的理解与尊重，对她坎坷一生的愤慨与同情，
我很受感动，也很感激。在欣赏中我信笔记下了点滴文字，可以作为补白、
说明或注解，不能成为意见，也不是建议，仅供参考而已。现用特快专递寄上，
希望能早点收到，顺祝大作成功！

　　……

　　这本《别了，沙菲》是上海作家丁言昭编选的，2001年1月，由人民文
学出版社列入"漫忆女作家丛书"出版。中国丁玲研究会副会长陈漱渝作了
题为《云霞出海曙，辉映半边天》的序言。该书选入茅盾的《女作家丁玲》、
沈从文的《记丁玲（节选）》等10篇关于丁玲的文章。

　　丁言昭，在20世纪90年代后期完成《在男人的世界里——丁玲传》后，
再次应人民文学出版社邀请编辑丁玲的作品，她在《后记》中写道：感到非
常荣幸。同时，她也感到："没有考虑到作者文章的广度和深度。如陈明的
文章没有收入。只收了别人采访他的谈话录。我感到这些文章的内容，一般
人都知道，用不着特地编选进去。其实，我犯了个错误。我自以为丁玲写了
传记后，对她的一生非常熟悉，好像别人都和我一样熟悉她。没有考虑到读
者面。"

　　我和陈明相识在1991年。我还记得那年的8月，第五次全国丁玲学术讨
论会在佳木斯市省农垦总局召开。我作为一名工作人员，参加了会议的全过程。
见到了陈明、周而复、牛汉、雷加、庄仲庆等知名作家学者，还陪同他们参
观了汤原、宝泉岭、普阳农场，参观了"丁玲生平事迹陈列室"的剪彩仪式，
我还接到了陈明先生签名的《丁玲文集》。

　　陈明老家在江西。1917 年 2 月出生在鄱阳乡下。1934 年在上海上高中时，便秘密参加了上海党的外围组织"中华民族武装自卫委员会"。高中毕业后，1937 年 1 月，抛弃家庭，经北平、太原、西安，5 月 4 日到达延安，先后在抗大、马列学院学习。抗战开始后，先后任西北战地服务团宣传股长，陕甘宁边区留守兵团政治部宣传大队长，延安文化俱乐部副主任，业余剧团团长。

　　在"卢沟桥事变"后，陈明参加当时由丁玲率领的西北战地服务团，任宣传股长。丁玲比陈明早半年到陕北，她曾是上海"左联"主要负责人之一，到延安后又担任中国文艺协会主任。陈明在西北战地服务团认识了丁玲。他们开赴山西抗日前线和西安国统区开展抗日宣传。在西北战地服务团期间，陈明的宣传工作搞得有声有色，成为丁玲的得力助手。他们慰问前方军民、国民党航空将士，用文艺形式向当地老百姓宣传我党抗战主张，辗转活动于太原、榆次、太古、临汾、沁县、洪洞、运城等 10 多个县、市、乡村。1938 年春，西战团又奉命开进西安，在国民党西北大本营里进行抗日宣传。丁玲通过几个月的行军、演出、反摩擦斗争观察，发现陈明不光戏演得好，还表现出了出色的群众工作才能。她说不清从什么时候开始，喜欢上了团里这个精明强干的宣传股长。特别是在西安期间，陈明因胃病急性发作住院，仅是短暂分离，丁玲感到怅然若失。陈明呢，也时常陷入一阵淡淡的苦恼。他觉得团长对他好，好得有点过分，让他心里很不安。比方说，无论是每人一份的战利品，还是老百姓送来的慰劳品，驻地房东送来的花生、红枣，丁玲总要把自己的一份留给他。见他穿鞋特别容易坏，就省下自己的津贴买新鞋给他。有时甚至害怕碰到她那双深邃的目光，这不仅仅是一位聪明的领导、一位团里的大姐对一名普通团员的目光啊。他不敢往下想，他们不相称，她毕竟比自己大十几岁，而且，是知名作家。于是，他曾经私下向一位老同志倾诉了自己藏在心底的不安，那位同志劝他调离西战团，可他又下不了决心，他不愿意离开这个战斗的集体，他不忍伤她的心……

　　1942 年，陈明与丁玲结婚，开始了他们 40 年患难与共的生活。他们没有再要孩子，陈明把丁玲的儿女当成自己的孩子。陈明也是《太阳照在桑干河上》

的第一个读者和评论者。

　　新中国成立后，陈明去了国家电影局，并创作了《海港生涯》的电影剧本，他还将戏剧《六号门》改编为电影剧本，后来，他还将丁玲的《太阳照在桑干河上》改编为电影剧本。

　　一夜之间，丁玲被打成"右派"。1958年春节后，陈明也被株连戴上"右派"的帽子，被开除党籍，离开文化部电影局所属的北京电影制片厂，和国务院各部委办局的600多名"右派"，被下放到北大荒。

　　丁玲明知责任不在自己，可面对陈明仍难免深怀内疚，她对他说："都是我连累了你……"

　　陈明却笑了，逗趣道："这倒好，成全了我了，了却了我多年夹的一个心事，以前你总比我'高'，现在我们'平等'了。我们成了一条战壕里的战友了……不能这样说，这样我们又多了同一条罪状，有订立'攻守同盟'之嫌，应该说我俩是'一丘之貉'才对，哈哈！"

　　"老陈！"丁玲见丈夫如此，心里一阵酸楚，她的眼睛湿润了。

　　为了不使丁玲过于悲观，使她能鼓起勇气来承受命运的作弄，他在她面前总是使劲做出满不在乎的样子。可他内心却在流泪，淌血。

　　王震将军到他们"右派队"视察后，告诉陈明让丁玲也来北大荒吧。陈明很快就给丁玲写信。丁玲也于这年的6月末，来到了北大荒，先后在汤原农场和宝泉岭农场，一待就是12年。

　　后来，我因为撰写《丁玲在北大荒》一书，几次给陈明打电话，称呼他陈老，他却说："你就叫我老陈吧，我也是你们北大荒的老职工。"

　　陈明不仅在生活上是丁玲的如意伴侣，在创作上也应该是丁玲的得力助手。陈明在《我与丁玲五十年——陈明回忆录》（中国大百科全书出版社2010年版）一书中曾经这样写道，"丁玲活着的时候，就没有对外界隐瞒我修改她的文章，她曾经对人说过：你们不知道，我家里还有个'改家'。这个'改家'说的就是我。有的作品她甚至想要署上她和我两个人的名字，我坚决反对。《丁玲文集》第六卷里，她又要放我的照片，我也没同意，为此，丁玲还有

1981 年 7 月，丁玲、陈明回访北大荒时与老友相逢在当年的同事张文豪家（陈明提供）

些生气。我做这些事情，不为名，不为利，完全都是为了丁玲。"

陈明在这本书里还这样写道："我的一生大部分时间是和丁玲共同度过的，而且和她在一起的岁月，是我生命中最宝贵的年华。因此，我的回忆录最后定名为《我与丁玲五十年》。"

在丁玲生命的辉煌中，无不凝聚着陈明的心血。晚年病中的丁玲，无论在生活上还是创作上都离不开陈明。正如她自己所说的："如果没有陈明，我一天都活不下去。"

陈明晚年为丁玲作品的修改、整理、出版，倾注了大量心血。1986年，在丁玲去世后，陈明任"中国丁玲研究会"顾问。他完成了《丁玲文集》一至六卷的校勘、七至十卷的编辑和校勘工作，编辑出版了丁玲在延安时期的作品集《我在霞村的时候》，丁玲、陈明书信集《书语》，还撰写出版了《我说丁玲》等作品。

陈明也应该是个很有影响的文化名人，只是因为丁玲头上的光环太亮了，也因为陈明为丁玲付出得太多，让陈明成为一个默默无闻的"最佳男配角"，同时，也成为一个陪衬红花的绿叶。当然，这丝毫不影响陈明在北大荒人心目中的位置，反而觉得他更无私和伟大。

王忠瑜和他的『军垦之歌』

你一定看过电视连续剧《赵尚志》吧，一定被其中的剧情所感染，可你却不一定知道该剧的作者就是为民族英雄树碑立传的著名作家王忠瑜。

1927年3月的一天，王忠瑜出生在安徽省合肥市一个小商人家庭里。虽全家只有四口人，但并不宽裕。有时甚至要靠亲友接济。

"七七事变"后，全家迁往皖西山区霍山县，王忠瑜就读于省立第五临时小学，在这里他遇到文学道路上的第一个启蒙老师吴耀民。吴老师是校长，而且兼教高小年级的语文。他的家乡桐城——是清朝"桐城派"的发源地，文风鼎盛。吴老师不仅文学造诣深，且教学方法好。讲课深入浅出，善于诱

2005年夏天，王忠瑜（左）与晁楣（中）来北大荒博物馆参观，本书作者赵国春（右）与他们合影留念（赵国春提供）

导，教他们读李白、杜甫的诗，也读茅盾的《白杨礼赞》、朱自清的《背影》《荷塘月色》、鲁迅的《野草》等现代文学名篇。写作方面，老师要求很严，每周要写两篇作文，还要写周记。他每次都精心批改，认真写评语。

初中毕业后，因为家庭经济困难，不能继续求学，经朋友介绍，王忠瑜当了一学期的小学教员。第二年又去考高中，可是读了一学期又被迫辍学。这时虽已无力上学，但对艺术追求的愿望更强烈了。他终于下定决心，要以艺术为自己的终身职业，报考省立霍山专科学校艺术科，专门学习国画。

1945 年 8 月，抗日战争胜利了，他的家由霍山迁回合肥。学校也由霍山迁往安庆，更名为安庆师范专科学校。这时，王忠瑜的爱好有了很大转变，由艺术转向新文学。1946 年，他和同学组织了"梅林文艺社"，在报纸副刊上开辟专栏，开始在报上发表作品。

1951 年，响应抗美援朝、保家卫国的号召参军。王忠瑜入伍后，被分配到空军部队。1952 年，他参加抗美援朝，到了朝鲜第一线战场，新的生活展开在他面前。他当时担任志愿军空军政治部文化部的摄影美术组长，负责战地新闻报道和宣传鼓动工作。他领着一个小组，在战斗前线从这个机场到那个机场，哪个部队打得好，他们就到哪个部队采访。他给自己立下一个奋斗的目标，就是尽量地了解各方面的人和事。他几乎访问了所有的空军英雄，目睹了年轻英勇的中国空军飞行员击落美军王牌飞行员的激动人心场面，他的心被激荡着。他不但在硝烟弥漫的战场上拍下一组组珍贵的历史镜头，还把采访到的素材积累起来。

战争结束后，王忠瑜被调回北京，在军委空军重要机关工作。他后来发表的"鹰之歌"系列，《鹰之歌》《鹰击长空》等已家喻户晓，他是我国新一代战争文学、军事文学的年轻拓荒者。小说《鹰之歌》，便是那个时候写的。人们在记住那个时代英雄的同时，也记住了一个书写英雄的名字：王忠瑜。他笔下的英雄们早已化为一只只雄鹰留在那个时代的人们心间。王忠瑜也被评论界称为"一只翱翔文坛的雄鹰"。

《鹰之歌》发表时，王忠瑜已经离开北京，来到了北大荒。这是他个人生活和文学道路上的转折。他唱响开发北大荒的第一支歌，是在北上列车里写成的《列车奔向北方》，抒发了他对北大荒新生活的向往和热爱。他说："脚还未踏上北大荒的土地，诗却先来了。"

荒原那种大自然的魅力，十万转业官兵进军荒原的磅礴气势，给他极大的鼓舞，激起他炽烈的激情和强烈的创作冲动。除了参加劳动、吃饭和必有的睡眠时间，他总是在写。为了尽快表达这种新的热情、新的意境，他最初是边写诗边编小报，后来又担任《北大荒文艺》编辑。他总是一边工作一边写作，从不松懈。

最早他在当砸石工人时，住的是集体大宿舍。一铺大炕，睡十几个人，被窝接被窝。为了不影响别人休息，他常常一个人躲在被窝里用电池灯照着写。其间，他发表了一首又一首的诗歌，也发表了一篇又一篇的小说。第二年，他的第一个小说单行本《鹰之歌》、第一本小说集《祖国之鹰》和第一本诗集《列车奔向北方》分别在北京、上海和哈尔滨出版。

北大荒虽然是个美丽富饶的地方，可他们来到这里，首先面对的是天气的寒冷和生活上的种种困难。在祖国南方正是桃红柳绿的三四月里，北大荒却仍是"千里冰封万里雪飘"，气温经常在摄氏零下十几度，这对出生在南方的人是非常不习惯的，特别是吃饭问题。五六百人只有 3 个炊事员烧 3 口大锅，又要做菜又要做饭，供应不及时，一天两餐不能按时，有时还吃不饱。但是，他们没有叫过苦，更没有被困难吓倒过。

刚一安顿下来，王忠瑜和同志们就摩拳擦掌地开工了。4 月 1 日的早晨，天上还飘着雪花，他们没有水洗脸，就抓一把雪擦一擦；没有开水喝，就捏一个雪团含在嘴里。抬的抬，砸的砸，有的人没干几下，手上就磨出了水泡。有的抬了两筐，腿就站不起来了。他们以坚强的毅力和行动，来迎接劳动锻炼，但这不是几天就可以锻炼好的。开始几天，每人砸石子 0.3~0.5 立方米，就已筋疲力尽。收工回去时，有的人几乎腿都挪不动。但是晚上，宿舍里总是响起悠扬动听的小提琴声和歌唱声。第二天，他们又精神抖擞地走向工地。

王忠瑜的诗，可以当作垦荒日记来读，是视察历史的记录，也是号角长鸣。在那些风餐露宿、开荒斩草的艰苦岁月里，始终昂扬着革命战士战无不胜、攻无不克的豪情。从新搭的小木屋、踏荒建点，到规划新城、筑路开荒，在他的笔下都留下了诗的踪迹。

王忠瑜在十万官兵开垦北大荒新生活的激励下，写就了数百首诗。他热情地歌唱北大荒军垦官兵们的生活和业绩，"军垦之歌"系列，包括《列车奔向远方》《红旗在前》《北大荒的主人》《冰层下的春天》《雁窝岛之歌》，等等，虽然形式各异，但都是表现北大荒生活的，都是描绘垦荒英雄的。

1962年，王忠瑜被调到黑龙江省作家协会从事专业写作，至此，文学创作上的第二个高潮期也到来了。他除了写作短篇小说、散文和诗歌外，主要写抗联作品，《赵尚志》（包括《中国的夏伯阳》和《总司令的悲剧》）、《李兆麟传——烽火辽东》出版后，引起了广泛的关注。被改编成电视连续剧《赵尚志》放映后，更是引起轰动效应，国内70多家电台、电视台等新闻媒体对他的小说创作发展态势、基本走向与艺术成就进行了全方位的报道，使民族英雄赵尚志的形象家喻户晓。它宣传了爱国主义，弘扬了民族正气，因而荣获中宣部"五个一工程"奖、文化部"飞天奖"、东北"金虎奖"等5项大奖。

半个世纪以来，王忠瑜共发表、出版长篇小说、短篇小说集、散文集、诗歌集、报告文学集、文艺理论集30余部。黑龙江省委认为他在"文学创作各个领域勤奋耕耘，取得了丰硕成果"，赞扬他"充分体现了一个人民作家高尚的爱国主义精神、敬业精神、奉献精神，高度的使命感、责任感及严谨治学的科学态度"。

1998年，黑龙江人民出版社为其结集出版了七卷本的《王忠瑜文集》。文集收入王忠瑜自1946年发表处女作以来的400万字的文学作品。这是黑龙江省作家第一次出版如此规模宏大的个人文集。他在《文集·自序》中说："我把古稀之年视为新的起点，看作是人生第二个春天的到来。我将努力不懈，再创辉煌。"

2022年1月9日，王忠瑜在哈尔滨逝世，享年95岁。

平青与散文集《微笑的眼睛》

因为平青本来不是地地道道的北大荒人，评论家称他为"南方飞来的大雁"。北大荒作家群中卓有成就的散文作家平青，虽然离开我们 30 多年了，可他的许多散文作品至今还在北大荒流传着。

平青，原名张振华，1931 年 8 月出生于江西省新干县。读到初中二年就因家变停学。后来当过村小学教员、土改队员，在部队担任过文化教员。1952 年，随部队到广东雷州半岛开荒种橡胶，当过会计、统计、保管员。自幼爱好文学，16 岁时就在江西的《学习与建设》上发表了一首反映土改斗争的叙事诗《王二嫂翻身记》，在村里传为佳话。1953 年，一个偶然的机会，广东作家协会几位作家去海南岛，留下一位青年作者小梁在《垦殖报》，和平青一起到雷州半岛的垦殖场去采访和深入生活。在共同工作中，小梁向他讲述了许多关于文学创作方面的事情，使平青对文学的兴趣更浓厚了。1954 年，第一次在《南方日报》"文学与艺术专页"上发表速写《黄昏》、小说《农村来的小姑娘》，在《广州日报》文艺副刊上发表小说、散文多篇，得到广州文艺界一些前辈的鼓励。

1958 年初，平青与妻子程仁韶抱着不满两岁的儿子，离开繁花似锦的羊城，来到了寒冷的北大荒。在虎林牡丹江铁道兵农垦局《农垦报》办公室里，白天的办公桌，晚上就是床，把儿子放在密山的托儿所。半年过去了，春节他们回密山看儿子，阿姨说：元旦那天幼儿园的小朋友都回家了，你的儿子趴在床上哭着要爸爸、妈妈。平青当时眼睛就湿润了，那时多么想能有一间小屋子啊！面对重重困难，平青不仅没有打退堂鼓，反而被北大荒火热的生活吸引着，他的笔触伸向北大荒丰富的开发生活。第一篇散文《雪地踏荒》发表在《北大荒文学》创刊号上，《中国青年报》转载时，题目改为《雪地里的笑声》，又被少年儿童出版社编辑的《我爱祖国小丛书》收入。1959 年第一期《北大荒》又发表了他的小说《新来的党委书记》，这篇小说后来被《北方文学》转载，并先后被收入中国青年出版社出版的《荒野里响起了号角声》和《黑龙江短篇小说选》。1960 年，少年儿童出版社出版了他的两个短篇小说集，一个是描写南方垦殖生活的《暴风雨的一夜》，另一个是描写北大荒生活的《钢姑娘》，分别发行 100 万册和 40 万册。

　　粉碎"四人帮"后，文学上的春天也降临了，平青的创作欲望同时也被激发起来。1972 年 2 月，他在《人民日报》发表了"文革"后的第一篇散文《春到北大荒》。1979 年 1 月，总局调平青回来负责《北大荒文学》的复刊工作，他任副主编，编辑室只有 3 人，还得负责编务和发行。举办作者培训班，编辑"业余文学作品"选专辑，给刊物带来了勃勃生机。1982 年，散文《三江日出》在《黑龙江日报》发表后，被评为二等奖。1984 年，13 万字的散文集《红叶情》由北方文艺出版社出版，《文学报》《文艺评论》《牡丹江师院学报》《大庆师专学报》等陆续发表了对平青的专访和关于平青散文艺术的评论文章。这一年他开始担任《北大荒文学》主编。

　　1986 年，在《散文》杂志上发表了散文《风雪送我回故乡》。记叙了他重返阔别了 28 年的故乡江西上饶，恰巧一路风雪相伴。但在他看来，总不如北大荒的风雪迷人，散文抒发了他对第二故乡的眷恋之情。这篇散文轰动一时，先后被《散文选刊》《中国报刊编辑文选》《散文精选》选入，并被中央人民广播电台《文学欣赏》节目专题配乐播出，1987 年，获黑龙江文艺大奖文学创作奖。1989 年 1 月，第二个散文集《微笑的眼睛》由哈尔滨出版社出版，同年获省散文创作成果二等奖。孜孜不倦的追求，换来的不仅是奖牌和证书，更重要的是读者的认可和专家的肯定。

1985 年，第二期《牡丹江师院学报》发表了梅天的评论文章《讴歌革命英雄主义的诗篇》，高度评价平青的散文艺术："平青同志是这一惊天地泣鬼神，伟大战斗的参加者，是这丰功伟绩的创造者之一。对这一伟大事业，他有着亲身的深切体会。25 年来，平青运用散文这一文学样式，歌颂北大荒的丰饶，歌颂北大荒大自然的旎丽风光，表现北大荒的昨天和今天——她的历史性巨变。他用散文这一文学样式，讴歌北大荒的英雄儿女气壮山河的壮举，讴歌创造丰功伟绩的英雄们的崇高精神品格。25 年，一个世纪的四分之一，如此集中、如此执着地歌颂北大荒，表现北大荒的历史性巨变，讴歌北大荒的开发者和建设者的革命英雄主义精神，生动地表明作家对北大荒的热爱之情是何等强烈。表明作家对开发北大荒的战友们的感情何等深沉。"

13 万字的散文集《微笑的眼睛》，共收 31 篇作品，着重表现北大荒的地域风情和北大荒人的心态。北京大学林道立教授在《中国当代文学作品辞典》中对这本书评价说："本集在摹状北大荒地域风情的同时，尤其注重写意，表现生活在这个特殊环境中的心灵冲突，简笔于客体，繁笔于主体，求神似而不磨形工，空灵、洒脱。文中常常跌现文字相同或相近，但意义内涵不同的句式，作为作品和情绪的支撑。语势上，少用连接词，多用单句，短促急骤，富于力度。"

30 多年来，平青创作的散文有 200 多万字。他的传记词条先后被收入《北大荒文学艺术史》《北大荒文学艺术》《黑龙江当代名人》《中国文艺名人辞典》《中国文学家辞典》《中国当代作家辞典》《世界华人文化名人传略》《黑龙江作家传略》等辞书。

1991 年 11 月 29 日，这位中国作家协会会员、黑龙江省作家协会理事、黑龙江省作家协会散文创作委员会副主任、北大荒文联副主席、北大荒作家协会副主席平青，因患脑出血与世长辞。他为北大荒文学宝库留下了一笔宝贵的精神财富。

　　老报人、作家，他的老伴程仁韶在悼念平青的文章中写道："在不到四个月中，你写了12篇散文和散文评介。最后脱稿的是那篇《醉》，像往常一样，你先让我看，征求我的意见。在这篇稿的末尾你写道：'生和死原无明显的界线，有的人虽生犹死，有的人虽死犹生。'我默然无语，心直往下沉。我深思着：'我们属于何者？'迎着晨曦走向了永恒！你这只南方飞来的大雁，在这块黑土地上找到了归宿……"

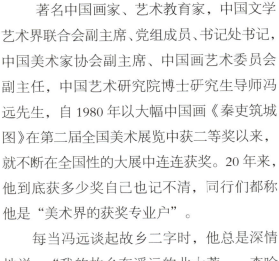

知青画家中的佼佼者

冯远

著名中国画家、艺术教育家，中国文学艺术界联合会副主席、党组成员、书记处书记，中国美术家协会副主席、中国画艺术委员会副主任，中国艺术研究院博士研究生导师冯远先生，自 1980 年以大幅中国画《秦吏筑城图》在第二届全国美术展览中获二等奖以来，就不断在全国性的大展中连连获奖。20 年来，他到底获多少奖自己也记不清，同行们都称他是"美术界的获奖专业户"。

每当冯远谈起故乡二字时，他总是深情地说："我的故乡在遥远的北大荒——查哈阳"。

1952 年 1 月，冯远出生在上海的一个职员家庭。父亲原是一名普通工人，白于刻苦自学，钻研技术，逐渐被提升为一家纺纱厂的技术管理人员。来自农村的母亲在扫盲班里学了文化后，成为法院的陪审员、街道的调解员及居委会干部。小时候的冯远，有一个条件优越、生活幸福的家。

特殊年代，因为父亲的心直口快使这个相对平凡的家庭遭受了不公平的待遇。风暴来袭的日子，冯远把自己关在屋子里，仔细临摹一些小画本。就在别人敲锣打鼓落实最高指示的时候，他长期的磨炼却使自己的绘画技术提高很多。

冯远在绘画上的技能终于被周围的人发现。当社会上需要大量绘制伟大领袖光辉形

画家冯远

象的时候，冯远一下子成了各工厂、学校和群众组织竞相邀请的"红人"。他带着宗教般的虔诚，极其认真地去完成每一幅巨像。当脚手架撤除以后，人们云集在巨像前情不自禁地说："真像！"

毕业分配时，工宣队按冯远的表现，把他分配在上海某工厂工作。然而迟迟不让他报到，说要他再画几幅巨像。等画像完成，却正好赶上了知识青年上山下乡的热潮。冯远兄弟几个都属于"可以教育好的子女"，大哥去了江西，大弟去了安徽，自己去了最远的黑龙江。

1969 年 5 月 7 日，冯远与几千名知识青年来到了查哈阳农场。春播时，他们光着脚踩在没膝的冰水中，每天要往返 30 公里。开始，双脚感到刺骨的寒冷、钻心的疼痛，个把钟头后就渐渐麻木了。到了秋天，该是收获的季节了，如遇下雨天，就必须在雨里割小麦，那 1 200 米的趟子望不到尽头，腰酸背疼不说，蚊子、小咬成群结队地围着，咬得疼痒难熬。

每天劳动归来，伙伴们都用打扑克、下象棋或谈天说地来消磨时光，可筋疲力尽的冯远往往是一人独坐，一声不响地望着天际，他心潮起伏，把自己构思的画面像"过电影"一样扫过脑海。当夜幕降临，伙伴们一个个鼾声如雷时，冯远便在自己的蚊帐里点起一支蜡烛，阅读古今中外的文学名著，只要能借到书，他便贪婪地阅读。

沉重的体力劳动并没有使冯远忘记画画。他的一技之长在农场仍有机会发挥，出专栏、搞宣传、写海报、为死者画遗像……冯远虽然十分热爱画画，但他决不在劳动时间画，只有在夜里，同伴们都睡下了，他才在油灯下画起来。火热的农场生活，激发了他的创作欲望。在夜深人静时，他绘制了《春耕组画》，（四幅）偷偷寄到《黑龙江日报》。尽管当时他并没抱太大的希望，可又期待着好消息的到来。一天，指导员接到报社打来的长途电话，了解冯远的政治情况。当他了解了冯远画的内容后，便将冯远大大称赞了一番。就这样"政审"通过，报社签发了冯远的处女作。

作品在省报上发表后，立刻在连队引起了轰动。在偏僻的北国荒原，大家突然在省报上看到描绘"建设兵团"的绘画作品，而且是本连伙伴绘制的，又画的是自己的日常生活，那激动的心情是可想而知的。知青们把头挤在一起仔细地看那些画上的人物，不时找出这个像谁、那个像谁，不断发出阵阵笑声。同伴们都跑来向冯远祝贺，男生们一拥而上，将冯远抬了起来，向空中一下下抛去。女生们挤在一旁嘻嘻哈哈地笑着、含情脉脉注视着心目中的"明星"。整个连队都沉浸在节日的气氛之中。连长、指导员等领导也很高兴，在上级领导面前，他们也感到光彩。指导员和连长过来与冯远握手，拍拍他的肩膀，鼓励他再接再厉，继续画些作品给报社寄去。冯远不负众望，又接二连三地在报上发表了不少反映知青生活的作品，引起了各级领导的重视，冯远被推荐参加师部、省里以至沈阳军区的各种美术创作班，画了许多"兵团"知青的作品，冯远的绘画技能也得到了进一步提高。

知青"返城风"一浪高于一浪，冯远眼看着一张张空起来的床位，心里很不是滋味。他费尽心机找来一张刊有招生消息的报纸。他写了一份报考上海戏剧学院舞台美术专业的报告，经贫下中农讨论通过，予以推荐。他充满信心地进了考场，专业成绩第一名，其他科目也考得不错，学校很想要他，可讨论来讨论去还是不敢收，说是"他父亲的问题没有搞清楚"。冯远虽然感到心中不平，但他仍不死心。第二年，中央工艺美术学院老师到兵团来招生，冯远再次报考，专业又考第一，但仍未被录取，其原因还是父亲问题没搞清。

冯远怀着绝望心情，在诺敏河边转悠了好久。他感到自己的前途好像这茫茫的诺敏河水。他独自躺在蚊帐里好几天，他的心仿佛在流血。然而，冯远并没有就此倒下。他到部队深入生活，把红九连的事迹画成连环画，又到解放军文艺出版社帮忙工作半年。他的连环画《苹果树下》是解放军总政治部下达的创作任务，出版后发到全军各连队，轰动全国。后来，他回上海探亲时，又画了一本《扛棒的故事》，画得非常投入。这两部连环画都相继入选全国美术作品展，社会反响强烈，冯远的大名出现在画坛上。

1976 年，冯远被招工去了辽宁，在文艺创作办公室搞创作。那段日子里，冯远出版了好多大部头的长篇连环画，如《上海的早晨》《李自成》《战地红缨》等等，约有上千幅。

　　1978 年 6 月的一天，在外出差的冯远突然接到一个长途电话，催他到杭州参加浙江美术学院中国画系人物画专业的研究生复试。冯远几乎不敢相信这一消息。9 月的一天，浙江美术学院中国画系研究生的录取书被送到冯远手里，从此他成为方增先教授的研究生。

　　冯远从研究生院毕业后，他的毕业创作在全国青年美展上获了银奖。留校任教后，每逢大展他都推出有分量的作品。

　　冯远每当谈起北大荒，总是激动地说："我永远忘不了善良、纯朴的北大荒人。下乡的第一个春节，知青都回家，我为了省下路费给爸爸寄去，便忍着对亲人的思念没有回去过年。除夕夜，知青都走了，宿舍冷清得从东到西只剩下自己，那可真哭了，是老乡把我硬拽到他们家一起过的年。为了攒下钱帮家里一把，第二年没回家，第三年、第四年，直到第五年才回去一趟。在老乡家过年，他们做最好的菜，上最好的酒，吃最好的饭，老职工待我像自己的孩子一样，劝我别想家，结果越劝越受不了这种疼爱！"

　　1996 年，冯远接任中国美术学院副院长，但也没有中断他的创作，而且成绩颇丰。10 多年来，冯远出版了 10 多本画册、3 本专集，还撰写了 20 多万字的论文发表在国内的主要专业刊物上。他多次在中国香港、新加坡、日本等地举办个人画展，作品曾赴美国、法国、加拿大、德国等国家参展并被收藏、收购。他应邀访问过五六个国家，与国外艺术家进行艺术交流。近 10 年来，冯远仅获全国性的大型美术展览的奖项和收藏就有好几次。

　　后来，冯远又先后担任文化部艺术司和科技教育司司长、中国美术馆馆长。2008 年 8 月起，任清华大学美术学院名誉院长。冯远画作曾入选第五、七、八、九届全国美展，获多类奖项 10 余次。撰写论文、评论、教材近百万字，出版画集、画册、专著 15 种。冯远的作品影响较大，许多画作被国内外美术馆和藏家购藏。

　　冯远的绘画作品，笔墨语言从传统的疏淡飘逸、逸笔草草中抽离出形态美、黑白构成关系及可变性，又借鉴了西方艺术的造型、体量、结构等美感元素，展示出极具个性化的艺术旨趣与审美追求，那种坦荡深沉、大气磅礴的艺术品位与艺术特色，在当代画坛尤为突出。

《曼哈顿的中国女人》 周励

作家周励

看过周励女士的长篇纪实文学《曼哈顿的中国女人》一书者，一定会记得书中第四章有关"北大荒的小屋"的描写吧。占全书的1/10还多，可见作者对北大荒是很有感情的。

《曼哈顿的中国女人》一书，1992年7月由北京出版社推出，旋即轰动全国，成为一本影响极大的畅销书。短短几个月，印刷4次，总销售量达50万册，跃居全国第五届书市文艺类畅销书榜首。然而围绕这本书，大洋两岸也发生了世人瞩目的大争议。首先在美国华人社区掀起波澜，从对此书的褒贬，转而演变成对作者人品的评议。为此，湖北人民出版社1993年曾出版过江河、卓果编的《周励在起诉？》一书。

周励，当年就是从上海下乡来北大荒的知识青年。当时分配到今天的齐齐哈尔农垦分局的克山农场五分场二十三队，也就是兵团时期的五师五十四团五营二十三队。

1950年11月25日，周励在上海红十字医院呱呱落地。这是她的当新四军的父母在分离了整整5年又在上海重逢后的爱情结晶。据说，周励一生下来哭声就特别响，眼睛东张西望，一副好奇的样子。

周励的外祖父出自书香门第，因此，她母亲也念过不少书，擅长吟诗作画、唱歌跳舞，抗战时期就是一名活跃的青年妇救会长，在解放战争时期，她的母亲 3 次被捕，惨遭各种严刑拷打，幸亏半夜里被一位地下工作者救出。也许是遗传，周励从小就继承了母亲的秉性和对诗词的爱好，而且天生就有一种刚烈不屈的性格。

周励虽出身于干部家庭，但家境窘迫。为了响应当时"子女越多对国家贡献越大"的号召，周励的母亲一共养了 6 个子女，光凭父母的工资已经不够用了，经常借钱以维持生计。上海市解放后，周励的父亲因立功而成为上海市政府的一名干部。因为父母工作繁忙，周励从 1 岁时就被送进上海市政府机关专门为干部子女所设立的幼儿园寄托，一星期回家一次。托儿所的集体生活和良好的教育，使她从小就热爱诗歌、热爱音乐、热爱集体劳动。性格上大胆泼辣，敢想敢干。中小学时代，她除了努力学习，参加校内各种活动外，还积极参加市少年宫的小伙伴合唱团等社会活动。

周励从小就养成了一种不服输的个性。她说："在幼儿园、在小学时，男孩子欺负我们女生，我就找他们论理，决不忍气吞声。长大了，懂的知识多了，就更明白人要自立。我的名字不像女性吧？这是我上初中时改的。我要求自己要自强自立，再接再厉。我这前半生看来是按这个'励'字走过来的，没有违背当初的愿望。"

1967 年 5 月，正是春风桃李灿若火的季节，周励和千千万万的同龄人一起，踏上了从上海开往黑龙江的列车。

周励来到北大荒后，不仅肯吃苦，而且还能说能写、能唱能跳，营部宣传股准备调她去当干事，却因为她的档案里装有中学时批评《一封信》的材料。周励在愤怒羞辱中，决定回学校讨回个公道。于是，她编了个理由向连长请了 21 天的长假，偷偷地挤上了南行的火车。无钱买票，半夜三更偷偷躲进厕所躲避查票。当无藏身之地时又飞窗跳车，然后投奔当营长的小姑父，最终回到上海。

来到北大荒后的劳动之余，周励非常喜欢读书。她在《北大荒的小屋》中这样写道："书是我亲密的忠实的伙伴，我的藏书非常之多。从上海到北大荒那年，我才 18 岁，当东北老乡把别的知青的一只只箱子飞快地往小土炕上递的时候，遇到了我的箱子却愣住了，整整五大箱子，沉甸甸地挪不动。'是金子啊？这么死沉死沉的！''不，是书'。从此，我的炕上炕下，床脚枕边到处堆满了书籍。20年后，在我纽约曼哈顿寓所的客厅和书房里，直到天花板的书架上都堆满了书籍……"

周励对北大荒有着深厚的感情，她在书中写道："1976年冬，在大返城的狂风中，兵团五师师部只剩下我们两个上海知青了。 我是师部医院的内科医生，他是师俱乐部的画家。我们谁也走不掉。我们走不掉的原因是完全不同的，我是因为在别人眼里看来太顺利了，条件太好了。1972年被送到医学院上大学，回到兵团五师医院成了内科医生，国家干部编制，什么眼下时兴的办病退、困退都轮不到我了。他呢，是因为出身太差，父亲是在'文革'中自杀的资本家，美术学院几次来招生，他都是考第一名，却屡屡因出身不好被拉下。大学上不了，俱乐部又不放他走，硬把他的名字挂到了黑龙江省文学艺术联合会，这样，他也成了编制内的干部，虽然拿着知青的32大块（元），却没有资格享受知青的权利了。"

周励在书中说，因"一记耳光"的缘故她从师部医院来到了建边农场卫生院。赴建边时，俱乐部看门的老常头赶着老牛车将她送到双山车站。到了建边农场，才知道这真是一个"被人遗忘的角落"。被称为场部卫生院的土坯房里，只有几间黑黢黢的房间，分别是门诊室、女宿舍、小药库和仓库。

"建边农场虽然荒凉，但却有一股荒凉之美，一种返璞归真的田园风光。每天傍晚，田间里响起农妇的唤鸡唤猪声，装运水的牛车的铃铛声，山间泥坯屋顶升起一缕缕白色炊烟。而这一切都笼罩在绯红的晚霞中，衬在到处是密密的白桦树、钻天杨的黛色青山下…… 我告诉老乡我在上海已经有了一个男朋友。在他们的眼光中，我看到一种由衷的祝福。我常常在下班后独自漫步在森林中，回忆着童年时的幻想：森林中的小房子、小红帽。有时蹲在地上，看着两只松鼠打斗，有时步上高山，望着不远处的中苏边界。我觉得这儿——眼前的一切，就像一幅幅俄罗斯油画……"

1977年，大学恢复了高考制度，正式招生的消息传到了建边农场。周励想如果能考取大学，回到大城市，那么也许还来得及抓住已经逐渐消失的青春。她一连熬了几个通宵，啃读了三角几何一大堆理科书籍后，便急不可待地去场部"报告"。

"当我踏着厚厚的积雪，好不容易走到离卫生院 10 里远的场部，一位穿黑棉袄的当地干部拱着手，打着典型的东北大官腔：说'你这工农兵学员，毕业后回到北大荒，就该在这扎根一辈子，你懂吗？大学都上过了，还整个啥呀？'他拿起一支钢笔，以坚定不移的神情把我的名字从申请表格中划掉。"

既然走不了，那么就让泪水全化作北大荒的春泥吧！她干脆在雪地里放声大哭，边哭边走。突然，她想起来在病房里还有一位心脏病患者在等她。她一看就知道又是"克山病"。在建边农场，没有心电图，这里离县医院有好几百里，就是连夜赶到了，病人的生命也难保住。在师部医院时，她积累了一定的经验，于是立即投入抢救，守在那兼作仓库的手术室（后来改为急救病房的小屋里），日日夜夜监护着病人，间歇注射维生素 C 和其他抗心力衰竭的药物。经过两周的抢救，病人终于出现了正常的心律，水肿消失了。当病人的丈夫拉着 3 个未成年的孩子来接这位妇女回家时，病人流着眼泪，紧紧地拉住她的手久久不放……望着这一家五口逐渐远去的身影，周励不由得热泪盈眶……

后来，周励在《曼哈顿的中国女人》中写道："人的热力，是能够点燃世界上任何一个冰冷的角落的。冬去春来，我宿舍的窗台上常常出现一把大葱、一包新鲜猪肉，或者是一小篮鸡蛋。都不知道是谁送的。整整两年之后，我终于收到了上海市政府发来的根据知青新政策调回上海的通知。当我登上开往嫩江的大卡车时，一位老乡跌跌撞撞地跑到我面前，递上他家刚刚烙出的、滚烫的葱油饼……我又一次地热泪盈眶了。"

回到上海后，周励被分配到上海市外贸局当医生。整天与奔忙于世界各地的外销员打交道，在他们的影响下，她对"对外贸易"发生了极大的兴趣。

眼前的一切，对于一个饱受艰辛、颠沛流离的下乡知青来说，应该是很知足了。可周励一返回上海，就立即投入到业余文学的创作之中，一心想把那一代人，也包括自己的经历写出来。她写过十几个短篇小说、3 个中篇小说和 2 个电影剧本，但是都失败了，没有一家杂志愿意接受，几乎寄出的稿件都原封不动地被退回了。周励在沮丧之中为抒发自己的情感，又迷恋上了钢琴。周励在外贸局当医生的那段时光里，虽然她的小说和剧本无人问津，但她的散文、诗歌和报告文学却陆续在报刊上发表。1985 年 8 月 21 日，周励带着剩下的 40 美元，从上海登上了去美国的班机。在申请念美国大学研究生时，她变换了自己的专业——要求学习商业管理和国际贸易。周励是自费留学美国的，一切生活来源全凭自己去挣，所以她就一边上课，一边利用课余时间打工挣钱。在美国自费读书是十分辛苦的，周励在《曼哈顿的中国女人》一书中这样生动地写道：

> 那天，我在洗碗间一刻不歇地干到晚上八点半，我快累瘫了。……没有什么活比洗碗工更吃力不讨好的了。美国留学生用餐浪费惊人，你得飞快地把盘子里剩下的香肠火腿乃至沙拉面包统统倒进垃圾桶，再递到传送带上。当那些脏盘刀叉通过洗碗机，变成一只只干净净烘干的盘叉时，又得用最快的速度从窗口跑到洗碗机尽头，用力端起那只足有 20 多磅重的、盛满盘叉的塑料架，把它送到学生领干净刀盘的另一个窗口，然后再飞快地跑回自己负责的这个窗口，收拾积压的脏盘刀叉……

1989 年秋天，周励萌发了要写东西的念头。起因是上海的文学朋友们的鼓励，他们说，你的经历很丰富，写出来我们找出版界的朋友帮你发表。于是，1991 年 6 月周励正式动笔。

原来她说她忙于商界，没时间写，也写不出来。上海的朋友说，你忙，我们可以请一个作家来写。后来，周励跟那个作家谈，那人听了她的情况很感兴趣，说这些素材很好，干脆你先写个东西。她答应了，就在上海，利用一两个晚上很快就写出了这本书里的"代序"部分。那人一看，哎哟，你的文笔这么好，而且思路非常敏捷。还说，你的感觉我没法找，还是你自己写比较好，替代的人没法把握。这样，就坚定了她的信心。白天，她置身于纽约的商场，晚上常常熬通宵。由于时间关系，她写作从来不打草稿，一写就是几十页，写好一章后就对着录音机念一遍录下来，然后，将稿件与磁带通过国际快邮寄给她在上海的妹妹，由她输入电脑，然后再用快邮寄给北京出版社她的责任编辑王洪先。

纽约《美国文摘》这样评价："时隔十年，《曼哈顿的中国女人》依然在中国读者中深受欢迎。该书自 1992 年席卷京城以来，已销售 160 多万册，并获'时代风云奖'和'十月文学奖'。据纽约《世界日报》载文，2000 年，北京文艺界及新闻界人士评出 90 年代最具影响力的 10 部作品，周励的《曼哈顿的中国女人》与二月河的《雍正王朝》及贾平凹、余华、莫言、陈忠实、余秋雨等人的作品共同当选，她为唯一的女作家。

画坛奇才潘蘅生

　　从北大荒走出了许许多多知青文化名人，从七星泡农场走出的著名画家潘蘅生先生就是其中的一位。

　　潘蘅生的父亲潘德明是一个具有传奇色彩的人物，他当年的壮举，深深影响着幼小的潘蘅生。1930年春天，潘德明在上海《申报》上看到有8位青年组织了"中国青年亚细亚步行团"，马上前去参加。当他赶到上海时，他们已经出发，他就追到杭州入队。他们一起走到广州时，只剩下3个人，再到越南清化时，只剩下潘德明。他买了一辆英国产的自行车，一个人过越南，经金边横穿柬埔寨进入泰国。

　　4月22日，潘德明拜见了大文豪泰戈尔，诗人与这位非凡的中国年轻人合影，并对他

当年潘蘅生在七星泡农场
（潘蘅生提供）

说:"我相信,你们有一个伟大的将来;我相信,当你们的国家站立起来的时候,亚洲也将有一个伟大的将来——我们都将分享这个将来给我们带来的快乐。"当年7月,他又渡海到了希腊首都雅典,被首相尼各罗斯接见,并给予他的壮行之举很高的评价:"潘先生,我从你的身上,看到了东方古国的觉醒。"但是,就是在那里他听说中国因财政困难,不派运动员参加第十届奥林匹克运动会。在参观奥林匹亚遗址时,他用中文和英文在石头上写道:"中国人潘德明步行到此。"接着他又愤然登上奥林匹斯山。他相信,有一天中国人不仅会参加奥运会,而且会在自己的国家举办奥运会!

更让潘德明难忘的是7月29日,在中国驻法国公使顾维钧陪同下,他拜访了在巴黎养病的张学良将军,张学良为潘德明题写了"壮游"两个字,后来还为他买了从英国到美国的船票。

潘德明进入德国时,在正处于战争中的柏林,意外受到希特勒和戈倍尔的接见。对全世界充满野心的希特勒竟和他谈了两天,详细地了解各国各地风物,这个蹩脚的画家还为潘德明画了一幅画像。给潘德明留下深刻印象的是,在拜见英国首相麦克唐纳时,他深有感触地对中国旅行家说:"我们英国有句谚语,'经历是智慧之母。'世界像一部百科全书,不外出旅行,就像只读了那部书的一章一节。"

潘德明来不及欣赏身边闪过的风光,匆匆拿着张学良将军赠给的船票,从英国利物浦登上了"欧罗巴"邮轮,1934年1月4日到了美国的纽约港,开始对这个大国为时一年的徒步游历。在华盛顿,他又受到了美国总统罗斯福的接见,罗斯福赠送他一块金牌以资鼓励,罗斯福说:"潘先生,这是美国人民赠送给你的,你应该享有这种光荣,荣誉永远属于有奋斗精神的人。"

1937年7月6日,潘德明到达上海的第二天,"七七事件"爆发,他把一路上华侨给他捐助的路费10万美元全部捐助抗日。当时中国画坛巨擘徐悲鸿为他题词:"丈夫壮志"。李宗仁先生也为他题词:"有志者事竟成"。

潘德生先生历经7年,独步行走了8万里,途经30多个国家和地区,成为人类历史上用双脚环绕地球一周的第一人,被誉为中国现代的"徐霞客"。

当年潘德生先生的壮举，没给后代留下万贯钱财，却留下了"丈夫壮志"的无价之宝。1969 年 3 月 3 日，在上海第六十四中学高中毕业的潘蘅生，和同学们一起来到北大荒的七星泡农场。被分配到四分场的半个月后，潘蘅生被调到了场部电影队，平时坐着马车或拖拉机到各生产队放电影，更多的时候是画宣传画、画幻灯片。他不仅画领袖像，还画风景画，更喜欢画素描，这是小时候父亲告诉他的："要想画好画，先得练好素描。"父亲还教会他怎样"透视"，怎样用明暗表现物体的立体感。他先从画农场的小孩子开始了他的人物素描，他把那些孩子叫到宿舍，然后把从上海寄来的饼干和糖果分给他们吃，他们在吃，他在画。

后来，这些素描成了他最宝贵的创作素材。在电影队工作的潘蘅生特别愿意参加全场的大会战，修水利、春种、夏锄、秋收，他都抢着去，别人休息时，他就拿出画板搞他的素描。当然他更愿意往农场的文艺宣传队跑，为他们画布景、做道具，更喜欢为女演员画素描。被他画得最多的是漂亮的上海姑娘孙佩芳，她是队里的舞蹈演员，形象和身材都好。后来她成了他的对象，再后来成了他的妻子。

1971 年，他还为北大荒作家郑加真的长篇小说《江畔朝阳》画了 12 幅素描插图。从此，他在美术创作的道路上一发而不可收，把绘画融入生活、生活融入绘画，从业余画到专业，从七星泡画到哈尔滨，从国内走向世界，又从专业画成了大师。

1977 年 3 月，潘蘅生被调进到哈尔滨，到省京剧团从事舞台美工。1983 年，已成为本省知名画家的潘蘅生又被调到省文化厅的戏剧工作室担任美术编辑。潘蘅生以其独特的风格伫立在当今中国连环画界。他是为数不多的以水墨素描方式进行连环画创作的画家，他的水墨素描人物神情生动，画风扎实，别具一格。人民体育出版社出版的连环画《周游世界》（1984 年）是他的代表作。他用水墨画的形式表现了 50 年前父亲潘德明的那次震惊世界的环球之旅。专家认为，这部 252 幅的作品"造型严谨准确，表达流畅娴熟，凝聚了画家本人对旅行家父亲的敬爱和怀念"。这部作品荣获第六届全国美展铜奖和第三届全国连环画评选的荣誉奖。

潘蘅生是一个奇才，不同画种之油画、水粉画、素描、国画，皆娴熟于心，各类流派之现实主义写实、印象派光影、抽象派写意，均融会贯通。他又是一个怪才，没有进过专业美术院校，没有受过业余美术教育，也没有正式拜过师，却凭着自己的努力和天分，像海绵一样吸取古今中外名家大师的理念与技法，步入了画坛的神圣殿堂。

潘蘅生的作品受到越来越多艺术爱好者和鉴赏家的青睐，可他的内心始终有一份激情未得到宣泄。2001 年，他把创作的目光转向难忘的 8 年知青生涯，把心中的珍藏倾斜到画布上，一年内创作了 10 幅知青题材油画；2006 年到在现在，又创作了 4 幅。如果你能有幸在他的工作室观赏到原作，心灵会再次受到震撼。画风混沌、笔触粗犷，可历史细节的真实却透过混沌自然地表现出来：冰天雪地下《报捷》的喜悦，《引嫩工地》女知青的青春阳光，《文艺汇演》舞台上知青演员的一本正经，工间小憩听《粉段子》时的轻松诙谐，女知青《狠斗私字一闪念》的虔诚……我们看到了当年的印记，看到了与青春有关的岁月。为了纪念开发北大荒 60 周年，最终选择了气势磅礴的《奋斗渠》。

潘蘅生在画室（潘蘅生提供）

后记

按说书稿进行到这一步，我也可以松口气了，也完全可以放松一下了，可内心还有几分不安。也不知该书在读者眼里能打多少分，在专家那里能不能及格。

明知道写这样一本书，是有很大难度的。尽管自己很努力了，但我仍担心会挂一漏万。因为北大荒的历史太厚重了，北大荒精神的内涵也不是一成不变的，北大荒涌现出的各界英模层出不穷，北大荒的发展每天都有新变化。

去年，是中国共产党建党 100 周年。举国上下都在学习党史，黑龙江各地在学习党史的同时，结合学习了东北抗联精神、北大荒精神、大庆精神（铁人精神）。上半年，我应邀先后到黑龙江省电视台、黑龙江省图书馆、黑龙江省委老干部局、黑龙江日报社、奋斗杂志社、黑龙江省委史志研究室等单位参加了"学党史、弘扬'四大精神'"主题座谈会及讲座。在这一过程中，我注意到很多与会代表，尤其是普通与会者，他们更加关注的不是北大荒精神的深刻内涵，也不是历史意义和现实价值，而是感人的北大荒故事。这些故事里的主人公，有的就是他们的前辈。于是，我把近年来撰写的与北大荒精神有关的部分作品进行了编辑和整理，又增写了部分篇章，使其成为统一整体。在党的二十大胜利召开之际，该书的出版可以是一个老党员为党献上的一份厚礼。

北大荒开发建设 75 年来，先后有多个群体从五湖四海投身这一伟大壮举。为了纪念北大荒开发建设 75 周年，我特意遴选了 75 篇作品。因篇幅所限和我写作的某种局限，这本书只重点写了几个主要群体。当然，其他群体的代表人物和典型故事，在个别章节里也有不同程度的展现。为便于读者阅读，我把选入的作品分成了六个部分。虽然说北大荒历史厚重，北大荒的历史文化资源丰富，可真能让人刻骨铭心的，也就是与人的命运相关的感人故事。这些可歌可泣的故事，既撑起了北大荒群体的光辉形象，又成为世人了解北大荒精神的最佳载体。但愿我们都能成为北大荒精神的传承者，都能成为北大荒文化的守望者。

这本书能够顺利出版，得到了许多人的支持和帮助。首先，要感谢黑龙江人民出版社社长梁昌先生，在他的策划和支持下该书得以顺利出版，并被列入黑龙江省精品图书出版工程项目。其次，要感谢黑龙江省政府文史馆馆员、黑龙江省作家协会名誉主席贾宏图先生及八一农垦大学北大荒精神和文化研究所所长陈彦彦女士，他们带着对北大荒的深厚感情，认真为本书积极撰写推荐信，这对我是一种莫大的鼓励。在此，要特别感谢北大荒集团党建工作部，他们本着认真负责的态度聘请相关专家对书稿进行严格把关，并提出中肯的修改意见。还得感谢李春兰老师的前期推荐和责任编辑对书稿的精心推敲。感谢书法家闫长河为该书题写书名，感谢美术编辑张涛对版式和封面的整体设计。感谢我的同事北大荒博物馆关亮亮女士，感谢"荒友"马才锐、刘江、徐宏宇、张传文、朱磊为本书提供珍贵的图片。

感谢您能读到这里，诚恳接受您的批评指正！

赵国春

2022 年 10 月 16 日